朝鮮森林植物篇

中井猛之進著

胡 椒 科　PIPERACEAE

金 粟 蘭 科　CHLORANTHACEAE

楊 柳 科　SALICACEAE

（18輯収録）

朝鮮森林植物編
18 輯

胡 椒 科 　PIPERACEAE

金粟蘭科 　CHLORANTHACEAE

楊 柳 科 　SALICACEAE

目次　Contents

胡椒科

PIPERACEAE

(一) 主 要 ナ ル 引 用 書 類

著 者 名	書 名
F. AUBLET	1) *Quebitea* in Histoire des plantes de la Guiane Française II, p. 838–839, t. 327 (1775).
H. BAILLON	2) *Piperacées* in Histoire des plantes III, p. 465–495 (1872).
F. T. BARTLING	3) *Piperaceæ* in Ordines Naturales Plantarum, p. 85 (1830).
C. BAUHINUS	4) *Piper* in Pinax Theatri Botanici, p. 411 (1623).
G. BENTHAM & J. D. HOOKER	5) *Piperaceæ* in Genera Plantarum III, p. 125–133 (1880).
CASIMIR DE CANDOLLE	6) *Piperaceæ* in Prodromus Systematis Naturalis Regni Vegetabilis XVI, pt. 1, p. 235[15]–471 (1849).
A. W. EICHLER	7) *Piperaceæ* in Blütendiagramme II, p. 3-6 (1878).
S. ENDLICHER	8) *Piperaceæ* in Genera Plantarum, p. 265–266 (1836).
	9) *Piperaceæ* in Enchiridion Botanicon, p. 149-152 (1841).
A. ENGLER	10) *Piperaceæ* in ENGLER & PRANTL, Die natürlichen Pflanzenfamilien III, 1 Hälfte, p. 3-11 (1889).
J. GÆRTNER	11) *Piper* in De Fructibus & Seminibus Plantarum II, p. 67-68, t. 92, fig. 1 (1791).
P. D. GISEKE	12) *Piperitæ* in Prælectiones ad ordines naturales Plantarum, p. 123-128 (1792).
J. ST. HILAIRE	13) *Piper* in Expositions des familles des Plantes II, p. 311 (1805).
K. KUNTH	14) Bemerkungen über die Familie der *Piperaceen* in Linnæa XIII, p. 561–744 (1839).
	15) Sur le genre *Piper* et la place qu'il doit occuper parmi les Monocotylédones in Mémoires du Muséum d'histoire naturelle IV, p. 439–443 (1818).
J. LINDLEY	16) *Piperaceæ* in An Introduction to the Botany, p. 174-175 (1830).

	17) *Piperaceæ* in A Natural System of Botany, p. 185–186 (1836).
H. F. LINK	18) *Piperitæ* in Enumeratio Plantarum Horti Regii Botanici Berolinensis altera I, p. 36–39 (1821).
C. A LINNÆUS	19) *Piper* in Genera Plantarum ed. 1, p. 333 (1737).
	20) *Piper* in Flora Zeylanica, p. 10-12 (1747).
	21) *Piper* in Species Plantarum ed. 1, p. 28-30 (1753).
	22) *Piper* in Genera Plantarum ed. 5, p. 18 (1754).
A. MATTHIOLUS	23) *Piper* in Medici Senenses Commentarii, p. 282-284 (1554).
F. A. G. MIQUEL	24) Commentatio de vero Pipere Cubeba Præmomenda in Commentarii Phytographici, I–VII (1839).
	25) Prologus etc. in Commentarii Phytographici, p. 1-29, t. I-III (1838).
	26) Observationes de Piperacées in Commentarii Phytographici, p. 31-65, t. IV-IX (1840).
	27) Systema Piperacearum, I (1843), II (1844).
C. MŒNCH	28) *Piper* in Methodus ad Plantas agri & horti botanici Marburgensis I, p. 638 (1794).
R. MORISON	29) *Piper*, *Betle & Saururus* in Historia Plantarum Oxoniensis pars III, sect. XV, p. 602-603 (1699).
C. H. PERSOON	30) *Piper* in Synopsis Plantarum I, p. 31-34 (1805).
C. S. RAFINESQUE	31) *Piper—Oxodium* in Sylva Telluriana, p. 84–85 (1838).
J. RIDLEY	32) *Piperaceæ* in The Flora of the Malay Peninsula III, p. 25-51 (1924).
A. RICHARD	33) *Piperaceæ* in Nova Genera & Species Plantarum quas in peregrinatione orbis novi collegerunt I, p. 39-61, t. 3-17 (1815).
E. P. VENTENAT	34) *Piper* in Tableau du règne végetale III, p. 541-542 (1799).

（二）　朝鮮產胡椒科植物研究ノ歷史ト其効用

　朝鮮ノ胡椒科植物ハ唯一屬一種ふうさうかづらアルノミ、而シテ濟州島ノ低地ニノミ生ズ、大正三年版ノ濟州島植物調查書ニ始メテ之ヲ記シテ朝鮮ニモ胡椒科植物ノアルコトヲ報ジ置キタリ、大正十一年森爲三氏著朝鮮植物名彙ニハ同ジク此一種ヲ戴ス。

　果實ハ辛味アリテ胡椒ノ代用トナシ得レトモ住民ハ之ヲ利用セズ、又漢藥ニモ用キズ、濟州島ガ開ケタル土地ナラバ庭園ニ匐ハシメ又ハ樹幹ニ絡マセテ賞觀用ニ利用スル方法モアレトモ　未開地故何ノ用モナサズ、又朝鮮本土ニハ生育ノ望ナク內地ニハ暖地至ル所ニアルモノ故經濟上全ク無價値ナリ。

　陰地性故曝露地ニテハ生育著シカラザレトモ尙ホ岩面ヲ被ハシムルニハ用キ得。

（三）　朝鮮產胡椒科植物ノ分類

胡　椒　科

　草本、灌木又ハ喬木、地ヲ覆ヒテ生ジ或ハ岩面又ハ樹幹ニ絡マリ根ヲ出ス。葉ハ互生、有柄又ハ無柄、托葉アルモノトナキモノトアリ。花ハ穗狀花序ヲナシ葉ト對生シ花序ハ有柄又ハ無柄、花ハ兩全又ハ雌雄異株、花被ナキカ又ハ一列ノ花被アリ。　雄蕋ハ一個乃至八個、葯ハ二室アリ。子房ハ無柄一室一卵子ヲ藏ス、卵子ハ基底ヨリ直立ス。果實ハ漿質又ハ肉質、種皮ハ薄ク胚乳多シ。胚ハ小サク果實ノ先端ニ偏在シ幼根ハ上向。

　九屬千二百餘種アリテ主トシテ熱帶又ハ亞熱帶ニ生ジ朝鮮ニハ唯一種アルノミ。

胡　椒　屬

　灌木又ハ喬木又ハ草本、葉ハ互生有柄全緣屢々兩形、托葉アリ。穗狀花序ハ有柄又ハ無柄、花ハ各一個ノ苞ヲ有ス。花被ハ無キカ又ハ二個アリテホボ對立ス。雄蕋ハ二個乃至六個（一個又ハ七、八個トモナル）、葯ハ二室、子房ハ無柄一室、一卵子アリ。種皮ハ薄ク、胚乳ハ粉狀。

主トシテ熱帶地方ニ生ジ約八百種アリ。朝鮮ニ次ノ一種ヲ産ス。

ふうとうかづら （第一圖）

オッパムヌラム（濟州島土名）、梟蔓無花果ノ意

雌雄異株、幹ハ木質ニシテ節著シク縱ニ多數ノ溝アリテ溝ト溝トノ間ニハ横ニ多數ノ皮目並ブ、太キ幹ハ直徑三センチニ達スルアリ。末梢ハ二叉又ハ三叉シ毛ナシ。葉ハ匐枝ニ生ズルモノハ幅廣ク廣卵形又ハ心臟形ヲナシ花枝ノモノハ卵形、長卵形、廣披針形等トナル。葉柄ハ長サ五乃至十五ミリ葉身ハ長サ三センチ半乃至十一センチ八、幅ハ八ミリ乃至五センチ三、表面ハ深綠裏面ハ淡綠左右ニ二本宛基部ノ近クヨリ主脈出ヅ、雄花穗ハ長サ二乃至九センチ、苞ハ楯形、花被ナシ。雄蕋ハ各花ニ三個又ハ二個、葯ハ淡黃色二室苞ヨリ僅カニ抽出ス、未ダ雌花ヲ見ズ、果穗ハ長サ一乃至二センチ、果實ハ朱紅色球形直徑四乃至五ミリ。

濟州島ノ低地ニ生ズ。

（分布）本島、四國、九州、琉球、臺灣。

Piperaceæ RICHARD in BONPLAND, HUMBOLDT & KUNTH, Nov. Gen. & Sp. Pl. I, p. 39 (1815)—BARTLING, Ord. Nat. Pl. p. 85 (1830)—LINDLEY, Introd. p. 174 (1830) ; Nat. Syst. p. 185 (1836)—ENDLICHER, Gen. Pl. p. 265 (1836) ; Ench. Bot. p. 149 (1841)—SPACH, Hist. Vég. XI, p. 9 (1842)—C. DE CANDOLLE, Prodr. XVI, pt. 1, p. 235[65] (1849), excl. Trib. Saurureæ—AGARDH, Theor. p. 241 (1858)—EICHLER, Blüten-diagr. II, p. 3 (1878)—BENTHAM & HOOKER, Gen. Pl. III, p. 125 (1880), pro parte—ENGLER in Nat. Pflanzenfam. III, 1, p. 3 (1889)—RIDLEY, Fl. Malay-Penins. III, p. 25 (1924).

Syn. Piperitæ LINNÆUS, Phil. Bot. p. 27 (1751), pro parte—GISEKE, Prælect. p. 123 (1792), pro parte—LINK, Handb. I, p. 290 (1829), Enum. Pl. Hort. Berol. I, p. 36 (1831)—DUMORTIER, Comm. Bot. p. 53 (1822).

Urticæ JUSSIEU, Gen. Pl. p. 400 (1789), pro parte.

Urtices Sect. III, J. ST. HILAIRE, Exposit. II, p. 310 (1805), pro parte.

Piperacées II, 1, Pipereæ BAILLON, Hist. Pl. III, p. 493 (1872).

Herbæ vel frutices vel arbores, prostrati vel scandentes radicantes. Folia alterna petiolata vel sessilia, stipullata vel exstipullata. Spica axillaris vel folium opposita pedunculata vel sessilis. Flores sessiles hermaphroditi vel unisexuales. Perigonium nullum vel 1-seriale. Stamina 1-8 hypogyna. Antheræ 2-loculares. Ovarium sessile 1-loculare 1-ovulatum. Ovulum e basi erectum. Bacca parva ovoidea vel globosa, pericarpio succulento vel carnoso. Semina albuminosa. Albumen farinosum. Embryo minimum in apice fructus positus. Radicula supera.

Genera 9 species supra 1,200 in regionibus tropicis et subtropicis adsunt.

Piper [THEOPHRASTUS, Hist. Pl. interpret Gaza IX, Cap. XXII, p. 339 (1528)—MATTHIOLUS, Med. Sen. Comm. p. 282 (1552)—BAUHINUS, Pinax p. 411 (1623)—MORISON, Hist. III, p. 602 (1699)—LINNÆUS, Gen. Pl. ed. 1, p. 333, no. 832 (1737)]; Sp. Pl. ed. 1, p. 28 (1753); Gen. Pl. ed. 5, p. 18 (1754)—JUSSIEU, Gen, Pl. p. 405 (1789)—SCHREBER, Gen. Pl. p. 26, no. 56 (1789), excl. *Saururus*—GISEKE, Prælect. p. 125 (1792)—GÆRTNER, Fruct. II, p. 67, t. 92, fig. 1 (1791)—VENTENAT, Tab. III, p. 541 (1799)—J. ST. HILAIRE, Exposit: II, p. 311 (1805)—PERSOON, Syn. 1, p. 31 (1805)—RICHARD in Nov. Gen. & Sp. Pl. I, p. 39 (1815)—RŒMER & SCHULTES, Syst. Veg. I, p. 62 (1817)—LINK, Handb. I, p. 290 (1829)—ENDLICHER, Gen. Pl. p. 265 (1836)—SPACH, Hist. Vég, XI, p. 12 (1842)—C. DE CANDOLLE, Prodr. XVI, pt. 1, p. 240 (1849)—MIQUEL, Syst. Pip. II, p. 305 (1844)—BAILLON, Hist. Pl. III, p. 493 (1892)—BENTHAM & HOOKER, Gen. Pl. III, p. 129 (1880)—ENGLER in Nat. Pflanzenfam. III, 1, p. 6 (1886)—RIDLEY, Fl. Malay-Penins. III, p. 27 (1924).

Syn. *Quebitea* AUBLET, Pl. Guian. Franç. II, p. 838, t. 327 (1775).

Piperiphorum NECKER, Elem. Bot. III, p. 294 (1790).

Ottonia SPRENGEL, Neue Entdeck. Pl. I, p. 255 (1830).

Piperidia KOSTEL, Allg. Med. Pharm. Fl. II, p. 455 (1831).

Serronia GAUDICHAUD in DELESSERT, Icon. Select. III, p. 54 t. 90 (1837).

Amalogo RAFINESQUE, Sylva Tellur. p. 84 (1838).

Betela RAFINESQUE, l. c. p. 85.

Carpunica RAFINESQUE, l. c.

Churumaya RAFINESQUE, l. c.

Cubeba RAFINESQUE, l. c.

Gonistum RAFINESQUE, l. c.

Lepianthus RAFINESQUE, l. c. p. 84.

Methystichum RAFINESQUE, l. c. p. 85.

Oxodium RAFINESQUE, l. c.

Enckea KUNTH in Linnæa XIII, p. 590 (1839).

Heckeria KUNTH, l. c. p. 564.

Schilleria KUNTH, l. c. p. 609 & 726.

Steffensia KUNTH, l. c. p. 609.

Arthanthe MIQUEL, Comment. Phyt. p. 40, t. 7 & 8 (1840).

Mœropiper MIQUEL, l. c. p. 35.

Pothomorpha MIQUEL, l. c. p. 36.

Callianira MIQUEL, Syst. Piper. p. 344 (1843).

Chavica MIQUEL, l. c. p. 222.

Peltobryon KLOTSCH ex MIQUEL, l. c. p. 369.

Sphærostachys MIQUEL, l. c. p. 375.

Suensonia GAUDICHAUD ex MIQUEL, l. c. p. 535.

Nematanthera MIQUEL in Linnæa XVIII, p. 606, t. 11 (1844).

Carpunya PRESL, Epim. Bot. p. 228 (1849).

Schizonephos GRIFFITH, Notul. IV, p. 383 (1854).

Caulobryon KLOTSCH ex C. DE CANDOLLE, Prodr. XVI sect. I, p. 240 (1869).

Frutices vel arbores scandentes vel prostrati rarius herbæ erectæ. Folia alterna petiolata integerrima sæpe dimorpha, stipullata. Spicæ pedunculatæ vel subsessiles. Flores 1–bracteati. Perigonium 2 subopsitum vel nullum. Stamina 2–6 (1–8). Antheræ biloculares. Ovarium sessile 1–loculare 1–ovulatum. Testa seminum tenuis. Albumen copiosum farinosum.

Species circ. 800., maxime in regionibus tropicis incola.

Piper futokadsura SIEBOLD.
(Tabula nostra I.)

Piper futokadsura SIEBOLD ex SIEBOLD & ZUCCARINI in Abh. Muench. Akad. IV, Abt. 3 (Fl. Jap. Fam. Nat.) p. 231, no. 811 (1846), nom. nud., excl. syn. MIQUEL.—MIQUEL in Ann. Mus. Bot. Lugd. Bat. III, p. 139 (1867); Prol. Fl. Jap. p. 303 (1867).

Syn. *Piper foliis 7-nerviis, inæqualibus* THUNBERG, Fl. Jap. p. 351 (1784).

Piper Futokadsura SIEBOLD apud C. DE CANDOLLE, Prodr. XVII, sect. I, p. 306, no. 436 (1849)—FRANCHET & SAVATIER, Enum. Pl. Jap. I, p. 443 (1875)—MAXIMOWICZ in Bull. Acad. St. Pétersb. XXXI, p. 94 (1886); in Mél. Biol. XII, p. 532 (1886)—HEMSLEY in Journ. Linn. Soc. XXVI, p. 365 (1891)—HENRY, List. Pl. Formos. p. 77 (1896)—KUROIWA in Tokyo Bot. Mag. XIV, p. 140 (1900)—MATSUMURA. & HAYATA in Journ. Coll. Sci. Tokyo XXII, p. 346 (1906)—MAKINO & NEMOTO, Fl. Jap. p. 1134 (1925).

Piper arcuatum BL. var. MIQUEL apud MIQUEL in Ann. Mus. Bot. Lugd. Bat. III, p. 139 (1867), pro var. (sed talis nomen ibi deest.).

Piper Futo-Kadsura SIEBOLD apud MATSUMURA, Nippon Shokubutsu Meii p. 141 (1884).

Piper Futo-kadsura SIEBOLD & ZUCCARINI apud MATSUMURA, Cat. Pl. Herb. Coll. Sci. Imp. Univ. p. 164 (1886); Shokubutsu Meii p. 217 (1895)—MORI, Enum. Corean Pl. p. 107 (1922).

Piper Futo-kadsura SIEBOLD apud MATSUMURA, Ind. Pl. Jap. II, pt. 2, p. 2 (1912)—NAKAI, Veg. Isl. Quelpært. p. 35, no. 472 (1914).

Dioica. Caulis lignosus alte scandens vel late prostratus radicans, trunco nodoso longitudine striato-sulcato lenticellis horizontalibus multis notato usque 2-3 cm. lato. Rami dichotome vel trichotome ramulosi glabri. Folia sarmentarum late ovata vel cordata 5-7 nervia, ramorum floriferorum ovata vel ovato-oblonga vel late lanceolata apice attenuata vel acuminatissima basi obtusa vel truncata integerrima glaberrima vel infra erecto hispidulo-pilosa, petioli 5-15 mm. longi, lamina 3,5-

11,8 cm. longa 0,8–5.3 cm. lata supra viridissima infra pallida nervis lateralibus utrinque 2 circa basin divisis. Spicæ masculæ folia oppositæ cum pedunculis 4–10 mm. longis 2–9 cm. longa 2,5–3 mm. lata. Bracteæ peltatæ. Perigonium nullum. Stamina 3 (2). Antheræ paulum exertæ flavidæ biloculares vix 0,5 mm. latæ. Spicæ fæmineæ non vidi. Spicæ fructiferæ in nostris speciminibus tantum 1–2 cm. longa. Bacca rubro-cinnabaria sphærica 4–5 mm. lata.

Nom. Jap. *Fūtō-Kadsura.*

Nom. Quelpærtense. *Oppam Nuram.*

Hab.

Quelpært: Hongno (T. NAKAI, no. 293 ♂); in rupibus (U. FAURIE no. 2013 ♂); inter Hōkanri & Taisei (T. NAKAI no. 940); in rupibus Hongno cascade (E. TAQUET no. 5912 fr., 4400, 1337); in rupibus lateralis bosealis pede montis Hallasan (T. NAKAI, no. 4887); secus cavernus et rupes (E. TAQUET, no. 350); in rupibus torrentis (E. TAQUET, no. 3145).

Distr. Hondo, Shikoku, Kiusiu, Liukiu & Formosa.

金粟蘭科

CHLORANTHACEAE

(一) 主 要 ナ ル 引 用 書 類

著 者 名		書 名
H. BAILLON	1)	*Pipéracées-Chlorantheæ* in Histoire des Plantes III, p. 494–495 (1872).
F. T. BARTLING	2)	*Chlorantheæ* in Ordines Naturales Plantarum p. 85–86 (1830).
G. BENTHAM & J. D. HOOKER	3)	*Chloranthaceæ* in Genera Plantarum III, p. 133-135 (1880).
C. L. BLUME	4)	*Chloranthaceæ* in Enumeratio Plantarum Javæ, fasc. I, p. 78-80 (1827).
	5)	*Chlorantheæ* in Floræ Javæ, 14 pages 2 Plates (1829).
R. BROWN	6)	*Chloranthus monostachys* in Botanical Magazine, XLVIII, t. 2190 (1821).
G. DON	7)	*Chlorantheæ* in A General System of Dichlamydeous Plants III, p. 433–435 (1834).
A. W. EICHLER	8)	*Chloranthaceæ* in Blütendiagramme II, p. 7–9 (1878).
S. ENDLICHER	9)	*Chloranthaceæ* in Genera Plantarum p. 264-265 (1836).
	10)	*Chloranthaceæ* in Enchiridion Botanicon p. 147-148 (1841).
A. ENGLER	11)	*Chloranthaceæ* in ENGLER & PRANTL, Die natürlichen Pflanzenfamilien III, 1, p. 12-14 (1889).
A. GRAY	12)	*Tricercandra & T. quadrifolia* in Narratives of Captain PERRY'S Expedition to the China-Sea and Japan II, appendix, p. 318-319 (1857).
	13)	*Tricercandra & T. Fortunei* in Memoirs of American Academy of Arts and Sciences, New series, VI, p. 405 (1859).
L. L'HERITIER	14)	*Chloranthus* in Sertum Anglicum p. 1, t. 2 (1788).
J. ST. HILAIRE	15)	*Chloranthus* in Expositions des familles des plantes II, p. 346 (1808).
P. M. DE LAMARCK	16)	*Nigrine spicifére* in Tableau Encyclopédique & méthodique I, 295 (1791).

| | 17) | *Nigrina* in Recueil de Planches de Botanique de l'Encyclopédie I, t. 71 (1791). |

J. LINDLEY 18) *Chloranthex* in An Introduction to the Botany p. 172–173 (1830).

19) *Chloranthus monostachys* in Collectanea Botanica t. 17 (1821).

20) *Chloranthaceæ* in A Natural System of Botany p. 183–184 (1836).

J. DE LOUREIRO 21) *Creodus & C. odorifer* in Flora Cochinchinensis I, p. 88–89 (1790).

22) *Creodus & C. odorifer* in eodem ed. 2, I, p. 112 (1793).

T. MAKINO 23) *Chloranthus glaber* in Botanical Maganize, Tokyo XXVI, p. 386–387 (1912).

EMM. DE MAOUT & J. DECAISNE

24) *Chloranthaceæ* in Traité Général de Botanique p. 503–504 (1868).

C. H. PERSOON 25) *Chloranthus* in Synopsis Plantarum I, p. 148 (1805).

26) *Bladhia glabra* in eodem p. 233.

J. RIDLEY 27) *Chloranthaceæ* in The Flora of the Malay Peninsula III, p. 52–53 (1924).

J. J. RŒMER & J. A. SCHULTES

28) *Chloranthus* in Systema Vegetabilium III, p. 26 & p. 461 (1818).

D. J. C. D. SCHREBER 29) *Chloranthus* in Genera Plantarum ed. 8, p. 793 (1789).

SOLMS LAUBACH 30) *Chloranthaceæ* in ALP. DE CANDOLLE, Prodromus Systematis Naturalis Regni Vegetabilis XVI sect. 1, p. 472–485 (1849).

E. SPACH 31) *Chloranthex* in Histoire naturelle des Végetaux XI, p. 18-19 (1842).

C. SPRENGEL 32) *Chloranthus* in Systema Vegetabilium III, p. 750 (1826).

O. SWARTZ 33) *Chloranthus*, a new genus of plants in Philosophical Transaction of the Royal Society of London Vol. LXXVII, p. 359-462, Tab. XIV (1787).

C. P. THUNBERG 34) *Nigrina* in Nova Genera Plantarum III, p. 58-59 (1783).

35) *Nigrina* in Flora Japonica p. 5 (1784).

36) *Nigrina spicata* in eodem p. 65-66.

37) *Bladhia glabra* in Transaction of Linnæan Society II, p. 331 (1794).

C. H. K. THWAITES 38) *Chloranthus brachystachys* in Enumeratio Plantarum Zeylanicum p. 293 (1864).

H. TRIMEN 39) *Chloranthaceæ* in A Handbook of the Flora of Ceylon III, p. 432-433 (1895).

R. WIGHT 40) *Chloranthus indicus* & *Sarcandra chloranthoides* in Icones Plantarum Indiæ Orientalis VI, p. 5, Pl. 1945-1946 (1853).

（二） 朝鮮産金粟蘭科植物研究ノ歴史ト其効用

本科植物ニ就イテハ余ハ明治四十四年理科大學紀要第三十一卷ニ依リテひとりしづかガ元山、釜山、間島等ニアル事ヲ報ジ大正三年四月濟州島植物調査書ニハ濟州島ニせんりやうトひとりしづかトノアルヲ報ジ、大正七年金剛山植物調査書ニハ金剛山ニひとりしづかアルコトヲ報ジタリ。

ひとりしづかハ從來特ニ其効用ヲ認メラレザレドモ元來此科ノ植物ハ一般ニ窒扶斯ヲ治スル効アル故將來研究ノ結果ハ其利用ノ道ヲ發見スル事ナキヲ保セズ、觀賞用トシテハひとりしづか及ビてうせんひとりしづかハ盆栽トシ又庭石ニ配シテ其白キ花ヲ賞シ得ベクせんりやうハ其果實美シキ爲メ生花盛花用ニ用キラレ又盆栽トシテ賞美サルヽ事ハ周知ノ事實ナリ。

（三） 朝鮮産金粟蘭科植物ノ分類

金 粟 蘭 科

草本又ハ灌木又ハ喬木、葉ハ對生、有鋸齒、羽狀脈ヲ有シ托葉アリ。花ハ頂生又ハ腋生ノ穗狀花序又ハ複穗狀花序ヲナス。托葉ノ形ハ種々アリ。花ハ單性又ハ兩全。兩全花ニテハ花被ナク、雄蕋ハ一個乃至三個、互ニ相癒合シ又ハ一個ガ子房ノ背面ニ附着スルモアリ。子房ハ一室一個

ノ下垂スル卵子ヲ有ス。雄花ハ花被ナク雄蕊ハ一個乃至三個離生又ハ相
癒合ス。葯ハ一室又ハ二室。雌花ハ花被ナク子房ハ一室。柱頭ハ無柄。
卵子ハ一個腹面ヨリ下垂ス。核果ノ外果皮ハ多肉、內果皮ハ硬シ。胚乳
ハ多肉、胚ハ極メテ小サク、幼根ハ下向。

　五屬四十餘種アリテ主トシテ熱帶又ハ亞熱帶ノ產ナリ。朝鮮ニ三屬三
種ヲ產ス。

1 ┤
　雄蕊ハ一個、短カク子房ノ背面ニ附着シ關節ス。先端ニ內開ス
　ル一室ノ葯ヲ有ス。灌木。……………………………せんりやう屬
　雄蕊ハ三個細長ク白色花瓣ニ似タリ、基脚ハ相癒合ス。子房ト
　離生ス。……………………………………………………………… 2

2 ┤
　葯ハ外開ス。雄蕊ハ基脚僅カニ相癒着シ、長サ相同ジ、兩側ノ
　二本ノ雄蕊ハ基部外側ニ各一個ノ一室ノ葯ヲ具フレドモ中央
　ノ一本ハ葯ナシ。………………………………………ひとりしづか屬
　葯ハ內開ス。雄蕊ノ基脚ハ相寄リテ平タキ幅廣キ部ヲナシ其レ
　ヨリ三ツニ分レ中央ノモノハ左右ノ二本ヨリ著シク短カク、
　基部ニ二室ノ葯ヲ有シ、兩側ノ長キ雄蕊ハ基部內面ニ各一室
　ノ雄蕊ヲ具フ。…………ちやらん屬てうせんひとりしづか節

　右ノ內ひとりしづかトてうせんひとりしづかトハ草本故本編ヨリ除
ク。

せ ん り や う 屬

　灌木、莖ハ節ニ於テ關節ス。葉ハ對生又ハ三枚又ハ四枚宛輪生ス。有
柄、有鋸齒、穗狀花序ハ頂生又ハ準頂生、單生又ハ分岐ス。花被ナシ。
雄蕊ハ唯一個子房ノ背面ニ關節シ先端ニ內開スル一室ノ葯ヲ有ス。子房
ハ一室、一個ノ卵子ヲ有ス。柱頭ハ無柄平タシ、卵子ハ子房ノ腹面ヨリ
下垂ス。

　唯一種アリテ亞細亞ノ熱帶、暖帶地方、馬來諸島及ビフキリッピン群
島ニ產ス。

せ ん り や う
（第 二 圖）

　無毛ノ灌木、莖ハ綠色、節ハ太ク關節ス。葉ハ對生、有柄、葉柄ハ長
サ三乃至二十ミリ。托葉ハ細ク綠色、葉身ハ長橢圓形又ハ廣披針形長サ

五乃至十六センチ幅一センチ半乃至六センチ、基脚ハ楔形、先端ハ尖鋭、
緣ニ著シキ鋸齒アリ、表面ニ光澤アリ。穂狀花序ハ對生ニ分岐シ苞ハ永
存性、花被ナク、子房ハ卵形長サ一ミリ許背面ニ短カキ一室ノ內開スル
葯ヲ有スル雄蕋ヲ有ス。柱頭ハ平タク點狀、卵子ハ子房ノ腹面內壁ヨリ
下垂ス。果實ハ多肉球形緋朱色直徑五乃至七ミリ、核ハ球形、核皮ハ硬
シ、胚乳ハ白ク多肉ナリ。

　濟州島ノ南側烘爐附近ニ生ジ稀ナリ。

（分布）　本島ノ暖地、四國、九州、琉球、臺灣、フキリッピン、支那ノ
　　　中部、南部、印度支那、馬來地方、ピナン、東印度、ヒマラヤ地方、
　　　セイロン島。

Chloranthaceæ BLUME, Enum. Pl. Jav. fasc. I, p. 78 (1827)—
LINDLEY, Nat. Syst. p. 183 (1836)—ENDLICHER, Gen. Pl. p. 264 (1836);
Ench. Bot. p. 147 (1841)—SOLMS LAUBACH in DE CANDOLLE, Prodr.
XVI, sect. 1, p. 472 (1849)—AGARDH, Theor. p. 240 tab. XX, fig. 1
(1858)—EICHLER, Blutendiagr. II, p. 7 (1878)—BENTHAM & HOOKER,
Gen. Pl. III, p. 133 (1880)—ENGLER in Nat. Pflanzenfam. III, 1, p.
12 (1889)—TRIMEN, Handb. Fl. Ceylon III, p. 432 (1895) – RIDLEY,
Fl. Malay-Penin. III, p. 52 (1924).

　Syn. *Chlorantheæ* R. BROWN in Bot. May. XLVIII in nota sub
tab. 2190 *Chloranthi monostachydis* (1821)—LINDLEY, Collect. Bot.
sub tab. 17 (1821); Introduct. Bot. p. 172 (1830)—BARTLING, Ord. Nat.
Pl. p. 85 (1830)—G. DON, Gen. Syst. III, p. 433 (1834)—BLUME, Pl.
Jav. Chlorantheæ (1829)—SPACH, Hist. Vég. XI p. 18 (1842).

　Santalaceæ – Chlorantheæ REICHENBACH, Nat. Pflanzensyst. p. 167
(1837).

　Pipéracées – Chlorantheæ BAILLON, Hist. Pl. III, p. 494 (1872).

　Herbæ vel frutices vel arbores. Folia opposita serrata penninervia
stipullata. Inflorescentia terminalis vel axillaris spicata vel spicato-
paniculata. Bracteæ variæ. Flores unisexuales vel hermaphroditi.
Flores hermaphroditi, perigonio nulls, staminibus 1–3 liberis vel
fasciculato-connatis, antheris 1–2 locularibus vel stamino unico dorso
ovarii adnato, ovario uniloculare. Flores masculi, perigonio mullo,

staminibus 1–3 liberis vel fasciculato-connatis vel in uno concretis, antheris 1–2 locularibus. Flores fœminei, perigonio nullo, ovario 1-loculare, stigmate sessile, ovulo unico pendulo orthotropo. Drupa exocarpio carnoso, endocarpio crustaceo. Albumen carnosum. Embryo minimus. Radicula infera.

Genera 5, species circ. 40, præcipue in regionibus tropicis et subtropicis incola. In Korea genera 3, species 3 absunt.

1 {
Stamen unicum breve dorso ovarii affixum, apice cum anthera 1–loculare introrsa. ....*Sarcandra* GARDNER.
Stamina tria basi coalita elongata candida petaloidea, ex ovario libera. 2

2 {
Antheræ extrorsæ. Stamina tria fasciculata sed fere e basi tripartita, ramis fere æquilongis, 2 lateralia basi extus cum antheris unilocularibus, medianum anthera desideratur..........
....*Tricercandra* A. GRAY.
Antheræ introrsæ. Stamina tria basi connata et dilatata, supra basin tripartita, ramo mediano lateralibus breviore. Rami laterales basi cum antheris unilocularibus. Ramus medianus basi cum anthera biloculari...................... ....
.............................*Chloranthus* Sect. *Tentaculares* NAKAI.

Plantæ Herbaceæ.

Gn. 1) **Tricercandra** A. GRAY in Narrat. Capt. Perry's Exped. II, p. 318 (1857).

Syn. *Chloranthus* (non SWARTZ) BENTHAM & HOOKER, Gen. Pl. III, p. 134 (1880), pro parte—ENGLER in Nat. Pflanzenfam. III, 1, p. 12 (1889).

Species 2, alia in Japonia, Korea & Manshuria, alia in China indigena.

Tricercandra japonica NAKAI, comb. nov.

Syn. *Chloranthus japonicus* SIEBOLD in Nova Acta Nat. Cur. XIV, pt. 2, p. 681 (1829).

Tricercandra quadrifolia A. GRAY in Narrat. Capt. PERRY'S Exped.

II, appendix, p. 318 (1857); in Mem. Americ. Acad. Arts & Sci. New
Ser. VI, p. 318 (Botany of Japan) (1859).

Chloranthus mandshuricus RUPRECHT, Decas Pl. t. 2 (1859).

Nom. Jap. *Hitori-Shidzuka.*

Hab. per totas regiones Koreæ & Quelpærtensis.

Distr. Japonia & Manshuria.

Gn. 2) **Chloranthus** SWARTZ in Phil. Trans. Roy. Soc. Lond. LXXVII,
p. 359 (1787)—L'HERITIER, Sert. Ang. I, p. 1 (1788)—SCHREBER, Gen.
Pl. p. 793, no. 1730 (1789)—AITON, Hort. Kew. I, p. 160 (1789)—
GMELIN, Syst. Nat. p. 280 (1791)—WILLDENOW, Sp. Pl. I, pt. 2, p. 688
(1798)—J. ST. HILAIRE, Exposit. II, p. 346 (1805)—PERSOON, Syn. Pl. I,
p. 148 (1805)—ROEMER & SCHULTES, Syst. Veg. III, p. 29 (1818)—R.
BROWN in Bot. Mag. LXVIII t. 2190 (1821)—LINDLEY, Collect. Bot. t.
17 (1821)—BLUME, Enum. Pl. Jav. I, p. 78 (1827); Fl. Jav. Chloranth.
p. 7 (1829), pro parte—G. DON, Gen. Syst. Dichl. Pl. III, p. 434 (1834),
pro parte—ENDLICHER, Gen. Pl. p. 265, no 1819 (1836), pro parte;
Ench. Bot. p. 147 (1841), pro parte—SOLMS LAUBACH in DC. Prodr.
XVI, pt. 1, p. 473 (1849), pro parte—BAILLON, Hist. Pl. III, p. 494
(1872), pro parte—BENTHAM & HOOKER, Gen. Pl. III, p. 134 (1880),
pro parte—ENGLER in Nat. Pflanzenfam. III, i, p. 12 (1889), pro parte.

Syn. *Creodus* LOUREIRO, Fl. Cochinch. ed. 1, p. 88 (1790); ed. 2,
p. 112 (1793).

Nigrina (non LINNÆUS 1767) THUNBERG, Nov. Gen. Pl. III, p. 58
(1783); Fl. Jap. p. 5 (1784)—LAMARCK, Tab. I, t. 71 (1791)—PERSOON,
Syst. Veg. ed. 15, p. 169 (1797).

Cryphœa HAMILTON in BREWSTER, Edinb. Journ. Sci. II, p. 9 (1825).

Sect. **Tentaculares** NAKAI, sect. nov.

Stamina tria subulato-linearia candida basi coalita et dilatata. Stamen
medianum lateralibus brevius et basi intus cum anthera biloculare.
Stamina lateralia valde elongata tentacularia basi cum anthera uniloculare.
Ovarium ex staminibus liberum.

Species unica in Korea australi endemica.

Chloranthus koreanus NAKAI, sp. nov.

Partes vegetativæ cum *Tricercandra japonica* conformes, sed stamina longiora 8–15 mm. longa, basi connata ubi dilatata, ramis lateralibus elongatis medianum fere duplo superantibus basi antheris introrsis unilocularibus instructis, ramo mediano basi anthera introrsa biloculare instructo.

Nom. Jap. *Chōsen-Hitori-Shidzuka*.

Hab.

Korea: in monte Gyokudjohō insulæ Kyosaito (T. NAKAI, no. 10898 — typus in Herb. Imp. Univ. Tokyo); in silvis Gakenri insulæ Kyosaitō (T. NAKAI, no. 10899); in collibus Fusan (T. NAKAI, no 10900).

Planta lignosa.

Gn. 3) **Sarcandra** GARDNER in Calcutta Journ. Nat. Hist. VI, p. 348 (1846).—WIGHT, Icon. VI, p. 5 (1853)—LE MAOUT & DECAISNE, Traité Gén. Bot. p. 504 (1868).

Syn. *Ascarina* (non FORSTER) BLUME, Enum. Pl. Jav. fasc. I, p. 79 (1827); Fl. Jav. p. 7. (1829) pro parte—G. DON, Gen. Hist. Dichl. Pl. III, p. 434 (1834), pro parte—ENDLICHER, Gen. Pl. p. 265 (1836), pro parte—SOLMS LAUBACH in DC, Prodr. XVI, sect. I, p. 473 (1849), pro parte—BAILLON, Hist. Pl. III, p. 494 (1872), pro parte—BENTHAM & HOOKER, Gen. Pl. III, p. 134 (1880), pro parte—ENGLER in Nat. Planzenfam. III, 1, p. 12 (1889), pro parte.

Frutices. Caulis cum nodis articulatis. Folia opposita vel verticillatim 3–4, petiolata serrata. Stipulæ angustæ virides. Spicæ terminales vel subterminales simplices vel ramosæ. Perigonium nullum. Stamen unicum dorso ovarii articulatim affixum apice anthera uniloculari introrsa instructum. Ovarium 1-loculare 1-ovulatum, stigmate sessile truncato coronatum. Ovulum ventrali affixum pendulum.

Species unica in Asia tropica et orientale, Insulis Malaicis et in Philippin incola.

Sarcandra glabra NAKAI.
(Tabula nostra II).

Sarcandra glabra NAKAI, comb. nov.

Syn. *Bladhia foliis serratis glabris lœvibus* THUNBERG, Fl. Jap. p. 350 (1784).

Bladhia glabra THUNBERG in Trans. Linn. Soc. II, p. 331 (1794)—WILLDENOW, Sp. Pl. I, pt. 2, p. 1122 (1798)—DIETRIG, Vollst. Lex. Gærtn. & Bot. I, p. 239 (1802)—PERSOON, Syn. Pl. I, p. 233 (1805)—RŒMER & SCHULTES, Syst. Veg. IV, p. 513 (1819)—THUNBERG, Pl. Jap. Nov. Sp. p. 6 (1824)—SPRENGEL, Syst. Veg. I, p. 664 (1825).

Chloranthus brachystachys BLUME, Fl. Jav. I, p. 13 t. 2 (1829)—G. DON, Gen. Hist. Dichl. Pl. III, p. 434 (1834)—SOLMS LAUBACH in DC. Prodr. XVI, pt. 1, p. 475 (1849)—BENTHAM, Fl. Hongk. p. 334 (1861) THWAITES, Enum. Pl. Zeyl. p. 293 (1864)—MIQUEL in Ann. Mus. Bot. Lugd. Bat. III, p. 129 (1867); Prol. Fl. Jap. p. 293 (1867)—FRANCHET & SAVATIER, Enum. Pl. Jap. I, p. 444 (1875)—MAXIMOWICZ in ENGLER, Bot. Jahrb. VI, p. 55 (1885); in Bull. Soc. Imp. Nat. Mosc. LIV, p. 56 (1879)—HOOKER fil., Fl. Brit. Ind. V, p. 100 (1886)—HEMSLEY in Journ. Linn. Soc. XXVI, p. 367 (1891)—TRIMEN, Handb. Fl. Ceylon III, p. 433 (1895)—HENRY, List. Pl. Formos. p. 78 (1896)—DIELS in ENGLER, Bot. Jahrb. XXIX, p. 272 (1900)—MATSUMURA & HAYATA in Journ. Coll. Sci. Tokyo XXII (Enum. Pl. Formos.) p. 349 (1906)—DUNN & TUTCHER in Kew Bull. Add. ser. X, p. 221 (1912)—MATSUMURA, Ind. Pl. Jap. II, pt. 2, p. 3 (1912)—NAKAI, Veg. Isl. Quelpært. p. 35 no. 473 (1914)—REHDER in SARGENT, Pl. Wils. III, p. 15 (1916)—MORI, Enum. Pl. Cor. p. 107 (1922)—RIDLEY, Fl. Malay-Penins. III, p. 53, fig. 140 (1924).

Ascaria serrata BLUME, Enum. Pl. Jav. I, p. 80 (1827).

Sarcandra chloranthoides GARDNER in Calc. Journ. Nat. Hist. VI, p. 348 (1846)—WIGHT, Icon. VI, t. 1946 (1853).

Chloranthus ceylanicus MIQUEL, Fl. Ind. Bat. I, pt. 1, p. 802 (1855).

Chloranthus ilicifolius BLUME in herb. ex MIQUEL in Ann. Mus. Bot. Lugd. Bat. III, p. 129 (1867), pro syn.

Chloranthus montanus SIEBOLD ex MIQUEL, l.c. pro syn.

Chloranthus glaber MAKINO in Tokyo Bot. Mag. XXVI, p. 386 (1912)— MAKINO & NEMOTO, Fl. Jap. p. 1132 (1925).

Frutex glaberrimus. Caulis viridis, nodis incrassatis articulatis. Folia opposita, petioli 3–20 mm. longi, stipulæ angustæ virides, lamina oblonga vel late lanceolata 5–16 cm. longa 1,5–6 cm. lata basi cuneata apice acuminata margine argute serrata supra lucida. Inflorescentia decussato-ramosa, bracteis persistentibus. Perianthium nullum. Ovarium ovoideum 1 mm. longum dorso stamine breve portat 1–loculare. Antheræ biloculares introrsæ. Stigma punctatum. Ovula unica ex medio suturæ interioris pendula. Fructus carnosus globosus coccineo-cinnabarinus 5–7 mm. latus. Putamen globosum, testa dura, albumen carnosum album.

Nom. Jap. *Senryō.*

Hab.

Quelpært : in silvis Hongno (U. FAURIE, no, 902, 2012) ; sine loco speciali (U. FAURIE, no. 302) ; in silvis secus torrentis supra Hongno (E. TAQUET, no. 3044).

Distr. Japonia, Liukiu, Formosa, Philippin, China media et australis., Indo-China, Malaya, Penang, India orientalis, Himalaya, Zeylania.

楊 柳 科

SALICACEAE

（一） 主 要 ナ ル 引 用 書 類

著 者 名	書 名
M. ADANSON	1) *Castaneæ* in Familles des Plantes II, p. 366-377 (1763).
J. G. AGARDH	2) *Salicineæ* in Theoria Systematis Plantarum p. 342 (1858).
C. ALLIONI	3) *Salix* in Flora Pedemontana II, p. 183-186 (1785); *Populus* in p. 187.
N. J. ANDERSSON	4) Salices Lapponiæ p. 1-90, fig. 1-28 (1845).
	5) Ost-Indiens hittills kända Pilarter (Salices) in Svensk Vetensk Acad. Hanov. 3 sér., 1850, p. 463-502 (1851).
	6) Bidrag till kännedomen om de i Nordamerika förekommende pilarter (Salices) in Öfvers. af K. Vetens. Akademien Förk. XV, p. 109-134 (1858).
	7) Salices Boreali-Americanæ in Proceedings of the American Academy of Arts and Sciences IV, p. 1-32 (1858).
	8) On East Indian Salices in Journal of the Linnæan Society, IV, p. 39-58 (1860).
	9) Monographia Salicum p. 1-180, t. I-IX. (1867).
	10) *Salicineæ* in Alp. de Candolle, Prodromus Systematis Naturalis Regni Vegetabilis XVI, sect. 2, p. 190-331 (1868).
	11) Norges Salices in Norges Flora p. 3-69 (1874).
C. C. BABINGTON	12) *Amentaceæ* Trib. 1, *Salicineæ* in Manual of British Botany, p. 270-282 (1843).
	13) On the Arrangement of the British Salices in Seemann, The Journal of Botany I, p. 167-172 (1863).
H. BAILLON	14) *Salicacées* in Histoire des Plantes IX, p. 411-412 (1880).
F. T. BARTLING	15) *Salicineæ* in Ordines Naturales Plantarum, p. 118-119 (1830).
C. BAUHINUS	16) *Populus* in Pinax Theatri Botanici, p. 429-430 (1623); *Salix* in p. 473-475.

17) *Salices* in Historia Plantarum Universalis I pt. 2, p. 209–219 (1650).

L. BEISSNER, E. SCHELLE & H. ZABEL

18) *Salicaceæ* in Handbuch der Laubholz-Benennung p. 13–47 (1903).

G. BENTHAM & J. D. HOOKER 19) *Salicineæ* in Genera Plantarum III, p. 411–412 (1880).

H. BŒRHAAVE 20) *Salix* in Index Plantarum II, p. 210–211 (1720); *Populus* in p. 211.

A. BONPLAND, AL. DE HUMBOLDT & C. S. KUNTH

21) *Saliceæ* in Nova Genera & Species Plantarum II, p. 18–22, t. 99–102 (1817).

L. BRETON-BONNARD 22) Le Peuplier p. 1–213, Pl. I–II, (1904).

I. H. BURKILL 23) *Salicaceæ* in The Journal of the Linnæan Society XXVI, p. 526–538 (1899).

A. & E.-G. CAMUS 24) Classification des Saules d'Europe & Monographie des Saules de France I, p. 1–386 (1904); II, p. 1–287 (1905).

E. A. CARRIÈRE 25) *Populus Simonii, P. angulata tortuosa* in Revue Horticole XXXIX, p. 360 (1867).

L. ČELAKOVSKÝ 26) *Salicineen* in Prodromus der Flora von Böhmen, II Theil, p. 132–143 (1871).

AD. DE CHAMISSO 27) *Salicineæ* in Linnæa VI, p. 538–543 (1831).

C. CLUSIUS 28) *Salix* in Rariorum Plantarum Historia I, p. 85–86 (1601).

J. DALECHAMPS 29) *Populus* in Historia Generalis Plantarum I, p. 268–280 (1587); *Salices* in p. 268–280.

F. G. DIETRIG 30) *Salix* in Vollständiges Lexicon der Gärtnerer und Botanik VIII, p. 371–413 (1808).

L. DIPPEL 31) *Salicaceæ* in Handbuch der Laubholzkunde II, p. 189–312 (1892).

R. DODONÆUS 32) Of the Kindes of Popler and Alpe in Nieuve Herball p. 749–750, figs. (1578); Of Wichy or Willow p. 743–744, fig.

33) De Populs in Stirpium Historiæ Pemptadis VI, Capt. XIV, p. 823–824, fig. (1583); De Salice in Caput XX, p. 830–842, figs.

J. C. DOELL 34) *Salicinæ* in Rheinische Flora, p. 257–268 (1843).

35) *Salicineæ* in Flora Badensis II, p. 484–526 (1859).

	36) *Salicinæ* in Zur Erklärung der Laubknospen der Amentaceen p. 6-9, fig. 5-6 (1848).
DUHAMEL DU MONCEAU	37) *Populus* in Traité des Arbres & Arbustes II, p. 177-181, Pl. 36-37 (1755); *Salix* in p. 243-249, Pl. 64.
B. C. DUMORTIER	38) *Salicineæ* in Analyse des Familles des Plantes p. 12 (1829).
	39) Verhandling over het geslacht der Wilgen (*Salix*) en de natuurlijke Familie der Amentaceæ (1825).
A. W. EICHLER	40) *Salicineæ* in Blütendiagramme II, p. 45-49 (1878).
S. J. ENANDER	41) Studier öfver Salices I. Linnés Herbarium (1907).
	42) Salices Sandinaviæ Fasc. III, (1910).
	43) Schedulæ ad S. J. Enandri Salices Scandinaviæ Exsiccatas, fasc. I, (1911), II, (1911).
S. ENDLICHER	44) *Salicineæ* in Genera Plantarum p. 290-291 (1836).
	45) *Salicineæ* in Enchiridion Botanicon p. 177-179 (1841).
M. J. FISCHER	46) The Morphology and Anatomy of the Flowers of the *Salicaceæ* in American Journal of Botany XV, no. 5, p. 307-326 (1928); no. 6, p. 372-394 (1928).
B. FLODERUS	47) On the Salix Flora of Kamtschatka in Arkiv för Botanik XX A, no. 6, p. 1-68, Pl. I (1826).
J. FORBES	48) Salices Woburnense p. 1-294 (1829).
A. FRANCHET & L. SAVATIER	49) *Salicineæ* in Enumeratio Plantarum Japonicarum I, p. 458-463 (1875); *Salix* in II, pt. 1, p. 502-506 (1876).
J. GÆRTNER	50) *Salix* in De Fructibus & Seminibus Plantarum II, p. 55-56, t. 90 fig. 3 (1791); *Populus* in p. 56, t. 90 fig. 4.
J. GERARDE	51) Of the Populus Tree in Historie of Plants p. 1300-1302 figs. (1597); Of the Willowe Tree p. 1202-1206 figs.
P. P. GISEKE	52) *Amentaceæ* in Prælectiones ad familias naturales Plantarum, p. 578-585 (1792).

M. GRENIER & M. GODRON   53) *Salicinées* in Flore de France III, pt. 1, p. 122–145 (1855).

W. GRIFFITH   54) *Balsamiflua deltoides* in Icones Plantarum Asiaticarum, Pl. DXXVI (1854).

55) *Balsamiflua deltoides* in Notulæ ad Plantas Asiaticas IV, p. 382 (1854).

T. HARTIG   56) *Salicineæ* in Vollständige Naturgeschichte der forstlichen Culturpflanzen Deutschlands p. 373–445, t. 32–41 (1851).

F. A HERDER   57) *Salicineæ* in Acta Horti Petropolitani XI, pt. 2, (Plantæ Raddeanæ IV) p. 395–470 (1890).

G. F. HOFFMANN   58) Historia Salicum Vol. 1 fasc. I, p. 1–32 t. 1–V (1785); fasc. II, p. 35–48, t. VI–X (1785); fasc. III, p. 51–66, t. XI–XVI (1786); fasc. IV, p. 67–78, t. XVII–XXIV (1787); Vol. II, fasc. I, p. 1–12, t. XXV–XXXI (1787).

J. D. HOOKER   59) *Salicineæ* in Flora of British India V, p. 626–639 (1888).

W. J. HOOKER   60) *Amentaceæ* Trib. 1. *Salicineæ* in Flora Boreali-Americana II, p. 144–155, Tab. CLXXX–CLXXXII (1839).

D. H. HOPPE   61) *Salix fragilis—Salix retusa* in J. STURM, Deutschlands Flora IX, p. 1077–1092.

N. T. HOST   62) *Salix* p. 1–34, t. 1–105 (1828).

E. HULTEN   63) *Salicaceæ* in Flora of Kamtchatka and the Adjacent Islands II, p. 1–22 (1928).

A. L. DE JUSSIEU   64) *Amentaceæ* in Genera Plantarum p. 407–411 (1789).

A. KIMURA   65) Contributiones ad Salicologiam Japonicam I in Tokyo Botanical Magazine XL, p. 7–14 (1926).

66) Contributiones ad Salicologiam Japonicam II in Tokyo Botanical Magazine XL, p. 633–643 (1926).

67) Contributiones ad Salicologiam Japonicam III in Tokyo Botanical Magazine XLII, p. 566–575 (1928).

68) Ueber *Pleuradeniæ*, eine neue Untergattung der Salix in Tokyo Botanical Magazine XLI, p. 497–498 (1927).

69) Ueber *Glandulosæ*, eine neue Sektion der Salix in Tokyo Botanical Magazine XLII, p. 68–69 (1928).

70) Ueber *Toisusu*, eine neue Salicaceen-Gattung und die systematische Stellung derselben in Tokyo Botanical Magazine XLII, p. 287-290 (1928).

G. D. J. KOCH

71) De Salicibus Europeis Commentatio p. 1-64 (1828).

72) *Salicineæ* in Synopsis Floræ Germanicæ & Helveticæ ed. 1, p. 641-661 (1837).

K. KOCH

73) Die Trauer-oder Thränenweiden in Wochenschrift des Vereines zur Beförderung des Gartenbaues in den Königl. Preussischen Staaten für Gärtnerei und Pflanzenkunde XIV, no. 48, p. 377-381 (1871).

74) *Salicaceæ* in Dendrologie II, pt. 1, p. 482-622 (1872).

E. KŒHNE

75) *Salicaceæ* in Deutsche Dendrologie p. 69 & p. 77-106 (1893).

G. KOIDZUMI

76) Spicilegium Salicum Japonensium novarum aut imperfecte cognitarum I. in Tokyo Botanical Magazine XXVII, p. 87–97 (1913); II, p. 264-267 (1913).

77) *Salix vulpina* varr. in Tokyo Botanical Magazine XXVIII, p. 285-286 (1914).

78) *Salix Matsudana* in Tokyo Botanical Magazine XXIX, p. 312 (1915).

79) *Salix Yoshinoi* in Tokyo Botanical Magazine XXIX, p. 314 (1915).

80) *Salix cyclophylla*, *S. Fauriei*, *S. tontomussirensis* in Tokyo Botanical Magazine XXX, p. 81-82 (1916).

81) *Salix yesoalpina*, *S. Yoshinoi*, *S. koreensis* in Tokyo Botanical Magazine XXX, p. 332 (1916).

82) *Salix pauciflora*, *S. kurilensis* in Tokyo Botanical Magazine XXXII, p. 62 (1918).

83) *Salix Hisauchiana* in Tokyo Botanical Magazine XXXIII, p. 114 (1919).

84) *Salix rupifraga* in Tokyo Botanical Magazine XXXIII, p. 120 (1919).

85) *Salix integra* THUNB. in Tokyo Botanical Magazine XXXIX, p. 299 (1925).

86) *Salix yamatensis* in Tokyo Botanical Magazine XLIII, p. 2 (1929).

V. KOMAROV

87) *Salicaceæ* in Acta Horti Petropolitani XXII (Flora Manshuriæ II), p. 14-38 (1903).

88) *Chosenia*, le troisième genre des Salicinées in Jaczewski, Mélanges Botaniques offert à Mr. I. Borodine à l'occasion de son jubilé, p. 275-281 (1927).

Y. KUDO

89) *Salicaceæ* in Report on Vegetation of North Saghalin p. 97-101 (1924).

J. B. DE LAMARCK & A. P. DE CANDOLLE

90) *Amentaceæ* in Synopsis Plantarum in Flora Gallica Descriptarum p. 177-183 (1806).

91) *Salix—Populus* in Flore Française 3 ed. III, p. 282-300 (1815).

PICOT DE LAPEYROUSE

92) *Salix* in Histoire Arbrégée des plantes des Pyrénées, et itinéraire des botanistes dans ces Montagnes, p. 594-604, *Populus* in p. 606-607 (1813).

W. LAUCHE

93) *Salicaceæ* in Deutsche Dendrologie p. 313-335 (1880).

H. LÉVEILLÉ

94) Les Saules du Japon in Bulletin de l'Académie internationale de Géographie Botanique XVI, p. 143-152 (1906).

95) *Salix Blinii*, *S. hallaisanensis* et ejus var. *nervosa*, *S. Taquetii*, *S. pogonantha*, *S. pseudo-Gilgiana*, *S. pseudo-lasiogyne*, *S. pseudo-jessoensis*, *S. Feddei*, *S. Argyi* in Fedde, Repertorium Novarum Specierum Regni Vegetabilis X, p. 435-437 (1912).

J. LINDLEY

96) *Amentaceæ—Salicineæ* in A Synopsis of British Flora ed. 1, p. 229-238 (1829).

97) *Salicineæ* in An Introduction to the Botany, p. 98-99 (1830).

	98)	*Salicaceæ* in A Natural System of Botany p. 186–187 (1836).
C. A LINNÆUS	99)	*Salix* in Genera Plantarum ed. 1, p. 300, no. 741 (1737); *Populus* in p. 307, no. 755.
	100)	*Salix* in Flora Lapponica ed. 1, p. 281–295, t. VII–VIII (1737).
	101)	*Amentaceæ* in Philosophia Botanica ed. 1, p. 28 (1751).
	102)	*Salix* in Species Plantarum ed. 1, p. 1015–1022 (1753); *Populus* in p. 1034–1035.
	103)	*Salix* in Genera Plantarum ed. 5, p. 447 (1754); *Populus* in p. 456 (1754).
J. C. LOUDON	104)	*Salicaceæ* in Arboretum & Fruticetum Britannicum III, p. 1453–1676 (1838).
T. MAKINO & K. NEMOTO	105)	*Salicaceæ* in Flora Japonica p. 1119–1131 (1925).
A. MATTHIOLUS	106)	*Populus alba & nigra* in Medici Senenses Commentarii p. 88–89 figs; *Salix* in p. 116–117, fig. (1554).
J. MATSUMURA	107)	*Salicaceæ* in Index Plantarum Japonicarum II, pt. 2, p. 7–16 (1912).
C. F. MEISSNER	108)	*Salicineæ* in Vascularium Plantarum Genera I, p. 348 (1836).
F. A. G. MIQUEL	109)	*Salicineæ* in Annales Musei Botanici Lugduno-Batavi III, p. 24–30 (1867).
C. F. BRISSEAU-MIRBEL	110)	*Salicineæ* in Élémens de Physiologie Végétale p. 905–906 (1815).
K. MIYABE & Y. KUDO	111)	*Populus Maximowiczii, P. Sieboldii, Salix Urbaniana* var. *Schneideri* in Icones of the Essential Forest Trees of Hokkaido, fasc. IV. (1921).
	112)	*Salix jessoensis, S. Caprea, S. rorida* in fasc. V. (1921).
	113)	*Salix viminalis* var. *yesoensis, S. sachalinensis, S. Miyabeana* in fasc. VI. (1921).
K. MIYABE & T. MIYAKE	114)	*Salicaceæ* in Flora of Saghalin p. 422–432 (1915).
C. MŒNCH	115)	*Salix* in Methodus ad plantas agri & horti botanici Marburgensis I, p. 335–337; *Populus* in p. 337–339 (1794).

A. MUTEL

116) *Amentacées A. Salicinées* in Flore Française III, p. 177–200 (1836).

T. NAKAI

117) *Salicaceæ* in Tokyo Botanical Magazine XXII (Plantæ Imagawanæ) p. 59 (1908).

118) *Salicaceæ* in Journal of College of Science, Tokyo XXXI (Flora Koreana II) p. 211–215 (1911).

119) *Salicaceæ* in Tokyo Botanical Magazine XXVI (Plantæ Hattæ) p. 8 (1912).

120) *Salicaceæ* in Tokyo Botanical Magazine XXVI (Plantæ Millsianæ Koreanæ) p. 43 (1912).

121) *Salicaceæ* in Report on the Vegetation of the Island of Quelpært p. 36 (1914).

122) *Salix* in Report on the Vegetation of Chirisan Mts. p. 28 (1915).

123) *Salix vulcani* in Tokyo Botanical Magazine XXX, p. 140 (1916).

124) *Salix graciliglans, S. kangensis* in Tokyo Botanical Magazine XXX, p. 274-275 (1916).

125) *Salicaceæ* in Report on the Vegetation of Mt. Waigalbon p. 68 (1916).

126) *Salix Ishidoyana* in Tokyo Botanical Magazine XXXI, p. 25 (1917).

127) *Salix bicarpa* in Tokyo Botanical Magazine XXXI, p. 111 (1917).

128) *Salicaceæ* in Report on the Vegetation of Mt. Paiktusan p. 62–63 (1918).

129) *Salix bicolor, S. oblongifolia, S. Brayi, S. rotundifolia, S. sibirica, S. subopposita, S. pentandra, S. hallaisanensis* var. *longifolia, S. aurigerana* in Tokyo Botanical Magazine XXXII, p. 27-31 (1918).

130) *Salicaceæ* in Report on the Vegetation of Diamond Mts. p. 168-169 (1918).

131) *Salix splendida, S. rorida* in Tokyo Botanical Magazine XXXII, p. 215-216 (1918).

132) *Salicaceæ* in Report on the Vegetation of Dagelet Island p. 17 (1919).

133) *Salix roridæformis, S. Siuzevii* in Tokyo Botanical Magazine XXXIII, p. 5 (1919).

134) *Salix aurigerana* f. *angustifolia, S. berberifolia* var. *genuina* et ejus var. *Brayi, S. meta-formosa, S. orthostemma, S. sericeo-cinerea* et ejus var. *lanata, S. purpurea* f. *rubra* in Tokyo Botanical Magazine XXXIII, p. 41-44 (1919).

135) *Populus jescensis* in Toky oBotanical Magazine XXXIII, p. 197 (1919).

136) *Chosenia,* A New Genus of *Salicaceæ* in Tokyo Botanical Magazine XXXIV, p. 67 70 (1920).

137) *Chosenia eucalyptoides* in The Journal of the Arnold Arboretum V, p. 72 (1924).

138) *Salicaceæ* in Report on the Vegetation of Kamikochi p. 15; *Chosenia eucalyptoides* in p. 38, Phot. 1, 2, 3, 13; *Salix Urbaniana* in Phot. 20 (1928).

139) Une Nouvelle Systématique des Salicacées de Corée in Bulletin de la Société Dendrologique de France, no. 66, p. 1-15 (1928).

P. S. PALLAS 140) *Populus* in Flora Rossica I, p. 65–67, tab. XLI (1784); *Salices* in II, p. 74-86, Tab. LXXXI-LXXXII (1788).

F. PAX 141) *Salicaceæ* in ENGLER u. PRANTL, Die Natür-lichen Pflanzenfamilien III, Abt. 1, p. 29–37 (1887).

C. H. PERSOON 142) *Salix* in Synopsis Plantarum II, p. 598–604; *Populus* in p. 623–624 (1807).

E. PETZOLD & G. KIRCHNER 143) *Salicaceæ* in Arboretum Muscaviense p. 570-596 (1864).

J. L. M. POIRET 144) *Saule, Salix* in Encyclopédie Méthodique VI, p. 639-662 (1804).

J. RAY 145) *Populus* in Historia Plantarum II, p. 1417-1419; *Salix* in p. 1419-1425 (1688).

A. REHDER 146) *Salicaceæ* in Manual of Cultivated Trees and Shrubs hardy in North America p. 82-122 (1927).

| | 147) | *Salicaceæ* in Journal of the Arnold Arboretum IV, p. 133-146 (1923). |

L. REICHENBACH 148) *Amentaceæ-Saliceæ* in Flora Germanica Excursoria II, p. 165–175 (1831).

149) *Salicineæ* in Icones Floræ Germanicæ & Helveticæ XI, p. 15–30, Tab. DLVII–DCXIX (1849).

E. REGEL 150) *Salicineæ* in Tentamen Floræ Ussuriensis p. 131–132 (1861).

E. REGEL & H. TILING 151) *Salicineæ* in Florula Ajanensis p. 117-118 (1858).

A. G. ROTH 152) *Salix* in Tentamen Floræ Germanicæ II, p. 501–524 (1792); *Populus* in p. 532-534.

G. ROUY 153) *Salicacées* in Flore de France XII, p. 189–252 (1910).

P. A. RYDBERG 154) Cæpitose Willows of Arctic America and the Rocky Mountains in Bulletin of the New York Botanical Garden I, p. 257-278 (1900).

155) *Salicaceæ* in Bulletin of The New York Botanical Garden II, p. 163–165 (1901).

J. ST. HILAIRE 156) *Amentaceæ* in Exposition des Familles Naturalles II, p. 315-324, t. 111 (1805).

C. K. SCHNEIDER 157) *Salicaceæ* in Illustriertes Handbuch der Laubholzkunde I, p. 2-69 (1904).

158) *Salicaceæ* in SARGENT, Plantæ Wilsonianæ II, p. 16–179 (1916).

159) Notes on American Willows I, The Species related to *Salix arctica* PALLAS in Botanical Gagette LXV, p. 117–142 (1918).

160) Notes on American Willows II, The Species related to *Salix glauca* L. in Botanical Gagette LXV, p. 318–353 (1918).

161) Notes on American Willows III, A Conspectus of American Species and Varieties of Sections *Reticulatæ, Herbaceæ, Ovalifoliæ,* and *Glaucæ* in Botanical Gazette LXVI, p. 27-64 (1919).

162) Notes on American Willows IV, Species and Varieties of Section *Longifoliæ* in Botanical Gazette LXVI, p. 309-346 (1919).

163) Notes on American Willows V, The Species of the *Pleonandræ* Group. in Journal of the Arnold Arboretum I, no. 1, p. 1–32 (1919).

164) Notes on American Willows VI, a. The Species of the Section *Phylicifoliæ*; b. The Species of Section *Sitchenses*; c. Section *Brewerianæ* in Journal of the Arnold Arboretum I, no. 2, p. 67-97 (1919).

165) Notes on American Willows VII. a. The Species of the Section *Adenophyllæ*. b. Sect. *Balsamiferæ* in Journal of the Arnold Arboretum I, no. 3, p. 147-171 (1920).

166) Notes on American Willows VIII. a. The Species of the Section *Chrysantheæ*. b. Sect. *Candidæ* in Journal of the Arnold Arboretum I, no. 4, p. 211–232 (1920).

167) Notes on American Willows IX. a. The Species of the Section *Discolores*. b. The Species of the Section *Griseæ* in Journal of the Arnold Arboretum II, no. 1, p. 1-25 (1920).

168) Notes on American Willows X. a. The Species of Section *Fulvæ*. a. The Species of Section *Roseæ* in Journal of the Arnold Arboretum II, no. 2, p. 65-90 (1920).

169) Notes on American Willows XI. a. Some Remarks on the Species of Section *Cordatæ*. b. Some Remarks on the Geographical Distribution of the American Willows, in Journal of the Arnold Arboretum II, no. 4, p. 185-204 (1921).

170) Notes on American Willows XII. a. Systematic Enumeration of the Sections, Species, Varieties, and forms of American Willows. b. Some Remarks on the hybrids hitherto observed among the American Willows. c. Some Remarks on the Geographical distribution of the American Willows. d. Analytical Keys to the Species of American Willows. e. Names applied to American Willows, but not men-

tioned in the preceding Notes. f. Index to
the Sections, Species, Varieties and Forms of
American Willows in Journal of the Arnold
Arboretum III, no. 2, p. 61-125 (1922).

FR. SCHMIDT   171)   *Salicaceæ* in Reisen im Amurlande und auf
der Insel Sachalin p. 61 (1868); *Salicaceæ* in
p. 172–174.

J. A. SCOPOLUS   172)   *Salix* in Flora Carniolica ed. 1, p. 406-411
(1760); *Populus* in p. 411-412.

173)   *Salix* in Flora Carniolica ed. 2, p. 252–260 tab.
61 (1772); *Populus* in p. 265–266.

C. D. SCHREBER   174)   *Salix* in Genera Plantarum ed. 8, p. 674–675
(1789); *Populus* in p. 693.

O. VON SEEMEN   175)   Fünf neue Weidearten in dem Herbar des
Königlichen botanischen Museums zu Berlin
in Engler, Botanische Jahrbücher XXI,
Beiblatt no. 52, p. 6-11 (1896).

176)   *Salicaceæ* in DIELS, Flora von Central China
in ENGLER, Botanische Jahrbücher XXIX,
p. 274-278 (1900).

177)   Salices Japonicæ p. 1-83, t. I-XVIII (1903).

178)   Salices Novæ in Fedde, Repertorium Novarum
Specierum Regni Vegetabilis, V, p. 17-20
(1908).

179)   *Salix* in ASCHERSON & GRÆBNER, Synopsis
von Mitteleuropæischen Flora IV, p. 54-350
(1908).

N. C. SERINGE   180)   Essai d'une Monographie des Saules de la
Suisse p. 1-100, t. I-III (1815).

H. SHIRASAWA   181)   *Populus tremula* var. *villosa*, *P. Balsamifera*
v. *suaveolens* in Icones of Essential Forest
Trees of Japan I, Pl. XVIII (1900).

182)   *Salix Thunbergiana*, *S. purpurea* in Icones of
Essential Forest Trees of Japan II, Pl. XIII;
S. purpurea var. *multinervis*, *S. Caprea* in
Pl. IX; *Salix opaca*, *S. triandra* var. *nip-
ponica* in Pl. X; *Salix Urbaniana*, *S.
daphnoides* in Pl. XI (1908).

P. V. SIUZEV 183) *Salicaceæ* in Travaux du Musée Botanique de l'Académie Impériale des Sciences de St. Pétersbourg IX (Contributiones ad floram Manshuriæ) p. 86-94, fig. 1-2 (1912).

E. SPACH 184) *Salicineæ* in Histoire naturelle des Végétaux X, p. 359-395 (1841).

185) Revisio Populorum in Annales des Sciences Naturelles 2 sér. XV, p. 28-34 (1841).

C. SPRENGEL 186) *Salix* in Systema Vegetabilium I, p. 97-107 (1825) ; *Populus* in II, p. 244 (1825).

J. T. B. SYME & Mrs. LANKESTER

187) *Salicineæ* in SOWERBY, English Botany VIII, p. 190-263, tab. MCCXCIX-MCCCLXXIX (1873).

THEOPHRASTUS 188) *De Populo etc* in Historia Plantarum, interpret Gaza, III, Caput XIV, p. 104-105 (1529) ; *De Ceraso, Stamma Jovis, Sambuca, Salice et eius generibus* in Caput XIII, p. 101-104.

C. P. THUNBERG 189) *Salix* in Flora Japonica p. 24-25 (1784).

AD. TŒPFFER 190) Salices Bavariæ p. 1-233 (1915).

J. P. TOURNEFORT 191) *Salix* in Institutio Rei Herbariæ p. 590-592, t. 364 ; *Populus* in p. 592, t. 365 (1700).

TRAGUS 192) *De Salice* in De Stirpium Historia Commentariorum, interprete a D. Kybero, III, p. 1077-1079 cum fig.; *De Populo alba* in p. 1080-1082 cum fig.; *De Populo nigra* in p. 1082-1083 cum fig. (1552).

C. R. DE TRAUTVETTER 193) Ueber die Weiden des Hortus Hostianus und der Dendrotheca bohemica in Linnæa X, p. 571-581 (1836).

E. R. DE TRAUTVETTER 194) *Salicinæ* in LEDEBOUR, Flora Rossica III, pt. 2, p. 598-629 (1851).

195) *Salicaceæ* in MAXIMOWICZ, Primitiæ Floræ Amurensis p. 242-245 (1859).

J. VALENOVSKY 196) Vergleichende Studien über die Salix-Blüte in Beihefte zum Botanischen Centralblatt, XVII, p. 123-128, Tafel. II (1904).

E. P. VENTENAT 197) *Amentaceæ* in Tableau du règne Végétale III, p. 550-573 (1799).

F. VITMAN	198)	*Salix* in Summa Plantarum V, p. 395-403; *Populus* in p. 426-427 (1791).
W. WADE	199)	*Salices* p. 1-406, t. 1 (1811).
A. WESMÆL	200)	*Populus* in ALP. DE CANDOLLE, Prodromus Systematis Naturalis Regni Vegetabilis XVI, sect. 2, p. 323-331 (1868).
	201)	Revue des espèces du genre *Populus* in Bulletin de la Société Royale de botanique de Belgique XXVI, p. 371-379 (1887).
C. L. WILLDENOW	202)	*Salix* in Species Plantarum II, pt. 2, p. 653-710; *Populus* in p. 802-807 (1805).
	203)	*Populus* in Die Wilde Baumzucht ed. 2, p. 286-295; *Salix* in p. 422-460 tab. V-VII (1811).
M. WILLKOMM & J. LANGE	204)	*Salicineæ* in Prodromus Floræ Hispanicæ I, p. 224-234 (1870).
F. WIMMER	205)	Salices Europææ p. 1-286 (1866).
WOLF et J. PALIBIN	206)	*Salicaceæ* in Key for the determination of Trees & Shrubs of Europe-Russia, Cremea, and Caucasus, by means of Flowers and Leaves, p. 57-140 (1904).

（二） 朝鮮産楊柳科植物研究ノ歴史

朝鮮ノ柳ノ始メテ世ニ紹介サレシハ 西暦千八百六十八年（明治元年）瑞典ノ柳屬ノ大家タリシ故 N. J. ANDERSSON 氏ガ SCHLIPPENBACH 氏ガ朝鮮ノ東北岸ニテ採收セシかうらいやなぎヲ ALPHONSO DE CANDOLLE 氏監修ノ Prodromus Systematis Naturalis Regni Vegetabilis（植物界自然分類序論）第十六卷第二節第二輯二百七十一頁ニ新種 *Salix koreensis* ANDERSSON トシテ記述發表セルニ始マル。

次テ千八百九十年露國ノ F. AB HERDER 氏ハ Acta Horti Petropolitani 第十一卷ニ RADDE 氏採收東亞植物ノ一部ノ研究發表ヲナセル中ニ楊柳科ノ下ニ第四百二十九頁ニ同種ヲ記セリ。

千八百九十九年英國ノ J. H. BURKILL 氏ハ HEMSLEY 氏ノ支那植物目錄中楊柳科ノ部ヲ擔當シテ其中ニ *Salix koreensis* ヲ加ヘタルガ The Journal of the Linnæan Society 第二十六卷五百三十頁ニ出デタリ。

千九百年露國ノ J. PALIBIN 氏著 Conspectus Floræ Koreæ 第二卷二
ハ *Salix Capræa* L., *S. koreensis* ANDERSSON, *S. Thunbergiana* BL.
ノ三種ヲ載ス。

千九百三年露國ノ V. KOMAROV 氏ノ Flora Manshuriæ 第二部 (Acta
Horti Petropolitani 第二十二卷ニアリ) ニハ

Salix cinerea L. (*S. gracilistyla* MIQUEL ノ誤)。

Salix acutifolia WILLD. (*Chosenia bracteosa* ノ誤)。

Salix koreensis ANDERS.

Salix Maximowiczii KOMAROV (新種)。

Salix multinervis FRANCH. & SAV. (*Salix integra* THUNBERG ニ同ジ)。

Salix myrtilloides L.

Salix purpurea L.

Salix repens L. (*Salix sibirica* var. *fallax* NAKAI ノ誤)。

Salix vagans ANDERSSON (*Salix cinerascens* FLODERUS ノ誤)。

ノ九種ヲ載セ且ツ *Salix Maximowiczii* ヲ圖解ス。

千九百八年余ハ前營林廠技師今川唯市氏採收北朝鮮植物ヲ東京植物學
雜誌第二十二卷ニ發表セル中ニハ *Populus tremula* L. (*P. Davidiana*
ナリ), *Salix mixta* KORSCHINSKY (*S. Siuzevii* O. SEEMEN ナリ) ノ二
種ヲ記セリ。

千九百十一年餘ノ Flora Koreana 第二卷ハ東京帝國大學理科大學紀
要第三十一卷トシテ出ヅ、其中ニハ次ノ十八種ノ楊柳科植物ヲ載ス。

Populus alba L.

Populus suaveolens FISCHER (大部分ハ *P. Maximowiczii* 一部ハ *P.
Simonii* ナリ)。

Populus tremula L. (*P. Davidiana* ナリ)。

Salix babylonica L. (*Salix pseudo-lasiogyne* LÉVEILLÉ ナリ)。

Salix vagans var. *cinerascens* ANDERSSON (*S. cinerascens* FLODERUS
ニ同ジ)。

Salix cinerea L. (*Salix gracilistyla* MIQUEL ナリ)。

Salix Thunbergiana BL. (*S. gracilistyla* ニ同ジ)。

Salix viminalis L.

Salix repens L. (*S. sibirica* ナリ)。

Salix myrtilloides L.

Salix phylicifolia L. (*S. graciliglans* ナリ)。

Salix glandulosa SEEMEN.

Salix Maximowiczii KOMAROV.

Salix multinervis FR. & SAV. (*S. integra* THUNB. ニ同ジ)。

Salix acutifolia WILLDENOW (*Chosenia bracteosa* ナリ)。

Salix purpurea L.

Salix koreensis ANDERSSON.

Salix mixta KORSCHINSKY (*S. Siuzevii* ナリ)。

千九百十二年余ハ現水原高等農林學校敎授八田吉平氏採收ノ滿鮮植物目錄ヲ東京植物學雜誌第二十六卷ニ發表シ其中ニ *Salix purpurea* L., *S. cinerea* L. (*S. gracilistyla*), *Populus tremula* L. (*P. Davidiana*) ヲ記セリ。

同年佛國ノ故 H. LÉVEILLÉ 氏ハ新植物ヲ FEDDE 氏監修 Repertorium Specierum Novarum Regni Vegetabilis（植物界新種集錄）第十六卷ニ出シ其中左ノ朝鮮產柳類アリ。

Salix Blinii LÉVEILLÉ.

Salix hallaisanensis LÉVEILLÉ.

Salix hallaisanensis var. *venosa* LÉVEILLÉ (*S. hallaisanensis* ニ同ジ)。

Salix Taquetii LÉVEILLÉ (*S. Blinii* ニ同ジ)。

Salix pogonandra LÉVEILLÉ (*S. koreensis* ニ同ジ)。

Salix pseudo-Gilgiana LÉVEILLÉ (*S. koreensis* ニ同ジ)。

Salix pseudo-lasiogyne LÉVEILLÉ.

Salix pseudo-jessnoesis LÉVEILLÉ (*S. koreensis* ニ同ジ)。

Salix Feddei LÉVEILLÉ (*S. koreensis* ニ同ジ)。

同年余ハ米人 Dr. R. G. MILLS 氏採收朝鮮植物ノ目錄ヲ東京植物學雜誌ニ發表シ其中ニ左ノ楊柳科植物ヲ載ス。*Populus tremula* L. (*P. Davidiana*), *Populus suaveoleus* FISCHER (*P. Maximowiczii* HENRY), *Salix multinervis* FR. & SAV. (*S. purpurea* L.), *Salix acutifolia* WILLDENOW (*S. rorida* LACKSCHEWITZ), *Salix glandulosa* SEEMEN (*S. gracilistyla* MIQUEL), *Salix repens* L. (*S. graciliglans* NAKAI).

同年又朝鮮產トシテ次ノ柳二種ヲ同誌ニ記ス。*Salix stipularis* SMITH (*S. Siuzevii*), *Salix daphnoides* VILLARS (*S. rorida* LACKSCHEWITZ).

千九百十四年余ノ濟州島植物調查書ニハ *Salix koreensis, Salix hal-*

laisanensis, Salix myrtilloides (*S. Blinii*), *Salix repens* (*S. subopposita* MIQUEL), *Salix Thunbergiana* BL. ヲ記ス、又同時出版ノ莞島植物調査書ニハ *Salix koreensis* 一種ヲ記セリ。

千九百十五年版智異山植物調査書中ニハ第二十八頁ニ *Salix glandulosa* SEEMEN, *Salix hallaisanensis* LÉVEILLÉ, *Salix koreensis* ANDERSSON, *Salix Thunbergiana* BL. ノ四種ヲ記ス。

千九百十六年余ノ鷲峯植物調査書ガ朝鮮彙報特別號ニ出版アリ。其中ニアル楊柳科植物ハ次ノ如シ。*Salix acutifolia* WILLDENOW (*Chosenia bracteosa*), *Salix purpurea* L., *Salix Maximowiczii* KOMAROV, *Salix vagans* ANDERSSON (*S. cinerascens* FLODERUS).

同年四月まめやなぎヲ新種 *Salix vulcani* NAKAI トシテ東京植物學雜誌第三十卷百四十頁ニ發表セシモ後之ハ *Salix rotundifolia* TRAUVETTER ニ同ジキコト判明セリ。

同年五月 SARGENT 氏監修ノ Plantæ Wilsonianæ 第三卷第一部上梓サル、其中ノ楊柳科植物ハ當時滯米中ナリシ墺國ノ Dr. C. K. SCHNEIDER 氏ノ研究ニ成リ、東亞産ノ楊柳科類全部ヲ包括シ中ニアル朝鮮ノモノハ左ノ各種ナリ。

Populus tremula L. var. *Davidiana* SCHNEIDER.

Salix glandulosa SEEMEN.

Salix eucalyptoides F. N. MEYER (*Chosenia bracteosa* ナリ)。

Salix Maximowiczii KOMAROV.

Salix amygdalina L. var. *nipponica* SCHNEIDER (*Salix triandra* L. ナリ)。

Salix Matsudana KOIDZUMI (*Salix pseudo-lasiogyne* LÉVEILLÉ ナリ)。

Salix koreensis ANDERSSON.

Salix Caprea L. (*Salix hallaisanensis* var. *orbicularis* ナリ)。

Salix Starkeana WILLD. var. *cinerascens* SCHNEIDER (*S. cinerascens* FLODERUS ナリ)。

Salix myrtilloides L.

Salix sibirica PALLAS var. *subopposita* SCHNEIDER.

Salix rorida LACKSCHEWITZ.

Salix Blinii LÉVEILLÉ.

Salix gracilistyla MIQUEL.

Salix purpurea L.

同年八月余ハ二新種 てうせんねこやなぎ *Salix graciliglans* NAKAI トかうかいやなぎ *Salix kangensis* NAKAI トヲ東京植物學雜誌ニ發表セリ。

千九百十七年一月余ハ欝陵島産ノ一新柳たけしまやなぎ *Salix Ishido-yana* NAKAI ヲ同雜誌ニ發表セリ。

同年四月余ハ狼林山産ノ一新柳たかねやなぎ *Salix bicarpa* NAKAI ヲ同雜誌ニ發表ス。

千九百十八年二月余ハ次ノ朝鮮産ノ柳類ヲ同雜誌ニ發表ス。

Salix bicolor EHRH, (*S. metaformosa* NAKAI ナリ)。

Salix oblongifolia TRAUTVETTER & MEYER (*S. sericeo-cinerea* NAKAI ナリ)。

Salix Brayi LEDEBOUR (*S. berberifolia* PALLAS var. *Brayi* TRAUTVETTER).

Salix rotundifolia TRAUTVETTER.

Salix sibirica PALLAS.

Salix subopposita MIQUEL.

Salix pentandra L. (*S. pentandra* v. *intermedia* NAKAI).

Salix hallaisanensis LÉVEILLÉ var. *longifolia* NAKAI.

同年三月版余ノ白頭山植物調査書ニハ次ノ楊柳科植物ヲ揭グ。

Populus Maximowiczii HENRY.

Populus tremula L. var. *Davidiana* SCHNEIDER.

Salix Caprea L. (*S. hallaisanensis* v. *orbicularis* NAKAI).

Salix multinervis FR. & SAV. (*S. integra* THUNBERG).

Salix myrtilloides L.

Salix Onoei FR. & SAV. (*S. Siuzevii* O. SEEMEN ナリ)。

Salix pentandra L. (*S. pentandra* L. var. *intermedia* NAKAI).

Salix phylicifolia L. (*S. metaformosa* NAKAI ナリ)。

Salix rotundifolia TRAUTVETTER.

Salix sibirica L.

Salix Starkeana WILLDENOW (*S. cinerascens* FLODERUS ナリ)。

同年十月從來 *Salix acutifolia* WILLDENOW ニ當テアリシモノヲ別種トシテ *Salix splendida* NAKAI ノ名ヲ與ヘ併セテ *Salix daphnoides*

VILLARS トシ居リシモノヲ *Salix rorida* ニ改メテ東京植物學雜誌ニ記セリ。

又同年余ノ金剛山植物調査書ニハ

Populus Maximowiczii HENRY.

Populus tremula L. var. *Davidiana* SCHNEIDER.

Salix Caprea L.

Salix gracilistyla MIQUEL.

Salix hallaisanensis LÉVEILLÉ & VANIOT.

Salix hallaisanensis var. *longifolia* NAKAI.

Salix daphnoides VILLARS (*Salix rorida* ナリ)。

Salix koreensis ANDERSSON.

Salix Maximowiczii KOMAROV.

Salix purpurea L.

Salix rorida LACKSCHEWITZ. (*Chosenia bracteosa* ナリ)。

Salix triandra L.

Salix Starkeana WILLDENOW (*S. cinerascens* FLODERUS).

千九百十九年一月余ハ東京植物學雜誌第三十三卷ニ次ノ二種ヲ記ス。
Salix roridæformis NAKAI こえぞやなぎ。 *Salix Siuzevii* SEEMEN てうせんおのへやなぎ。

同年三月余ハ同誌上ニ次ノ諸種ヲ記ス。

Salix aurigerana f. *angustifolia* NAKAI.

Salix berberifolia PALLAS var. *genuina* GLEHN.

Salix berberifolia PALLAS var. *Brayi* TRAUTVETTER.

Salix meta-formosa NAKAI.

Salix orthostemma NAKAI.

Salix sericeo-cinerca NAKAI.

Salix sericeo-cinerea var. *lanata* NAKAI.

Salix purpurea L. f. *rubra* NAKAI.

千九百二十年五月從來 *Salix acutifolia* ニ誤ラレ後 *Salix splendida* ニ改メシ種ハ新屬ナルコトヲ知リ *Chosenia* ナル新屬ヲ立テ種名ヲ *Chosenia splendida* トシ東京植物學雜誌ニ發表ス。

千九百二十二年森爲三氏ノ朝鮮植物名彙出ヅ其中ニ次ノ柳類ヲ記ス。

Populus alba L. (栽培)。

Populus Maximowiczii HENRY.

Populus monilifera AITON（栽培）。

Populus nigra L.（栽培）。

Populus pyramidalis SALISBURY（栽培）。

Populus Simonii CARRIÈRE.

Populus suaveolens FISCHER (*Populus koreana* REHDER ナリ）。

Populus tremula L. var. *Davidiana* SCHNEIDER.

Salix aurigerana LA PEYROUS (*Salix hallaisanensis* var. *orbicularis* NAKAI ナリ）。

Salix aurigerana var. *angustifolia* NAKAI (*Salix hallaisanensis* var. *elongata* NAKAI ナリ）。

Salix babylonica L. (*Salix pseudo-lasiogyne* LÉVEILLÉ ナリ）。

Salix berberifolia PALLAS.

Salix berberifolia var. *Brayi* TRAUVETTER.

Salix bicarpa NAKAI.

Salix Blinii LÉVEILLÉ.

Salix glandulosa SEEMEN.

Salix gracilistyla MIQUEL.

Salix graciliglans NAKAI.

Salix gymnolepis LÉVEILLÉ (*Salix Gilgiana* SEEMEN ナリ）

Salix hallaisanensis LÉVEILLÉ.

Salix hallaisanensis LÉVEILLÉ var. *longifolia* NAKAI.

Salix Ishidoyana NAKAI.

Salix kangensis NAKAI.

Salix koreensis ANDERSSON.

Salix Maximowiczii KOMAROV.

Salix meta-formosa NAKAI.

Salix multinervis FR. & SAV. (*Salix integra* THUNBERG ＝同ジ）。

Salix myrtilloides L.

Salix neo-lasiogyne NAKAI (*Salix pseudo-lasiogyne* LÉVEILLÉ ＝同ジ）。

Salix neo-lasiogyne var. *glabrescens* NAKAI (*Salix dependens* NAKAI ナリ）。

Salix nipponica FR. & SAV. (*Salix triandra* L. ＝同ジ）。

Salix Onoei FR. & SAV. (*Salix Siuzevii* SEEMEN ナリ)。

Salix orthostemma NAKAI.

Salix pentandra L. (*Salix pentandra* var. *intermedia* NAKAI ナリ)。

Salix purpurea L.

Salix purpurea var. *rubra* NAKAI.

Salix rorida LACKSCHEWITZ.

Salix roridæformis NAKAI.

Salix rotundifolia TAUTVETTER.

Salix sericeo-cinerea NAKAI.

Salix sericeo-cinerea var. *lanata* NAKAI.

Salix sibirica L.

Salix Siuzevii SEEMEN.

Salix Starkeana WILLD. (*Salix cinerascens* FLODERUS ナリ)。

Salix subopposita MIQUEL.

Salix viminalis L.

同年 A. REHDER 氏ハ Harvard 大學附屬 Arnold Arboretum ニ植エアルちりめんぞろのきヲ新種ト考定シ *Populus koreana* ノ名ヲ與ヘテ之ヲ The Journal of the Arnold Arboretum 第三卷二十六頁ニ記述セリ。

千九百二十四年余ハ滯米中 *Salix eucalyptoides* F. N. MEYER ガ *Salix splendida* ヨリモ早ク發表サレシけしようやなぎノ名ナルコトヲ知リ *Chosenia eucalyptoides* NAKAI ナル新組合ヲナシ之ヲ The Journal of the Arnold Arboretum 第五卷七十二頁ニ發表セリ。

千九百二十七年 REHDER 氏ハ改メテ *Populus koreana* ヲ Mittleilungen der Deutschen Dendrologischen Gesellschaft 第三十八卷三十七頁ニ記セリ。

又同年氏ハ氏ノ多年ノ研究ヲ纏メテ Manual of Cultivated Trees and Shrubs ナル一書トシテ出版セリ、其中ニ記シアル朝鮮ノ楊柳類ハ次ノ如シ。

Populus koreana REHDER, *Salix cardiophylla* TRAUTVETTER & MAYER (朝鮮ノモノハ *Salix glandulosa* SEEMEN ト誤ル), *Salix Matsudana* KOIDZUMI (朝鮮ノモノハ *Salix pseudo-lasiogyne* LÉVEILLÉ ト誤ル), *Salix gracilistyla* MIQUEL.

千八百二十八年五月理學士木村有香氏ハおほばやなぎ、とかちやなぎ、

ひろはたちやなぎ等ノ芽ノ鱗片ガ腹面ニテ相重ナル事ト花ノ腺ガ兩側ニ出ヅル故ヲ以テ Toisusu ナルー新屬ニ改メ從ツテひろはたちやなぎハ Toisusu cardiophylla var. Maximowiczii KIMURA トセリ、但シ其正シカラヌハ後ニ述ブベシ。

同年同月余ガ一年前送リ置キシ朝鮮ノ楊柳科植物ノ新分類法ニ就テノ論文（英文）ガ DODE 氏ニ依リテ佛譯サレ Bulletin de la société dendrologique de France 第六十六號ニ於テ發表サレタリ。此中ニハ種々ノ亞屬、節ヲ立テ又 Salix dependens, Salix purpurea var. japonica ナル新植物ト併セテ從來知リ得タル三屬三十六種ノ楊柳科植物ヲ記述セリ。

（三） 朝鮮楊柳科植物ノ効用

楊柳科植物ハ朝鮮産樹木類中最モ主要ノモノヽ一部ヲナシ松柏類、櫟斗類ニ次デ缺クベカラザルモノタリ。材用トシテ最モヨキハけしようやなぎ一名からふさくろやなぎニシテ建築材、橋梁材タルハ勿論、下駄材トシテ多ク用キラルヽ事ハ恰モ北海道産ノおほばやなぎノ如シ。之ニ亞グモノハ北部ニアリテハえぞやなぎ、かうらいやなぎニシテ南部ニアリテハあかめやなぎナリ。又燐寸ノ軸木、箱類、經木等ニ用キルモノハどろのきヲ主トシ、ちりめんどろ、てりはどろ、てうせんやまならし等之ニ亞グ。護岸用ニ最モ有効ナルハてうせんねこやなぎニシテからこりやなぎ、ねこやなぎ、いぬこりやなぎ、てうせんおのへやなぎ、きぬやなぎ、たちやなぎ等之次グ。南部、中部ノ河岸ニ木ナキ所ニアリテハ河床ヲ整ヘ又ハ護岸ノ爲メニハ外國産ノぽぷらハ最モ有効且ツ經濟的ナレドモ北部ニ至レバ隨所ニ固有ノ楊柳類繁茂シ殊更ニ外國種ヲ植フル要ナシ。

我邦ニ於テ古來松ヲ道並木ニセル如ク朝鮮ニテハ楊柳類ヲ並木トス。其爲メ朝鮮ニ固有ノ一風景ヲ與フ。故子爵趙重應氏ヨリ聞ク所ニ依レバ朝鮮ニ柳ヲ並木トスルハ單ニ風致ノ爲メノミニ非ズシテ夏時炎熱ニ苦シム行路ノ人ガ柳ノ葉ヲ嚙メバ其苦味ニ刺激サレ頓ニ元氣ヲ恢復スル故ナリト、其那邊迄信ヲ措キ得ルカヲ知ラザレドモ此所ニ記シ置ク、近來此等楊柳ノ並木ヲ廢シにせあかしあ、其他外國ノ街路樹ト代ラシメ居ルハ固有ノ風景ヲ損ジ朝鮮ノ特色ヲ失ヒ余等ノ贊シ得ヌ所ナリ。かうらいし

だれやなぎ、かうらいやなぎハ共ニ朝鮮特有ノモノニシテ支那産ノしだれやなぎ *Salix babylonica* L. 日本産ノ六角柳 *Salix elegantissima* KOCH ニ對比スベキヨキ街路樹ナリ。

柳類ノ靱皮ハ強靱ナル爲メ綱ニ作リ枝ハ編ミテ籠、笊、敷物等ニ作リ又屋根裏ヲ葺キ壁ノ心トス。

又柳類ノ葉ハ Salicin ヲ含ミサリチール酸ヲ採リ得。

（四） 楊柳科植物ノ花部ノ構造ト其分類ノ要點並ニ柳屬ノ花ノ發達ノ順序ニ就イテ

楊柳科ニハモト僅カニ楊屬 *Populus* ト柳屬 *Salix* トノ二屬ノミ知レ其中楊屬ニハ花盤ノ形狀ニ依リテ GRIFFITH 氏ガ *Balsamiflua* ナル屬ヲ分チシ事アレドモ他ノ植物學者ハ何レモ之ヲ獨立ノ屬ト認メズ、柳屬ニハ OPIZ 氏ハ *Salix amygdaloides* ニ基キテ *Gruenera* 屬ヲ KERNER 氏ハ *Salix reticulata* 系ノモノニ基キテ *Chamitea* 屬ヲ建テシガ此等モ亦他ノ植物學者ノ採用スル所トナラズ依然楊屬ト柳屬トノミ殘在セリ。諸學者ノ區別スル兩屬ノ要點ハ左ノ如シ。

芽ハ數個ノ鱗片ニテ被ハル、花ハ風媒、花被ハ杯狀。…………楊屬
芽ハ一個ノ鱗片ニテ被ハル、花ハ虫媒、花被ナク蜜腺アリ。…柳屬

而シテ柳屬ハ頗ル退化セル花ヲ有シ其花部ハ昔時花瓣四個、雄蕋四個一室ノ子房ヨリ成ルト推定サレタリ。

然ルニ大正十一年余ハ石戸谷技師ノ手ヲ經テけしようやなぎノ花ヲ檢スルヲ得其全ク花被又ハ蜜腺ト見ルベキモノナク又花柱ハ離生シテ先端不完全ナル關節ヲ生ジ爲メニ柱頭ハ早ク落ツル事ヲ知リ新ニ化粧柳屬ヲ建テ、楊屬柳屬ヨリ左ノ如ク區別セリ。

1　花ハ虫媒、蜜腺アリ、花柱ハ二個基部癒合ス。……………柳屬
　　花ハ風媒。………………………………………………………2

2　芽ハ多數ノ鱗片アリ。花被ハ杯狀、花柱一個、二乃至三分ス。………………………………楊屬
　　芽ハ一個ノ鱗片アリ。花被ナシ、花柱ハ二個離生、柱頭ハ花柱ト關節ス。………………………………………化粧柳屬

　然ルニ歐洲ノ學者ハ其性質ヲ知ラズ單ニ蜜腺ナキコトノミニ注意シ虫
媒風媒ノ別アルコトヲモ注意セズシテ化粧柳屬ハ柳屬ヨリ區別シ得ザル
ト謂フモノ（瑞典 HULTEN 氏）。區別ハ屬ト見ル程著シカラズ之ヲ屬ト
見ルモ節ト見ルモ見ル人ニ依ルトスルモノ（露國 KOMAROV 氏）。又獨
立ノ屬ニ贊意ヲ表スルモノ（墺國 WETTSTEIN 氏、米國 REHDER 氏）
アリ。故ニ余ハ本編ヲ記スニ先チ特ニ廣ク內外ノ柳類、楊類ヲ檢シ其花
ノ構造ガ完全花ナリシ昔時ニアリテハ如何ナル形ナリシカヲ確メ其今日
ノ如キ花ニ退化シ來レル經路ヲ正フシ併セテ柳屬ノ苞又ハ鱗片ノ何物ナ
ルカヲ究メ以テ柳科植物ノ自然系統ヲ明ニスル事ヲ得タリ。今此研究ニ
從ヒテ楊屬、柳屬、化粧柳屬ノ花部ノ構造ヲ述ブレバ大凡左ノ如シ。

　楊屬 *Populus.*

　芽ハ必ズ數個ノ相重ナレル鱗片ヲ有ス。花ハ風媒、單性、雌雄異株、
一個ノ苞ト一個ニ癒合シテ杯狀又ハ舟狀ヲナス蕚（モト五個ノモノ合ス）
トヲ有シ。雄花ニアリテハ五個乃至六十個即チ五個又ハ六個ノ雄蕋ガ一
列乃至十列ニ並ビ、雌蕋ナク、雌花ニアリテハ雄蕋ナク一個一室ニ合一
セル二個又ハ三個ノ心皮ヨリ成ル子房アリ各胎坐ニハ數個以上ノ卵子ヲ
有シ花柱殆ンドナク柱頭ハ二個乃至三個。

　化粧柳屬 *Chosenia.*

　芽ハ必ズ一個ノ鱗片ヲ有ス。花ハ風媒、雌雄異株、雄花ハ一個ノ苞ト
五個ノ雄蕋トヲ有ス。雄花ハ一個ノ早ク落ツル苞ト二個ノ心皮ヨリ成ル
一個一室ノ子房ヨリ成ル。胎坐ハ底側、二個、各二個ノ倒生卵子ヲ有ス。
花柱ハ二個離生、柱頭ハ不完全ノ關節ニテ花柱ヨリ落ツ。

　柳屬 *Salix.*

　芽ハ一個ノ鱗片アルモノヲ常トシ稀ニ數個ノ相重レル鱗片ヲ有ス。花
ハ虫媒、單性、雌雄異株稀ニ同株。雄花ハ一個ノ苞ト之ト相重ナル一個
ノ蕚ト五個又ハ六個（屢々退化シテ四個又ハ三個又ハ二個トナリ又ハ二
個ガ完全ニ癒合シテ一個トナル。又一方ニハ增數シテ十個乃至二十個ト
ナルモアリ）。花瓣ハ五個又ハ六個化シテ蜜腺トナリ屢々退化シテ四個、
三個、二個又ハ一個トナル。子房ハ通例退化消滅スレドモ稀ニ二個ノ痕
跡ヲ存ス。雌花ハ一個ノ苞ト之ト相重レル一個ノ蕚ト一個ノ心皮ヨリ成
ル二個ノ子房又ハ二個ノ心皮ヨリ成ル一個ノ子房アリ。前者ニアリテハ
子房ハ一室一個ノ側膜胎坐ト一個ノ花柱ト無叉又ハ二叉セル柱頭トヲ有
シ、後者ニアリテハ一室二個ノ側膜胎坐ト二個ノ少クモ基部ハ相癒着セ

ル柱頭ト二叉又ハ四叉セル柱頭トヲ有ス。卵子ハ各胎坐ニ通例二個以上二列ニ生ズ。

以上ノ如ク楊屬、化粧柳屬ハ柳屬ヨリ風媒ニシテ虫媒ナラヌ花ヲ有スルコトニテ區別アリ又化粧柳屬ハ花被ナキ事ニ依リテ楊屬及ビ柳屬ノ何レヨリモ區別アリ。

抑モ柳屬ノ苞ト稱スルモノハ單ナル苞ニ非ズシテ苞ト萼トガ相重ナリテ成リシモノニシテ全ク完全ニ癒着セシ故一見二者ノ合一セルコトヲ知リ難ク又苞ノ發達ト萼ノ發達トハ各種各花ニ依リテ程度ヲ異ニスル為メ或ハ基部ノミニ殘ル苞又ハ萼トナル時ハ極メテ薄キ苞トナル。此兩者ノ癒着物タルコトヲ即知シ得ル方法アリ。即ハチ花時花穗ノ頭ヲ摘ミテ之ヲ引キ花穗ヲ中斷スレバ殘レル一方ニ苞ヲ殘シ摘ミ取リタル一方ニ萼ヲ殘スヲ以テ所謂苞ト稱スルモノガ苞ト萼トノ合一體ナルコトヲ不充分ナガラ容易ニ認知シ得ベシ。又所謂苞ノ基部ガ屢々相依リテ雄蕊又ハ子房ノ基部ヲ包ミ杯狀トナラントスル性アルハ是レ癒合セル萼ガ楊屬ノ花被ノ如クナラントスル性質アルヲ示シ又所謂苞ノ背面ニ横皺アルハ苞ト花被トノ發達ノ度ノ異ナル為メニ生ゼシモノニシテ無意味ニアルモノニ非ズ。

次ニ柳屬ノ花ノ退化ノ經路ヲ辿ランニ往昔ハ多數ノ雄蕊ヲ有セシモノ、如ク夫レガ次第ニ退化シテ一時五個又ハ六個ノ雄蕊ヲ有スルモノトナレリ。此時ノ完全花ヲ想象シテ花式ヲ示セバ挿圖 AA ノ如クナル。

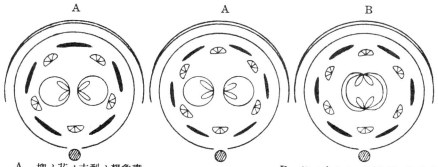

A. 柳ノ花ノ古型ノ想象畫。
Floral diagrammes of imaginal complete flowers of ancestral Salices.

B. 柳ノ完全ナル兩全花ノ想象畫。
Floral diagramme of imaginal complete flower of *Salix*.

此花式ノモノ、子房ガ相合シテ一室トナレバ次ノ挿圖 B ノ如クナル。
之レヨリ苞ハ蕚ト相重リテ癒着シ花被ハ蜜腺トナリ、其レガ又減數シ雄
蕋モ減數シ子房ガ退化消滅スレバ次ノ如クナル (圖 C—I)。

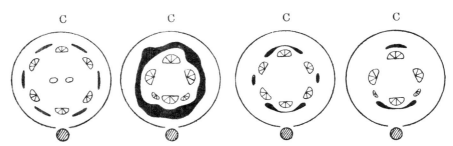

C. あかめやなぎ節ノ花式。
Floral diagrammes of Sect. *Glandulosæ*.

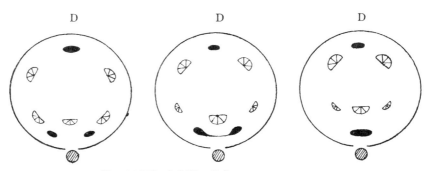

D. おほばやなぎ節ノ花式。
Floral diagrammes of Sect. *Urbanianæ*.

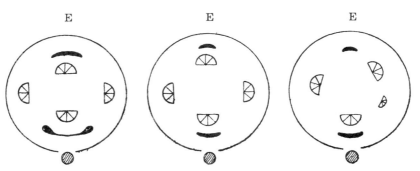

E. たちやなぎ節ノ花式。
Floral diagrammes of Sect. *Triandræ*.

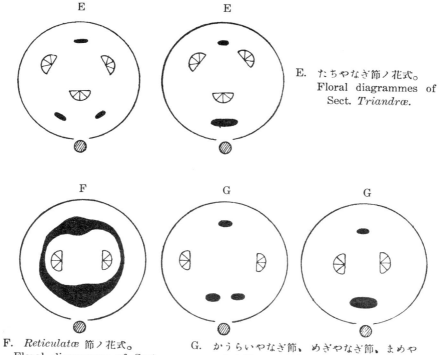

E. たちやなぎ節ノ花式。
Floral diagrammes of
Sect. *Triandræ*.

F. *Reticulatæ* 節ノ花式。
Floral diagramme of Sect.
Reticulatæ (*Chamitea*).

G. かうらいやなぎ節、めぎやなぎ節、まめや
なぎ節、おほみれやなぎ節等ノ花式。
Floral diagrammes of Sects. *Subfragiles*,
Berberifoliæ, *Herbaceæ*, *Sericeæ* etc.
etc.

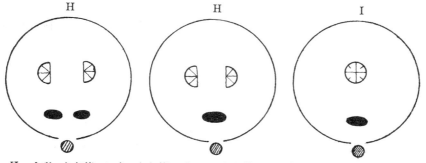

H. えぞやなぎ節、ぬまやなぎ節、ばっこやなぎ節、
ほやなぎ節、ぬまきぬやなぎ節、きぬやなぎ
節等ノ花式。
Floral diagrammes of Sects. *Daphnoideæ*,
Myrtilloideæ, *Capreæ*, *Phylicifoliæ*, *Incu-
baceæ*, *Viminales* etc. etc.

I. れこやなぎ節、こりやな
ぎ節ノ花式。
Floral diagramme of
Sects. *Gracilistyleæ*,
and *Helix*.

雄蕊ノ數多キ方ハ五又ハ六ノ倍數 10, 12, 15, 18, 20 等ノ間ヲ變化ス。
(圖 K, L)。

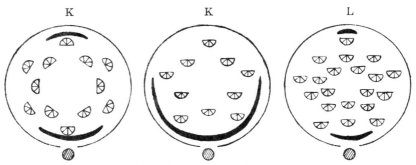

K. L.　多數ノ雄蕊ヲ有スル柳類ノ花式。
Floral diagrammes of polyandrous Salices.

然レドモ斯クナル場合ハ多クハ不規則ニシテ正確ヲ期シ難シ。

　大凡雄蕊六個ノ場合モ五個ノ場合モ最モ早ク消滅スルハ腹側面ノモノ
ニシテ此腹側面ニアル左右二本ノ雄蕊ハ背側面ニアル左右二本ノモノニ
合スル傾向アリ。故ニ腹側面ト背側面トノ中間ニ位スル花瓣即チ蜜腺ハ
先ヅ第一ニ退化消滅ス。斯クシテ生ゼル雄花ハ腹、背、側面ニ各一個計
四個ノ雄蕊ト其間ニ位スル四個ノ蜜腺トヲ有ス。此狀態ニアルモノハ今
モ尚おたちやなぎノ成育ヨキ花穗ノ基部ノ花ニ屢々見ル所ナリ。次デ背
側ニアル二個ノ蜜腺ハ相寄リテ一個ニ癒着シ次デ背面ニアル一個ノ雄蕊
ハ退化消滅ス。斯クシテ生ゼル花ハ腹面ニ一個（但シ苞トノ癒着ノ度ニ
依リテ此一個ガ背面ニ位スルコトアリ）。側面ニ各一個都合三個ノ雄蕊
ト背面ニ一個腹面ニ二個（後癒合ニ依リテ一個トナル）ノ蜜腺ヲ有ス、
此狀態ニアルモノハたちやなぎノ普通ノ花ナリ。雄蕊五個、蜜腺五個ヲ
有スル花ヨリハ側方各一個ノ蜜腺ノ退化消滅ト側方各二個ノ雄蕊ノ癒着
（但シ一個ノ葯ハ消滅ス）ニ依リテ直チニ普通ノたちやなぎ花型トナル。
(圖 E).

　次ニ腹面ノ雄蕊ガ消滅スレバ花ハ左右ニ各一個ノ雄蕊ト腹面ニ二個
（癒合ニ依リ通例一個トナル）ト背面ニ一個ノ蜜腺トヲ有スルモノトナ
ル。此狀態ニアルハかうらいやなぎ、めぎやなぎ、まめやなぎ等ノ屬ス
ル柳ノ群ナリ。(圖 G).

　次ニ背面ノ蜜腺ガ退化消滅スル時ハ花ハ二本ノ雄蕊ト一個又ハ二個ノ
腹面ノ蜜腺ヲ有スル形トナル。此狀態ニアルハえぞやなぎ群、ぬまやな

ぎ群、ばつこやなぎ群、きぬやなぎ群、ほやなぎ群等ナリ。(圖 H).

次ニ左右ノ雄蕋ガ相癒合シテ一本ノ四室ノ葯ヲ有スル雄蕋ト腹面ニ一個ノ蜜腺ヲ有スル花トナル。此型ノモノハねこやなぎ群、こりやなぎ群ノ花ナリ。(圖 I).

The structure of flowers, and the main characteristics for
the classification of *Salicaceæ*.
The development of the flowers of *Salix*.

In *Salicaceæ*, two genera have been only enlisted in the books of plant taxonomy. GRIFFITH had distinguished *Balsamiflua* from *Populus* by the shape of cupule, but no other botanists had ever regarded it valid. From the genus *Salix*, OPIZ separated *Salix amygdaloides* as a distinct genus *Gruenera*, and KERNER founded another genus *Chamistea* for the group of *Salix reticulata*. However, these two genera are not accepted, and in consequence *Populus* and *Salix* are only the genera remaining still in *Salicaceæ*. They are usually classified as follows.

{ Buds with several imbricated scales. Perianth cup-like. ...*Populus*
{ Buds with single scale. Flowers without perianth, but with
{   nectary...*Salix*

Of these, *Salix* has more degenerated simple flowers. These simple flowers are supposed to have been degenerated from tetramerous flowers (VALENOVSKY in Beihefte Bot. Centralb. XVII, p. 123–128, 1904). In 1920, the writer obtained the female flowers of *Salix splendida*, in which he found there neither perianth nor nectaries, but deciduous stigmas which articulate with the styles. So, the writer proposed to make this species as new genus *Chosenia* and distinguished it from both *Populus* and *Salix* as indicated below.

1 { Flowers with nectaries. Style one. ....*Salix*
   { Flowers without nectaries.................................... 2

2 { Buds with many imbricated scales. Perianth cup-like. Style
   {   1...*Populus*
   { Buds with one scale. Perianth none. Styles 2 distinct. Stigma
   {   articulated with style. ....*Chosenia*

Professor R. WETTSTEIN of Vienna University supported this view (see his Handbuch der Systematischen Botanik, 3 Aufl. p. 552), but Prof. V. KOMAROV of Leningrad took this as a mere variation of *Salix* and thought that such characteristics of *Chosenia* will appear casually in any one genus as Prof. Hayata alleged in his dynamic theory (Le troisième genre des Salicacées in Prof. Borodine's Memorial Papers, 1927). Dr. HULTEN of Sweden ignored all characteristics of *Chosenia* pointed out by the writer and looked it as a pure *Salix* (Flora Kamtschatica II, 1928). In 1928, the writer described again (Bulletin de la société dendrologique de France no. 66) how *Chosenia* is distinguished from *Salix* and *Populus* and maintained his subfamily *Choseniae* as he did before (Journal of the Arnold Arboretum IV, 1924). Not long ago, he had investigated *Chosenia* and made a comparative study of it with groups of *Salix* and *Populus*. In this investigation it was found the course of degeneration in the flowers of *Salix* and also the relation in regard to the complete adherence of the perianth and bracts dorsiventrally and the formation of bract-like scale, and the writer was able to trace and ascertain the system of Salicaceous plants. The description below indicates of what he has observed.

Populus.

Bud is covered by several imbricated scales. Flowers anemophilous, diœcious. Male flowers with one bract, one cupular or navicular perianth, and 4–60 stamens arranged in 1–10 whorls. Female flowers with one bract, one cup-like perianth, one one-celled ovary with 2–3 parietal placenta, which have generally several ovules, with short style cleft into 2 or 3 stigmas.

Chosenia.

Bud has one scale with imbricated margins. Flowers anemophilous, diœcious achlamydeous. Male flowers with one bract, 5 fascicled stamens. Female flowers with one deciduous bract, one ovary composed of 2 carpels, 2 distinct styles articulated imperfectly with stigmas which are deciduous after flower, 2 placenta with 2 ovules each.

Salix.

Bud generally with one valvate scale, but rarely one scale with imbricated margins, sometimes with 3 imbricated scales. Flowers entomophilous diœcious, rarely monœcious with one bract-like scale which is generally composed of outer perianth and bract completely adhered. Male flowers with 5-6 petals which are metamorphosed to nectaries and generally reduced to 1-3, rarely united into a ring; stamens 1-20 (1-5 whorled) with no pistil or rarely two abortive pistils. Female flowers with nectaries as male flowers, one ovary composed of 2 carpels, 1 forked inarticulated style which is persistent or rarely fall off by shrinking, 2 parietal placenta with two to several ovules each.

As indicated above, *Chosenia* and *Populus* differ from Salix by having anemophilous flowers, and *Chosenia* differ from *Populus* and *Salix* by having no perianth, but having 2 distinct styles.

Anemophily and entomophily are not seen in any sections of a genus. They are sometimes more important than either the presence or absence of perianth. If anemophilous *Chosenia* is *Salix*, *Populus* must be also *Salix*. In this category anemophilous *Artemisia* should be classed under entomophilous *Chrysanthmum* or *Pyrethrum* or vice versa.

The bract of *Salix* is not pure bract, but is a composition of bract and outer perianth which adhered dorsi-ventrally. The development of bract and perianth varies in individual flowers, or by individual plants, or species. The part of bract which makes the dorsal side of the scale, shrinks horizontally while the inner perianthial part is smooth and often embraces the base of stamens, pistils and gland at its base, sometimes its base fuses and shows a tendency to become something like a cupule of *Populus*. This arrangement of bract and perianth of *Salix* is easily seen when the flowering catkin is plucked off into half. Several flowers just at the part plucked are divided into two parts, or in other words, the main part with perianth joins to the upper portion of being plucked and the bracts remain in the remaining portion of catkin. The portion of bract is generally coloured and pubescent. The upper part of bract-like scale where reflexing is always blackish or reddish in colour. This coloured part and the dorsal side correspond to the bract, both are usually pubescent. On the other hand, the inner surface of scale near its base, being creamy in shade and glabrous, is the outer perianth corresponding to the cupule of *Populus.* When this portion ill developed, the bract is very thin; sometimes the scale is made of the entire bract toward its base. In such case, the scale is deciduous (for examples: Sect. *Pentandræ* and *Urbanianæ,* or *Phygalilepideæ* of TRAUTVETTER). The horizontal furrows on the dorsal side of the scale are the result of unequal development of bract and perianth. If one imagines that the perianth of *Populus* much reduced its height, he can easily compare the relation of perianth and bract with the fused scale of Salix.

Next, the degeneration of flowers of *Salix* is to be traced. In geological epoch, the ancestors of *Salix* are supposed to have had polygamous flowers with many indefinite stamens. However, many of stamens diminished and gradually became as $20 \rightarrow 15 \rightarrow 10 \rightarrow 6$ or 5, and where the stamens reduced to 6 or 5 is a starting point of the degenerated flowers of present *Salix.* Mrs. J. FISCHER has almost come to the similar conclusion in this respect (see *Flowers of Salicaceæ* in American Journal of Botany XV, 1928). The imaginary diagrams of complete hermaphrodite flowers of *Salix* with 6 or 5 petals are shown in the text-figure A. If in figure A, the ovaries united into one, the floral diagram would become like the text-figure B. Then, the adherence of bract and perianth, degeneration of ovaries and their disappearance in male flowers, metamorphosis of the inner perianth to the nectaries, the reductions of nectaries and stamens have successively followed. Each stage in the reductions is illustrated by the floral diagrams from the text-figure C to the text-figure J.

In polyandrous flowers, number of stamens fluctuates between 10 and 20, but in this it is generally indefinite (text figure K).

In 6-stamened flowers of *Salix glandulosa,* it will be seen that two ventrali-lateral stamens are invariably smallest. These two stamens cohere to the adjascent dorsi-lateral stamens by the basal portion of filament. Then, the petals or nectaries intersticed between two stamens of each lateral set disappear and the flowers with four stamens appear. Next, the disappearance of dorsal stamen follows. Previous to this, the union of two dorsal nectaries takes place and they become single before or after the disappearance of dorsal stamen. This fused nectary is 2n and will remain longer. Thus, the flower with 3 stamens and 3 nectaries is resulted. After this stage, the union of 2 ventral nectaries begins and forms ordinary male flowers of *Salix triandra*. From the pentamerous flowers, the triandrous flowers are formed directly by the union of two lateral stamens on both sides and by the evanescence of lateral glands which intersticed between two lateral stamens. Now, the ventral stamen (this is often situated dorsally by the farther union of the base of filament to the scale) degenerates and disappear, and the most common distemon of *Salix*-flowers will appear. As the two dorsal nectaries fused earlier than the two ventral nectaries they do not remain longer and naturally will disappear first, and in consequence, the distemonate flower with one gland is thus formed. Farther more, the adherence of the two lateral stamens begins and at last they unite completely as seen in Sections *Gracilistylæ* and *Helix*. In this case, the two united stamens are in same size, hence the anthers united dorsally become four-celled, and the filament has two vascular bundles distinctly in parallel.

The writer presumes that he has explained sufficiently to prove how *Chosenia* is distinct from *Populus* and *Salix*, and how the degeneration of floral parts of *Salix* took place in succession. *Salicales* is not an order so primitive as arranged at present, but is far more advanced and to be nearer to *Ranales* and *Rhœadales*. In fact, *Salicaceæ* is an interesting family with so many types in one genus. Polyandrous *Salices* like *Populi* have always shining leaves (e.g. *Salix pentandra*, *S. glandulosa* etc.). When the leaves are persistent they are shining (e.g. *Salix berberifolia*). *Salicaceæ* should not be only exceptioned from the category generally accepted in the vegetable kingdom. It is logical that the metamorphosis had effected this family being transformed to the deciduous-leaved form from the evergreens, and to the oligandrous form from the polyandrous form. This is also proved by the fact that polystemonous genus *Populus* is being anemophilous. The inner perianth of *Salix* is metamorphosed to nectary, accordingly its entomophily is secondary characteristic. In *Populus* the stigmas are generally deciduous though they have no articulations with styles. *Chosenia* and *Salix* sect. *Urbanianæ* have also deciduous stigmas and indicate their primordiality. Since *Chosenia* has anemophilous flowers, it is more primordial than *Salix* sect. *Urbanianæ*. As the pistils of *Populus*, *Chosenia*, and *Salix* are composed of 2 (3) carpells the distinct styles of *Chosenia* must be more primordial than the united styles of *Populus* and *Salix*. On the other hand, the number of stamens of *Chosenia* is regular. They are always five. They adhere to the bract halfway. The articulation of stigmas with styles is formed. These facts prove that *Chosenia* is by no means primordial. It must have been changed much from its ancestral forms.

All creations of nature are in order. Each species, genera, families and so forth have their own characteristics. The characteristics do not appear casually in one plant or others but are inherited phyletically from their ancestors, and specifically, generically, or individually they diverge or converge or segregate. The common characteristics of phyletically remote groups do not jump dynamically from one to other, but inherited. The newly acquired characteristics by segregation or mutation are not dynamical but phyletical. We should remember that, once extinct species, genera or families will never reappear naturally or even by human exertion. The dynamic theory of Prof. HAYATA is a theory of excellent designation, but is an elaborate modern explanation of old incredible theory of spontaneous generation. I am one of the Japanese naturalists who keenly regret for having had the publication of such theory.

（五）　朝鮮產楊柳科植物ノ分類

楊　柳　科

小灌木又ハ灌木ニシテ莖ハ横臥、傾上又ハ直立ス。又ハ喬木ニシテ枝ハ立チ又ハ彎曲シ又ハ下垂ス。葉ハ互生稀ニ對生有柄、有托葉又ハ無托葉、有鋸齒又ハ全緣、一年生又ハ脱落セズシテ其儘枯死ス。裏面ニノミ又ハ表裏兩面ニ氣孔アリ。花ハ雌雄異株稀ニ同株、風媒又ハ虫媒、荑花ヲナス。荑花ハ直立又ハ傾上又ハ下垂ス。有柄又ハ無柄、側生又ハ頂生、苞ハ各花ニ一個永存性又ハ脱落性又ハ早落性、舟狀又ハ掌狀又ハ團扇狀、花被ハ椀狀又ハ舟狀又ハ全ク苞ト癒着ス。雄蕊ハ一個乃至六十個、花糸ハ細シ、葯ハ多クハ外開又ハ腹面ニ向ヒテ開キ二室稀ニ四室、子房ハ無柄又ハ有柄、無毛又ハ有毛、一室、二個（稀ニ三個又ハ一個）ノ心皮ヨリ成ル、花柱ハ一個又ハ二個又ハナシ。柱頭ハ二個乃至四個、胎坐ハ二個（稀ニ三個又ハ一個）各二個又ハ數個ノ卵子ヲ有ス。種子ハ瘦果冠毛ニテ包マレ胚乳ナシ。胚ハ直立シ從テ幼根ハ下向。

主トシテ北半球ノ溫帶地方ニ產シ或ハ周極地方又ハ熱帶地方稀ニ南半球ニ生ジ三屬二百五十餘種アリ。其中三屬三十八種ハ朝鮮ニ自生ス。分テ次ノ三族トス。

第一族、楊族。

芽ハ數個ノ鱗片ニテ被ハル、荑花ハ下垂ス。花ハ風媒、苞ハ脱落性、花被ハ一列杯狀、花柱ハ一個短カク、二乃至三叉ス。楊屬之ニ屬ス。

第二族、化粧柳族。

芽ハ唯一個ノ鱗片ニテ被ハル、鱗片ノ緣ハ相重ナル、荑花ハ下垂ス。花ハ風媒、苞ハ雌花ノモノハ落ツ、花被ナシ。花柱ハ二個離生、柱頭ハ花柱ト不完全ニ關節ス。化粧柳屬之ニ屬ス。

第三族、柳族。

芽ハ通例唯一個ノ鱗片ヲ有ス。此鱗片ハ帽狀ヲナスカ又ハ內緣ガ相重ナル。但シ少數ノ種ニアリテハ數個ノ鱗片ヲ有スルモノアリ。荑花ハ直立又ハ下垂ス。花ハ虫媒、苞及ビ外花被ハ腹背相重ナリテ完全ニ癒合シ一個ノ鱗片ト化ス。通例此鱗片ハ永存性ナレドモ脱落スルモノモアリ。內花被ハ蜜腺ト化ス。花柱一個二叉ス。柳屬之ニ屬ス。

Salicaceæ LINDLEY, Nat. Syst. ed. 2, p. 186 (1836)—LOUDON, Arb. & Frutic. Brit. III, p. 1453 (1838)—PETZOLD & KIRCHNER, Arb. Musc. p. 570 (1864)—KOCH, Dendrol. II, pt. 1, p. 482 (1872)—LAUCHE, Deutsche Dendrol. p. 313 (1880)—PAX in ENGLER & PRANTL, Nat. Pflanzenfam. III, Abt. 1, p. 27 (1887)—DIPPEL, Handb. Laubholzk. II, p. 189 (1892)—KOEHNE, Deutsch. Dendrol. p. 69 (1893)—SCHNEIDER, Illus. Handb. Laubholzk. I, p. 2 (1904)—ASCHERSON & GRÆBNER, Syn. IV, p. 3 (1908).

Syn. *Amentaceæ* LINNÆUS, Phil. Bot. p. 28 (1751), pro parte— JUSSIEU, Gen. Pl. p. 407 (1789), pro parte—GISEKE, Prælect. p. 578 (1792), pro parte—VETENAT, Tab. III, p. 550 (1779), pro parte—J. ST. HILAIRE, Exposit. Fam. II, p. 315 (1805), pro parte—LAMARCK & DC. Syn. Fl. Gall. p. 177 (1806), pro parte—LAMARCK & DC. Fl. Franc. ed. 3, III, p. 281 (1815), pro parte—DUMORTIER, Comm. Bot. p. 53 (1822).

Castaneæ ADANSON, Fam. Pl. II, p. 366 (1763), pro parte.

Salicineæ MIRBEL, Elem. p. 905 (1815), excl. sect. II—A. RICHARD, Elem. Bot. ed. 4, p. 560 (1828)—DUMORTIER, Analyse p. 12 (1829)— LINDLEY, Introd. Bot. p. 98 (1830)—BARTLING, Ord. Nat. Pl. p. 118 (1830)—ENDLICHER, Gen. Pl. p. 290 (1826)—MEISSNER, Gen. I, p. 348 (1836)—SPACH, Hist. Vég. X, p. 359 (1841)—HARTIG, Forst. Cult. Deutsch. p. 373 (1851)—AGARDH, Theor. p. 342, t. XXIV, figs. 16–17 (1858)—N. J. ANDERSSON in DC. Prodr. XVI, sect. 2, p. 190 (1868)— LANGE in WILLKOMM & LANGE, Prodr. Fl. Hisp. I, p. 224 (1870)— EICHLER, Blütendiagr. II, p. 45 (1878)—BENTHAM & HOOKER, Gen. Pl. III, p. 411-412 (1880)—J. D. HOOKER, Fl. Brit. Ind. V, p. 626 (1888).

Saliceæ RICHARD apud KUNTH, Nov. Gen. II, p. 18 (1817)—D. DON, Prodr. Fl. Nepal. p. 58 (1825).

Amentaceæ—Salicineæ LINDLEY, Syn. Brit. Fl. p. 229 (1829).

Amentaceæ—Saliceæ REICHENBACH, Fl. Germ. Excurs. II, p. 165 (1831).

Salicinæ DOELL, Anz. p. 6, fig. 5-6 (1848).

Salicienæ JUSSIEU apud TRAUTVETTER in LEDEBOUR, Fl. Ross. III, pt. 2, p. 596 (1851).

Fruticuli vel frutices repentes vel prostrati vel ascendentes vel recti, vel arbores, ramis erectis vel arcuatis vel pendulis. Folia alterna rarius opposita petiolata, stipullata vel exstipullata, serrulata vel integra, decidua rarissime persistentia, infra vel utrinque stomatifera. Flores dioici rarissime monœci anemophili vel entomophili amentacei. Amenta erecta vel ascendentia vel declinata vel pendula, pedunculata vel sessilia, lateralia vel in apice ramuli hornotini terminalia. Bractea in quoque flore unica persistens vel decidua vel caduca, navicularis vel palmata vel flabellata. Perigonium cupulare vel naviculare vel cum bracteis connivens. Stamina 1–60; filamenta filiformia vel subulata; antheræ sæpe extrorsæ vel ventrali spectantes biloculares rarius quadriloculares. Ovarium sessile vel stipitatum glabrum vel pilosum uniloculare carpellis 2 (rarissime 3 vel 1) constitutum. Styli 1 vel 2 vel subnulli. Stigmata 2–4. Placenta 2 (rarissime 3 vel 1) 2–∞ ovulata. Semina coma obvallata exalbuminosa. Embryo elongatus. Badicula infera.

Genera 3, species circ. 250 præcipue in regionibus temperatis borealis hemisphærici incola, quarum species 38 generorum trium in Korea spontaneæ.

Salicaceœ in sequentes tribos distinguendæ sunt.

Salix trib. I, **Populeæ** NAKAI, nov. trib.
Syn. *Salicaceœ* subfam. *Saliceœ* NAKAI in Journ. Arnold Arbor. V, p. 73 (1924), pro parte; in Bull. Soc. Dendrol. France no. 66, p. 5 (1928), pro parte.
Salicaceœ subfam. *Populoideœ* KIMURA in Tokyo Bot. Mag. XLII, p. 290 (1928).
Gemmæ cum pleiolepidibus. Amenta pendula. Flores anemophili. Bracteæ deciduæ. Perigonium uniseriale cupulare. Stylus 1 brevis 2–3 furcatus. Continet genus *Populum*.

Salix trib. II, **Chosenieæ** NAKAI, comb. nov.
Syn. *Salicaceœ* subfam. *Chosenieœ* NAKAI in Journ. Arnold. Arbor. V, p. 73 (1924); in Bull. Soc. Dendrol. France no. 66, p. 5 (1928).

Salicaceæ subfam. *Choseniceæ* NAKAI apud KOMAROV in Mél. Bot. Borodine p. 275 (1927).

Salicaceæ subfam. *Salicoideæ* KIMURA trib. *Chosenieæ* KIMURA in Tokyo Bot. Mag. XLII, p. 290 (1928).

Gemmæ cum monolepide, squama ventre margine imbricata. Amenta mascula pendula. Flores anemophili. Bracteæ amentorum fæminorum deciduæ. Perigonium nullum. Styli 2 distincti. Stigmata cum stylis imperfecte articulata. Continet genus *Choseniam.*

Salix trib. III, **Saliceæ** NAKAI, comb. nov.

Syn. *Salicaceæ* subfam. *Saliceæ* NAKAI in Journ. Arnold Arbor. V, p. 73 (1924), pro parte; in Bull. Soc. Dendrol. France no. 66, p. 5 (1928), pro parte—KOMAROV, l. c. pro parte.

Salicaceæ subfam. *Salicoideæ* trib. *Saliceæ* KIMURA in Tokyo Bot. Mag. XLII, p. 290 (1928).

Gemmæ vulgo cum monolepide, squama ventre vulgo valvatim connata rarius imbricata, interdum cum pleiolepidibus tum squamæ alternæ imbricatæ. Amenta erecta vel declinata. Flores entomophili. Bracteæ et perigonium exterius dorsi-ventrali toto adhærentia et bracteam unicam formant, quæ interdum in amentis fæmineis decidua. Perigonium interius in nectarium transformat. Stylus 1 bifidus. Continet genus *Salicem.*

第 一 屬 化 粧 柳 屬

雌雄異株ノ喬木、直根ハ深ク地中ニ入リ柳類、楊類ノ根ノ如ク擴ガラ
ズ。小枝ハ無毛白臘ヲ被リ夏時ハ次第ニ緑化シ秋期ヨリ紅化シ始メ冬期
ハ美シク紅色ヲ呈ス。芽ハ單一、扁平ナル卵形帶紅褐色三脈アリ縁ハ相
重ナル。枝ハ芽ノ鱗片ヲ貫キテ生ズルヲ以テ鱗片ハ帽狀トナラズ（第四
圖 A, a, a, a, 第五圖 A 参照）。苞葉ハ四乃至五個薄シ、葉ハ葉柄ヲ有シ
托葉ナシ。有鋸齒又ハ全縁、花ハ風媒、葇荑花ハ若枝ノ先端ニ生ズレド
モ雄花穂ハ無柄ノモノアリ。雄花穂ハ下垂シ苞ハ薄膜狀基部ハ花糸ト相
癒合スルヲ以テ永存性ナリ外面ニ長疎毛アリ。雄蕋ハ五個其中腹側方ノ
二個ハ最モ短クシテ最モ花軸ニ近ク生ジ腹面ノ一本ハ中央ニ位シ背側面

ノ二個ト腹側ノ二個ノ間ニ介在ス。葯ハ球形、黄色、二室、外開、雌花穂ハ直立又ハ傾上シ苞ハ薄膜質、早落性背面ニ疎毛アリ。子房ハ有柄無毛帶卵長橢圓形、多少腹背ニ扁平ナリ。先端ハ截形、一室、胎坐ハ側膜基底、有毛、各二個ノ卵子ヲ有ス。卵子ハ倒生、蒴内ハ白毛ニテ充タサル種子ハ長橢圓形、胚乳ナシ、幼根ハ下向。

次ノ一種アルノミ。

1. けしようやなぎ
一名、からふとくろやなぎ
（第參、四、五圖）

喬木、高サ二十乃至三十米突幹ノ直徑一米突以上ニ達スルアリ。皮ハ帶褐灰色縱ニ不規則ニ裂開ス。若木ニテハ枝ハ根本ヨリ多數出デテ簇生シ白臘ヲ被リ美シ、老成セル木ノ小枝ハ白蠟質少シ、小枝ハ冬期紅化シ美觀ヲ呈ス。芽ハ背腹ノ方向ニ稍平タク光澤アリ長サ二乃至五ミリ平タキ面ハ長橢圓卵形側方ニハ高マリタル脈アリ。腹面ハ内卷シテ緣ハ相重ナリ右緣ハ外側ニ位シテ無毛、左緣ハ内側ニ位シテ長毛生ズ。背面ニ一脈アリ。此背面ノ脈ハ葉ノ中肋ニ相當シ兩側ノ各一脈ハ托葉ノ中肋ニ該當スルモノナリ。苞狀葉ハ四乃至五枚最外側ノモノハ三脈ヲ有シ内方ノモノハ羽狀葉ヲ有ス皆無毛又ハ緣ニノミ毛アリ。葉序ハ 2/5。長枝ノ葉ハ大キク葉柄ハ五及至七ミリ稍白臘ヲ被リ葉身ハ長サ六センチ半乃至八センチ幅十六乃至二十三ミリ倒披針形、基部ヲ除ク外ハ小サキ不顯著ナル鋸齒アリ。老木ノ小枝ノ葉ハ小形ニシテ帶長橢圓倒披針形又ハ倒披針形又ハ帶倒披針長橢圓形稀ニ倒卵長橢圓形、緣ニ不顯著ナル鋸齒アルカ又ハ殆ンド全緣、葉柄ハ長サ一乃至五ミリ葉身ノ兩面殊ニ裏面ハ白蠟ヲ被ル。花ハ風媒、雄花穂ハ軟カク垂下シ基部ニ苞狀葉ヲ四乃至五枚具フ、穂ノ長サ一乃至二センチ半幅四乃至五ミリ、花軸ハ無毛軟カク、苞ハ相重ナリ幅廣ク中凹三乃至五脈アリ背面ニ長キ疎毛アリ基脚ハ急ニ狹マリ花糸ト相癒合ス。雄蕊ハ五本、其中腹面ノ一本ハ中央ニ位シ側面ノ四本ノ雄蕊ニ包マル、位置ニアリ。花糸ハ長サ一乃至一ミリ半、ホボ圓柱狀、葯ハ黄色二室、外開シ殆ンド球形、雌花穂ハ若枝ノ先ニ出デ傾上シ花時ハ長サ二センチ許、花梗ハ長サ五乃至十三ミリ花軸ハ無毛、苞ハ相重ナリ廣橢圓形緣ハ波狀ニシテ中凹ナリ背面ニ微毛散生シ薄膜質ナリ五脈ヲ有シ淡黄色開花後直チニ落ツ。子房ハ長サ半ミリ許ノ柄ヲ有シ長サ一ミ

リ牛許帶卵長橢圓形基部丸ク先ハ截形、一室、胎坐ハ側基部ニアリ。卵
子ハ各胎坐ニ二個宛、花柱ハ二個離生長サ牛ミリ、柱頭ハ二叉シ長サ〇、
七乃至一ミリ內面ハ粒狀ナリ。蒴ハ長サ三ミリ牛乃至四ミリ基部太シ二
辨ニ開ク。冠毛ハ白色、種子ハ長橢圓形ニシテ基部ハ多少狹マリ長サ一、
二ミリ、胚乳ナシ。子葉ハ長橢圓形。

咸北、咸南、平北、平南、江原ノ諸道ニアリテ清流ノ河原ニ生ズ。

（分布）本島（信濃上高地）、北海道（十勝）、樺太、烏蘇利、黑龍江
流域、ダフリア、沿海洲、カムチッツカ、バイカル地方、プリモー
スキー、ヤクチア。

Gn. 1) **Chosenia** NAKAI in Tokyo Bot. Mag. XXXIV, p. 68 (1920);
in Journ. Arnold Arbor. V, p. 73 (1924) in nota sub *Chosenia
eucalyptoides*—KOMAROV in JANCZEWSKI, Mél. Bot. Borod. LXXX, p.
277 (1929).

Syn. *Salix* A. *Salices Pleiandræ* § 7, *Fragiles* v. *Albæ* ANDERSSON
in DC. Prodr. XVI, sect. 2, pt. 2, p. 209 (1868), pro parte.

Salix sect. *Pentandræ* DUMORTIER apud SCHNEIDER in SARGENT, Pl.
Wils. III, pt. 1, p. 98 (1916), pro parte.

Arbor dioica. Radix principalis recta alte in terram penetrat.
Rami glaberrimi pruinosi in æstate virides sed per hiemum rubescentes
pulcherrimi. Gemma solitaria compressa ovata rubro-fusca lucida
trinervia margine ventre imbricata et margine interiore pilosella.
Rami per squamam gemmæ evoluti, ita squama est non calyptriformis
ut in genere *Salice* (vide Tab. IV, fig. A. a. a. a, Tab. V, fig. A).
Cataphylla 4-5 submembranaceo-herbacea, exteriora trinervia sed sæpe
extrema apice scariosa. Folia simplicia petiolata exstipullata serrulata
vel subintegra. Flores anemophili. Amenta in apice ramuli hornotini
terminalis sed in amenta mascula sæpe sessilia. Amenta mascula
pendula. Bracteæ membranaceæ basi filamentis adnatæ ita persistentes
dilatatæ subtrinervæ extus hirtellæ. Stamina 5, filamenta basi bracteis
adnata sed gradi adhærendes diversi ie 2 ventrali-lateralia brevissime
adnata ita axi proxima, 1 ventrale medio positum et 2 dorsali-lateralia
longissime adnata, ita stamina 2 dorsalia et 2 ventralia circum unicum

ventrale collocata ; antheræ rotundatæ flavæ biloculares extrorsæ. Pollinia anemophila flava tetrahydrale-sphærica præter rimas germinatas verrucosa. Amenta fæminea erecta vel ascendentia ; bracteæ membranaceæ deciduæ undulatæ extus pilosellæ. Ovarium stipitatum glabrum ovato-oblongum teres plus minus dorsi-ventrali compressum apice truncatum uniloculare ; placentis 2 parietale-basilaribus pilosis in quoque placento 2-ovulato. Ovula anatropa. Styli 2 bifidi medio articulati. Capsula laterale loculi dehiscens. Comæ albæ quæ ex pilis placentis evolutæ fructum perfecte implectæ. Semina oblonga sed basi contracta exalbuminosa. Embryo rectus. Cotyledones plani.

Genus monotypicum.

1. **Chosenia bracteosa** NAKAI.

(Tabulæ nostræ III, IV, V.)

Chosenia bracteosa NAKAI, comb. nov.

Syn. *Salix macrolepis* TURCZANINOW in Bull. Soc. Nat. Mosc. XXVII, p. 371 (1854), pro parte ; Fl. Baic. Dah. II, p. 98 (1856), pro parte — FR. SCHMIDT in Mém. Acad. Imp. Sci. St. Pétersb. VII, sér. XII, no. 2 (Florula Sachalinensis), p. 172, no. 378 (1868)—MIYABE & MIYAKE, Fl. Saghalin p. 425, no. 515 (1815)—KUDO, Pl. North Saghalin p. 98, no. 181 (1922)—HULTEN, Fl. Kamtsch. II, p. 15 (1928).

Salix bracteosa TURCZANINOW, Pl. Exsicc. ex TRAUTVETTER in Middendorf, Reise. I, pt. 2, p. 77, no. 275 (1856)—FR. SCHMIDT, l. c. (Fl. Amg.-Burej.) p. 61, no. 326 (1868).

Salix præcox (non HOPPE) TRAUTVETTER in Mém. prés. Acad. Imp. Sci. Pétersb. div. sav. IX, p. 242 (1859).

Salix bracteata TRAUTVETTER apud ANDERSSON in DC. Prodr. XII, no. 2, pt. p. 213 (1868), pro syn. *S. macrolepidis.*

Salix pyramidalis BUDISCHTSCHER, Descript. Silv. guber. Primorsk. p. 18 (1883), descript. in Rossice. fide KOMAROV.

Salix acutifolia (non WILLDENOW) KOMAROV in Acta. Hort. Petrop. XXII, p. 23 (1904)—NAKAI in Journ. Coll. Sci. Tokyo XXXI, p. 215 (Fl. Koreana II) (1911) ; Veg. Mt. Waigalbon p. 68 cum phot. (1916).

Salix eucalyptoides F. N. MEYER in litt. ex SCHNEIDER in SARGENT, Pl. Wils. III, p. 99 (1916).

Salix rorida (non LACHSCHEWITZ) NAKAI, Veg. Diamond Mts. p. 169, no. 168 (1918).

Salix splendida NAKAI in Tokyo Bot. Mag. XXXII, p. 215 (1918).

けしようやなぎ、咸南長津郡梅田坪、大正三年七月寫ス。
Chosenia bracteosa growing along a brook near Baidenhei, Chosin County in the Province of Kankyo Nandō. Photographed in July, 1914.

Salix nobilis NAKAI apud WILSON in Journ. Arnold Arboretum I, p. 36 (1919), nom. nud.

Chosenia splendida NAKAI in Tokyo Bot. Mag. XXIV, p. 68 (1920) — MORI, Enum. Corean Pl. p. 107, tab. II (1922).

Chosenia eucalyptoides NAKAI in Journ, Arnold Arboretum V, p. 72 (1824) ; in Bull. Soc. Dendrol. France no. 66, p. 5 (1928) ; Report Veg. Kamikochi, p. 15 & p. 38, phot. 1, 2, 3 & 13 (1928).

Chosenia macrolepis KOMAROV in JACNZEWSKI, Mél. Bot. Borodine p. 281, cum. text. fig. (1927).

Arbor alta dioica. Truncus maximus diametro usque 1,5 metralis, 20–30 metralis altus; cortex fuscescenti-cinereus longitudine irregulariter fissus. Planta juvenilis ramis e basi divaricato-erecto-patentibus pruinosis pulcherrimis glaberrimis. Ramuli plantarum vetustarum subpruinosi glaberrimi in hieme erubescentes pulcherrimi. Gemmæ dorsi-ventrali compressæ lucidæ 2–5 mm. longæ facie oblongo-ovatæ laterali elevati-nervosæ ventre convolutæ dorsali 1–nerviæ, margine dextra exteriore, margine sinistra interiore et barbulata. Cataphylla 4–5, exteriore 3–nervia, interiora pinnatinervia herbaceo-membranacea omnia glaberrima vel margine parce pilosella. Phyllotaxis 2/5. Folia trionum majora; petioli 5–7 mm. longi subpruinosi; lamina oblanceolata 6–8,5 cm. longa 16–23 mm. lata præter basin sensim angustata. Folia ramorum vetustorum minora oblongo-oblanceolata vel oblanceolata vel oblanceolato-oblonga rarius obovato-oblonga margine minute obscure serrulata vel subintegra; petioli 1–5 mm. longi; lamina utrinque sed subtus præcipue pruinosa. Flores anemophili. Amenta mascula pendula 1–2,5 cm. longa 4–5 mm. lata basi cataphylli caducis 4–5 suffulta; axis glabra tenuis; bracteæ imbricatæ dilatatæ concavæ 3–5 nervis dorso hirtellæ basi contractæ et filamentis adnatæ. Stamina 5 glabra; filamenta 1–1,5 mm. longa subteretia, antheræ flavæ subrotundatæ extrorsæ. Amenta fæminea in apice ramuli hornotini terminalia ascendentia sub anthesim 1–2 cm. longa; pedunculus 5–13 mm. longus cum axi glaberrima. Bracteæ imbricatæ late ellipticæ undulatæ concavæ dorso pisellæ membranaceæ 5–nerves ochroleucæ post anthesin deciduæ. Ovarium stipite 0,5 mm. longo 2 mm. longum ovato-oblongum basi obtusum apice truncatum uniloculare. Placenta parietali-basilaria. Ovula in quoque placento 2 anatropa. Styli 2 distincti 0,5 mm. longi sub ramos articulati. Stigmata bifida 0,7–1 mm. longa intus papillosa. Capsula 3,5–4 mm. longa basi crassa bivalvis. Coma candissima. Semina 1,2 mm. longa oblonga basi plus minus contracta exalbuminosa. Cotyledones oblongi.

Hab.

Korea sept. Districtu Cher-riong (V. KOMAROV no. 470).

Prov. Kanhoku : Funei (T. NAKAI no. 4809, 4810) ; secus fluminis circa Mozan (T. NAKAI no. 1906 fr.) ; Minmakdô tractu Kyōjyō (T. NAKAI no. 6854 fr.) ; Shayurei (T. ISHIDOYA no. 2816 fr., 2717 fr.) ; Mt. Shōshinzan (CHUNG no. 402 fr.) ; Mt. Shayurei (CHUNG no. 936 fr.) ; Chōshamen (S. FUKUBARA no. 1584, 1581 fr.) ; Shōzandō (CHUNG no. 404 fr., 403 fr.) ; Yujyō (CHUNG no. 1250 fr. ; 1252 fr., 1258).

Prov. Kannan : Kōsuiin (T. ISHIDOYA no. 5161 ♂, 5162 ♀) ; Mte Kan Kanrei (T. ISHIDOYA no. 5163 ♀) ; Hōzan (T. ISHIDOYA no. 5147 ♂, 5148 ♂, 5143 ♂, 5144 ♂, 5145 ♂, 5154 ♂, 5155 ♂, 5162 bis ♂) ; Gensenmen (T. ISHIDOYA & CHUNG no. 5152, 5164 ♀ 5479 ♀) ; Taimintaidō (T. ISHIDOYA & CHUNG no. 5169 ♀) ; inter Kōzan & Jōri (T. ISHIDOYA no. 2814 ♀) ; Zyōri (T. ISHIDOYA no. 2811 ♂) ; inter Shasenri & Sansui (T. NAKAI no. 1407) ; inter Igen & Hōzanmen (T. NAKAI no. 1908) ; Chōshin Chūshōdō (T. NAKAI no. 1527) ; Chōshin (T. NAKAI no. 1927).

Prov. Heihok : Nanshakōkō tractu Kōshō (S. GOTO).

Prov. Heinan : Mte Kenzanrei (T. ISHIDOYA no. 4490, 4491, 4492, 4494, 4495).

Prov. Kōgen : Makkiri (T. NAKAI no. 5096).

Distr. Hondo media, Yeso, Sachalin, Ussuri, Amur, Dahuria, Regio Transbaicalensis, Regio Ochotensis, Kamtschatica, Primorski, Jakutia.

Salix macrolepis TURCZANINOW is a compound species of a *Salix* and *Chosenia*, the former has been described and illustrated by ANDERSSON in his ' Monographia Salicum ' as *Salix macrolepis*. In the article 47 of the International rules of Botanical Nomenclature, there are the following statements.

Lorsqu'on divise une espèce ou une subdivision d'espèce en deux ou plusieurs groupes de même nature, si l'une des deux formes a été plus anciennement distinguée ou décrite, le nom lui est conservé.

And also in the American Code, motive 8, there are the following words. 'When a species or subdivision of a species is divided into two or more groups of the same nature, the name must be kept and given to the division containing the nomenclatorial type.'

According to these rules, we should retain the name of *Salix macrolepis* to the *Salix macrolepis* in ANDERSSON'S Monographia. Hence, the combination *Chosenia macrolepis* KOMAROV loses its validity. *Salix bracteosa* is pure *Chosenia* described only two years later than *Salix macrolepis* TURCZANINOW. For this reason, the writer made a new combination of *Chosenia bracteosa*.

第 二 屬 柳 屬

小灌木又ハ灌木又ハ小喬木又ハ喬木通例雌雄異株稀ニ同株、葉ハ通例一年生稀ニ落チズ、有柄、單葉、有鋸齒又ハ無鋸齒、羽狀脈ヲ有シ、主トシテ互生ナレドモ稀ニ對生ノモノアリ。托葉アルモノトナキモノトアリ。芽ノ鱗片ハ通例一個帽狀通例腹面ガ鑷合狀ニ癒着スレドモ稀ニ相重ナルモノアリ又特種ノ數種ニアリテハ三枚ノ鱗片ヲ有ス。花穗ハ葉ニ先チテ生ズルモノト葉ト同時ニ生ズルモノトアリ、有柄又ハ無柄、通例直立シ稀ニ下垂ス。苞ハ各花ニ一個宛ナリ。此苞ハ通例苞ト外花被トノ腹背相癒合セルモノナリ。通例永存性ナレドモ稀ニ花後脱落スルモノアリ。內花被ハ蜜腺ト化シ各花ニ一個又ハ二個又ハ三又ハ四個又ハ五個又ハ輪狀又ハ杯狀トナル。雄蕊ハ雄花ニノミ發達シ通例側立シ二本ナレドモ稀ニ合シテ一本トナリ又ハ三本、四本、五本、六本ヨリ二十本ニ達スルアリ。花糸ハ離生又ハ基部癒合シ、無毛又ハ央以下ニ毛アリ。子房ハ雄花ニハナケレドモ極メテ稀ニ痕跡ヲ止ムルモノアリ。雌花ニテハヨク發達シ。通例二個ノ心皮ヨリ成ル故ニ胎坐ハ二個、但シ稀ニ心皮ガ離生シ二個ノ子房トアルコトアリ。斯ル場合ニハ胎坐ハ各子房ニ一個宛ナリ、子房ニ柄アルモノト柄ナキモノトアリ。花柱ハ或ハ發達セズ或ハ長ク發達ス二叉スルモノ又二岐スルモノアリ。柱頭ハ二個又ハ四個、種類ニ依リ長短アリ。蒴ハ二瓣ヨリ成ルヲ常トス。種子ハ長橢圓形白キ冠毛ニ包マル。子葉ハ長橢圓形、幼根ハ下向。

世界ニ約二百種アリ。主トシテ北半球ノ溫帶地方ニ產シ稀ニ周極地又ハ半熱帶又ハ熱帶ニ產ス。朝鮮ニハ三十二種アリテ次ノ節ニ區分サル。

1 {
芽ハ相重ナル三個ノ鱗片ヲ有ス。……………………………多鱗片群……
葉ハ內卷、花穗ハ芽ト共ニ生ズ。苞ハ落チズ。雄花ニハ三個
乃至六個ノ蜜腺アリ離生シ又ハ杯狀ニ癒合ス。雄蕋ハ六個（五
個又ハ七個）子房ハ二個ノ痕跡アルカ又ハナシ。雌花ハ一個
又ハ二個稀ニ杯狀トナル蜜腺アリ。子房ハ有柄無毛、柱頭ハ
永存性。…………………………………………………おかめやなぎ節
芽ニハ唯一個ノ鱗片アリ。…………………………………單鱗片群……2

2 {
芽ノ鱗片ハ腹緣相重ナル。嫩葉ハ內卷、花穗ハ葉ト共ニ出デ下
垂ス。雄花ニハ二個又ハ三個ノ蜜腺アリ。雄蕋五個、花糸ノ
基部ニ毛アリ。雌花ノ苞ハ落ツ。腹面ノ二蜜腺ハ離生又ハ相
癒合ス。子房ハ有柄無毛、柱頭ハ凋落ス。………………………
………………………………………………………… おほばやなぎ節
芽ノ鱗片ハ腹緣相接着ス。花柱ハ永存性。………………………3

3 {
雄蕋ハ三個（四個又ハ五個）又ハ五個（三個乃至十二個）。……4
雄蕋ハ二個（稀ニ三個）、稀ニ一個ニ癒合ス。…………………5

4 {
雄蕋ハ五個（稀ニ三個乃至十二個）、蜜腺ハ四個（二個乃至六個）。
花穗ハ葉ト共ニ生ズ。雄花ノ苞ハ永存性雌花ノ苞ハ落ツ。雌
花ハ二個ノ蜜腺又ハ杯狀ニ化セル蜜腺ト柄アル無毛ノ子房ト
ヲ有ス。………………………………………………てりはやなぎ節
雄花ハ三個（四個又ハ五個）ノ雄蕋ト腹背ニ位セル二個（又ハ
三個）ノ蜜腺トヲ有ス。花穗ハ葉ト共ニ生ズ。苞ハ雌雄花共
ニ永存性。雌花ハ腹面ニ一個ノ蜜腺ト有柄無毛ノ子房トヲ有
ス。………………………………………………………たちやなぎ節

5 {
嫩葉ハ外方ノ數個ハ內卷ナレドモ其他ハ凡テ始メヨリ外卷ナリ。
………………………………………………………………外卷葉群……
花穗ハ葉ニ先チテ生ジ。花柱ハ長ク。子房ニ絹毛アリ。
…………………………………………………………… きぬやなぎ群
嫩葉ハ皆內卷ナリ。………………………………………內卷葉群……6

6 {
雄蕋ハ二個、花糸ハ通例離生、稀ニ基部ノミ癒着ス。…………7
雄蕋ハ二個ガ完全ニ癒合シテ一個トナル、故ニ葯ハ四室。……15

7 {
雄花ハ腹背ニ各一個ノ蜜腺アリ。雌花ハ腹面ニノミ一個ノ蜜腺
アリ。（稀ニ背面ニ極メテ小サキ蜜腺ヲ殘スコトモアリ）。‥8
雄花モ雌花モ共ニ腹面ニ唯一個ノ蜜腺ヲ有ス。………………11

Gn. 2) **Salix** [PLINIUS, Hist. Nat. ed. 1, lib. 5, fol. 136 sin. (1469)—
DIOSCORIDES Lib. I Caput XXVII, interprete VIRGILIO (1518)—
THEOPHRASTUS, Hist. Pl. III, Caput XIII, p. 104, interprete GAZA
(1529)—BRUNFELS, Nov. Herb. II, p. 9 (1530), Herb. III, p. 239
(1536)—TRAGUS, Stirp. III, p. 1077, interprete KYBERO (1552)—
MATTHIOLUS, Med. Sen. Comm. p. 116 fig. (1554)—DODONŒUS, Neuv

Herb. p. 743, fig. (1578) ; Pempt. p. 830, fig. (1583)—GERARDE, Hist. Pl. p. 1203 (1597)—BAUHINUS, Pinax p. 473 (1623)—RAIUS, Hist. p. 1419 (1688)—TOURNEFORT, Inst. Rei Herb. p. 590, t. 364 (1700)— BŒRHAAVE, Ind. Pl. II, p. 210 (1720)—LINNÆUS, Gen. Pl. ed. 1, p. 300, no. 441 (1737)] ; Sp. Pl. ed. 1, p. 1015 (1753) ; Gen. Pl. ed. 5, p. 447, no. 976 (1754)—DUHAMEL, Traité Arb. II, p. 243 (1755)—SCOPOLI, Fl. Carn. p. 406 (1760)—ADANSON, Fam. Pl. p. 376 (1763) – HOFFMANN, Salix p. 17 (1787)—JUSSIEU, Gen. Pl. p. 407 (1789)—SCHREBER, Gen. Pl. p. 674, no. 1493 (1789)—NECKER, Elem. Bot. III, p. 262 (1790)— GÆRTNER, Fruct. & Sem. Pl. II, p. 55 t. 90, fig. 3 (1791)—MŒNCH, Method. I, p. 335 (1794)—DESFONTAINES, Fl. Atl. II, p. 361 (1798)— VENTENAT, Tab. Règne Vég. III, p. 554 (1799)—J. ST. HILAIRE, Exposit. Fam. Pl. II, p. 317 (1805)—LAMARCK & DC. Syn. Fl. Gall. p. 177 (1806)—PERSOON, Syn. Pl. II, p. 598 (1809)—WILLDENOW, Baumz. p. 422 (1811)—LAMARCK & DC. Fl. Franc. ed. 3, p. 282 (1815)—FORBES, Salic. Wobur. p. 1 (1829)—LINDLEY, Syn. Brit. Fl. p. 229 (1829)— ENDLICHER, Gen. Pl. p. 290, no. 1903 (1836)—MEISSNER, Pl. Vasc. Gen. I, p. 348 (1836)—SPACH, Hist. Vég. X, p. 361 (1841)—ANDERSSON, Salic. Lapp. p. 15 (1845)—HARTIG, Forst. Cult. Deut. p. 374 (1851)— TRAUTVETTER in LEDEBOUR, Fl. Ross. III, pt. 2, p. 598 (1851)— PETZOLD & KIRCHNER, Arb. Musc. p. 571 (1864)—WIMMER, Salic. Europ. p. XVII (1866)—ANDERSSON in DC. Prodr. XVI, pt. 2, p. 190 (1868)—LANGE in WILLKOMM & LANGE, Prodr. Fl. Hisp. I, 225 (1870)— KOCH, Dendrol. II, p. 498 (1872)—BENTHAM & HOOKER, Gen. Pl. III, p. 411 (1880)—PAX in ENGLER & PRANTL, Nat. Pflanzenfam. III, 1, p. 36 (1887)—J. D. HOOKER, Fl. Brit. Ind. V, p. 626 (1888)—KŒHNE, Deutsch. Dendrol. p. 77 & 85 (1893)—SCHNEIDER, Illus. Handb. Laubholzk. I p. 2 (1904)—SEEMEN in ASCHERSON & GRÆBNER, Syn. IV, p. 54 (1908).

Syn. *Gruenera* OPIZ, Seznam. p. 48 (1852), nom.

Chamistea KERNER in Verh. Bot. Zool. Gesells. Wien. X, p. 275 (1860)—DIPPEL, Handb. Laubholzk. II, p. 212 (1892).

Fruticuli vel frutices vel arborescentes vel arbores vulgo dioici, rarius monœci. Folia maxime decidua rarissime persistentia petiolata simplicia serrata vel integra penninervia maxime alterna, rarissime subopposita vel opposita, stipullata vel exstipullata. Squama gemmarum vulgo unica calyptriformis ventre vulgo valvatim connata rarissime imbricata, sed interdum squamæ tres tum imbricatæ scariosæ. Amenta præcocia vel cætanea sessilia vel pedunculata, vulgo erecta rarius declinata. Bractea in quoque flore unica quæ maxime cum calyce dorsi-ventrali toto adhærens persistens vel in flore fæmineo sæpe decidua. Petala in glandula transformantia in quoque flore ventrali 1 vel 2 vel dorsi-ventrali 2 vel 3 vel rotato 4 vel 5 vel in cupulam conniventia, in forma varia. Stamina tantum in floribus masculis developa vulgo laterali 2 vel in unico conniventia, vel 3, 4, 5, 6 vel 7–20. Filamenta libera vel basi vel toto conniventia glabra vel infra medium pilosa. Ovarium in floribus masculis nullum rarissime abortivum rudimentale, in floribus fæmineis bene evolutum sessile vel stipitatum glabrum vel pilosum vel sericeum vel lanatum, cum carpellis binis oppositis conponens ita placenta 2 basilari-parietalia, rarissime carpella libera tum ovaria in quoque bractea 2 qua placentum unicum laterale portant. Styli nulli vel elongati bifidi vel apice emarginatim lobati. Stigmata 2 vel 4 brevia vel elongata. Capsula vulgo bivalvata sed in apocarpis univalvata. Semina oblonga basi comis argenteis deciduis suffulta. Cotyledones oblongi. Radicula infera.

Species circ. 200 quæ maxime in regionibus temperatis Europæ, Asiæ et Americæ borealis indigenæ, interdum in regionibus arcticis vel subtropicis incola. In Korea adhuc species 32 inventæ, quæ in sectiones sequentes dividuendæ.

1 {
Gemma cum squamis tribus imbricatis. …Subgn. *Pleiolepis*……
Folia æstivatione convoluta. Amenta cætanea. Bracteæ persistentes. Flos masculus cum glandulis 3–5 (6) vel cupulare connatis, staminibus 6 (5–7), pistillo abortivo 2 vel nullo. Flos fæmineus cum glandulis 1–2 rarissime cupularibus, ovario stipitato glabro, stigmate persistente.………Sect. *Glandulosæ*
Gemma cum squama unica. …………Subgn. *Calyptrolepis*……2

2 {
Squama gemmarum ventrali imbricata. Folia æstivatione convoluta. Amenta cætanea declinata vel dependentia. Flos masculus cum glandulis 2–3 dorsi-ventralibus, staminibus 5, filamentis basi hirtellis. Flos fæmineus cum bractea decidua, glandulis ventrali 2 liberis vel paulo connatis, ovario stipitato glabro, ramis stylorum post anthesin emarcidis..................
.... Sect. *Urbanianæ*

Squama gemmarum ventrali valvatim connata. Stigmata persistentia. 3

3 {
Stamina 3 (4–5) vel 5 (3–12). 4

Stamina 1–2 (1–3). 5

4 {
Flos masculus cum staminibus 5 (3–12), glandulis 4 (2–6). Amenta cætanea. Bracteæ persistentes. Flos fæmineus cum glandulis dorsi-ventrali 2 vel cupulare connatis, ovario stipitato glabro..................................Sect. *Pentandræ*

Flos masculus cum staminibus 3 (4–5), glandulis dorsi-ventrali 2 (3). Amenta subpræcocia vel cætanea. Bracteæ persistentes. Flos fæmineus cum glandula unica ventrale, ovario stipitato glabro. ....Sect. *Triandræ*

5 {
Folia exteriora nonnulla (ie. in parte basilare ramulorum posita) æstivatione convoluta, interiora vel superiora omnio revoluta. .... Series Notospeirophyllæ......

Amenta præcocia. Glandula unica ventralis. Styli elongati. Ovarium sericeum...........................Sect. *Viminales*

Folia omnia æstivatione convoluta. 6

6 {
Stamina 2, filamentis interdum basi paulo connatis.............7

Stamina 2 in uno connata, ita anthera quadrilocularis.........15

7 {
Flos masculus cum glandulis 2 dorsi-ventralibus. Flos fæmineus cum glandula unica solitaria, interdum dorsalis minima evoluta. 8

Flos masculus et fæmineus cum glandula unica ventrale.......11

8 {
Arbores. Rami fragiles. Amenta præcocia vel subcætanea.
Filamenta basi plus minus pubescentia. Ovarium plus minus
sericeum..Sect. *Subfragiles*

Frutices vel fruticuli. Rami non fragiles. Amenta cætanea.
....9
}

9 {
Folia argute serrata nunquam decidua ita rami biennes et
triennes foliis emortuis obtecti. Fruticulus debilis tegetum
densum format. Ovarium glabrum. ....Sect. *Berberifoliæ*

Folia decidua vulgo integra. 10
}

10 {
Fruticulus decumbens vel repens radicans. Amenta brevia
pauciflora. Ovarium glabrum vel parce ciliatum. ....
.... Sect. *Herbaceæ*

Frutex virgatus. Amenta plus minus elongata multiflora.
Ovarium lanatum. ....Sect. *Sericeæ*
}

11 {
Ramuli et folia subtus pruinosi. Arbores. Amenta præcocia.
Styli elongati. ....Sect. *Daphnoideæ*

Ramuli et folia non pruinosa. 12
}

12 {
Amenta cætanea ie in apice ramuli hornotini terminalia.......13
Amenta præcocia sæpe sessilia. 14
}

13 {
Frutices paludosi erecti erhizomati. Ovarium glabrum. Styli
breves. ....Sect. *Myrtilloides*

Frutices erhizomati monticola sæpe effusi vel procumbentes.
Ovarium pilosum. Styli elongati. ....Sect. *Phylicifoliæ*
}

14 {
Styli breves. Frutices debiles. Folia sæpe opposita. ....
.... Sect. *Incubaceæ*

Styli elongati. Frutices vel arbores. Folia alterna...............
.... Sect. *Capreæ*
}

15 {
Styli elongati ovario æquilongi vel eum superantes. Folia
alterna vulgo sericea. ....Sect. *Gracilistyleæ*

Styli brevissimi sæpe nulli. Folia alterna vel opposita, vulgo
glabra. ....Sect. *Helix*
}

おほばやなぎ節

芽ノ鱗片ハ一個ニシテ腹面ノ緣ハ相重ナル。雄花穗ハ彎曲下降シ花後落ツ。苞ハ基部ニ於テ蜜腺ト雄蕋ト相癒合ス故ニ苞ハ落ツルコトナシ。三乃至五脈ヲ有ス。蜜腺ハ背面ニ一個、腹面ニ二個（癒合シテ一個トナルコトモアリ）。雄蕋五個、腹面ノ一本ハ最長ニシテ蜜腺ニ相對ス背面ノ二本ハ腹面ノモノヨリ稍短ク側面ノ二本ハ最モ短シ。花糸ハ長ク基部ニ毛アリ。雌花穗ハ下垂シ苞ハ薄膜質花後落ツ。背面ノ蜜腺ハナク側面ノモノモナキカ又ハ唯一個發達シテ基部腹面ノ蜜腺ニ連ナル。腹面ニハ二個アリテ或ハ離生シ或ハ央以上迄相癒合ス。雄蕋ハナシ。子房ハ有柄、花柱ハ一個深ク二叉ス。柱頭ハ花柱ノ各枝ニ二個宛ニシテ花後枯レテ落ツ。

沿海州、烏蘇利、朝鮮、樺太、北海道、本島ニ亙リ三種一變種アリ。其中一種ハ北朝鮮ヨリ中部朝鮮ノ山地ニ迄分布ス。

2.　ひろはたちやなぎ
（第六、七圖）

雌雄異株ノ喬木ニシテ幹ハ直立シ太キモノハ胸高ノ所ニ於イテ直徑八十センチニ達ス。樹膚ハ汚褐灰色ニシテ縱ニ不規則ニ割レ固シ。小枝ハ綠色、冬期ハ黃化シ光澤アリ若キ時モ毛ナシ。芽ハ帶卵長橢圓形ニシテ光澤アリ厚ク腹面ノ緣ハ相重ナリ內緣ニ毛アリ。多數ノ脈アリ。葉ハ長橢圓形又ハ廣披針形又ハ帶披針形長橢圓形、基脚ハ丸ク或ハ截形又ハ尖リ稀ニ弱心臟形、先端ハ銳尖、嫩葉ハ始メ背面ハ帶褐色ノ毛アレドモ早ク無毛トナリ長サ三乃至十センチ半幅一、二センチ乃至三、五センチ緣ニ鋸齒アリ。表面ハ稍光澤アリ裏面ハ白蠟質、葉柄ハ長サ五乃至十五ミリ始メ早落性ノ白毛アレドモ後無毛トナル。長枝ノ葉ハ大ナルハ長サ十五センチ幅五センチニ達シ托葉アリ。托葉ハ耳狀葉質、雄花穗ハ傾下シ基脚ニ苞狀葉ヲ三乃至四枚又ハ同時ニ葉ヲ二乃至三枚ツケ長サ二センチ半乃至四センチ半、花軸ハ無毛、苞ハ倒卵形內凹三乃至五脈アリ先端丸ク長サ二ミリ半膜質淡白ク緣ニ微毛アリ。蜜腺ハ腹面ニ一個背面ニ一個各扁タク長シ。雄蕋ハ五個腹面ニアル一本ハ腹面ノ蜜腺ニ相對シ最モ長ク中央ニ位シ六乃至七ミリアリ。側面ノ二本ハ最モ短ク長サ三乃至四ミリ、背面ノ二本ハ背面ノ蜜腺ノ腹側ニ位置シ腹面ノ雄蕋トホボ同長ナリ。花

糸ハ皆基部ニ毛アリ。葯ハ丸ク黄色長サ半ミリ。花粉ハ丸キ四面體ニシ
テ稍粒狀ノ面ヲ有ス。雌花穗ハ下垂シ若枝ノ先端ニ生ジ長サ四乃至六セ
ンチ花梗アリ。花軸ハ無毛、苞ハ淡黄色膜質、橢圓形先端尖リ又ハ丸シ。
緣並ニ背面ニ微毛アリ三脈ヲ有シ花後落ツ。腹面ノ蜜腺二個ト稀ニ側面
ノ一個ト共ニ發達ス。子房ハ無毛有柄帶卵長橢圓形又ハ帶卵披針形先端
ハ二叉セル花柱ニ向ヒ次第ニ細マリ、一室。柱頭ハ二叉シ花後枯死シテ
落ツ。胎坐ハ基底ニ二個アリ各二個ノ卵子ヲ有ス。卵子ハ倒生、果穗ハ
長ク長サ五乃至十一センチ。蒴ハ無毛長サ五ミリ。種子ハ狹長橢圓形基
脚細ク長サ一ミリ半。冠毛ハ純白色。

　咸北、咸南、平北、江原ノ山間ノ清流ニ沿ヒテ生ズ。

　朝鮮ノ特產ナリ。

Salix Sect. **Urbanianæ** SEEMEN apud SCHNEIDER in SARGENT, Pl.
Wils. III, pt. 1, p. 103 (1916), pro parte—NAKAI in Bull. Soc. Dendrol.
France no. 66, p. 7 (1928).

　Syn. *Salix* Stirps VI. ANDERSSON, Monogr. Salic. p. 30 (1863), pro
parte.

　Salix § 6. *Lucidæ* v. *Pentandræ* ANDERSSON in DC. Prodr. XVI,
Sect. 2, pt. 2, p. 205 (1868), pro parte.

　Salix A. *Didymadeniæ* *a.* *Pleonandræ* β. *Dolichostylæ* II. *Urbanianæ*
SEEMEN, Salic. Jap. p. 15 (1903).

　Salix Sect. 2. *Pentandræ* DUMORTIER ex SCHNEIDER, l. c. p. 98, pro
parte.

　Salix Subgn. *Pleuřadeniæ* KIMURA in Tokyo Bot. Mag. XLI, p. 498
(1927).

　Toisusu KIMURA in Tokyo Bot. Mag. XLII, p. 288 (1928).

　Squama gemmæ 1 ventre imbricato-marginata. Amenta mascula
declinata post anthesin decidua. Bracteæ basi cum glandulis et
staminibus connatæ ita persistentes 3-5 nerves. Glandula dorsalis 1,
ventrales 2 connatim 1. Stamina 5, ventrale 1 longissimum glandulam
ventralem oppositum, lateralia 2 brevissima, dorsalia 2 ventrale paulo
breviora vel subæquilonga. Filamenta elongata basi hirtella. Amenta
fæminea pendula; bracteæ membranaceæ post anthesin deciduæ;

glandula dorsalis nulla, laterales nullæ vel unica evoluta tum basi cum ventralibus connata, ventrales 2 liberæ vel basi vel usque supra medium connatæ; stamina nulla; ovarium stipitatum; stylus 1 alte bifidus; stigmata in quoque ramo styli 2 post anthesin siccato-perdunt et decidua.

Species tres (*Salix cardiophylla* TRAUTVETTER & MEYER, *S. Urbaniana* SEEMEN et ejus varietas *Schneideri* MIYABE & KUDO, *S. Maximowiczii* KOMAROV), quarum postrema in Korea endemica.

2. **Salix Maximowiczii** KOMAROV.
(Tabulæ nostræ VI & VII.)

Salix Maximowiczii KOMAROV in Acta Hort. Petrop. XVIII, p. 442 (1901); XXII, p. 25 tab. 1 (1903); XXV, p. 813 (1907)—NAKAI in Journ. Coll. Sci. Tokyo XXXI, p. 214 (Fl. Koreana II) (1911)—SCHNEIDER in SARGENT, Pl. Wils. III, p. 100 (1916)—NAKAI, Veg. Diamond Mts. p. 169 no. 166 (1918)—MORI, Enum. Corean Pl. p. 110 (1922)—NAKAI in Bull. Soc. Dendrol. France no. 66, p. 7 (1928).

Syn. *Toisusu cardiophylla* var. *Maximowiczii* KIMURA in Tokyo Bot. Mag. XLII, p. 289 (1928).

Arbor dioica erecta alta. Truncus maximus diametro 0,8 metralis. Cortex sordide fuscescenti-cinereus longitudine irregulariter fissus durus. Ramuli virides in hieme flavidi lucidi, juventute glabri. Gemma ovato-oblonga lucida, squama coriacea ventre libera et margine imbricata, margine interiore parce pilosella, dorso multinervis. Folia oblonga vel late lanceolata vel lanceolato-oblonga basi obtusa vel truncata vel acuta rarissime subcordata apice attenuata imprimo dorso supra costam fuscescenti-pilosa mox glabrescentia 3–10,5 cm. longa 1,2–3,5 cm. lata margine serrulata supra luciduscula infra pruinosa; petioli 5–15 mm. longi primo pilis caducissimis albo-hirtelli mox glabrescentes. Folia turionum majora usque 15 cm. longa 5 cm. lata stipullata, stipulis auriculatis foliaceis. Amenta mascula declinata basi cataphyllis 3–4 interdum semel foliis 2–3 suffulta 2,5–4,5 cm. longa, axis glabra, bracteæ obovatæ concavæ 3–5 nerviæ obtusæ 2,5 mm. longæ membranaceæ margine pilosæ albidæ; glandula ventralis unica oblonga,

ひろはたちやなぎ、咸鏡南道長津郡牙德嶺ノ溪谷ニテ寫ス。
Salix Maximowiczii KOMAROV, photographed in the valley
of Mt. Gatok-Rei, Chōshin County, in the Province of
Kankyo-Nandō, in July, 1914.

dorsalis unica late subulata ; stamina 5, ventrale 1 glandulam oppositum
longissimum centrali positum 6–7 cm. longum, lateralia 2 brevissima
3–4 mm. longa, dorsalia 2 glandulæ dorsali ventrali-lateralia elongata
cum ventrale subæquilonga ; filamenta omnia basi hirtella ; antheræ

rotundatæ flavæ 0,5 mm. longæ ; pollen sphærico-tetrahydrale sub-granulosum. Amenta fæminea dependentia in apice ramulorum horno-tinorum brevium terminalia 4–6 cm. longa pedunculata ; axis glabra ; bracteæ pallidæ flavescentes membranaceæ ellipticæ acutiusculæ vel obtusiusculæ margine et dorso parce pilosæ trinerviæ post anthesin deciduæ ; glandulæ ventrali evolutæ 2 vel 3 ie. 2 ventrali-laterales basi sæpe connatæ 1 laterale si evoluta basi cum glandula alia connata ; ovarium glabrum stipitatum ovato-oblongum vel ovato-lanceolatum apice in stylum bifidum sensim angustatum uniloculare ; stigmata bifida post anthesin emortua ex stylis inarticulatim sejuncta ; placenta 2 basilaria in quoque placento 2–ovulata ; ovula anatropa. Amenta fructifera elongata 5–11 cm. longa. Capsula glabra 5 mm. longa bivalvis lucida. Semina anguste oblonga basi contracta 1,5 mm. longa. Coma candissima.

Hab.

Prov. Kanhok : Mt. Shayurei (Chung no. 905) ; secus torrentem pede montis Kanbōhō (T. Nakai no. 6844 fr.) ; Shuotsu (T. Nakai no. 6845 fr.).

Prov. Kannan : Baidenhei (T. Nakai no. 1521 fr.) ; Kakatsuyō (T. Mori) ; secus torrentem montis Gatokurei (T. Nakai no. 1926) ; Mt. Kimpairei (T. Ishidoya no. 5214 ♂, 5215 ♂, 5191 ♂, 5221 ♂, 5225 ♂) ; Taimintaidō (T. Ishidoya no. 5216 ♀, 5220 ♀, 5222 ♀, 5217 ♂, 5218 ♂, 5226 ♀, 5230 ♂) ; Jyōreiri (T. Ishidoya no. 4332) ; Kōsuiin (T. Ishidoya no. 5223).

Prov. Heihok : Kōshō Nanshadō (S. Gotō, ♂ & ♀) ; Mt. Myohōzan (C. Kondo no. 38 fr.) ; Sakushū Ryōzanmen (T. Sawada, ♂ & ♀) ; Syōjyō Shinsōmen (T. Sawada, ♀) ; Kōshō Saichikudō (S. Gotō).

Prov. Kōgen : Mt. Kongōsan (T. Nanai no. 5309) ; ibidem (Chung) ; Mt. Godaizan (T. Ishidoya no. 6540) ; Mt. Taihakusan (T. Ishidoya no. 5655 fr., 2028, 5626).

This plant is endemic in Korea. Our young salicologist Mr. A. Kimura has reduced this with *Salix Urbaniana* to *Salix cardiophylla*. But this willow differs from both *Salix cardiophylla* and *Salix Urbaniana* by the shape of the leaves and the flowers. *Salix*

Maximowiczii is nearest to *Salix Urbaniana* var. *Schneideri* MIYABE & KUDO. When Prof. KOMAROV payed a visit to our herbarium during his attendance to the Third Pan-Pacific Congress held in Tokyo, 1926 and saw the specimens of *Salix Urbaniana* var. *Schneideri*, he said that he can not discriminate it from his *Salix Maximowiczii*. Yet, *Salix Urbaniana* var. *Schneideri* has broader leaves and the ovaries pilose at the basal portion. The glands of the female flowers are almost invariably distinct. Mr. KIMURA being encouraged by the words of Prof. KOMAROV put these three species together. He separated the group of *Salix cardiophylla* from *Salix* naming as *Toisusu*. The ventrali-lateral glands of the female flowers are the remnant of the former five glands in a set. When these two glands begin to unite, they take such a form as designated in the figure B and C of the plate VII, and gradually transform to the one ventral gland of ordinary flowers of *Salix*. The catkins of this group are drooping or nodding, but unlike *Populus* and *Chosenia*, the pollens are carried by insects. Without doubt, the group of *Salix cardioplylla* represents a distinct section of *Salix*, but there seems no good reason to separate it from *Salix* as a genus *Toisusu*.

あ か め や な ぎ 節

芽ノ鱗片ハ三個ニシテ相重ナル。嫩葉ハ内卷ス。花穗ハ傾上ス。苞ハ落チズ。雄花ハモト六個ノ蜜腺ヲ有スレドモ多クハ減數シテ三個乃至五個トナリ又ハ杯狀ニ相癒合ス。雄蕋ハ六個（稀ニ五個又ハ七個）蜜腺ト互生ス。雌蕋ハ痕跡二個アルカ又ハ全クナシ。雌花ハ減數シテ一個又ハ二個トナリ又ハ杯狀ヲナス蜜腺ヲ有ス。子房ハ有柄、柱頭ハ四個無柄永存性。

東亞ニ四種アリ。其中ノ一種ハ朝鮮ニモ自生ス。

3. あ か め や な ぎ

（第八、九圖）

雌雄異株ノ喬木ニシテ高サ十五乃至二十米突ニ達シ、幹ノ直徑ハ一米突以上ニ達スルアリ。樹膚ハ深ク縱ニ溝アリ。二年生ノ枝ハ光澤アリ帶

紅黄色、一年生ノ枝ハ帶黄綠色又ハ黄色始メ毛アレドモ後無毛トナル。芽ハ卵形長サ二乃至三ミリ、鱗片ハ三個相重ナリ。稍硬ク光澤アリ。葉序ハ五分ノ二、托葉ハ通例發達シ耳形ニシテ葉質ナリ。葉柄ハ始メ微毛アレドモ間モナク無毛トナリ長サ二乃至十ミリ背面ニ皺アリ。先端ニ櫻屬ノ如ク二個乃至三個ノ蜜腺ヲ有ス。嫩葉ハ内卷。葉身ハ長橢圓形又ハ橢圓形基脚或ハ丸ク或ハ截形先端ハ急ニ尖リ又ハ著シク尖ル。長サ二センチ半乃至十一センチ幅一、四センチ乃至四、八センチ表面ハ無毛光澤アリ裏面ハ淡白ク無毛又ハ基脚ニ近ク微毛アリ。緣ニハ内曲ノ小鋸齒アリ。雄花穗ハ傾上シ或ハ彎曲シ基部ニ葉ヲ附ケザレドモ苞狀葉ノ葉狀化セルモノヲ一個乃至三個宛有スルモアリ。花軸ハ絨毛アリ。苞ハ永存性内凹、丸ク背面ハ無毛内面ニ毛アリ基部ハ花糸ト癒合シ長サ一ミリ半、蜜腺ハ六個ナレドモ背腹ノ各二個宛ハ互ニ相癒合スル故四個トナルモノ多ク又癒合ニ依リテ三個又ハ五個トナルモアリ。雄蕊ハ六個長サ二乃至三ミリナレドモ腹側面ノ二本ハ短クシテ長サ一乃至二ミリニ過ギズ。花糸ハ無毛、細シ、葯ハ丸ク花軸ニ向ヒ黄色ナリ。子房ハ痕跡二個アリテ雄蕊ノ中央ニ左右ニ並ブ。雌花穗ハ傾上シ長サ二乃至四センチ有柄基部ニ二個乃至三個ノ葉ヲ附ケ又ハ全ク葉ナシ、花軸ニ絨毛アリ。苞ハ永存性丸ク外側ハ無毛内側ニ毛アリ。長サ一ミリ半、蜜腺ハ通例一個宛腹面ニ位シ又ハ幅廣ク側方ニ彎曲シ稀ニ不完全ナル輪狀トナルアリ。子房ハ有柄帶卵長橢圓形長サ三ミリ半先端ハ短カキ花柱ニ向ヒ次第ニ細マル、一室、柱頭ハ四個極メテ短シ、卵子ハ各胎坐ニ四個乃至五個二列ニ並ブ、果穗ハ長サ六乃至九センチ、蒴ハ長サ一乃至一ミリ半ノ柄アリ卵形ニシテ長サ三ミリ無毛、二瓣ニ開ク。

全南、群島、慶南、慶北、江原ノ諸道ニ生ズ。

（分布）本島、四國、支那中部。

一種枝ト葉柄トニ毛アルアリ之ヲ**けあかめやなぎ**ト謂フ。

全南、慶南、忠南、忠北ノ諸道ニ生ズ。

Salix sect. **Glandulosæ** KIMURA in Tokyo Bot. Mag. XLII, p. 65 (Jan. 1928)—NAKAI in Bull. Soc. Dendrol. France no. 66, p. 7 (Maio 1928).

Syn. *Salix* sect. *Pentandræ* (non DUMORTIER) SEEMEN in ENGLER, Bot. Jahrb. XXI, Beiblatt 53, p. 56 in nota sub *Salix glandulosa* (1896); XXIX, p. 276 (1901).

Salix A. *Didymadeniœ* a. *Pleonandrœ* *α*. *Brachystylœ* I. *Pentandrœ* SEEMEN, Salic. Jap. p. 15 (1904).

Salix sect. *Tetraspermœ* (non ANDERSSON) SCHNEIDER in SARGENT, Pl. Wils. III, pt. 1, p. 93 (1916), pro parte.

Salix subgn. *Protitea* KIMURA in Tokyo Bot. Mag. XLII, p. 290 (Maio 1928).

Squamæ gemmarum imbricatim 3 convolutæ. Folia æstivatione convoluta. Amenta dioica ascendentia. Bracteæ persistentes. Flos masculus cum glandulis fundamentale 6 sed vulgo reductim 3–5 sæpe conjunctis, staminibus 6 (5–7) cum glandulis alternis, pistilis 2 abortivis vel nullis. Flos fæmineus cum glandulis reductim 1–2 rarissime cupularibus, ovario stipitato, stigmatibus 4 sessilibus persistentibus.

Species 4 (*S. glandulosa* SEEMEN, *S. Kusanoi* SCHNEIDER, *S. suishanensis* HAYATA, *S. Warburgii* SEEMEN), quarum unica in Korea australe spontanea.

3. **Salix glandulosa** SEEMEN.
(Tabulæ nostræ VII & VIII.)

Salix glandulosa SEEMEN in ENGLER, Bot. Jahrb. XXI, Beiblatt 53, p. 55 (1896); in ENGLER, Bot. Jahrb. XXIX, p. 276 (Diels. Fl. Central-China) (1900); Salic. Jap. p. 22, Taf. 1, fig. A–F. (1903)—SHIRAI in Tokyo Bot. Mag. XVII, p. 223 (1903)—LÉVÉILLE & VANIOT in Bull. Acad. Int. Geogr. Bot. XIV, p. 208 (1904)—NAKAI in Journ. Coll. Sci. Tokyo XXXI, p. 214 (1911)—MATSUMURA, Ind. Pl. Jap. II, 2, p. 10 (1912)—KOIDZUMI in Tokyo Bot. Mag. XXVII, p. 87 (1913)—MAKINO & NEMOTO, Cat. Jap. Pl. Herb. Nat. Hist. Imp. Mus. Tokyo p. 309 (1914)—NAKAI, Veg. Mt. Chirisan p. 28, no. 105 (1915)—MORI, Enum. Corean Pl. p. 109 (1922)—REHDER in Journ. Arnold Arboretum IV, p. 138 (1923)—MAKINO & NEMOTO, Fl. Jap. p. 1123 (1925)—KIMURA in Tokyo Bot Mag. XLII, p. 69 (1928).

Syn. *Salix cardiophylla* (non TRAUTVETTER & MEYER) WILSON in Journ. Arnold Arb. I, no. 1, p. 36 (1919).

Arbor dioica magna ambitu sphærica 15–20 metralis alta, truncus diametro usque 1 metralis vel ultra, cortice longitudine irregulariter fissa. Ramuli biennes lucidi rubescenti-flavi; hornotini flavescenti-virides vel flavidi, primo pilosi demum glabrescentes. Gemmæ ovatæ 2–3 mm. longæ; squamæ 3 imbricatæ coriaceæ lucidæ convolutæ. Phyllotaxis 2/5. Stipulæ vulgo evolutæ auriculatæ foliaceæ. Petioli

あかめやなぎ、慶尚南道達城郡解顏面。
Salix glandulosa Seemen in the village Kaiganmen, Tatsujyo Country, in the Province of Keisho-Nandō.

imprimo adpresse pilosi mox glabrescentes 2–10 mm. longi dorso rugosi apice ut *Pruno* glandulis 2–3 portantes.   Lamina æstivatione convoluta, oblonga vel elliptica basi obtusa vel truncata apice mucronata vel acuminata vel attenuata 2,5–11 cm. longa 1,4–4,8 mm. lata supra glabra lucida venis primariis plus minus elevatis infra glauca vel glaucescentes glabra vel circa basin pilosa, margine incurvato-serrulata.   Amenta mascula ascendentia vel flexuosa aphylla vel cataphyllis subfoliaceis 1–3 instructa, 2–6 cm. longa ; axis velutina ; bracteæ persistentes concavæ rotundatæ dorso glabræ ventre pubescentes basi filamentis connatæ 1,5 mm. longæ, nectaria 6 quarum 2 dorsalia et ventralia vulgo connata ita vulgo 4, rarius connatim 3 vel 5 ; stamina 6, 2–3 mm. longa sed ventrali-lateralia brevissima et minima 1–2 mm. longa ; filamenta glabra linearia ; antheræ rotundatæ ad axin spectantes flavæ ; ovaria 2 abortiva minima in medio staminorum posita glabra.   Amenta fæminea ascendentia 2–4 mm. longa pedunculata basi foliis 2–3 (interdum nullis) instructa ; axis velutina ; squamæ persistentes rotundatæ extus glabræ intus pubescentes 1,5 mm. longæ ; nectarium solitarium vulgo ventrale et lateralem curvatum interdum imperfecte annulare ; ovarium unicum stipitatum ovato-oblongum 1,5 mm. longum apice in stylos brevissimos sensim contractum cum stipite æquilongum uniloculare ; stigmata 4 ; ovula in quoque placenta biserialia 4–5.   Amenta fructifera 6–9 cm. longa.   Capsula stipite 1–1,5 mm. longo ovata 3 mm. longa glabra 2–valvata.

Varietates duæ adsunt.

Salix glandulosa var. **pilosa** NAKAI.

Ramuli et petioli pilosi.

Hab.

Prov. Zennan :   Inter Shigairi et Yakusuiri tractu Chōjyō (S. TATE).

Prov. Keinan :   Chinkai (T. NAKAI no. 10901 fr.—typus in Herb. Imp. Univ. Tokyo) ; Mt. Seishūzan (T. SAWADA ♀) ; Mt. Kachisan (T. SAWADA ♀), Kyoshō (T. ISHIDOYA & CHUNG no. 4573 ♀).

Prov. Chūnan :   Taiden (T. ISHIDOYA no. 3841 ♀, 3846 ♂, 3849 ♂, 3850 ♂, 3851 ♂, 3852 ♀, 3853 ♂, 3854 ♀, 3855 ♂, 3858,

3859 ♀, 3861 ♀, 3862 ♀, 3863 ♀, 3886 ♀); Heisenri (CHUNG & PAK ♀).

Prov. Chūhok: Chūshū (T ISHIDOYA no. 3836 ♀); Seishū (T. ISHI-DOYA no. 3833, 3838 ♀); Eidō (T. ISHIDOYA no. 3857 ♂, 3864 ♀, 3865 ♂, 3866 ♂, 3868 ♂); Fukō (T. ISHIDOYA no. 3839 ♂); Sōhyōmen (CHUNG & PAK).

Salix glandulosa SEEMEN var. **glabra** NAKAI.

Hæc est varietas typica cum ramis et foliis glabris. In juventute ramuli sub folia et costa foliorum pilosella sed mox glabrescentia.

Hab.

Prov. Zennan: Wangtô (T. NAKAI no. 10909); Chintō (T. NAKAI no. 9370); Keigenmen tractu Muan (T. NAKAI no. 9371); Mt. Mutôsan (S. FUKUBARA); inter Shigairi & Yaksuitei (S. TATE); Chōjyō (T. NAKAI).

Prov. Keinan: Raktô (T. UCHIYAMA); Chōsen (T. UCHIYAMA).

Prov. Keihok: Kōkō (T. NAKAI no. 4721); Taikyu (T. NAKAI no. 7832); Mt. Hakkōzan (T. SAWADA); Mt. Zitsugetsuzan (T. SAWADA); Kaiganmen (T. NAKAI no. 7831 ♀).

Prov. Kōgen: Mt. Chigakusan (CHUNG).

Distr. Hondo, Shikoku, Kiusiu & China centralis.

てりはやなぎ節

芽ノ鱗片ハ一個腹面ハ鑷合狀ニ相癒着ス。嫩葉ハ內卷、穗ハ直立又ハ傾上、苞ハ永存性、雄花ハ二個乃至六個ノ蜜腺ト五個（三個乃至十二個）ノ雄蕋ヲ有ス。雌花ハ二個ノ離生又ハ杯狀ニ癒着スル蜜腺ト有柄ノ子房ト二叉スル花柱ト四個ノ柱頭トヲ有ス。

歐亞兩洲ニ亙リ三種アリ、其中一種ハ北朝鮮ニ自生ス。

4. てりはやなぎ
（第 拾 圖）

高サ二米突乃至三米突許ノ灌木、二年生ノ枝ハオリーブ色ニシテ光澤アリ。一年生ノ枝ハ綠色無毛、芽ハ卵形先端ハ少シク屈曲シ褐色光澤ア

リ。一枚ノ鱗片ヲ有ス。嫩葉ハ內卷無毛、苞狀葉ハ二個又ハ三個漸次內
方ニ向ヒ葉ニ移行シ、先端ニ長キ絹毛アリ。葉柄ハ長サ二乃至十四ミリ
表面ノ央以上ニ緣ニ乳頭狀ノ腺アリ。葉身ハ長橢圓形基脚ハ尖リ先端ハ
銳尖又ハ漸尖又ハトガリ緣ニハ同形ノ小鋸齒アリ、下方ノ鋸齒ハ屢々腺
ニ化ス。葉身ノ長サ一、七センチ乃至七、八センチ幅乃至三十五ミリ、表
面ハ綠色光澤ニ富ミ裏面ハ淡綠色、花穗ハ若枝ノ先端ニ生ジ有柄、花梗
ノ先端ニ二個乃至三個ノ苞アリ、花軸ハ白キ微毛生ズ。雄花ハ長橢圓舟
形ノ微毛アル苞ト腹背ニ各一個ノ蜜腺ト五個又ハ六個ノ雄蕋ト基部多少
癒合シ密毛アル花糸ト黃色ノ葯トヲ有ス。未ダ雌花ヲ見ズ。果穗ハ長サ
二乃至五センチ、有柄、苞ハ落ツ、腹面ノ蜜腺ハ二叉ス。蒴ハ短カキ柄
ヲ有シ長サ七ミリ光澤アリ。花柱及ビ柱頭ハ永存性。

咸南甲山郡、咸北茂山郡ノ深山ニ生ジ稀品ナリ。

歐亞兩洲ニ產スル *Salix pentandra* LINNÆUS トカムチヤツカニ產スル
Salix pseudopentandra FLODERUS トノ中間ニ位シ灌木性ナル事ト枝ノ
オリーブ色ナル點ハ後者ニ似タレドモ花形ハ前者ニ同ジ。

Salix sect. **Pentandræ** DUMORTIER in Bijdr. Nat. Wetens. I, p. 58
(1825)—TŒPFFER, Salic. Bav. p. 44 (1915)—NAKAI in Bull. Soc. Dendrol.
France no. 66, p. 9 (1928).

Syn. *Salix* cohors *Fragiles* KOCH, Salic. Europ. Comm. p.p. 11 & 13
(1828), pro parte—REICHENBACH, Fl. Germ. Excurs. II, p. 172 (1831), pro
parte—MUTEL, Fl. Franc. III, p. 196 (1836), pro parte—KOCH, Syn. Fl.
Germ. & Helv. ed. 1, p. 642 (1837), pro parte—SPACH, Hist. Nat. Vég. X,
p. 363 (1841)—REICHENBACH, Icon. XI, p. 28 (1849), pro parte—TRAUT-
VETTER in LEDEBOUR, Fl. Ross. III, pt. 2, p. 596 (1851), pro parte—PET-
ZOLD & KIRCHNER, Arb. Musc. p. 587 (1864), pro parte—WIMMER, Salic.
Europ. p. LXXV (1866), pro parte—ČELAKOVSKÝ, Prodr. Fl. Böhm. II, pt.
1, p. 132 (1871), pro parte—DIPPEL, Handb. Laubholzk. II, p. 214 (1892),
pro parte—KŒHNE, Deustche Dendrol. p.p. 86 & 89 (1893), pro parte.

Salix—Chrysolepideæ—Phygalilepideæ TRAUTVETTER in Linnæa X,
p. 572 (1836), pro parte.

Salix 1. *Pentandræ* BORRER ex LOUDON, Arb. & Frutc. Brit. III, p.
1503 (1838)—BABINGTON, Man. Brit. Bot. ed. 1, p. 270 (1843).

Salices fragiles (KOCH) apud DŒLL, Rheinische Flora p. 260 (1843).

Salix Sect. 1. *Amerina* FRIES a *Fragiles* GRENIER & GODRON, Fl. Franc. III, p. 124 (1855), pro parte—LANGE in WILLKOMM & LANGE, Prodr. Fl. Hisp. I, p. 225 & 226 (1870), pro parte.

Salix 1. *Serotinæ* DŒLL, Fl. Bad. II, p. 486 (1859), pro parte.

Salix Sect. 1. *Vitisalix* DUMORTIER subsect. *Lycus* DUMORTIER ex BABINGTON in SEEMANN, Journ. Bot. I, p. 170 (1863) SYME in SOWERBY, Engl. Bot. III, p. 201 (1873).

Salix A. *Salices Pleiandræ* b. *Temperatæ* Stirpes VI, *Salices lucidæ* v. *S. pentandræ* ANDERSSON, Monogr. I, p. 30 (1863).

Salix Pleiandræ 2. *Temperatæ* § 6. *Lucidæ* v. *pentandræ* ANDERSSON in DC. Prodr. XVI, pt. 1, p. 205 (1868).

Salix Sect. *Pentandræ* SEEMEN apud SCHNEIDER, Illus. Handb. I, p. 29 (1904).

Salix Didymadeniæ Pleonandræ Brachystylæ Lucidæ SEEMEN in ASCHERSON & GRÆBNER, Syn. IV, p. 61 (1908).

Salix Sect. *Lucidæ* ANDERSSON apud ROUY, Fl. Franc. XII, p. 191 (1910).

Squama gemmarum I ventre valvatim connata. Folia æstivatione convoluta. Brecteæ persistentes. Flores masculi cum glandulis 4 (2–6). Stamina 5 (3–12). Flores fæminei cum glandulis 2 vel connatim cupulare. Ovarium stipitatum. Styli bifidi. Stigmata 4.

Species 3, quarum unica in Korea septentrionali sponte nascit.

4. **Salix pentendra** LINNÆUS
var. **intermedia** NAKAI.
(Tabula nostra X.)

Salix pentandra LINNÆUS [Fl. Lapp. p. 390, t. 8, fig. 3 (1737)]; Sp. Pl. ed. 1, p. 1016 (1753); Fl. Suec. ed. 2, p. 346 (1755); Sp. Pl. ed. 2, II, p. 1442 (1763); Sp. Pl. ed. 3, II, p. 1442 (1764); Syst. Nat. ed. 13, p. 648 (1770)—MURRAY, Syst. Veg. ed. 13, p. 736 (1774); ed. 14, p. 879 (1784)—ALLIONI, Fl. Pedemont. II, p. 183 no. 1956 (1785)—PALLAS, Fl. Ross. I, pt. 2, p. 83 (1788)—ROTH, Tent. Fl. Germ. I, p. 416 (1788)—

VILLARS, Fl. Dauph. III, p. 764 (1789)—GMELIN, Syst. Nat. II, pt. 1, p. 72 (1791)—VITMAN, Summa Pl. V, p. 396 (1791)—SMITH, Fl. Lapp. p. 303, t. 8, fig. 2 (1792)—ROTH, l. c. II, pt. 2, p. 502 (1793)—MŒNCH, Methodus I, p. 335 (1794)—PERSOON, Syst. Nat. ed. 15, p. 921 (1797)— POIRET, Encycl. Méthod. VI, p. 642 (1804)—WILLDENOW, Sp. Pl. II, pt. 2, p. 658 (1805)—PERSOON, Syn. Pl. II, p. 597 (1807)—DIETRIG, Vollst. Lexic. VIII, p. 398 (1808)—WILLDENOW, Baumz. p. 426 (1811)— LAPEYROUS, Hist. Pl. Pyr. p. 593 (1813)—AITON, Hort. Kew. ed. 2, V, p. 353 (1811)—LAMARCK & DC. Fl. Franc. ed. 3, III, p. 287 (1815)— WAHLENBERG, Fl. Goteborg. p. 86 (1820)—SPRENGEL, Syst. Veg. I, p. 100 (1825)—HOST. Salic. p. 1, t. 1 & 2 (1828)—KOCH, Salic. Eur. Comm. p. 13 (1928)—REICHENBACH, Fl. Germ. Excur. II, p. 173 (1831)— CHAMISSO in Linnæa VI, p. 538 (1831)—MUTEL, Fl. Franc. III, p. 190 (1836)—KOCH, Syn. p. 642 (1837)—LOUDON, Arb. & Frutic. Brit. III, p. 1503, fig. 1299 a (1838)—SPACH, Hist. Vég. X, p. 363 (1841)—DŒLL, Rhein. Fl. p. 260 (1843)—BABINGTON, Manual Brit. Bot. p. 27 (1843)— ANDERSSON, Salic. Lapp. p. 15 (1845)—REICHENBACH, Icon. XI, p. 29, tab. DCXII–DCXIII (1849)—TRAUTVETTER in LEDEBOUR, Fl. Ross. III, pt. 2, p. 597 (1851), pro parte—GRENIER & GODRON, Fl. Franc. III, pt. 1, p. 124 (1855)—DŒLL, Fl. Bad. II, p. 488 (1859)—TRAUTVETTER in MAXIMOWICZ, Prim. Fl. Amur. p. 245 (1859)—ANDERSSON, Monogr. I, p. 35, t. II, fig. 24 (1863)—PETZOLD & KIRCHNER, Arb. Musc. p. 583 (1864)—WIMMER, Salic. Europ. p. 22 (1866)—ANDERSSON in DC. Prodr. XVI, sect. 2, p. 206 (1868)—ČELAKOVSKÝ, Prodr. Fl. Boehm. II, pt. 1, p. 132 (1871)—KOCH, Dendrol. II, p. 518 (1872)—SYME in SOWERBY, Engl. Bot. VIII, p. 202, Pl. MCCCIII (1873)—LAUCHE, Deutsch. Dendrol. p. 321 (1880)—BENTHAM & HOOKER, Handb. Brit. Fl. ed. 5, p. 409 (1887)—BURKILL in Journ. Linn. Soc. XXVI, p. 531 (1889)—DIPPEL, Handb. Laubholzk. II, p. 214 (1892)—KORSCHINSKY in Acta Hort. Petrop. XII, p. 390 (1892)—KŒHNE, Deutsche Dendrol. p. 90 (1893)—BEISSNER, SCHEEL & ZABEL, Laubholzbenn. p. 20 (1903)— KOMAROV in Acta Hort. Petrop. XII, p. 27 (1903)—CAMUS, Monogr. I, p. 84 (1904)—SCHNEIDER, Illus. Handb. I, p. 30, fig. 12, f–f₁ fig. 13.

(1904)—SíUZEV in Trav. Mus. Bot. St. Pétersb. IX, p. 87 (1912)—
HENRY in ELWES & HENRY, Trees & Shrubs Brit. VII, p. 1747
(1913)—TŒPFFER, Salic. Bav. p. 57 (1915)—NAKAI in Tokyo Bot. Mag.
XXXII, p. 30 (1918); Fl. Paiktusan p. 63, no. 86 (1918)—MORI, Enum.
Corean Pl. p. 111 (1922)—REHDER, Manual p. 102 (1927).

var. **intermedia** NAKAI, var. nov.

Habitu fruticosa et ramis olivaceis hæc ad *Salix pseudopentandra*
[FLODERUS in Arkiv. för Botanik, Band 20 A, no. 6, p. 57, (1927)]
accedit, sed folia et flores toto cum eis *Salicis pentandræ* congruerunt.

Frutex 2-3 metralis altus. Ramus annotinus olivaceus lucidus, horno-
tinus viridis glaberrimus. Gemmæ ovatæ apice leviter curvatæ fuscæ
lucidæ a squama unica obtectæ. Folia æstivatione convoluta glabra.
Cataphylla 2-3 gradatim in folia transeunt apice sericeo-barbata.
Petioli 2-14 mm. longi supra medium margine glanduloso-papillosa.
Lamina oblonga basi acuta apice acuminata vel attenuata vel acuta
margine æqualiter serrulata, serrulis inferioribus sæpe glandulosis 1,7-
9,0 cm. longa 0,8-3,5 cm. lata supra lucida viridissima subtus pallida.
Amenta cætanea in apice ramuli hornotini terminalia pedunculata;
pedunculi apice bracteis 2-3; axis albo-pilosa. Flos masculus cum
bractea oblongo-naviculare pilosa, glandulis binis dorsi-ventralibus;
staminibus 5 (6) dorsalibus quam ventrales longioribus; filamentis basi
sæpe connatis pilosis. Flores fæminei adhuc ignoti. Amenta fructifera
pedunculata 2-5 cm. longa; bracteæ deciduæ, glandula ventralis biloba,
capsula brevi-stipitata 7 mm. longa lucida, styli et stïgmata persistentia.

Hab.

Prov. Kannan : inter Hôtaizan & Kyokōrei (T. NAKAI no. 1934 fr.)

Prov. Kanhoku : districtu montis Paiktusan (ZEN SHŌ RAN, ♂);
    Engan (M. FURUMI no. 440 fr., no. 442) ; Yuhei (M. FURUMI no.
    468 fr.).

た ち や な ぎ 節

芽ノ鱗片ハ唯一個ニシテ腹縁ハ鑷合狀ニ完全ニ癒着ス。 嫩葉ハ内卷、
苞ハ永存性、雄花ハ腹背ニ位スル二個ノ蜜腺ト三個（四個又ハ五個トナ

ルコトモアリ）ノ雄蕋トヲ有ス。花糸ハ基部ニ毛アリ。雌花ハ腹面ニ位スル一個ノ蜜腺ト有柄ノ子房ト二叉スル花柱ト四個ノ柱頭トヲ有ス。

欧亞兩洲ニ亙リ五種アリ、其中一種ハ朝鮮ニモ自生ス。

5. たちやなぎ
（第拾壹圖）

灌木狀後小喬木トナル。幹ノ直徑ハ七乃至八センチニ達ス。末梢ハ綠色、芽ノ鱗片ハ一個、卵形、長サ三乃至七ミリ腹背ノ方向ニ稍扁平ナリ。無毛、長枝ハ無毛ニシテ大形ノ葉ヲ有シ葉柄ハ二十乃至二十三ミリ始メ腹面ニ毛アレドモ早ク無毛トナル。葉身ハ狹長橢圓形長サ十三乃至十四センチ幅四センチ半乃至五センチニ達シ先端ハ尖リ基脚ハ銳形又ハ弱銳形緣ニ鋸齒アリ表面ハ稍光澤アリ裏ハ白味アリ。老成ノ枝ノ葉ハ多クハ托葉ヲ有シ葉柄ハ長サ三乃至十ミリ、托葉ハ耳形又ハ卵形葉質長サ五乃至十ミリ、葉身ハ披針形尖銳、腺狀ノ鋸齒アリ。長サ六乃至十二センチ幅十三乃至二十五ミリ、表面ハ綠色光澤アリ、裏面ハ白シ。雄花穗ハ短キ若枝ノ先端ニ生ジ直立又ハ傾上シ長サ二乃至五センチ幅十ミリ基脚ニ葉アルモノトナキモノトアリ。花軸ハ短微毛生ジ、雄花ハ長サ一ミリ半乃至三ミリノ狹長橢圓形乃至橢圓形淡綠色三脈背面ノ半以下ニ毛アル苞ト黄色又ハ帶褐黄色長キ〇、七ミリ帶卵矩形ノ腹腺ト圓柱狀長サ〇、七ミリノ背腺ト三個（稀ニ四個又ハ五個）ノ雄蕋ト長サ四ミリ基ニ毛アル花糸ト黄色外開スル長サ一ミリノ葯トヲ有ス。雌花穗ハ直立シ長サ一センチ半乃至三センチ半花軸ハ微毛アリ。苞ハ淡綠色長橢圓倒卵形薄ク長サ一ミリ二乃至二ミリ三脈アリ背面ニハ央以下ニ微毛アリ腹面ニ毛ナシ。蜜腺ハ腹側面ニ二個出デ之ガ次第ニ相寄リテ一トナル。最上端ノ花ノ蜜腺ハ發達セヌモノアリ。子房ハ約二ミリ長サ一ミリ半ノ柄ヲ有シ、無毛先端ハ花柱ニ向ヒ細マル。柱頭ハ一個短ク二叉シ柱頭ハ四個、蒴ハ長サ三ミリ乃至三ミリ半。

平北、咸南、忠北ニ自生アリ。

欧亞兩洲ニ廣ク分布ス。

Salix sect. **Triandræ** DUMORTIER in Bijdr. Nat. Wetens. I, p. 58 (1825)—PETZOLD & KIRCHNER, Arb. Mus. p. 587 (1864)—TŒPFFER, Salic. Bav. p. 46 (1915)—SCHNEIDER in SARGENT, Pl. Wils. III, pt.

1, p. 106 (1916)—NAKAI in Bull. Soc. Dendr. Franc. no. 66, p. 9 (1928).

Syn. *Salix* cohors *Amygdalinæ* KOCH, Salic. Europ. Comment. p.p. 11 & 17 (1828), pro parte—REICHENBACH, Fl. Germ. Excurs. II, p. 171 (1831), pro parte,—KOCH, Syn. ed. 1, p. 644 (1837), pro parte—SPACH, Hist. Vég. X, p. 367 (1841)—DŒLL, Rhein. Fl. p. 261 (1843), pro parte—REICHENBACH, Icon. XI, p. 27 (1849)—TRAUTVETTER in LEDEBOUR, Fl. Ross. III, pt. 2. p. 600 (1851)—GRENIER & GODRON, Fl. Franc. III pt. 1. p. 126 (1855)—ČELAKOVSKÝ, Prodr. Fl. Böhm. II, pt. 1, p. 133 (1871)—DIPPEL, Handb. Laubholzk. II, p. 223 (1892), pro parte—KŒHNE, Deutsche Dendrol. p. 86 (1893), pro parte—SCHNEIDER, Illus. Handb. I, p. 30 (1904)—ROUY, Fl. Franc. XII, p. 195 (1910).

Salix—*Chrysolepideæ*—*Triandræ* TRAUTVETTER in Linnæa X, p. 573 (1836).

Salix sect. *Triandræ* BORRER ex LOUDON, Arb. & Frutic. Brit. III, p. 1436 (1838)—BABINGTON, Manual Brit. Bot. p. 271 (1843).

Salix sect. *Serotinæ* DŒLL, Fl. Bad. II, p. 486 (1859), pro parte.

Salices Pleiandræ b. *Temperatæ* stirps *Salices Amygdalinæ* v. *S. triandræ* ANDERSSON, Monogr. p. 19 (1863), pro parte.

Salix cohors II *Amygdalinæ* WIMMER, Salic. Europ. p. LXXV (1866).

Salices Pleiandræ 2 *Temperatæ* §5. *Amygdaliæ* KOCH apud ANDERSSON in DC. Prodr. XVI, sect. 2 p. 200 (1868).

Salix sect. 1. *Vitisalix* subsect. 1. *Amerina* DUMORTIER I. *Triandræ* DUMORTIER ex BABINGTON in SEEMANN, Journ. Bot. I, p. 170 (1863)—SYME in SOWERBY, Engl. Bot. VIII, p. 213 (1873).

Salix sect. *Amerina* FRIES b. *Amygdalinæ* LANGE in WILLKOMM & LANGE, Prodv. Fl. Hisp. I, p. 225 & 226 (1870).

Salix B. *Heteradeniæ* a. *Pleonandræ* IV *Triandræ* SEEMEN, Salic. Jap. p. 27 (1903); in ASCHERSON & GRÆBNER, Syn. IV, p. 74 (1908).

Squama gemmarum 1 ventre valvatim connata. Folia æstivatione convoluta. Bracteæ persistentes. Flores masculi glandulis 2 dorsi-ventralibus, staminibus 3 (4–5). Flores fæminei glandulis ventrale 1 vel ventrali-laterale 2, ovario stipitato, stylo 1 bifido, stigmatibus 4.

Species 5 in Eurasia indigenæ, inter eas unica in Korea spontanea.

5. Salix triandra LINNÆUS.
var. discolor ANDERSSON.
(Tabula nostra XI.)

Salix triandra LINNÆUS, Sp. Pl. ed. 1, p. 1016 no. 2 (1753); ed. 2, II, p. 1442 (1763); ed. 3, II p. 1442 (1763); Syst. nat. ed. 13, III, p. 648, no. 2 (1770)—SCOPOLI, Fl. Carniol. II, p. 259 (1772)—MURRAY, Syst. Veg. ed. 13, p. 736 (1774); ed. 14, p. 879. no 2 (1784)—ALLIONI, Fl. Pedemont. II, p. 183, no. 1954 (1785)—HOFFMANN, Hist. Salic. I, p. 45 t. 9, 10, 23 fig. 2 (1785)—ROTH, Tent. Fl. Germ. I, p. 416 (1788)—PALLAS, Fl. Ross. I, pt. 2, p. 78 (1788)—GMELIN, Syst. Nat. II, pt. 1, p. 72, no. 3 (1791)—VITMAN, Summa Pl. V, p. 396 (1791)— ROTH, l. c. II, p. 501 (1793)—HOST, Syn. Fl. Austr. p. 526 (1798)— PERSOON, Syst. Veg. ed. 15, p. 921 (1797)—VILLARS, Fl. Dauph. III, p. 762 (1789)—HOFFMANN, Deutschl. Fl. ed. 2, I Abt. 2, p. 259 (1804)— POIRET in Encycl. Méthod. VI, p. 645 (1804)—LAMARCK & DC., Syn. Fl. Gall. p. 178 (1806)—PERSOON, Syn. Pl. II, p. 598 (1807)—DIETRIG, Vollst. Lexic. Gærtn. & Bot. VIII, p. 409 (1808)—WILLDENOW, Sp. Pl. IV pt. 2, p. 654 (1805)—AITON, Hort. Kew. ed. 2, V, p. 352 (1811)— WILLDENOW, Baumz. ed. 2, p. 423 (1811)—LAPEYROUS, Hist. Pl. Pyrén, p. 594 (1813)—LAMARCK & DC. Fl. Franc. ed. 3, III, p. 285, no. 2074 (1815)—SPRENGEL, Syst. Veg. I, p. 99 (1825)—MUTEL, Fl. Franc. III, p. 195 (1836)—LOUDON, Arb. & Frutic, Brit. III, p. 1498, fig. 1297 (1838)— SPACH, Hist. Vég. X, p. 368 (1841)—BABINGTON, Man. Brit. Bot. p. 272 (1843)—PETZOLD & KIRCHNER, Arb. Musc. p. 586 (1864)—KOMOROV, in Act. Hort. Petrop. XXII, p. 30 (1903)—BEISSNER, SCHELL & ZABEL, Handb. Laubholzb. p. 19 (1903)—TŒPFFER, Salic. Bav. p. 68 (1915).

var. **discolor** ANDERSSON in DC. Prodr. XII, sect. 2, p. 203 (1868).

Syn. *Salix amygdalina* var. *discolor* WIMMER & GRABOWSKI, Fl. Siles. III, p. 362 (1829)—REICHENBACH, Fl. Germ. Excurs. II, p. 171

(1831)—KOCH, Syn. p. 644 (1838)—REICHENBACH, Icon. XI, p. 27 (1849)—TRAUTVETTER in LEDEBOUR, Fl. Ross. III, pt. 2, p. 600 (1851)— GRENIER & GODRON, Fl. Franc. III, p. 126 (1855)—TRAUTVETTER in MAXIMOWICZ, Prim, Fl. Amur. p. 242 (1859)—LANGE in WILLKOMM & LANGE, Prodr. Fl. Hisp. I, 227 (1870)—ČELAKOVSKÝ, Prodr. Fl. Böhm. II, p. 133 (1871)—ROUY, Fl. Franc. XII, p. 196 (1910).

Salix triandra var. *Willdenowiana* TRAUTVETTER in Linnæa X, p. 573 (1836).

Salix amygdalina var. *triandra* REICHENBACH, Icon. XI, tab. DCV. fig. 1259 (1849).

Salix triandra var. *genuina* SYME in SOWERBY, Engl. Bot. VIII, p. 215, Pl. MCCCXIII (1873).

Salix nipponica FRANCHET & SAVATIER, Enum. Pl. Jap. I, p. 495 (1875), nom. II, pt. 1, p. 502 (1876)—MATSUMURA, Nippon Shokubutsu Meii p. 170 (1884); Shokubutsu Meii p. 260 (1895).

Salix triandra var. *nipponica* SEEMEN, Salic. Jap. p. 27 (1903), in ASCHERSON & GRÆBNER, Syn. IV, p. 78 (1908)—MATSUMURA, Ind. Pl. Jap. II, pt. 2, p. 14 (1912)—SIUZEV in Trav. Mus. Bot. Acad. Imp. Sci. St. Pétersb. IX, p. 87 (1912).

Salix amygdalina var. *vulgaris* WIMMER f. *discolor* SCHNEIDER, Illus. Handb. I, p. 30 (1904).

Salix Kinashii LÉVEILLÉ & VANIOT in Bull. Soc. Bot. Franc. LII, p. 141 (1905); in Bull. Acad. Int. Geogr. Bot. XVI, p. 148 (1906).

Salix amygdalina II. *glaucophylla* SEEMEN in ASCHERSON & GRÆB- NER, Syn. IV, p. 77 (1908).

Salix amygdalina var. *nipponica* SCHNEIDER in SARGENT, Pl. Wils. VII, p. 106 (1916)—REHDER in Journ. Arnold Arb. IV, p. 139 (1923); Manual. X, p. 113 (1929)—MAKINO & NEMOTO, Fl. Jap. p. 1120 (1925).

Frutex demum arborescens. Truncus diametro usque 7–8 cm. Ramulus viridis. Squama gemmæ solitaria ovata 3–7 mm. longa dorsi-ventrali compressa ventre valvatim connata glabra. Turio elongatus glaber. Folia turionum magna, petiolis usque 20–23 mm. longis primo ventre pilosis sed mox glabrescentibus, laminis lineari-oblongis usque 13–14 cm. longis 4,5–5 cm. latis apice cuspidatis basi acutis vel acutiusculis margine serrulatis supra lidusculis infra glaucis vel glaucescentibus. Folia ramorum vulgo stipullata, petiolis 3–10 mm. longis, stipulis auriculatis vel ovatis foliaceis 5–10 mm. longis, laminis lanceolatis acuminatissimis glanduloso-serrulatis 6–12 cm. longis 13–25 mm. latis supra viridibus lucidis infra glaucis. Amenta mascula ad apicem rami hornotini brevis terminalia erecta vel ascendentia 2–5 cm. longa 10 mm. lata basi foliacea vel efoliacea; axis adpresse pilosis. Bracteæ 1,5–3 mm. longæ lineari-oblongæ ellipticæ pallide viridulæ concavæ trinerves dorso infra medium pilosæ ventre hirtellæ. Glandula flava vel fuscescenti-flava, ventralis magna dilatata subovato-trapeziformis 0,7 mm. longa, dorsalis minor teres angusta 0,7 mm longa. Stamina 3 (4–5) filamentis teretibus basi pilosis 4 mm. longis antheris extrorsis flavis 1 mm. longis. Amenta fæminea erecta 1,5–3,5 cm. longa; axis pilosa; bracteæ oblongo-obovatæ tenues olivaceæ 1,2–2 mm. longæ trinerves dorso infra medium pilosæ ventre glabræ; glandulæ ventrali-laterales 2 sed vulgo unico connatæ in flore supremo sæpe emarcidæ; ovarium cum stipite 1,5 mm. longo 2 mm. longum glabrum in stylum angustatum; styli 1 brevissimi bifidi; stigmata brevissima bifida ita 4 apice subplana. Capsula 3–3,5 mm. longa glabra.

Hab.

Prov. Heihok: Shingishū (T. Nakai); ibidem (T. Ishidoya no. 3871 ♂, 3872 ♂, 3873 ♂, 3874 ♀, 3875 ♂, 3877 ♀, 3879 ♀, 3880 ♀, 3881 ♀); ibidem (M. Furumi); ibidem (M. Tamura, ♀); inter Chokudō & Igen (T. Nakai, no. 1894).

Prov. Kannan: Inter Keizanchin & Futempo (T. Nakai no. 1895); inter Hokusei & Chokudō (T. Ishidoya no. 5202 ♀).

Prov. Chūhoku: Fukō (T. Ishidoya no. 3874 ♀).

Distr. Europa, Asia bor. et media nec non orientalis.

えぞやなぎ節

喬木。芽ハ一個ノ鱗片ヲ有ス。鱗片ハ腹面鎧合狀ニ癒着ス。嫩葉ハ內卷。枝ニ白蠟質物ヲ被ル。花序ハ葉ニ先チテ生ジ二年生ノ枝ノ葉腋ニ生

ズ無柄ナリ。花ニハ唯一個ノ蜜腺アリ。花柱ハ長ク柱頭ハ二個又ハ四個。
　欧亞北米ニ亙リ七種アリ。其中二種ハ朝鮮ニ自生ス。

{ 苞ノ兩側ニハ蜜腺アリ。子房ニ稜角ナシ。………………えぞやなぎ
{ 苞ニ蜜腺ナシ。子房ハ四角ノ稜角アリ。………………こえぞやなぎ

6. え ぞ や な ぎ
（第拾貳圖）

雌雄異株ノ喬木。大ナルハ幹ノ直徑一米突ニ達スルアリ。樹膚ハ縦ノ
方向ニ不規則ニ剥グ。若枝ハ無毛白蠟質ノ物質ヲ被ル。黄色ニシテ日光
ニ面スル側ハ帶紅色ナリ。芽ノ鱗片ハ一個ニシテ腹面ハ鑷合狀ニ完全ニ
癒着シ無毛白蠟質ヲ被リ枝ノ伸長ト共ニ縦ニ裂開ス。葉ハ無毛托葉アル
モノトナキモノトアリ。托葉ハ長サ四乃至八ミリ橢圓形、又ハ卵形先ハ
鋭角葉質表面ハ綠色裏面ハ白ク鋸齒アリ。葉柄ハ長サ一乃至八ミリ白蠟
質ヲ被リ。葉身ハ披針形長サ二センチ半乃至十二センチ幅七乃至三十二
ミリ。表面ハ綠色裏面ハ白ク先端ハ漸鋭尖緣ハ小鋸齒アリ基脚ハ鋭角又
ハ稍鈍角、雄花穂ハ二年生ノ枝ニ腋生殆ンド無柄長サ一センチ半乃至三
センチ半幅一、七センチ乃至二センチ 概ネ先端ヨリ花咲ク。花軸ニ絹毛
アリ。苞狀葉ハ三個乃至五個、披針形先端帶紅色長サ三乃至五ミリ背面
ハ絹毛アリ内面ハ無毛緣ハ腺狀ノ小鋸齒アリ。苞ハ倒卵長橢圓形長サ一
ミリ半乃至二ミリ央以下ハ綠色緣ハ内卷腺狀央以上ハ黑ク長キ絹毛密生
ス。蜜腺ハ一個長サ半ミリ許先ヨリ蜜ヲ出ス。雄蕋ハ二個長サ七乃至八
ミリ、花糸ハ白ク長サ六乃至七ミリ無毛、葯ハ黄色長サ一乃至一、二ミリ
外開卵形。雌花穂ハ長サ二乃至四センチ幅一センチ乃至一センチ半先端
丸シ。 苞狀葉ハ長サ七乃至十ミリ薄ク絹毛アリ先端ハ鋭角緣ニ蜜腺多
シ。苞ハ横ニ展開シ且先ハ後ニ反ル。倒卵長橢圓形又ハ長橢圓倒卵形先
端ハ黑ク長サ一ミリ半乃至二ミリ半、央以下ハ綠色緣ニ丸キ腺數個アリ、
央以上ハ長毛密生ス。蜜腺ハ橢圓又ハ長橢圓又ハ卵形先端ハ丸ク又ハ截
形黄色、子房ハ綠色長橢圓卵形長サ一ミリノ柄ト共ニ三ミリ許表面ハ毛
ナク氣孔散在ス。花柱ハ長サ一ミリ半乃至二ミリ。柱頭ハ二又シ花柱ト
共ニ黄色、果穂ハ殆ンド無柄長サ四乃至五センチ多少屈曲ス。

　咸北、咸南、平北、平南、黄海、江原、京畿、慶北ノ諸道ニ分布シ主
トシテ清流ニ沿ヒテ生ズ。

　（分布） アムール、烏蘇利、樺太、北海道。

7.　こえぞやなぎ

（第拾参圖）

喬木。皮ハ縦ニ裂開ス。小枝ハ黄色ニシテ日ニ向フ所ハ紅色ナルハ恰
モえぞやなぎノ如シ。長枝ノ葉ハ廣鑿形、葉柄ハ長サ十六乃至十九ミリ、
葉身ハ長サ十八センチ半乃至十九、八センチ　幅ハ二十四ミリ乃至二十六
ミリ表面ハ無毛緑色裏面ハ白蠟色　先端ハ細ク鋭尖、　縁ニハ小鋸歯アリ。
果實ヲ附クル枝ノ葉ハ披針形若キ時ハ　絹色ノ長毛アレドモ　後無毛トナ
ル。葉柄ハ長サ二乃至五ミリ葉身ハ長サ一センチ半乃至十一センチ幅四
ミリ乃至二十八ミリ表面ハ無毛緑色裏面ハ白蠟色、未ダ雄花ヲ見ズ。雌
花穂ハ長サ二乃至二センチ半花軸ハ微毛アリ。苞ハ倒卵形全縁央以上ハ
黒ク央以下ハ緑色全表面ニ密ニ絹色ノ長毛生ズ。長サ二ミリ半乃至三ミ
リ、蜜腺ハ腹面ニ位シ殆ンド四邊形長サ半ミリ乃至〇、七ミリ、　子房ハ
卵形四角ニシテ長サ一ミリ半、約一ミリノ柄アリ。花柱ハ長サ一ミリ半、
柱頭ハ二叉シ細シ。果穂ハ長サ四センチ乃至五センチ半、果實ハ長サ四
乃至五ミリ。

咸南、咸北ニ産ス。

（分布）　本島中部（信濃上高地）。

Salix sect. **Daphnoideæ** DUMORTIER, Fl. Belg. Prodr. p. 12 (1827)—
TŒPFFER, Salic. Bav. p. 86 (1915)—SCHNEIDER in SARGENT, Pl. Wils.
III, p. 154 (1916).

Sny. *Salix* cohors *Pruinosæ* KOCH, Salic. Europ. Comment. p.p. 12
& 22 (1828); Syn. ed. 1, p. 645 (1837)—SPACH, Hist. Vég. X, p. 368
(1841)—DŒLL, Rhein. Fl. p. 262 (1843)—REICHENBACH, Icon. XI, p.
26 (1849)—TRAUTVETTER in LEDEBOUR, Fl. Ross. III, 2, p. 601 (1851)—
PETZOLD & KIRCHNER, Arb. Musc. p. 587 (1849)—WIMMER, Salic.
Europ. p. LXXVI (1866)—ČELAKOVSKÝ, Prodr. Fl. Böhn. II, p. 134
(1871)—DIPPEL, Handb. Laubhozk. II, p. 290 (1892)—KŒHNE, Deutsche
Dendrol. p.p. 88 & 98 (1893)—SCHNEIDER, Illus. Handb. Laubhokz. I,
p. 44 (1904)—ROUY, Fl. Franc. XII, p. 199 (1910).

Salix sect. *fragiles* α REICHENBACH, Fl. Germ. Excurs. II, p. 172
(1831).

Salix – Allolepideæ—Macrophyllæ TRAUTVETTER in Linnæa X, p. 579 (1836), pro parte.

Salix II. *Acutifoliæ* BORRER ex LOUDON, Arb. & Frutic. Brit. VIII, p. 1494 (1838).

Salix Præcoces DŒLL, Fl. Bad. II, p. 491 (1859), pro parte.

Salices Diandræ 3. *Macrostyleæ* § 14. *Pruinosæ* s. *daphnoides* ANDERSSON in DC. Prodr. XVI, sect. 2, II, p. 261 (1868).

Salix Monadeniæ α. *Choristandræ* γ. *Dolichostylæ* XI. *Pruinosæ* SEEMEN, Salic. Jap. p. 49 (1903), in ASCHERSON & GRÆBNER, Syn. IV, p.p. 59 et 167 (1908).

Arbores. Squama gemmæ 1 ventrali valvatim coherens. Folia æstivatione convoluta. Rami pruinosi. Amenta præcocia lateralia sessilia. Glandula 1. Styli 1 elongati. Stigmata 2–4.

Species 7, inter eas 2 in Korea indigenæ, quæ in modo sequente inter sese distinguendæ.

Bracteæ basi glanduloso-dentatæ. Ovarium non angulatum..........
.... *S. rorida*
Bracteæ glandulosæ integræ. Ovarium quadrangulare..............
.... *S. roridæformis*

6. **Salix rorida** LACHSCHEWITZ.
(Tabula nostra XII.)

Salix rorida LACHSCHEWITZ in Schedæ Herb. Fl. Ross. VII, p. 131 (1911)—TŒPFFER, Salic. Mitt. V, p. 238 (1912)—SCHNEIDER in SARGENT, Pl. Wils. III, p. 155 (1916)—MIYABE & KUDO, Icon. V, p. 55, t. 16 (1921)—KUDO, Report Veg. North Saghalin p. 100 (1922)—MORI, Enum. Corean Pl. p. 111 (1922)—MAKINO & NEMOTO, Fl. Jap. p. 1128 (1925)—NAKAI in Bull. Soc. Dendrol. Franc. no. 66, p. 13 (1928).

Syn. *Salix acutifolia* (non WILLDENOW) TRAUTVETTER in LEDEBOUR, Fl. Ross. III, pt. 2, p. 601 (1851), pro parte—TURCZANINOW in Bull. Soc. Imp. Nat. Mosc. XXVII, p. 374 (1854)—FRANCHET & SAVATIER, Enum. Pl. Jap. I, p. 461 (1875)—HERDER in Acta Hort. Petrop. XI, p. 424 (1891), pro parte.

Salix daphnoides (non VILLARS) TRAUTVETTER in LEDEBOUR, l. c. p. 602, pro parte—ANDERSSON in DC, Prodr. XII, sect. 2, p. 261 (1868), pro parte—HERDER, l. c. p. 423, pro parte—MATSUMURA, Shokubutsu Meii p. 260 (1895)—SEEMEN, Salic. Jap. p. 49, t. 9, fig. A–E (1903)—SCHNEIDER, Illus. Handb. Laubholzk. I, p. 44 (1904), pro parte—NAKAI in Tokyo Bot. Mag. XXVI, p. 168 (1912)—MATSUMURA, Ind. Pl. Jap. II, 2, p. 9 (1912)—MIYABE & MIYAKE, Fl. Saghalin p. 427 (1915)—NAKAI, Veg. Diamond Mts. p. 168 (1918).

Salix præcox (non HOPPE) TRAUTVETTER in MAXIMOWICZ, Prim. Fl. Anur. p. 242 (1859).

Arbor dioica alta et magna. Truncus diametro usque 1 metralis. Cortex longitudine alte fissus. Ramus glaber pruinosus flavus apricus rubescens. Squama gemmæ 1 ventre valvatim connata glabra pruinosa demum ventrali longitudine fissa. Folia glabra stipullata vel exstipullata. Stipulæ 4–8 mm. longæ late oblique ovatæ acutæ foliaceæ supra virides infra glaucæ serrulatæ. Petioli 1–8 mm. longi pruinosi. Lamina foliorum lanceolata 2,5–12 cm. longa 7–32 mm. lata supra viridis infra pruinosa apice acuminato-attenuata margine serrulata basi acuta vel obtusiuscula. Amenta mascula axillaria subsessilia 1,5–3,5 cm. longa 1,7–2 cm. lata subcentrifugalia; axis sericea, cataphylla 3–5 lanceolata apice rubescentia 3–5 mm. longa dorso sericeo-villosa intus glabra margine glanduloso-serrulata; bracteæ obovato-oblongæ 1,5–2 mm. longæ infra medium virides constrictæ et convolutæ margine glandulosæ supra medium atræ longe sericeo-villosæ; glandula 1 elongatæ 0,5 mm. longæ apice nectarigeræ; stamina 2 elongatæ 7–8 mm. longæ; filamenta 6–7 mm. longa alba glabra; antheræ flavæ 1–1,2 mm. longæ extrorsæ ovatæ. Amenta fæminea 2–4 cm. longa 1–1,5 cm. lata apice obtusa; cataphylla 7–10 mm. longa parce sericeo-hirtella acuta margine dense glandulosa; bracteæ patentes vel reflexæ obovato-oblongæ vel oblongo-obovatæ apice atræ 1,5–2,5 mm. longæ infra medium virides margine sphærico-glandulosæ supra medium villosæ; glandula oblonga vel elliptica vel ovata apice obtusa vel truncata flavida; ovarium

えぞやなぎ、江原道金剛山新金剛ノ奥ニテ寫ス。
Salix rorida LACHSCHEWITZ, growing in the ravine of Shin-
kongō, Diamond mountains, in the Province of Kōgendō.
Photographed in July, 1917.

viride oblongo-ovatum cum stipite 1 mm. longo 3 mm. longum facie
parce stomatosum; styli 1,5–2 mm. longi; stigmata bifida stylisque
flavida. Amenta fructifera subsessilia 4–5 cm. longa curvata,

Hab.

Prov. Kanhok: Shuotsu (T. NAKAI no. 6880); Mt. Hichihōzan (C. KONDŌ no. 337); Shōjyō Hokusō (CHUNG, no. 1272); Shōjyō (CHUNG no. 1273); secus fl. Hokkazui (T. SAWADA no. 1612); Kisshū Yōshamen (S. FUKUBARA no. 1629); Shōjyō Sōzan (CHUNG no. 690); Mosan Shayuzan (CHUNG no. 911); Hojyōdō (T. NAKAI no. 6850).

Prov. Kannan: Kōzan Taichūri (T. ISHIDOYA no. 2735, 2740 ♀, 2741 ♀, 2751 ♀); Hōzan Jyōri (T. ISHIDOYA no. 2752 ♀); Inter Hōzan et Kōsuiin (T. ISHIDOYA); Mt. Shisuizan (CHUNG); Mt. Shūaizan (S. FUKUBARA); Kankō (T. ISHIDOYA no. 4510, 4514); Anpen Sanbō (CHUNG); Mt. Kōjirei (T. ISHIDOYA no. 5173 ♀); Kōsuiin (T. ISHIDOYA no. 5172 ♀, 5173 ♀, 2810 ♀); inter Teihei & Eikō (CHUNG); Mt. Kantairei (T. MORI).

Prov. Heikok: Sakshū Ryōzanmen (T. SAWADA); Mt. Hakutōzan tractus Sosan (S. FUKUBARA no. 1047); Nansha (S. GOTŌ); Mt. Hinantoksan tractus Sosan (S. FUKUBARA no. 1253); Kōkai (R. G. MILLS no. 373); Mt. Hakuhekizan tractus Unzan (T. ISHIDOYA no. 50).

Prov. Heinan: pede montis Rōrinsan (K. ŌKUBO); Mt. Kenzanrei tractus Neien (T. ISHIDOYA no. 4512–4513); Mt. Kakatsurei (T. MORI); Yōtoku (T. NAKAI).

Prov. Kōgen: Rankoku (T. ISHIDOYA no. 3106 ♂, 3107 ♂, 3123 ♀, 3120 ♀); Sempo (T. KIMURA); ibidem (T. ISHIDOYA no. 3105 ♂, 3124 ♂); Mt. Kongōsan (T. NAKAI no. 5307); ibidem (CHUNG); Mt. Godaizan (T. ISHIDOYA no. 6541); Mt. Taikisan (S. FUKUBARA); Mt. Reigakusan (T. ISHIDOYA no. 6234).

Prov. Kōkai: Katomen tractus Kokuzan (K. TAKAICHI ♀); Mt. Karanzan (K. TAKAICHI ♀).

Prov. Keiki: Mt. Kagakusan (T. SAWADA).

Prov. Keihoku: Mt. Zitsugetsusan (T. SAWADA).

Distr. Amur. Ussuri, Sachalin & Yeso.

7. Salix roridæfomis NAKAI.

(Tabula nostra XIII.)

Salix roridæformis NAKAI in Tokyo Bot. Mag. XXXIII, p. 5 (1919) — MORI, Enum. Corean Pl. p. 111 (1922) — NAKAI, Veget. Kamikōchi of Province Shinano, p. 15 & 38 (Feb. 1928); in Bull. Soc. Dendrol. France no. 66, p. 14 (1928).

Arbor. Cortex longitudine fissus. Ramuli flavi, aprici rubescentes. Folia turionum late subulata; petioli 16–19 mm. longi; lamina 18,5–19,8 cm. longa 24–26 mm. lata supra glabra viridis infra glaucescens apice angustato-acuminata margine serrulata. Folia ramorum fructiferorum lanceolata, juvenilia sericeo-hirtella demum glabrescentia; petioli 2–5 mm. longi; lamina 1,5–11 cm. longa 4–28 mm. lata supra glabra viridis infra glauca. Amenta mascula nostris ignota. Amenta fæminea præcocia 2–2,5 cm. longa; axis pilosa; bracteæ obovatæ integerrimæ supra medium atratæ infra medium virides toto dense sericeo-tomentosæ 2,5–3 mm. longæ; glandula ventralis subtrapeziformis 0,5–0,7 mm. longa; ovarium ovatum subcostato-quadrangulare 1,5 mm. longum, stipite 1 mm. longo, stylo 1,5 mm. longo; stigmata bifida linearia. Amenta fructifera 4–5,5 cm. longa. Capsula 4–5 mm. longa.

Hab.

Prov. Kanhok: pede montis Setsurei (T. NAKAI no. 6851); Shuotsu Onpō (T. NAKAI no. 6849).

Prov. Kannan: Taichūri tractus Kōzan (T. ISHIDOYA no. 2738 — typus in Herb. Imp. Univ. Tokyo); Kōsuiin tractus Hōzan (T. ISHIDOYA no. 2737).

ねこやなぎ節

灌木又ハ小喬木。芽ノ鱗片ハ一個腹緣ハ全ク癒着ス。嫩葉ハ內卷。花穗ハ葉ニ先チテ生ズ無柄花密ナリ。雄花ハ一個ニ癒着セル雄蕋ト黃色又ハ帶紫色ノ葯ト腹面ノ蜜腺一個トヲ有ス。雌花ハ腹面ノ蜜腺一個ト長キ柄ヲ有スル多毛ノ子房ト細長キ花柱ト短カキ柱頭トヲ有ス。

東亞ニ五種アリ其中四種ハ朝鮮ニ自生ス。

1 { 小喬木性。花糸ハ離生又ハ央迄相癒着ス。葯ハ黄色。……………
　　　…………………………………………… かうかいやなぎ
　　　灌木又ハ小灌木。雄蕊ハ完全ニ癒合シテ一個トナル。………2

2 { 苞ハ長サ一ミリ長橢圓形先端ハ黒褐色。枝及ビ葉柄ハ帶紅色。花
　　　柱ハ一ミリ半ヨリモ短シ。…………………たんなみねやなぎ
　　　苞ハ長サ二乃至二ミリ半卵形鋭角又ハ尖鋭基部ヲ除ク外黒色。
　　　花柱ハ長サ二乃至三ミリ。………………………………3

3 { 葉ハ老成スレバ無毛。通例低ク一米突以內ノ灌木。苞ハ背面ノ
　　　基部ニノミ毛アリ。…………………てうせんねこやなぎ
　　　葉ハ老成スルモ絹毛ニテ被ハル。一米突以上二米突ニ達スル灌
　　　木稀ニ其レ以上アリ。苞ハ全面長絨毛アリ。………ねこやなぎ

8. かうかいやなぎ
（江界柳ノ意）
（第拾四圖）

小喬木トナル。分岐多シ。枝ハ直立又ハ傾上ス。小枝ハ緑色又ハ帶綠
黄色若キ時特ニ長枝ニアリテハ絨毛生ズ。花枝ハ殆ンド毛ナシ。芽ハ微
毛又ハ絨毛ヲ有ス。芽ノ鱗片ハ一個腹面ハ縱ニ裂ク。葉柄ハ長サ三乃至
十五ミリ微毛又ハ密毛又ハ絨毛生ズ。葉身ハ長枝ノ葉ニテハ狹長橢圓形
長サ二十センチ幅六、三センチニ達シ表面ハ中肋ヲ除ク外ハ毛ナシ裏面
ハ軟毛生ジ緣ニ小鋸齒アリ先端ハ尖鋭基脚ハ弱鋭角又ハ鈍角、又ハ丸シ。
果實ヲ附クル枝ノ葉ハ披針形又ハ長橢圓披針形又ハ狹長橢圓形、葉柄ハ
長サ三乃至十七ミリ微毛アリ。葉身ハ主脈ノ外ハ全ク無毛、裏面ハ灰色
ニシテ短毛又ハ絹毛アリ長サ四乃至十センチ幅一乃至三センチ緣ニハ鋭
鋸齒アリ先端ハ尖鋭基脚ハ鋭角又ハ鈍角、苞狀葉ハ花穗ノ基ニ生ジ基脚
及ビ緣ニ密ナル絹色ノ長毛生ズ。緣及ビ基部ハ帶紫色長サ八乃至十ミリ
先ハヤヽ丸シ。雄花穗ハ無柄、葉ニ先チテ生ジ長サ二センチ半乃至四セ
ンチ幅一センチ半。花軸ハ絹毛アリ。苞ハ横ニ出デ倒卵形基部ハ狹マリ
稍內卷、全緣長サ二ミリ半先端ハ黒ク長キ絹色ノ密毛アリ。蜜腺ハ腹側
ニ唯一個アリ長橢圓形又ハ圓柱形、雄蕊ハ二個離生又ハ央迄相癒合ス。
葯ハ殆ンド丸ク長サ半ミリ乃至〇、七ミリ、黄色。雌花穗ハ無柄長サ二乃
至三センチ先端尖ル。苞ハ傾上シ角アル倒卵形又ハ長橢圓倒卵形基部ハ
綠色央以上ハ黒ク長キ絹毛アリ長サハ約二ミリ幅一ミリ半、蜜腺ハ腹面

ニ出デ四邊形又ハ卵形、子房ハ或ハ短キ或ハ長キ柄アリ長サ一ミリ半乃至二ミリ、柄ハ〇、九ミリ乃至一、二ミリ、綠色又ハ先端ハ極メテ淡紫腹面ハ殆ンド角張リテ突出シ背面ハ平タク突出シ全表面ニ氣孔アリ先端ニ長サ三ミリノ花柱ヲ戴ク。花柱及ビ柱頭ハ始メ廓大鏡下ニテハ紅色ノ點アリ後花柱ハ綠化シ柱頭ハ黑化ス。柱頭ハ長サ半ミリ始メ先端凹入シ卵形ナレ圧後ニ叉シ又更ニ四叉トナル。

　　咸北、咸南、平北ニ分布ス。

　　朝鮮ノ特產ナリ。

9. てうせんねこやなぎ
（第拾五、拾六圖）

河床ノ砂地ニ生ジ高サ二十センチ乃至百三十センチ許ニ達スル低キ灌木ニシテ莖ハ横臥傾上シテ根ヲ出ス。若枝ニハ短キ絹毛アレドモ後無毛トナル。冬期ハ黃色ニシテ日光ニ面スル側ハ紅色ナリ。芽ノ鱗片ハ一個微毛アリ先端ニハ絹毛アルヲ常トス。腹面ハ鑷合狀ニ癒合シ芽ノ伸長ニ伴ヒ癒合線ヨリ縱ニ半又ハ全長ニ亙リ裂開ス。葉柄ハ長サ一乃至十ミリ微毛アルモノト無毛ノモノトアリ。葉身ハ狹倒披針形又ハ狹長橢圓形表面ハ無毛裏面ハ若キ時ハ短キ絹毛アルカ又ハ殆ンド無毛、先端ハ銳尖緣ニハ小鋸齒アリ基脚ハ銳角又ハ狹キ楔形長サ一乃至十センチ幅三乃至二十ミリ、長枝ノ葉ハ幅三十ミリニ達スルアリ。花穗ハ葉ニ先チテ生ズ。雄花穗ハ長サ一センチ半乃至二センチ半幅七乃至八ミリ、無柄。苞狀葉ハ花穗ノ基ニ一乃至五個アリ長橢圓形又ハ匙狀紅色全緣長サ三乃至五ミリ幅一ミリ半乃至二十五ミリ、背面ニハ長キ絹毛アリ內面ハ無毛、最內部ノモノハ兩面ニ絹毛アリ。苞ハ水平ニ出デ傾上シ長サ二ミリ幅一ミリ長橢圓形又ハ帶卵長橢圓形先端ハ銳尖又ハ銳角又ハ鈍角基脚ハ綠色ニシテ長キ絹毛密生ス、上方ハ黑色ニシテ背面ハ無毛、蜜腺ハ一個細ク長サ一ミリ幅三分ノ一ミリ先端ハ紅色。雄蕋ハ二個、花糸ハ全部完全ニ癒着シ葯ハ四室始メ帶褐紅色ナレドモ後黃化ス。雌花穗ハ長サ一センチ半乃至三センチ半、花軸ニ絹毛アリ。苞ハ卵形銳尖背面ハ黑色無毛但シ基脚ノミ綠色ニシテ長キ絹毛アリ內面ニモ長キ絹毛密生ス。腺ハ細長シ。子房ハ卵形密ニ短毛生ジ綠色先端ハ帶紅色長サ二ミリ半花柱ハ細長ク長サ二乃至三ミリ基部ニ微毛アリ紅色、柱頭ハ極メテ短ク四叉ス長サ〇、三ミリ。果實ハ長サ三ミリ絹毛アリ。

平南、平北、黄海、江原、京畿、慶北、慶南ノ諸道ニ産ス。

朝鮮ノ特産ナリ。

理學士木村有香君ガ *Salix Nakaii* ト命名發表セルハ本種ノ雄本ニシテ余ガ清凉里ヨリ東京ニ持歸リシガ生長シタルモノナリ。 余ガ *Salix graciliglans* ト命名シテ發表セシハ雌本ニシテ木村君ノ發表ニ先ツコト正ニ十年ナリ。

10. ね こ や な ぎ
一名、た に が は や な ぎ
（第拾七圖）

高サ一米突乃至二米突ノ灌木稀ニ三米突ニ達スルアリ。根本ヨリ分岐多ク外側ニアル枝ハ傾上シテ根ヲ出ス。若枝ハ絹毛アリ後殆ンド無毛トナル黄色ニシテ日光ニ面スル側ハ紅色ナリ。芽ノ鱗片ハ微毛アリテ腹面ニテ開ク。嫩葉ハ內卷、葉柄ハ長サ一乃至十ミリ始メ絹毛アレドモ後殆ンド無毛トナル。葉身ハ狹長橢圓形又ハ倒披針形長サ一乃至十二センチ幅三乃至三十七ミリ表面ニハ薄ク絹毛アレドモ後無毛トナル裏面ハ白ク且ツ絹毛密生スレドモ最下方ノ葉ニテハ屢々無毛トナル。縁ニハ腺狀ノ鋸齒アリ。花穗ハ葉ニ先チテ生ジ無柄、雄花穗ハ長サ三センチ乃至三センチ半、花軸ニ絹毛アリ。苞ハ卵形銳尖基部ノ外黑色ニシテ長キ絹毛微生シ長サ二ミリ半。蜜腺ハ細ク長サ一ミリ半。雄蕋ハ二本ガ完全ニ癒着シテ一本トナル故葯ハ四室長サ五乃至六ミリ。雌花穗ハ長サ二乃至五センチ花軸ハ絹毛アリ。苞ハ帶卵長橢圓形銳尖黑色長絨毛アレドモ毛ハ雄花穗ノ苞ノ毛ヨリモ短カシ。蜜腺ハ細ク長サ一ミリ半、子房ハ長橢圓形絹毛アリ。花柱ハ長サ二ミリ。柱頭ハ極メテ短ク且ツ四叉ス。果實ハ長橢圓形絹毛密生シ長サ三ミリ。

咸北、咸南、平北、平南、江原、黄海、京畿、忠北、忠南、慶北、慶南、全北、全南ノ河川ニ沿ヒテ生ズ。

（分布） 北海道、本島、四國、九州、滿洲、支那。

11. た ん な み ね や な ぎ
（第拾八圖）

高サ五十センチ又ハ其レヨリモ低キ小灌木ニシテ分岐多ク外側ノ枝ハ傾上シ甚ヨリ根ヲ下ス。二年生ノ枝ハ無毛紅色、一年生ノ枝ハ始メ絹毛アレドモ後無毛トナリ帶紅綠色。葉ハ小形ニシテ葉柄ハ長サ一乃至七ミ

リ帶紅色始メ微毛アレドモ後無毛トナル。葉身ハ倒披針形又ハ狹倒披針
形又ハ長橢圓倒披針形長サ半センチ乃至五センチ幅二乃至十四ミリ、表
面ハ無毛又ハ始メ薄ク絹毛アレドモ無毛トナル。裏面ハ帶白又ハ淡綠始
メ短キ絹毛アレドモ後殆ンド無毛トナル。先端ハ銳尖又ハ銳角稀ニ丸ク
甚脚ハ銳角又ハ鈍角又ハ楔形緣ニハ微小ノ鋸齒アリ。花穗ハ無柄殆ンド
葉ト同時ニ生ズ、未ダ雄花ヲ見ズ。雌花穗ハ長サ一乃至二センチ、花軸
ニ絹毛アリ。苞ハ長サ一ミリ橢圓形銳角先端ノミ黑褐色全面ニ絹色ノ密
毛アリ。蜜腺ハ細ク、子房ハ長橢圓形長サ一ミリ絹毛アリ。花柱ハ長サ
一、二ミリ乃至一、三ミリ。柱頭ハ極メテ短カクシテ四叉ス。果實ハ長サ
三ミリ、絹毛アリ。

濟州島ニ產シ特產ナリ。

Salix Sect. **Gracilistylæ** SCHNEIDER in SARGENT, Pl. Wils. III, p. 163
(1916).

Syn. *Salix* Sect. *Subviminales* SEEMEN, Salic. Jap. p. 20 (1903), pro
parte—SCHNEIDER, Illus. Handb. Laubholzk. II, p. 15 (1904), pro parte —
SEEMEN in ASCHERSON & GRÆBNER, Syn. Mitteleurop. Fl. IV, p. 60
(1908), pro parte.

Salix Sect. *Viminales* (non BLUFF & FINGERFUTH) SCHNEIDER in
SARGENT, Pl. Wils. III, p. 157 (1916), pro parte.

Frutices vel arborescentes. Squama gemmæ unica ventrali toto
connata. Folia æstivatione convoluta. Amenta præcocia subsessilia densi-
flora. Flores masculi staminibus duobus sæpe coalitis, antheris flavis vel
purpureis vel rubris, glandula unica ventrale. Flores fæminei glandula
ventrale, ovario longe stipitato sericeo, stylo elongato, stigmate breve.

Species 5, quarum 4 in Korea spontaneæ.

1 {
Arborescentes. Stamina libera vel ad medium coalita…*S. kangensis.*
Frutices vel fruticuli. Stamina toto coalita. ………………………2

2 {
Bracteæ 1 mm. longæ oblongæ apice atro-fuscæ. Rami et petioli
  toto rubescentes. Folia adulta glabra vel subglabra. Styli
  quam 1,5 mm. breviores. ……………………………………*S. Blinii.*
Bracteæ 2-2,5 mm. longæ ovatæ acutæ vel acuminatæ præter
  basin atræ. Styli 2-3 mm. longi. …………………………………3

3 { Folia adulta glabra. Frutex quam 1 metralis humilior vulgo
nanus. Bracteæ dorso præter basin glabræ. ... *S. graciliglans.*
Folia adulta subtus subsericea. Frutex 1-2 metralis vel rarius
3 metralis. Bracteæ toto villosæ. ....*S. gracilistyla.*

8. **Salix kangensis** NAKAI.
(Tabula nostra XIV.)

Salix kangensis NAKAI in Tokyo Bot. Mag. XXX, p. 275 (1916)—
MORI, Enum. Corean Pl. p. 110 (1922)—NAKAI in Bull. Soc. Dendrol.
France no. 66, p. 11 (1928).

Arborescens dioicus virgatus, ramis erectis vel ascendentibus. Ramuli
virides vel viridescenti-flavidi juventute præcipue turiones velutini.
Ramuli floriferi subglabri. Gemmæ pilosæ vel velutinæ. Squama gem-
marum unica ventre longitudine fissa. Petioli 3-15 mm. longi pilosi vel
pubescentes vel velutini. Lamina foliorum in turione lineari-oblonga
usque 20 cm. longa 6,3 cm. lata supra præter costam pilosam glabra
subtus molliter pilosa margine serrulata apice attenuata basi acutiuscula
vel obtusa. Folia ramorum fructiferorum lanceolata vel oblongo-
lanceolata vel lineari-oblonga; petioli 3-17 mm. longi pilosi; lamina
supra præter venas glabra, subtus griseus adpresse pilosa vel subsericea
4-10 cm. longa 1-3 cm. lata margine argute serrulata apice attenuata
basi acuta vel acutiuscula. Cataphylla amentorum præcipue basi et
margine dense sericeo-tomentosa integerrima margine et basi purpuras-
centia 8-10 mm. longa obtusiuscula. Amenta mascula præcocia sessilia
2,5-4 cm. longa 1,5 cm. lata; axis sericea; bracteæ divaricatæ obovatæ
basi constrictæ et subconvolutæ integræ 2,5 mm. longæ apice atratæ
longe sericeo-tomentosæ; glandula ventrali solitaria oblonga vel subteres;
stamina 2 libera vel usque ad medium coalita; antheræ subrotundatæ
0,5-0,7 mm. longæ flavæ. Amenta fæminea sessilia 2-3 cm. longa apice
acute; bracteæ ascendentes angulato-obovatæ vel oblongo-obovatæ basi
virides supra medium atræ longe sericeo-hirsutæ vix 2 mm. longæ
1,5 mm. latæ; glandula ventralis trapeziformis vel brevissima vel
quadrangularis vel ovata; ovarium breve vel longe stipitatum 1,5-2 mm.

longum, stipite 0,9–1,2 mm. longo, viride vel apice dilutissime purpuras-
cens dorsi-ventrali convexum ie ventre subangulato-convexum dorsali
plano-convexum facie stomatiferum apice in stylum 3 mm. longum
attenuatum. Styli et stigmata primo sub lente sanguineo-punctata,
deinde styli viridescentes et stigmata nigrescentia. Stigmata 0,5 mm.
longa ovata primo apice emarginata ovata tum bifidum demum quadri-
fidum.

Hab.

Prov. Kanhok: Yujyō (CHUNG no. 1277); Hojyōdō (T. SAWADA no.
1607); Funei (T. NAKAI); Mt. Shayuzan (CHUNG no. 904); inter
Kōei & Chōzandō (T. NAKAI no. 1918).

Prov. Kannan: Kōsuiin (T. ISHIDOYA no. 2809 ♀, 5171 ♀, 5187 ♀,
5192 ♀); inter Keizanchin & Futempō (T. NAKAI no. 1903);
Taichūri tractus Kōzan (T. ISHIDOYA ♀); ibidem (T. ISHIDOYA,
typus floris masculi in Herb. Imp. Univ. Tokyo).

Prov. Heihok: Kōkai vel Kangei (R. G. MILLS no. 301—typus floris
fæminei in Herb. Imp. Univ. Tokyo); Anshū (T. NAKAI no. 2382).

9. **Salix graciliglans** NAKAI.
(Tabulæ nostræ XV–XVI.)

Salix graciliglans NAKAI in Tokyo Bot. Mag. XXX, p. 274 (1916)—
MORI, Enum. Corean Pl. p. 109 (1922)—NAKAI in Bull. Soc. Dendrol.
France no. 66, p. 10 (1928).

Syn. *Salix phylicifolia* (non L.) NAKAI in Journ. Coll. Sci. Tokyo,
XXXI, p. 214 (1911).

Salix repens (non L.) NAKAI in Tokyo Bot. Mag. XXVI, p. 43 (1912).

Salix Nakaii KIMURA in Tokyo Bot. Mag. XL, p. 637 (1926).

Frutex arenicola prostratus ascendens 20–130 cm. altus radicans.
Ramus juvenilis adpresse sericeus sed demum glabrescens, hieme flaves-
cens et apricus rubescens. Squama gemmæ unica pilosa vel apice
subsericea ventrali valvatim connata demum ramo evolvente longitudine
fissus. Petioli 1–10 mm. longi piloselli vel glabri. Lamina foliorum
lineari-oblanceolata vel lineari-oblonga supra glabra subtus juventute

adpresse sericea vel pilosa vel pilosella vel fere glabra plus minus glaucescentia apice acuminata margine serrulata basi acuta vel anguste cuneata 1–10 cm. longa 3–31 mm. lata, turionum sæpe 30 cm. lata. Amenta præcocia. Amenta mascula 1,5–2,5 cm. longa 7–8 mm. lata sessilia ; cataphylla 1–3 oblonga vel spathulata rubra integra 3–5 mm. longa 1,5–2,5 mm. lata ; bracteæ horizontali arcuatæ 2 mm. longæ 1 mm. latæ oblongæ vel ovato-oblongæ acuminatæ vel obtusæ vel acutæ basi virides ubi dorso longissime sericeo-villosæ ceteræ atræ dorso glabræ ; glandula 1 angusta 1 mm. lata 1/3 mm. lata apice rubra ; stamina 2, filamenta toto connata, antheræ primo fusco-rubescentes demum flavæ 4–loculares. Amenta fæminea 1,5–3,5 cm. longa ; axis sericea ; bracteæ ovatæ acuminatæ dorso atræ glabræ sed basi virides et longe villosæ, intus villosæ ; glandula elongata ; ovaria ovata dense adpresse sericea viridia apice rubescentia 2,5 mm. longa ; styli elongati 2–3 mm. longi rubri basi pilosi ; stigmata brevissima quadrifida 0,3 mm. longa. Fructus oblongi 3 mm. longi sericei.

Hab.

Prov. Heihoku : Kōkai (R. G. MILLS no. 312 ♀ —typus in Herb. Imp. Univ. Tokyo ; 110).

Prov. Heinan : Heijyō (H. IMAI no. 23, 55, 89 ♀) ; Mt. Rōrinsan (T. MORI).

Prov. Kōkai : Kaishū (legitor ? ♀).

Prov. Kōgen : Mt. Taihakusan (T. ISHIDOYA no. 5657).

Prov. Keiki : Suifudo oppidi Onheimen (T. ISHIDOYA) ; Seiryōri (T. NAKAI ♀) ; ibidem (T. NAKAI ♂ —type of *Salix Nakaii* in Herb. Imp. Univ. Tokyo).

Prov. Keihok : Antō (R. K. SMITH ♀).

Prov. Keinan : in monte templi Kabōji insulæ Nankaito (T. NAKAI no. 10903) ; Mt. Seishūzan (T. SAWADA).

Salix Nakaii KIMURA was described from the male plant cultivated in the Koishikawa Botanic Garden which the writer brought back from Korea. The cuttings were taken from the wild plants growing in the sandy beds along a brook near the Forest Experiment Station at Seiryōri near Keijyō. This willow is one of the best willows for the protection of the banks of the river.

10. **Salix gracilistyla** MIQUEL.
(Tabula nostra XVII.)

Salix gracilistyla MIQUEL in Ann. Mus. Bot. Lugd. Bat. III, p. 26 (1867); Prol. Fl. Jap. p. 214 (1867)—K. KOCH, Dendrol. II, 1, p. 504 (1872)—FRANCHET & SAVATIER, Enum. Pl. Jap. I, p. 461 (1875)—MATSUMURA, Shokubutsu Mei-I. p. 260 (1895)—BEISSNER, Scheel & Zabel, Handb. Laubholzbenn. p. 46 (1903)—SCHNEIDER, Illus. Handb. Laubholzk. I, p. 65, fig. 26, fig. 27 i–k. (1904)—KOIDZUMI in Tokyo Bot. Mag. XXVII, p. 92 (1913)—SCHNEIDER in SARGENT, Pl. Wils. III, p. 164 (1916)—NAKAI, Veg. Diamond Mts. p. 168 no. 162 (1918)—MORI, Enum. Corean Pl. p. 109 (1922)—MAKINO & NEMOTO, Fl. Jap. p. 1123 (1925)—REHDER, Manual p. 121 (1927)—NAKAI in Bull. Soc. Dendrol. France no. 66, p. 10 (1928).

Syn. *Salix Thunbergiana* BLUME ex ANDERSSON in DC. Prodr. XVI, sect 2, p. 271 (1868)—BURKILL in Journ. Linn. Soc. XXVI, p. 533 (1899)—PALIBIN in Acta Hort. Petrop. XVIII, p. 52 (1900)—KOMAROV in Acta Horti Petrop. XXII, p. 30 (1903)—SEEMEN, Salic. Jap. p. 61, t. 14, fig. A–E (1903)—BEISSNER, SCHEEL & ZABEL, Handb. Laubholzkenn. p. 40 (1903), excl. syn.—LÉVEILLÉ in Bull. Acad. Int. Geogr. Bot. XIV, p. 210 (1904)—SHIRASAWA, Icon. Ess. Forest Trees Jap. II, t. 7, fig. 1–9 (1908)—NAKAI in Journ. Coll. Sci. Tokyo XXXI, p. 213 (1911)—MATSUMURA, Ind. Pl. Jap. II, pt. 2, p. 14 (1912)—NAKAI, Veg. Isl. Quelpært p. 36, no. 479 (1914); Veg. Chirisan Mts. p. 28, no. 118 (1915).

Salix brachystachys (non BENTHAM) MATSUMURA, Nippon Shokubutsu Meii p. 169 (1884); Cat. Pl. Herb. Coll. Sci. Imp. Univ. p. 181 (1886).

Salix cinerea (non LINNÆUS) KOMAROV, l. c. p. 22; in Acta Hort. Petrop. XXV, p. 813 (1907).

Frutex 1–2 metralis altus rarius 3 metralis, ramis exterioribus radicantibus ascendentibus ita cæspitem densam format. Rami juveniles sericei demum subglabrescentes flavi aprici rubescentes. Squama gemmarum pilosula ventrali aperta. Folia æstivatione convoluta; petioli 1–10 mm. longi primo sericei demum subglabrescentes; lamina lineari-oblonga vel oblanceolata 1–12 cm. longa 3–37 mm. lata supra parce sericea demum glabrescens infra glauca et sericea sed inferiora sæpe glabrescens margine glanduloso-serrulata. Amenta præcocia sessilia. Amenta mascula 3–3,5 cm. longa; axis sericea; bracteæ ovatæ acuminatæ præter basin atræ longe villosæ 2,5 mm. longæ; glandulæ angustæ subulatæ 1,5 mm. longæ; stamina 5–6 mm. longæ toto connata ita antheræ 4-loculares. Amenta fæminea 2–5 cm. longa; axis sericea; bracteæ ovato-oblongæ acuminatæ atræ villosæ sed villis quam in floribus masculis breviores; glandula subulata 1,5 mm. longa; ovarium oblongum sericeum; styli 2 mm. longi; stigma brevissimum quadrifidum. Capsula oblonga sericea 3 mm. longa.

Hab.

Prov. Kanhok: Chōmeikoku tractus Kyōjyō (T. NAKAI, no. 6856); Mt. Shayusan (CHUNG no. 921, 923); Oppido Fukyomen tractus Funei (CHUNG no. 1260); Mt. Hichihōzan (C. KONDO no. 357); Shuotsu tractus Kyōjyō (T. SAWADA no. 1605); Chōzandō (CHUNG no. 398); Oppido Yōshamen tractus Kisshū (S. FUKUBARA no. 1600); Sōzan (CHUNG no. 675).

Prov. Kannan: Chūzanri tractus Kōzan (legitor? ♀); Genzan (T. NAKAI); Mt. Shūaizan (S. FUKUBARA); Kōsuiin tractus Hōzan (T. ISHIDOYA no. 5203 ♂, 5204 ♀); Mt. Kōrohō (CHUNG); Kōzanmen (T. ISHIDOYA no. 4484); Kankō (T. ISHIDOYA no. 4482).

Prov. Heihoku: Nanshadō tractus Kōshō (S. GOTŌ ♂ & ♀); Kōkai (R. G. MILLS no. 302 ♀, 183, 734); inter Kōkai & Zyūhochin (T. NAKAI no. 1898); Mt. Hakuheizan tractus Unzan (T. ISHIDOYA no. 198); Oppido Yōmen tractus Shōjyō (T. SAWADA); Mt. Hakuto-zan tractus Sozan (S. FUKUBARA, no. 1270, 1046 ♀); Taiyudō tractus Sozan (S. FUKUBARA); Oppido Hokuchinmen tractus Unzan (S. FUKUBARA no. 1268); Oppido Tōsōmen tractus Shōjyō (S. FUKUBARA no. 1265); Gishū (T. ISHIDOYA ♀).

Prov. Heinan : Chinnampo (T. NAKAI no. 10902) ; Jyōnandō (T. MORI) ; Mt. Katsujitsurei (T. MORI) ; Mt. Myōkōzan (C. KONDO no. 33 ♀) ; Oppido Taikyomen tractus Tokusen (C. KONDO ♀) ; in delta Ryōratō fluminis Daidōkō (T. ISHIDOYA no. 3298) ; Mt. Rōrinsan (K. OKAMOTO) ; Mt. Shōhakuzan (T. ISHIDOYA no. 4481).

Prov. Kōkai : Mt. Kugetsusan (C. MURAMATSU) ; ibidem (K. OKAMOTO) ; Mt. Metsuaksan (C. MURAMATSU).

Prov. Kōgen : Tsūsen (T. NAKAI no. 5294) ; Mt. Godaisan (T. ISHIDOYA no. 6545) ; Mt. Kongōsan (CHUNG) ; Mt. Taihakusan (T. ISHIDOYA no. 5659) ; Mt. Taikisan (S. FUKUBARA) ; Jyōyō Nangairi (T. ISHIDOYA no. 6629) ; Senpo (T. KIMURA) ; Rankoku (T. ISHIDOYA no. 3091 ♀, 3122 ♀, 1975, 3097 ♂).

Prov. Keiki : Kōryō (T. NAKAI) ; ibidem (T. ISHIDOYA no. 1983, 1984) ; Suigen (RI-SHŌ-KO no. 159) ; Keijyō (N. OKUDA) ; ibidem (T. ISHIDOYA no. 1977 ♀) ; Mt. Kagakusan (T. SAWADA) ; Mt. Ryūmonzan (T. SAWADA).

Prov. Chūhok : Mt. Zokrisan (S. FUKUBARA) ; Eidō (T. ISHIDOYA no. 3868 ♀).

Prov. Chūnan : Mt. Keiryuzan (C. KONDŌ).

Prov. Keihok : Antō (R. K. SMITH ♂).

Prov. Keinan : Mt. Kayasan (T. ISHIDOYA no. 4575) ; Sinshū (legitor ?) ; Mt. Gyokujyohō insulæ Kyosaitō (T. NAKAI no. 10904) ; Shōshimpo insulæ Kyosaitō (T. NAKAI no. 10905).

Prov. Zenhok : Mt. Tokuyūzan (S. FUKUBARA).

Prov. Zennan : Mt. Chiisan (T. NAKAI no. 52, 82) ; insula Chintō (T. NAKAI no. 9372) ; Kainan (T. NAKAI no. 9373).

Distr. Yeso, Hondo, Shihoku, Kiusiu, Manshuria & China.

11. **Salix Blinii** LÉVEILLÉ.
(Tabula nostra XVIII.)

Salix Blinii LÉVEILLÉ in FEDDE, Repert. X, p. 435 (1912)—
SCHNEIDER in SARGENT, Pl. Wils. III, p. 161 (1916)—MORI, Enum.

Corean Pl. p. 109 (1922)—NAKAI in Bull. Soc. Dendrol. France no. 66, p. 10 (1928).

Syn. *Salix Taquetii* LÉVEILLÉ, l. c. p. 436.

Salix myrtilloides (non LINNÆUS) NAKAI, Veg. Isl. Quelpært, p. 36 no. 477 (1914).

Frutex circ. 50 cm. altus vel humilior ramosissimus, ramis lateralibus prostrato-ascendentibus radicantibus. Rami biennes glabri rubescentes, hornotini primo sericei demum glabrescentes rubescenti-virides. Folia potius parva; petioli 1–7 mm. longi rubescentes primo pilosi mox glabrescentes; lamina oblanceolata vel lineari-oblanceolata vel oblongo-oblanceolata 0,5–5 cm. longa 2–14 mm. lata supra glabra vel primo parce sericeo-pilosa demum glabrescens subtus glaucescens vel pallida primo adpresse sericea demum subglabrescens apice acuminata vel acuta rarius obtusiuscula basi acuta vel acutiuscula vel cuneata margine minute serrulata. Amenta sessilia subcætanea. Amenta mascula nostris ignota. Amenta fæminea 1–2 cm. longa; axis sericea; bracteæ 1 mm. longæ oblongæ acutæ apice tantum atro-fuscæ toto densissime sericeo-tomentosæ; glandula linearia; ovarium oblongum 1 mm. longum sericeum; stylus 1,2–1,3 mm. longus; stigmata brevissima 4–fida. Capsula 3 mm. longa sericea.

Hab.

Quelpært: secus torrentes 1600 m. montis Hallasan (E. TAQUET no. 6008—type of *Salix Taquetii*); ibidem (E. TAQUET no. 6007); Mt. Hallasan 1200 m. (E. TAQUET no. 3248 & 3249—type of *Salix Blinii*); in rupibus torrentis montis Hallasan 1700 m. E. TAQUET no. 7245).

Planta endemica!

こりやなぎ節

芽ノ鱗片ハ一個腹緣ハ鑷合狀ニ癒着シ發芽ニ際シ縱ニ裂開ス。葉ハ對生又ハ互生、嫩葉ハ內卷、花穗ハ葉ニ先チテ生ズ。苞ハ丸ク蜜腺ハ腹面ニ一個、雄蕋ハ二個、花糸ハ少クモ央以上（通例全長）迄相癒合ス。花柱ハ短シ。

北半球ニ十餘種アリ。 其中三種ハ 朝鮮ニ 自生ス。 其區別法 左ノ如シ。

1 {
葉及ビ若枝ハ少シク絹毛アリ。互生花穗ハ長サ一乃至四センチ。
………………………………………………………… かはやなぎ
葉及ビ若枝ハ始メヨリ無毛。……………………………………2
}

2 {
苞ハ僅ニ長毛疎生スルカ又ハ無毛。葉ハ對生、橢圓形莖ヲ抱ク。
………………………………………………………… いぬこりやなぎ
苞ハ長キ絨毛アリ。葉ハ狹長。…………………………………3
}

3 {
葉ハ凡テ對生。雄蕊ハ苞ノ三倍乃至四倍ノ長サアリ。花柱ハ少
シク伸長ス。……………………………………………… こりやなぎ
葉ハ互生 但シ小枝ノ葉ハ對生ノモノモアリ。雄蕊ハ苞ノ二倍ノ
長サアリ。花柱ハ殆ンドナシ。………………………… からこりやなぎ
}

12. か は や な ぎ

（第拾九圖）

雌雄異株ノ灌木長サハ大ナルハ七米突ニ達スルモノアリ。枝多ク幹ノ直徑ハ太キハ二十センチニ達スルアリ。枝ハ長ク傾上又ハ直立ス。二年生ノ枝ハ帶黃綠色又ハ帶紅綠色又ハ帶灰色綠色無毛、一年生ノ枝ハ若キ時ハ短キ絹毛生ジ後無毛トナリ綠色ナリ。冬芽ハ光澤アリ腹背ノ方向ニ扁タク長サ三乃至六ミリ先ハ丸シ。葉ハ始メ短カキ絹毛アリ特ニ雄本ニ於テハ密ナリ。嫩葉ハ內卷後無毛トナル。狹長ク或ハ狹長披針形ナリ。長サ一センチ半乃至十二、二センチ幅二乃至十七ミリ 表面ハ 無毛綠色裏面ハ中肋ノミ綠色ニシテ他ハ白シ。緣ニ鋸齒アリ先ハ尖銳角基脚ヘ尖銳又ハ銳角又ハ狹楔形、葉柄ハ長サ一至乃九ミリ基部ニ向ヒ太マル。托葉ハ細シ長サ七乃至十五ミリ又ハ全ク發達セヌモアリ。花穗ハ葉ニ先チテ生ジ無柄基脚ニ二個乃至四個ノ苞狀葉ヲ具フ。雄花穗ハ長サ一センチ半乃至五センチ。花軸ニハ短カキ微毛アリ。苞ハ倒卵形基脚狹マリ先端ハ黑色長絨毛アリ基部ハ綠色長サ二ミリ。蜜腺ハ腹面ニ唯一個アリ卵形又ハ央以上急ニ狹マル。雄蕊ハ二個ガ全ク合シテ一個トナル。花糸ハ央以上ニ毛多シ。葯ハ紫色、花粉ハ黃色、雌花穗ハ長サ二乃至四センチ。花軸ニハ短カキ微毛アリ。苞ハ長橢圓形先端丸ク黑褐色長キ絹毛密生シ長サ一乃至一ミリ半。蜜腺ハ腹面ニ唯一個アリ基部ハ幅廣ク央以上ハ細シ長サ〇、三ミリ乃至〇、五ミリ。子房ハ極メテ短キ柄ヲ有シ柄ト共ニ短キ絹

毛アリ長サ一ミリ半。花柱ハ長サ〇、三ミリ無毛、柱頭ハ極メテ短ク四叉シ外ニ反ル。花穂ハ長サ三乃至五センチ。果實ハ長サ四ミリ絹毛アリ。

平北、平南、咸北、咸南ニ亙リテ產ス。

（分布）　本道。

13.　い ぬ こ り や な ぎ
（第貳拾圖）

雌雄異株ノ灌木高サ一乃至三米突、二年生ノ枝ハ光澤アリ黃色又ハ帶紅色始メヨリ無毛、葉ハ對生、嫩葉ハ內卷、葉身ハ狹長橢圓形又ハ長橢圓形無柄基脚ハ莖ヲ抱キ緣ニハ小鋸齒アリ先端ハ銳角又ハ急ニ尖リ始メヨリ無毛、若キ時ハ屢々紅色長サ二乃至六センチ幅六乃至十八ミリ。花穗ハ葉ニ先チテ生ズ。雄花穗ハ未ダ朝鮮產ノモノヲ見ズ。雌花穗ハ長サ一センチ乃至一センチ半基脚ニ苞狀葉三乃至四個アリ。花軸ニハ短カキ微毛アリ。　苞ハ倒卵形黑色長サ一ミリ半僅カニ長毛生ズルカ又ハ無毛、蜜腺ハ腹面ニ一個卵形極メテ小、　子房ハ卵形長サ一センチ半絹毛アリ。花柱ハ長サ〇、三ミリ無毛、柱頭ハ極小二又ハ四叉ス。　果穗ハ長サ二センチ屈曲ス。果實ハ長サ三ミリ短毛生ズ。

咸北ニ生ズ。

（分布）　本海道、本島、九州。

14.　か ら こ り や な ぎ
（第貳拾壹圖 A-B, 第貳拾貳圖 A-D）

雌雄異株ノ灌木高サ一乃至三米突枝多シ基部ヨリ傾上スル枝ヲ出シ根ヲ生ズ。芽ハ長サ三乃至五ミリ。腹面ハ縱ニ裂開ス。二年生ノ枝ハ黃色又ハ帶黃紅色又ハ帶朱色、一年生ノ枝ハ綠色始メヨリ無毛、長枝ノ葉ハ互生細長シ。葉柄ハ長サ二乃至六ミリ。托葉ハ狹披針形又ハ帶披針線狀長サ十五乃至十八ミリ。綠色、小鋸齒アリ。葉身ハ長サ九乃至十三センチ幅八乃至十五ミリ表面ハ綠色裏面ハ白ク緣ニ小鋸齒アリ。先端ハ銳尖基脚ハ狹楔形、嫩葉ハ紅色、末梢ノ葉ハ通例互生ナレドモ稀ニ對生、果枝ノ葉ハ長枝ノ葉ヨリモ小サク長サ二乃至八センチ幅三乃至十ミリ。花穗ハ二年生ノ枝ニ側生シ、葉ニ先チテ生ジ極メテ短キ若枝ノ先端ニ附ク基ニ小サキ葉二乃至五個アリ。雄花穗ハ長サ二乃至三センチ。花軸ハ短カキ密毛生ズ。　苞ハ倒卵形先端ハ黑色長サ一ミリ半絹色ノ長毛疎生ス。

蜜腺ハ卵形、雄蕋ハ一本長サ三ミリ半央以下ニ毛アリ。 葯ハ紅色四室、
雌花穗ハ長サニセンチ乃至二センチ半。花軸ニハ短毛少シク生ズ。苞ハ
長橢圓形絹毛アリ、紅色ニシテ先ハ黑ク長サ一ミリ半。蜜腺ハ腹面ニ一
個アルノミ卵形、子房ハ長橢圓形卵形絹毛アリ。無柄、花柱ハ殆ンドナク
柱頭ハ紅色二叉シ後又四叉ス。

　　咸北、咸南、平北、江原ノ諸道ニ生ズ。

　（分布）　日本ヲ除ク亞細亞ノ北部、中部、歐洲。

　　一種葉ハ先ニ細マリ。 花糸ハ苞ノ三乃至五倍ノ長サアリ。 葯ハ黑紫
色、子房ハ稍長キ柱頭ニ向ヒ次第ニ細マリ。苞ニハ極メテ長キ毛アルモ
ノアリ。之ヲ

こりやなぎ
（第貳拾壹圖 C–D, 第貳拾貳圖 E–H）

ト謂フ。

　　咸北、咸南、平北、平南、黃海、江原、京畿、忠北、慶北、慶南、全
南ニ産ス。

　（分布）　本島。

Salix sect. **Helix** DUMORTIER, Verh. Gesl. Wilgen p. 15 (1825)—
FRIES, Summa Veget. p. 56 (1846)—LANGE in WILLKOMM & LANGE,
Prodr. Fl. Hisp. I, p. 225 & 227 (1870)—SCHNEIDER in SARGENT, Pl.
Wils. III, p. 165 (1916).

Syn. *Salix* cohors *Purpureæ* W. D. KOCH, Salic. Europ. Comm.
pp. 11 & 24 (1828)—FRIES in Syllog. Pl. Nov. II, p. 37 (1828)—
REICHENBACH, Fl. Germ. Excurs. II, p. 171 (1831)—W. D. KOCH, Syn.
p. 648 (1837)—LOUDON, Arb. & Frutic. Brit. III, p. 1490 (1838)—
SPACH, Hist. Vég. X, p. 370 (1841)—BABINGTON, Manual Brit. Bot.
p. 272 (1843)—DŒLL, Rhein. Fl. p. 263 (1843)—REICHENBACH, Icon.
XI, p. 22 (1849)—TRAUTVETTER in LEDEBOUR, Fl. Ross. III, pt. 2,
p. 602 (1851)—GRENIER & GODRON, Fl. Franc. III, p. 128 (1855)—
ANDERSSON in DC. Prodr. XVI, sect. 2, p. 306 (1868)—ČELAKOVSKÝ,
Prodr. Fl. Böhm. II, p. 132 (1871)—DIPPEL, Handb. Laubholzk. II,
p. 231 (1892)—KOEHNE, Deutsch. Dendrol. p.p. 89 & 103 (1893)—

SEEMEN, Salic. Jap. p. 20 (1903)—SCHNEIDER, Illus. Handb. I, p. 68 (1904)—SEEMEN in ASCHERSON & GRÆBNER, Syn. Mitteleurop. Fl. IV. p.p. 60 et 192 (1908)—ROUY, Fl. Franc. XII, p. 196 (1910)—TŒPFFER, Salic. Bav. p. 55 (1915).

Salix sect. *Monandræ* BORRER in Hooker, Brit. Fl. p. 413 (1830)— WOLF in Acta Hort. Petrop. XXI, p. 135 (1903)—NAKAI in Bull. Soc. Dendrol. Franc. no. 66, p. 14 (1928).

Salix Allolepideæ—Stenophylleæ TRAUTVETTER in Linnæa X, p. 579 (1836), pro parte.

Salix II. *Præcoces* DŒLL, Fl. Bad. II, p. 491 (1859), pro parte.

Salix sect. *Caprisalix* DUMORTIER subsect. 1. *Helice* DUMORTIER in Bull. Soc. Roy. Bot. Belg. I, p. 140 (1862)—BABINGTON in Seemann, Journ. Bot. I, p. 170 (1863)—SYME in SOWERBY, Engl. Bot. VIII, p. 217 (1873).

Salices Synandræ ANDERSSON, Monogr. I, in synopside (1863).

Salix sect. *Monandræ* WIMMER apud PETZOLD & KIRCHNER, Arb. Musc. p. 588 (1864).

Salix sect. *Albæ* (non BORRER) SCHNEIDER in SARGENT, Pl. Wils. III, p. 109 (1916), pro parte.

Squama gemmæ solitaria ventre valvatim connata demum longitudine rupsa. Folia opposita vel alterna æstivatione convoluta. Amenta præcocia. Bracteæ obtusæ. Glandula solitaria ventralis. Stamina 2, filamentis saltem dimidio (vulgo toto) connatis. Styli breves vel minus ⋅elongati.

Species ultra 10, quarum 3 in Korea sponte nascent, quæ ut sequentes inter sese distinguendæ.

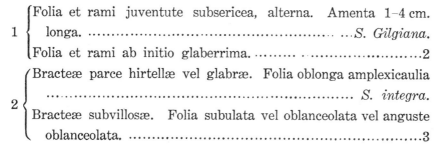

1 ⎰ Folia et rami juventute subsericea, alterna. Amenta 1–4 cm. longa. ....*S. Gilgiana*.
⎱ Folia et rami ab initio glaberrima. 2

2 ⎰ Bracteæ parce hirtellæ vel glabræ. Folia oblonga amplexicaulia .... *S. integra*.
⎱ Bracteæ subvillosæ. Folia subulata vel oblanceolata vel anguste oblanceolata. 3

$$3 \begin{cases} \text{Folia omnia opposita. Stamina bracteas 3–4 plo superantia.} \\ \quad \text{Styli plus minus elongati.} \ldots\ldots\ldots\text{\textit{S. purpurea} var. \textit{japonica}.} \\ \text{Folia alterna vel in ramulis opposita. Stamina bracteas duplo} \\ \quad \text{superantia. Styli subnuli.} \ldots\ldots \text{\textit{S. purpurea} var. \textit{Smithiana}.} \end{cases}$$

12. Salix Gilgiana SEEMEN.

(Tabula nostra XIX.)

Salix Gilgiana SEEMEN, Salic. Jap. p. 59, Taf. XIII, A–D (1903)—
LÉVEILLÉ in Bull. Acad. Int. Geogr. Bot. XVI, p. 145 (1906)—SCHNEI-
DER in SARGENT, Pl. Wils. III, p. 169 (1916).

Syn. *Salix purpurea* (non LINNÆUS) MATSUMURA, Nippon Shoku-
butsu Meii p. 170 (1884) ; Shokubutsu Mei–I. p. 261 (1895).

Salix Makinoana SEEMEN in FEDDE, Repert. I, p. 173 (1905), pro
parte—MATSUMURA, Ind. Pl. Jap. II, pt. 2, p. 11 (1912), pro parte —
SCHNEIDER in Pl. Wils. III, p. 110 (1916)—NAKAI in Bull. Soc.
Dendrol. France no. 66, p. 14 (1928)—REHDER in Journ. Arnold
Arboretum X, p. 114 (1929).

Salix gymnolepis LÉVEILLÉ & VANIOT in FEDDE, Repert. III, p. 22
(1907)—MATSUMURA, Ind. Pl. Jap. II, pt. 2, p. 10 (1912).

Salix purpurea L. subsp. *eupurpurea* var. *sericea* KOIDZUMI in Tokyo
Bot. Mag. XXVII, p. 92 (1913)—SCHNEIDER in SARGENT, Pl. Wils. III,
p. 167 (1916).

Salix purpurea L. subsp. *gymnolepis* KOIDZUMI in Tokyo Bot. Mag.
XXVII, p. 267 (1913).

Frutex vel arborescens dioicus usque 7 m. altus virgatus, trunco usque
20 cm. lato, ramis elongatis ascendentibus vel erectis. Ramus biennis
flavescenti-viridis vel rubescenti-viridis vel griseo-viridis glaber, horno-
tinus juventute adpresse sericeo-pubescens demum glabrescens viridis.
Gemmæ hiemales lucidæ dorsi-ventrali compressæ 3–6 mm. longæ
obtusæ. Folia primo adpresse sericea præcipue in plantis masculis
densius sericea æstivatione convoluta demum glabrescentia angusta
subulata vel anguste oblanceolata 1,5–12,2 cm. longa 2–7 mm. lata supra
glabra viridia infra præter costas virides glauca, margine denticulata

apice acutissima basi acuminata vel acuta vel anguste cuneata, petiolis 1–9 mm. longis ad basin dilatatis, stipulis si evolutis linearibus vel subulatis 7–15 mm. longis. Amenta præcocia sessilia basi sæpe cataphyllis 2–4 suffulta. Amenta mascula 1,5–5 cm. longa; axis adpresse pilosa; bracteæ obovatæ basi contractæ apice atratæ villosæ basi virides 2 mm. longæ; glandula unica ventralis ovata vel supra medium contracta; stamina 2 cum filamentis et antheris toto connatis monandra; filamenta infra medium pubescentia; antheræ purpureæ; pollinia flava. Amenta fæminea 2–4 cm. longa; axis adpresse pilosa; bracteæ oblongæ obtusæ atro-fuscæ sericeo-hirtæ 1–1,5 mm. longæ; glandula unica ventralis basi dilatata supra medium angustata 0,3–0,5 mm. longa; ovarium brevissime stipitatum cum stipite adpresse sericea 1,5 mm. longa; styli 0,3 mm. longi glabri; stigmata reflexa brevissima 4–fida. Amenta fructifera 3–5 cm. longa; capsula oblonga sericea 4 mm. longa.

Hab.

Prov. Kanhok: Mozan (T. MORI no. 316).

Prov. Kannan: Chōshin (T. NAKAI no. 1901); oppido Kōzanmen tractus Teihei (T. ISHIDOYA no. 4477); inter Hokhei & Chokdō (T. ISHIDOYA no. 5195); Chinkō (T. NAKAI).

Prov. Heihok: Ikado oppido Gishū (T. ISHIDOYA no. 1957, 1964, 1966, 1967, 1968, 1997, 2002); Shingishū (T. ISHIDOYA no. 3890 ♀, 3891 ♀, 3935 ♀, 3936 ♀, 3937 ♀); ibidem (M. FURUMI); inter Gishū & Gyokkōchin (T. NAKAI no. 1902); Gishū (T. ISHIDOYA no. 3886 ♂).

Prov. Heinan: Heijyō (T. ISHIDOYA no. 3892 ♀, 2893 ♀, 3897 ♀); inter Neien & Onsō (T. ISHIDOYA no. 4476); ad ripas fluminis Daidōkō (T. ISHIDOYA no. 3894 ♀, 3895 ♀, 3896 ♀).

Distr. Hondo.

13. Salix integra THUNBERG.
(Tabula nostra XX.)

Salix integra THUNBERG, Jap. mspt. ex MURRAY, Syst. Veg. ed. 14, p. 880 (1784)—THUNBERG, Fl. Jap. p. 24 (1784)—GMELIN, Syst. Veg. II,

pt. 1, p. 73, no. 19 (1791)—VITMAN, Summa Pl. V, p. 460 (1791)—
PERSOON, Syst. Veg. ed. 15, p. 922 (1797)—POIRET, Encycl. Méthod.
VI, p. 662 (1804)—WILLDENOW, Sp. Pl. IV, pt. 2, p. 686, no. 65
(1805)—PERSOON, Syn. Pl. II, p. 601 (1807)—STEUDEL, Nomencl. Bot.
ed. 1, I, p. 718 (1821)—SPRENGEL, Syst. Veg. I, p. 107, no. 107 (1825)—
KOIDZUMI in Tokyo Bot. Mag. XXXIX, p. 299 (1925)—NAKAI in Bull.
Soc. Dendrol. France no. 66, p. 14 (1928).

Syn. *Salix purpurea* (non LINNÆUS) MIQUEL in Ann. Mus. Bot.
Lugd. Bat. III, p. 26 (1876); Prol. Fl. Jap. p. 214 (1876).

Salix multinervis FRANCHET & SAVATIER, Enum. Pl. Jap. II, pt. 1,
p. 504 (1876)—MATSUMURA, Nippon Shokubutsu Meii, p. 170 (1884);
Cat. Pl. Herb. Coll. Sci, Imp. Univ. p. 182 (1886)—BEISSNER, SCHEEL
& ZABEL, Handb. Laubholzbenn. p. 47 (1903)—KOMAROV in Acta Hort.
Petrop. XXII, p. 25 (1903)—SHIRASAWA, Icon. Essen. Forest Trees
Jap. II, t. VIII, fig. 7 (1908)—NAKAI in Journ. Coll. Sci. Tokyo XXXI,
p. 216 (1911); Fl. Paiktusan p. 63, no. 83 (1918)—MAKINO & NEMOTO,
Fl. Jap. p. 1128 (1925).

Salix purpurea LINNÆUS var. *multinervis* MATSUMURA, Shokubutsu
Mei-I, p. 261 (1895)—SEEMEN, Salic. Jap. p. 56, Taf. XI, fig. F–K
(1903)—MATSUMURA, Ind. Pl. Jap. II, pt. 1, p. 13 (1911).

Salix Savatieri A. & E. CAMUS, Monogr. p. 326 (1904).

Salix purpurea LINNÆUS var. *multinervis* FRANCHET & SAVATIER
apud LÉVEILLÉ & VANIOT in Bull. Acad. Int. Geogr. Bot. XIV, p. 210
(1904).

Salix purpurea subsp. *amplexicaulis* (non BOISSIER) KOIDZUMI in
Tokyo Bot. Mag. XXVII, p. 92 (1913).

Salix purpurea subsp. *S. amplexicaulis* (BORRY & CHAUB.) var.
latifolia TŒPFFER, Salic. Bav. p. 168 (1915), quoad pl. ex Japonia.

Salix purpurea subsp. *amplexicaulis* var. *multinervis* SCHNEIDER in
SARGENT, Pl. Wils. III, p. 168 (1916), excl. syn. *S. amplexicaulis*
CHAUBARD.

Frutex dioicus 1–3 metralis, ramis decussatis subfastigiatus erectis.
Rami biennes lucidi flavidi vel rubescentes ab initio glaberrimi. Folia

opposita convoluta anguste oblonga vel oblonga sessilia basi amplexicaulia margine serrulata apice acuta vel mucronata ab initio glaberrima juventute sæpe rubra 2–6 cm. longa 6–18 mm. lata. Amenta præcocia. Amenta mascula in plantis Koreanis adhuc ignota. Amenta fæminea in nostris speciminibus 1–1,5 cm. longa basi cataphyllis 3–4 suffulta. Axis adpresse pilosa. Bracteæ obovatæ atræ 1,5 mm. longæ parcissime hirtellæ vel subglabræ. Glandula unica ventralis ovata minima. Ovaria ovata 1,5 mm. longa sericea. Styli 0,3 mm. longi glabri. Stigmata minima emarginato 2–4 fida. Amenta fructifera 2 cm. longa curvata. Capsella 3 mm. longa adpresse sericea.

Hab.

Prov. Kanhok: Mosan (T. ISHIDOYA no. 2795 fr.; 2796 ♀); inter Zimmujyō & Mohō (T. NAKAI no. 1920); oppido Fukyomen tractus Funei (CHUNG no. 1307, 1309); Syōjyō (CHUNG no. 1308); Shōzandō (CHUNG no. 399, 400, 401); Sōzan (CHUNG no. 673, 674); oppido Zyōuhokmen tractus Meisen (S. FUKUBARA no. 1599); Mt. Shayusan (CHUNG no. 924, 925, 926); Hojyōdō (T. SAWADA no. 1710, 1711); Shuotsu (T. NAKAI no. 6855).

Distr. Yeso, Hondo, Kiusiu.

14. Salix purpurea L.
var. Smithiana TRAUTVETTER.
(Tabulæ nostræ XXI, A–B; XXII, A–D.)

Salix purpurea LINNÆUS, Sp. Pl. ed. 1, p. 1017, no. 10 (1753); Fl. Suec. ed. 2, p. 347, no. 884 (1755); Sp. Pl. ed. 2, II, p. 1444, no. 10 (1763)—SMITH, Engl. Bot. tab. 1388 (1825)—HOST, Salic. p. 12, tab. 40–41 (1828)—HOPPE in STURM, Deutschl. Fl. IX, tab. 1080.

var. *Smithiana* TRAUTVETTER in Linnæa X, p. 579 (1836).

Syn. *Salix monandra* ARDUINO, Memorie I, t. 11 (1766)—HOFFMANN, Hist. Salic. I, fasc. 1, p. 18, tab. I, fig. 1 & 2, Tab. V, fig. 1. (1785)— VILLARS, Fl. Dauph. III, p. 767 (1789)—ROTH, Tent. Fl. Germ. II, pt. 2, p. 507 (1793)—HOST, Syn. Fl. Austr. p. 527 (1798)—HOFFMANN, Deutschl. Fl. ed. 2, I. Abt. 2, p. 259 (1804)—LAMARCK & DC. Fl.

Franc. ed. 3. III, p. 297 (1815)—SPRENGEL, Syst. Veg. I, p. 101 (1825).

Salix purpurea α. trunco humiliori, etc. KOCH, Syn. ed. 1, p. 646 (1837).

Salix purpurea var. *monandra* HOFFMANN apud REICHENBACH, Icon. XI, tab. DLXXXII (1849).

Salix purpurea α. gracilis GRENIER & GODRON, Fl. Franc. III. pt. 1, p. 129 (1855)—ANDERSSON in DC. Prodr. XVI, sect. 2, II, p. 306 (1868)—DIPPEL, Handb. Laubholzk. II, p. 236 (1892)—ROUY, Fl. Franc. XII, p. 107 (1910).

Salix Helix (non L.) K. KOCH, Deutsch. Dendrol. II, pt. 1, p. 527 (1872).

Salix purpurea α. genuina SYME in SOWERBY, Engl. Bot. VIII, p. 217, Pl. MCCCXVI (1873).

Salix purpurea var. *typica* BECK, Fl. Nied. Oestr. p. 288 (1890).

Salix purpurea subsp. *Eupurpurea* var. *α. typica* BECK apud SCHNEIDER, Illus. Handb. I, p. 68 (1904).

Frutex dioicus 1–3 metralis altus virgatus basi ramulos arcuato-ascendentes radicantes surgit. Gemmæ 3–5 mm. longæ ventrali longitudine fissæ. Rami biennes flavidi vel flavescenti-rubri vel ochracei, hornotini virides ab initio glaberrimi. Folia turionum alterna elongata ; petioli 3–6 mm. longi ; stipulæ lineari-lanceolatæ vel lanceolato-lineares 15–18 mm. longæ virides serrulatæ ; lamina 9–13 cm. longa 8–15 mm. lata supra viridis infra glaucescens margine serrulata apice acuminata basi anguste cuneata, juventute sæpe rubescens. Folia ramorum vulgo alterna rarius opposita, fructiferorum eis turionis minora 2–8 cm. longa 3–10 mm. lata. Amenta lateralia subpræcocia in apice ramulorum lateralium brevissimorum terminalia foliis parvis 2–5 suffulta. Amenta mascula 2–3 cm. longa ; axis adpresse sed dense ciliolata ; bracteæ obovatæ apice atratæ 1,5 mm. longæ sericeo-hirtellæ ; glandula ovata ; stamina unica 3,5 mm. longa infra medium pilosa ; antheræ rubræ quadriloculares. Amenta fæminea 2–2,5 cm. longa ; axis adpresse ciliolata ; bracteæ oblongæ sericeo-pubescentes rubescentes apice nigræ

1,5 mm. longæ ; glandula unica ventralis ovata ; ovarium oblongo-ovatum sericeum sessile ; styli subnulli ; stigmata rubra bifida vel demum emarginato-quadrifida.

Hab.

Prov. Kanhok : Hojyōdō (T. NAKAI, no. 6837) ; Mt. Kapporei (T. NAKAI, no. 1896).

Prov. Kannan : inter Keizanchin & Futempō (T. NAKAI no. 1930) ; Taichūri (T. ISHIDOYA no. 2753 ♂).

Prov. Heihok : Shingishū (T. NAKAI, no. 2372) ; secus fl. Jalu (T. ISHIDOYA ♀).

Prov. Kōgen : Tsūsen (T. NAKAI, no. 5301).

Distr. Asia bor. & merid., nec non Europa.

Salix purpurea L. var. **japonica** NAKAI in Bull. Soc. Dendrol. France no. 66, p. 14 (1928).

Syn. *Salix integra* (non THUNBERG) SIEBOLD & ZUCCARINI in Abh. Muench. Akad. IV, Abt. 3, p. 211, no. 749 (1846).

Salix purpurea (non LINNÆUS) FRANCHET & SAVATIER, Enum. Pl. Jap. I, p. 462 (1875), excl. syn.—SEEMEN, Salic. Jap. p. 54 (1903), excl. syn., pro parte—MATSUMURA, Ind. Pl. Jap. II, pt. 2, p. 12 (1912).

Salix rubra (non HUDSON) MATSUMURA, Nippon Shokubutsu Meii p. 170 (1884) ; Shokubutsu Mei-I, p. 261 (1895).

Differt a *typica* vel *Smithiana* foliis elongatis non ad apicem dilatatis sed sensim angustatis, filamentis bracteas 3–5 plo (non duplo) superantibus, antheris atro-purpureis (non rubescentibus), ovario in stylis plus minus elongatis sensim angustato, bracteis longissime barbatis.

Hab.

Prov. Kanhok : Nōjidō (T. ISHIDOYA no. 2793 ♀).

Prov. Kannan : Taichūri (T. ISHIDOYA no. 2753, typus fl. ♀) ; Kōzanmen tractus Teihei (T. ISHIDOYA no. 4472, 4473, 4475).

Prov. Heihok : Teishū (T. ISHIDOYA no. 3838, typus fl. ♂) ; Sozan

Hanmen (S. Fukubara no. 1043 ♀); Mt. Hinantoksan (S. Fukubara no. 1274 ♀); Shingishū (T. Ishidoya no. 3899); Nansha tractus Kōshō (S. Gotō); Mt. Hiraihō (T. Sawada).

Prov. Heinan: inter Onsō & Rappori (T. Ishidoya no. 4474).

Prov. Kōkai: Mt. Kugetsusan (Chung); Mt. Karanzan (K. Takaichi); Katomen tractus Kokzan (K. Takaichi).

Prov. Kōgen: Mt. Taihaksan (T. Ishidoya no. 5680 ♀); Sempo (T. Ishidoya ♂); Rankok (T. Ishidoya no. 1957–8, 3092 ♀, 3098 ♂); Mt. Godaisan (T. Ishidoya, no. 6548); Mt. Setsugaksan (T. Ishidoya no. 6235); Mt. Taikisan (S. Fukubara).

Prov. Keiki: Kōryō (T. Nakai ♀); Wajyōdai (T. Ishidoya no. 2452 ♀); Mt. Kangaksan (T. Ishidoya no. 1969); Mt. Kagaksan (T. Sawada); Mt. Ryūmonzan (T. Sawada).

Prov. Chūhok: Seisyū (T. Ishidoya no. 3898 ♀).

Prov. Keihok: Mt. Zitsugetsusan (T. Sawada).

Prov. Keinan: Mt. Kayasan (T. Ishidoya no. 4572).

Prov. Zennan: Mt. Mutōzan (S. Fukubara).

Distr. Hondo.

Salix purpurea var. *japonica* f. **rubra** Nakai, comb. nov.

Syn. *Salix purpurea* f. *rubra* Nakai in Tokyo Bot. Mag. XXXIII, p. 44 (1919).

Salix purpurea var. *rubra* Nakai apud Mori, Enum. Corean Pl. p. 111 (1922).

Folia juvenilia omnia intense rubro-sanguinea v. carnea pulcherrima. Hab.

Prov. Kanhok: secus torrentem pede montis Seikirei (T. Nakai no. 6855).

ばつこやなぎ節

芽ノ鱗片ハ一個發芽ニ際シ腹面縱裂ス。嫩葉ハ內卷、苞ハ永存性、蜜腺ハ腹面ニ一個稀ニ二個、雄蕋ハ二個、子房ハ柄ヲ有シ絨毛アリ。花柱長シ、柱頭ハ四叉ス。分テ二亞節トス。

1. 滑葉亞節

葉ノ表面ハ滑カニシテ皺ナシ。

此亞節ニ屬スルモノハ歐亞兩洲ニ數種アリ。朝鮮ニハ一種てうせんきつねやなぎ及ビ其變種アリ。

2. 皺葉亞節

葉ノ成育シタルモノハ表面ノ葉脈凹ムヲ以テ一面ニ皺アリ。

此亞節ニ屬スルモノハ歐亞兩洲ニ十餘種アリ。其中二種たけしまやなぎ、たんなやなぎ並ニ其變種ハ朝鮮ニ自生ス。

15. てうせんきつねやなぎ
（第貳拾參圖）

雌雄異株ノ灌木又ハ小喬木。高サ二乃至四米半分岐多ク山上ノ乾燥地又ハ岩石地ニ多シ。幹ノ直徑ハ五乃至十センチ、枝ハ綠色、冬期ハ屢々帶紅色又ハ帶黃色、末梢ハ始メ絹毛アレドモ後無毛トナル。托葉ハ耳狀又ハ半月形又ハ廣卵形長サ二乃至七ミリ表面ハ綠色裏面ハ白ク全緣又ハ小鋸齒アリ。葉柄ハ長サ一乃至七ミリ始メ絹毛アリ後微毛アルカ又ハ無毛、葉身ハ長橢圓形又ハ橢圓形長サ八乃至八十五ミリ幅三乃至四十四ミリ基脚ハ銳角又ハ急尖緣ハ全緣又ハ波狀ノ小鋸齒アリ先端ハ銳尖又ハ銳角、表面ハ綠色央以下ハ少シ絹毛アリ。裏面ハ白味アリ絹毛アリ後無毛トナル。花穗ハ葉ニ先チテ生ジ無柄又ハ殆ンド無柄、雄花穗ハ長サ二乃至三センチ幅一センチ基ニ苞狀葉三乃至五個アリ。花軸ハ絹毛アリ。苞ハ黑色又ハ黑褐色基脚ハ綠色帶披針長橢圓形長サ二ミリ半銳角又ハ丸ク又ハ鈍角、背面ハ長キ毛アリ緣ニ長キ絹色ノ毛アリ。蜜腺ハ一個、腹面ニ位シ扁圓柱但シ平タキ方ノ面ハ四角ナリ。先端ヨリ蜜ヲ出ス。雄蕋ハ二個長サ約七ミリ葯ハ橢圓形、黃色、雌花穗ハ長サ一乃至二センチ無柄又ハ若キ短枝ノ先ニ生ズ。花軸ハ絹毛アリ。苞ハ長橢圓形稍銳角長サ一乃至一ミリ半長キ絹色ノ毛アリ。蜜腺ハ一個、腹面ニ位シ花穗ノ基部ノ花ニテハ二個アルモアリ。子房ハ約一ミリノ絹毛アル柄ト合シテ三乃至三ミリ半絹毛アリ。四角、面ハ披針形長サ一乃至一ミリ半ノ花柱ニ向ヒテ細マル。柱頭ヘ四叉ス。蒴ハ長サ五乃至六ミリ絹毛アリ。果穗ハ長サ三乃至七センチ。

咸南、平北、平南、黃海、江原、京畿ノ諸道ニ產ス。

（分布）　カムチャツカ、沿海洲、烏蘇利、満洲、黒流江省、西比利亜、
　　　露國、ラブランド。

一種、葉長ク先端鋭尖ナルヲ**ながばてうせんきつねやなぎ**ト云フ。

平南、江原ニ産ス。

又一種、末梢及ビ葉ハ最初ヨリ無毛又ハ殆ンド無毛ナルアリ。之ヲ**て
うせんみねやなぎ**ト云フ。

咸北、咸南、平北、平南、黄海、江原、京畿ノ諸道ニ産ス。

（分布）　満洲。

又一種、葉ハ橢圓形又ハ長橢圓形又ハ披針形、裏面ニ褐色ノ微毛アル
モノアリ。是ヲ**ちやいろみねやなぎ**ト謂フ。

平南ニ産シ稀品ナリ。

皺葉亞節ニ屬スル朝鮮産ノ柳ノ區分法ハ左ノ如シ。

1 {
低キ灌木。高サ一米突ヲ出デズ。葉ノ側脈ハ七乃至八本（六乃至
　十本）、葉ハ常ニ廣橢圓形、花柱ハ短シ。……**たけしまやなぎ**
丈高キ灌木又ハ小喬木五乃至六米突ニ達スルアリ。　葉ノ側脈ハ
　九乃至十五本（七乃至十八本）、花柱ハ柱頭ト同長又ハ夫ヨリ
　長シ。……………………………………………………………2
}

2 {
葉裏ハ殆ンド無毛又ハ嫩葉ニアリテハ一部分絨毛アリ。………3
葉裏ハ極メテ密ニ絨毛アリ。………………………………………4
}

3 {
葉ハ圓形又ハ橢圓形。……………………………………**たんなやなぎ**
葉ハ倒披針形又ハ倒披針長橢圓形。…………**ながばたんなやなぎ**
}

4 {
葉ハ圓形又ハ橢圓形。……………………………**かうらいばつこやなぎ**
葉ハ倒披針形又ハ倒披針長橢圓形。…………**ほそばばつこやなぎ**
}

16.　た け し ま や な ぎ
（竹 島 柳 ノ 意）
（第貳拾四圖）

雌雄異株ノ小灌木ニシテ高サ一米突ニ達セズ。未ダ雄木ヲ見ズ。二年
生ノ枝ハ帯褐緑色皮下ニ縦線ナシ。一年生ノ枝ハ始メ微毛アリ後無毛ト
ナリ緑色、葉柄ハ長サ二乃至十ミリ短微毛アリ後無毛トナル。葉身ハ橢
圓形又ハ廣橢圓形但シ長枝ニアリテハ長橢圓披針形トモナル。表面ニ皺
アリテ主脈ニノミ微毛アリ緑色、裏面ハ白味アル緑色絹毛アリ嫩葉ニテ

ハ毛深シ。基脚ハ或ハ丸ク或ハ尖リ先端ハ或ハ尖リ或ハ銳尖、緣ハ全緣
又ハ鋸齒アリ長サ二乃至八センチ幅○、八乃至四、五センチ側主脈ハ彎曲
シ兩側ニ各六本乃至十本通例七本乃至八本、果穗ハ長サ約五ミリノ柄ヲ
有シ長サ二センチ半、苞ハ倒卵形又ハ長橢圓倒卵形黑色長サ一ミリ長キ
絹毛ヲ被ル。蜜腺ハ一個腹面ニ位シ長サ半ミリ先端ハ帶紅褐色、子房ハ
角狀長サ約一ミリノ柄アリ全面ニ短カキ絹毛ヲ被ル。花柱ハ短ク柱頭ハ
四叉ス。

欝陵島ノ特産ナリ。但シ稀ナリ。

17. たんなやなぎ
（耽羅柳ノ意）
（第貳拾五圖）

雌雄異株ノ灌木又ハ小喬木高サ六米突ニ達スルアリ。幹ノ直徑モ十五
センチニ達スルアリ。皮ハ始メ滑カナレドモ老木ニテハ粗ニ割ル。末梢
ハ太ク節ハ太シ。若枝ニハ絹毛アリ老成スレバ綠色トナリ二年生ハ帶紅
色ナリ。芽ハ卵形ヤヽ扁ク先端少シク曲ル。葉柄ハ長サ三乃至三十ミリ
基脚ハ幅廣ク全長ニ絹毛アリ。葉身ハ圓形又ハ廣橢圓形又ハ廣卵形又ハ
橢圓形全緣又ハ不顯著ノ鋸齒アリ但シ長萠枝ニアリテハ內曲スル鋸齒ヲ
有スルヲ常トス。表面ハ綠色皺アリ裏面ハ始メ絹毛アリ後葉脈ヲ除ク外
殆ンド無毛トナリ脈ハ著シク高マル白ク或ハ白味アリ基脚ハ或ハ丸ク或
ハ急ニ尖リ或ハ銳角先端ハ銳角又ハ銳尖長サ二乃至十四センチ幅一セン
チ半乃至七センチ半、托葉ハ長萠枝ノ葉ニノミアリ半圓形、鋸齒アリ。
表面ハ綠色裏面ハ白シ、花穗ハ殆ンド無柄、葉ニ先チテ生ジ基ニ二個乃
至四個ノ苞狀葉アリ絹毛アリ。雄花穗ハ長サ二乃至三センチ幅一センチ
半概形ハ橢圓形又ハ帶卵橢圓形又ハ長橢圓形、花軸ニ絹毛アリ。苞ハ倒
披針形長サ二ミリ乃至二ミリ半先端ハ黑ク長キ毛アリ。蜜腺ハ一個腹面
ニ位シ四角形先端ハ截形半ミリ乃至一ミリ、雄蕋ハ二個長サ約八ミリ、花
糸ハ基部ニ毛アリ。葯ハ橢圓形黃色長サ一ミリ、雌花穗ハ長サ一センチ
半乃至二センチ但シ花後著シク伸長ス。花軸ニ絹毛アリ。苞ハ倒披針形
長サ二ミリ長キ絨毛アリ。背面ノ基部ニ膨ミアリ。蜜腺ハ一個腹側ニ位
シ長サ○、三ミリ乃至半ミリ、子房ハ絹毛ニテ被ハレ長サ一ミリノ柄ア
リ。先端ハ花柱ニ向ヒ尖ル。約四角ニシテ柱頭ハ四裂ス。果穗ハ長サ三
センチ乃至六センチ半幅一センチ半。

濟州島、智異山、伽倻山、太白山、小白山、咸白山、金剛山、雞龍山、冠岳山、龍門山、華岳山等ヨリ咸南、平北ノ諸山ノ嶺上ニ生ズ。

未ダ朝鮮以外ノ産ヲ知ラズ。

一種葉ハ倒披針形又ハ長橢圓形ニシテ兩端尖リ長サ三乃至十七センチ幅七ミリ乃至六十ミリニ達スルアリ。　之ヲ**ながばたんなやなぎ**ト謂フ。江原、京畿、咸南ノ諸山ニ産ス。

又一種葉ハ老成スルモ裏面ニ白色絨毛ノ密生スルアリ。之ヲ**かうらいばつこやなぎ**（第貳拾六圖）ト謂フ。濟州島、欝陵島ヲ除ク全道ノ各地ニ生ジ。　樺太、烏蘇利、滿洲、北海道、アムール、沿海洲、カムチャツカニ分布ス。

又一種葉裏ノ毛ハ**かうらいばつこやなぎ**ノ如ケレドモ葉ハ長橢圓形又ハ廣披針形又ハ廣倒披針形兩端銳尖ナルアリ。之ヲ**ほそばばつこやなぎ**（第貳拾七圖）ト謂フ。　咸北ニ産シ稀品ナリ。

Salix cohors **Capreæ** KOCH, Salic. Europ. Comment. p.p. 11 & 31 (1828), pro parte—REICHENBACH, Fl. Germ. Excurs. II, p. 167 (1831)—KOCH, Syn. ed. 1, p. 650 (1837)—SPACH, Hist. Vég. X, p. 374 (1841)—REICHENBACH, Icon. XI, p. 19 (1849), pro parte—TRAUTVETTER in LEDEBOUR, Fl. Ross. III, pt. 2, p. 607 (1851), pro parte—GRENIER & GODRON, Fl. Franc. III, pt. 1, p. 134 (1855), pro parte—PETZOLD & KIRCHNER, Arb. Musc. p. 587 (1864)—ČELAKOVSKÝ, Prodr. Fl. Böhm. II, p. 135 (1871), pro parte—DIPPEL, Handb. Laubholzk. II, p. 247 (1892), pro parte—KŒHNE, Deutsch. Dendrol. p.p. 89 & 99 (1893).

Syn. *Salix* sect. *Caprœœ* DUMORTIER, Fl. Belg. Prodr. p. 11 (1828).

Salix sect. *Cinereœ* FRIES, Syllog. Pl. Nov. II, p. 37 (1828).

Salix Group. *Cinereœ* BORRER in HOOKER, Brit. Fl. p. 424 (1830)—LOUDON, Arb. & Frutic. Brit. III, p. 1553 (1838), pro parte—BABINGTON, Manual Brit. Bot. p. 274 (1843), pro parte.

Salix—Allolepideœ—Platyphyllœ TRAUTVETTER in LINNÆA X, p. 574 (1836).

Salix sect. *Caprea* FRIES, Summa Veg. p. 56 (1846)—LANGE in WILLKOMM & LANGE, Prodr. Fl. Hisp. I, p. 225 & 228 (1870), pro parte.

Salix sect. *Præcoces* DŒLL, Fl. Bad. II, p. 491 (1859), pro parte.

Salix sect. *Caprisalix* subsect. *Vetrix* ii. *Phylicifoliæ* BABINGTON in SEEMANN, Journ. Bot. I, p. 171 (1863), pro parte—SYME in SOWERBY, Engl. Bot. VIII, p. 229 (1873), pro parte.

Salix, Monadeniæ Choristandræ Brachystylæ 1. *Capreæ* ANDERSSON apud SEEMEN in ASCHERSON & GRÆBNER, Syn. IV, p. 93 (1908).

Salix sect. *Capreæ* BLUFF & FINGERHUTH apud SCHNEIDER in SARGENT, Pl. Wils. III, p. 148 (1916), pro parte.

Squama gemmarum solitaria ventrali longitudine fissa. Folia æsti-vatione convoluta. Bracteæ persistentes. Glandula ventralis 1 vel 2. Stamina 2. Ovaria stipitata sericea. Styli elongati. Stigmata qua-drifida.

Salix sect. *Capreæ* subsect. **Lævigatæ** REICHENBACH, Fl. Germ. Excurs. II, p. 167 (1831).

Syn. *Salix* h. *Lividæ* NYMAN, Consp. Fl. Europ. III, p. 668 (1881), nom. nud.—FLODERUS in Arch. Bot. XX, A. no. 6, p. 48 (1926), nom. nud.

Folia lævigata non rugosa.

Species nonnullæ in Eurasia adsunt, quarum unica in Korea indigena.

15. **Salix Floderusii** NAKAI.
(Tabula nostra XXIII.)

Salix Floderusii NAKAI, sp. nov.

Syn. *Salix livida* β. *cinerascens* WAHLENBERG, Fl. Lapp. p. 273 (1812).

Salix glauca (non LINNÆUS) CHAMISSO in Linnæa VI, p. 540 (1831).

Salix depressa var. *cinerascens* {non FRIES, Nov. Fl. Suec. Mantissa I, p. 57 (1832)} TRAUTVETTER & MEYER in MIDDENDORF, Reise p. 79 (1857)—TRAUTVETTER in Mém. Prés. Acad. Imp. Sci. St. Pétersb. div. sav. IX, (Maximowicz, Prim. Fl. Amur.) p. 244 (1859)—REGEL in Mém. Acad. Imp. Sci. St. Pétersb. VII, sér. IV, no. 4 (Tent. Fl. Uss.) p. 131, no. 438 (1861)—FR. SCHMIDT in Mém. Acad. Imp. Sci. St.

Pétersb. VII, sér. XII, no. 2 (Reisen Amurlande & Sachalin) p. 61, no. 331 (1868).

Salix vagans var. *cinerascens* ANDERSSON in DC. Prodr. XII, sect. 2, p. 227 (1868) – HERDER in Acta Hort. Petrop. XI, p. 404 (1890) – KOMAROV in Acta Hort. Petrop. XXII (Fl. Mansh. II), p. 32 (1903) – NAKAI in Journ. Coll. Sci. Tokyo XXXI (Fl. Koreana II), p. 213 (1911).

Salix cinerea (non LINNÆUS) KOMAROV in Acta Hort. Petrop. XXII, p. 22 (1903) – NAKAI in Journ. Coll, Sci. Tokyo XXXI, p. 213 (1911); in Tokyo Bot. Mag. XXVI, p. 8 (1912).

Salix vagans f. *α. cinerascens* SIUZEV in Trav. Mus. Bot. Acad. Imp. Sci. St. Pétersb. IX, p. 88 (1912).

Salix Starkeana var. *cinerascens* SCHNEIDER in SARGENT, Pl. Wils. III, P. 151 (1916) – NAKAI in Bull. Soc. Dendrol. Franc. no. 66, p. 11 (1928).

Salix Starkeana (non WILLDENOW) NAKAI, Fl. Paiktusan, p. 63 no. 90 (1918) – MORI, Enum. Corean Pl. p. 112 (1922).

Salix cinerascens (non LINK) FLODERUS in Arch. Bot. XX. A, no. 6, p. 48 (1926) – HULTEN, Fl. Kamtsch. II, p. 10 (1928).

Frutex vel arborescens dioicus 1–4 metralis altus ramosissimus in jugo montis vel in rupibus vel in loco siccato crescit. Truncus diametro usque 5–10 cm. Ramus viridis, hieme sæpe rubescens vel flavescens. Ramulus primo sericeo-pilosus demum glabrescens. Stipulæ auriculatæ vel semilunares vel late ovatæ 2–7 mm. longæ supra virides infra glaucæ integræ vel serratæ. Petioli 1–7 mm. longi primo sericei demum pilosi vel glabri. Lamina foliorum oblonga vel elliptica 8–85 mm. longa 3–44 mm. lata basi acuta vel mucronata margine integra vel crenato-serrulata apice acuminata vel acuta supra viridis infra medium parce sericea subtus glauca sericeo-pilosa demum glabrescens. Amenta præcocia sessilia vel subsessilia. Amenta mascula 2–3 cm. longa 1 cm. lata basi cataphyllis 3–5 suffulta; axis sericeo-hirtella; bracteæ atræ vel atro-fuscæ basi virides lanceolato-oblongæ 2,5 mm. longæ acutæ vel obtusæ vel obtusiusculæ dorso hirtellæ margine longe sericeo-hirtellæ;

glandula unica ventralis compresso-teres sed facie subquadrangularis apice nectarifera; stamina 2, circ. 7 mm. longa; antheræ ellipticæ flavæ. Amenta fæminea 1–2 cm. longa sessilia vel in apice ramuli hornotini brevis terminalia; axis sericeo-hirtella; bracteæ oblongæ acutiusculæ 1–1,5 mm. longæ longe sericeo-hirtellæ; glandula unica ventralis sed in floribus inferioribus sæpe in binam aperta, ovaria cum stipite circ. 1 mm. longo sericeo 3–3,5 mm. longa sericea quadrangularia facie lanceolata in stylum 1–1,5 mm. longum attenuata; stigmata quadripartita. Capsula 5–6 mm. longa sericea. Amenta fructifera 3–7 cm. longa.

Hab.

Prov. Kanhok: Mt. Hakutōzan (T. MORI).

Prov. Kannan: Taichūri tractus Kōzan (T. ISHIDOYA no. 2741 ♀, 2742 ♂); Genzan (T. NAKAI); pede montis Minami-Hōtaizan (M. FURUMI no. 281, 282, 283 fr.); Mt. Kankanrei (T. ISHIDOYA no. 5176 fr.); Mt. Kōjirei (T. ISHIDOYA no. 5209 ♀).

Prov. Heihok: oppido Yūmen tractus Shōjyō (T. SAWADA ♀); Nansha tractus Kōshō (S. GOTO); Mt. Hinantoksan (S. FUKUBARA no. 1259, 1264); oppido Ryōzanmen tractus Sakshū (T. SAWADA ♀); oppido Shinsōmen tractus Shōjyō (T. SAWADA ♀); oppido Tōsōmen tractus Shōjyō (S. FUKUBARA no. 1262 ♀, 1263 ♀); Kōkai (R. G. MILLS no. 313 fr.); in monte Hiraihō (T. NAKAI no. 1916 fr.); in monte Zyūseizan tractus Kōkai (T. NAKAI no. 1897); inter Sakshū & Shōshū (T. NAKAI no. 1928).

Prov. Heinan: oppido Eirakmen tractus Neien (C. KONDO no. 35); Mt. Rōrinzan (K. OKAMOTO); ibidem (T. MORI).

Prov. Kōgen: Rankok (T. ISHIDOYA no. 1948, 1949, 1950); Mt. Kongōsan (CHUNG); Sempo (T. ISHIDOYA ♀).

Prov. Kōkai: Mt. Karanzan (K. TAKAICHI); oppido Katomen tractus Kokzan (K. TAKAICHI).

Prov. Keiki: Mt. Kangakzan (T. ISHIDOYA no. 1920 fr.).

Distr. Kamtschatica, Regio Ochotensis, Ussuri, Manshuria, Amur, et Sibiria.

Salix Floderusii f. **manshurica** NAKAI, comb. nov.

Syn. *Salix vagans* f. *manshurica* SIUZEV in Trav. Mus. Bot. Acad. Imp. Sci. St. Pétersb. IX, p. 88 (1912).

Folia elongata longius acuminata.

Hab.

Prov. Heinan : Mt. Shōhaksan (T. ISHIDOYA no. 4347, 4351) ; ibidem (K. OKAMOTO).

Prov. Kōgen : in monte Kongōzan (K. KAMIBAYASHI).

Distr. formæ : Manshuria.

Salix Floderusii var. **glabra** NAKAI, var. nov.

Syn. *Salix vagans* var. *livida* (non ANDERSSON) SIUZEV in Trav. Mus. Bot. Acad. Imp. Sci. St. Pétersb. IX, p. 88 (1912).

Salix Starkeana (non WILLDENOW) NAKAI, Veg. Diamond Mts. p. 169, no. 190 (1918)—MORI, Enum. Corean Pl. p. 112 (1922)—NAKAI in Bull. Soc. Dendrol. France no. 66, p. 11, no. 27 a (1928).

Ramuli et folia ab initio glaberrima vel fere glabra.

Hab.

Prov. Kanhok : Mozan (T, MORI no. 331, 332, 333 fr.) ; Minmakukok oppidi Shuotsu (T. NAKAI no. 6857) ; Mt. Hichihōzan (C. KONDō) ; Mt. Setsurei (T. SAWADA) ; Mt. Shōshinzan (CHUNG no. 389) ; Mt. Shayusan (CHUNG no. 14) ; Mt. Mantoksan (S. FUKUBARA no. 1617) ; Kyomutoku (T. SAWADA) ; Fukyo tractus Funei (CHUNG no. 1301) ; Shuotsu (T. SAWADA).

Prov. Kannan : Chōshin (T. NAKAI no. 1931 fr.) ; Kōzanmen tractus Teihei (T. ISHIDOYA no. 4348, 4354, 4355) ; Keizanchin (T. ISHIDOYA ♀) ; Toksen tractus Kankō (KAN SHō KEN) ; Teihei (CHUNG) ; Mt. Kōjirei (T. ISHIDOYA no. 5198 ♀, 5207 ♂, 5209 ♂, 5210 ♂) ; Taichūri (T. ISHIDOYA ♀ & ♂) ; Hōzan (T. ISHIDOYA no. 5208 ♂) ; inter Hoksei & Chokdō (T. ISHIDOYA no. 5210 bis ♀).

Prov. Heihok : inter Gyoraibō & Kōkai (T. NAKAI no. 1917 fr.) ; Mt. Hiraihō (T. NAKAI no. 1915 fr.) ; Nansha tractus Kōshō (S. GOTō).

Prov. Heinan : Mt. Kenzanrei (T. ISHIDOYA no. 4353); Mt. Shōhak-san (T. ISHIDOYA no. 4358).

Prov. Kōkai : Katomen tractus Kokuzan (K. TAKAICHI ♀); Mt. Chōjusan (CHUNG).

Prov. Kōgen : Mt. Taichōhō montium Kongōsan (T. NAKAI no. 5303, 5304); Rankok (T. ISHIDOYA no. 1945, 1946, 1947); Mt. Setsugak-san (T. ISHIDOYA no. 6224); Mt. Taikisan (S. FUKUBARA).

Prov. Keiki : Mt. Tenmasan, Kaijyō (T. ISHIDOYA no. 1951).

Distr. var. Manshuria.

Salix Floderusii var. **fuscescens** NAKAI, var. nov.

Folia elliptica vel oblonga vel lanceolata subtus fuscescenti-pilosa.

Hab.

Prov. Heinan : Mt. Shōhaksan (T. ISHIDOYA no. 4350).

Salix sect. *Capreæ* subsect. **Rugosæ** REICHENBACH, Fl. Germ. Excurs. II, 169 (1831).

Syn. *Salix* g. *Capreæ* NYMAN, Consp. Fl. Europ. III, p. 667 (1881).

Salix sect. *Rugosæ* REICHENBACH apud FLODERUS in Archiv Bot. 20 A, no. 6, p. 51 (1926).

Salix sect. *Caprisalix* subsect. *Vetrix* 1. *Capreæ* BABINGTON in SEE-MANN, Journ. Bot. I, p. 171 (1863)—SYME in SOWERBY, Engl. Bot. VIII, p. 229 (1873).

Folia adulta supra cum venis impressis rugosa. Species supra 10, quarum 2 in Korea spontaneæ.

1 ⎰ Frutex nanus quam 1 metr. humilior. Venæ foliorum laterales utrinque 6–10 (vulgo 7–8). Folia vulgo late elliptica. Styli brevissimi. ....*S. Ishidoyana*
⎱ Frutex elatior vel arborescens usque 5–6 metr. Venæ foliorum laterales 7–18 (vulgo 9–15). Styli stigmatibus æquilongi vel longiores. 2

2 ⎰ Folia subtus subglabrescentia vel primo partim velutina..........3
⎱ Folia subtus velutino-tomentosa. 4

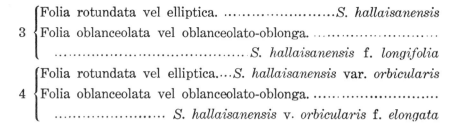

16. Salix Ishidoyana NAKAI.

(Tabula XXIV.)

Salix Ishidoyana NAKAI in Tokyo Bot. Mag. XXXI, p. 25 (1917);
Veg. Dagelet Isl. p. 17, no. 101 (1919)—MORI, Enum. Corean Pl. p. 110
(1922)—NAKAI in Bull. Soc. Dendrol. France no. 66, p. 11 (1928).

Frutex dioicus nanus quam 1 metralis humilior ramosus. Planta
fæminea tantum nostris nota. Ramus biennis fuscescenti-viridis;
lignum longitudine haud striato-elevatum. Ramulus hornotinus primo
pilosus demum glabrescens viridis. Petioli 2–10 mm. longi adpresse
pilosi demum glabrescentes. Lamina foliorum elliptica vel late elliptica
sed in turione oblongo-lanceolata, supra rugosa præter venas primarias
pilosas glabra viridis infra glauca viridis vel sericeo-pilosa sed juventute
sæpe sericea basi rotundata vel acuta apice acuta vel subacuminata rarius
cuspidato-attenuata margine integerrima vel serrata 2–8 cm. longa 0,8–
4,5 cm. lata, venæ laterales arcuatæ utrinque 6–10 (vulgo 7–8). Amenta
fructifera tantum mihi nota cum pedunculo 5 mm. longo sericeo 2,5 cm.
longa. Bracteæ obovatæ vel oblongo-obovatæ atro-fuscæ 1 mm. longæ
pilis sericeis elongatis hirsutæ. Glandula unica ventralis 0,5 mm. longa
apice rubescenti-fusca. Ovaria cornuta, stipite 1 mm. longo sericea.
Styli breves. Stigmata quadrifida.

Hab.

Dagelet: Mt. Jyōhō 700 m. (T. ISHIDOYA no. 21 fr.—typus in Herb.
Imp. Univ. Tokyo); in silvis Dōdō (T. NAKAI no. 4197); Mt.
Mirokhō (T. NAKAI no. 4196); in rupibus Jugi 700 m. inter Dōdō
& Shādō (T. ISHIDOYA no. 20).

17. **Salix hallaisanensis** LÉVEILLÉ.
(Tabula nostra XXV)

Salix hallaisanensis LÉVEILLÉ in FEDDE, Repert. X, p. 425 (1912)—
NAKAI, Veg. Isl. Quelpært p. 36, no. 475 (1914); Veg. Mt. Chirisan
p. 28, no. 116 (1915); in Tokyo Bot. Mag. XXXII, p. 30 (1918);
Veg. Diamond Mts. p. 168, no. 163 a (1918)—MORI, Enum. Corean
Pl. p. 110 (1922)—NAKAI in Bull. Soc. Dendrol. France no. 66, p. 10
(1928).

Syn. *Salix hallaisanensis* var. *nervosa* LÉVEILLÉ, l. c.

Frutex vel arborescens dioicus 0,5–6 metralis altus. Truncus
diametro usque 15 cm., cortice primo plano in plantis senilibus grosse
fissa. Ramulus robustus, nodis incrassatis. Ramulus juvenilis sericeus,
adultus glaber, biennis rubescens. Gemmæ ovatæ sed ramorum apice
compressæ leviter curvatæ. Petioli 3–30 mm. longi basi dilatati sericeo-
pilosi. Lamina foliorum rotundata vel late elliptica vel late ovata vel
elliptica integra vel obscure serrulata sed turionum incurvato-serrata
supra viridis rugosa infra primo sericea demum præter venas glabrescens
et valde venosa glauca vel glaucescens basi rotundata vel mucronata
vel acuta apice acuta vel acuminata 2–14 cm. longa 1,5–7,5 cm. lata.
Stipulæ in turione tantum evolutæ hemisphæricæ serratæ supra virides
infra glaucæ. Amenta subsessilia præcocia basi cataphyllis 2–4 sericeis
suffulta. Amenta mascula 2–3 cm. longa 1,5 cm. lata ambitu ellipsoidea
vel ovato-ellipsoidea vel oblonga, axis sericea; bracteæ oblanceolatæ 2–
2,5 mm. longæ apice nigræ longe villosæ; glandula unica ventralis
quadrangularis apice truncata 0,5–1 mm. longa. Stamina 2, circ. 8 mm.
longa; filamenta basi pilosa; antheræ ellipticæ flavæ 1 mm. longæ.
Amenta fæminea 1,5–2 cm. longa sed post anthesin valde accrescentia
et elongata; axis sericea; bracteæ oblanceolatæ 2 mm. longæ villosæ
dorso basi bullatæ; glandula unica ventralis 0,3–0,5 mm. longa; ovaria
sericea stipite 1 mm. longo apice in stylum attenuatum subquadrangu-
lare; stigmata 4–partita. Amenta fructifera elongata 3–6,5 cm. longa
1,5 cm. lata.

Hab.

Quelpært: Sokpat 1000 m. (E. Taquet no. 1442 typus, 1443 typus);
Hoatien (E. Taquet no. 6004, 6005); Mt. Hallasan 1800 m. (T.
Nakai no. 4889); Hallasan 2000 m. (T. Nakai no. 4183 ♂, 161 ♀,
4181 ♂, 4184, T. Ishidoya 191); Hallasan 1000 m. (T. Nakai no.
331 fr.); in summo montis Hallasan (T. Mori no. 133).

Prov. Keinan: Mt. Chiisan (T. Mori no. 83); ibidem (T. Nakai no.
384, 4182); ibidem (T. Ishidoya no. 4571, 4576, 4577); Kyoshō
(Chung); Mt. Kayasan (T. Ishidoya no. 4578).

Prov. Chūnan: Mt. Keiryūzan (T. Nakai no. 7830).

Prov. Keihok: Mt. Hakkōzan (T. Sawada).

Prov. Keiki: Mt. Kangaksan (T. Ishidoya no. 1920 ♀, 1922 ♀);
Mt. Ryūmonzan (T. Sawada); Mt. Kagaksan (T. Sawada).

Prov. Kōgen: Mt. Kongōsan (T. Nakai no. 5297, 5299, 5302, 5306,
5308); Mt. Taikisan (S. Fukubara); Mt. Kanpaksan (T. Ishidoya
no. 5628); Mt. Shōhaksan (T. Ishidoya no. 5627, 5656, 5658).

Prov. Kōkai: Mt. Chōjusan (Chung); Mt. Shuyōzan (S. Fukubara);
inter Bunka & Shinsen (C. Muramatsu); Mt. Kugetsusan (Chung
♀); Katomen tractus Kokzan (K. Takaichi).

Prov. Kannan: Mt. Kankanrei (T. Ishidoya no. 5176 ♀, 5189 ♀,
5197 ♀); Mt. Shinsuizan (Chung); Mt. Shūaizan (S. Fukubara).

Prov. Heihok: Mt. Hiraihō (T. Sawada fr.); ibidem (T. Nakai no.
1923 fr.)

Salix hallaisanensis f. **longifolia** Nakai in Tokyo Bot. Mag. XXXII,
p. 30 (1918).

Folia oblanceolata vel oblonga utrinque attenuata 3–17 cm. longa
0,7–6 cm. lata.

Hab.

Prov. Kannan: inter Hōtaidō & Hōtaizan (T. Nakai no. 1892).

Prov. Kōgen: Mt. Kongōsan (T. Nakai no. 5298, 5304, 5305).

Prov. Keinan: in monte templi Kabōji insulæ Nankaitō (T. Nakai
no. 10910, fr.).

Salix hallaisanensis is the earliest valid name for this species since the East Asiatic *Salix Caprea* is distinguished from the Europæan type. *Salix hallaisanensis* is a glabrescent variety while the variety *orbicularis* or *Salix Hulteni* FLODERUS represents a sericeous variety. The writer's knowledge of Europæn *Salix Caprea* is only by the dried specimens. As he did not care much about *Salices* in Europe, he is not able to make a good judgement on the method of distinguishing between *Salix Caprea* and *Salix Hulteni* employed by Dr. FLODERUS. However, the Korean specimens agree perfectly with the descriptions of *Salix Hulteni*. Mr. KIMURA distinguished the Japanese type of *Salix Caprea* from the continental form as in the former the longitudinal striations on the woody part are seen when the bark is stripped off. Dr. UEKI, Professor of the Higher Forest School at Suigen has given the similar test on the Korean plant upon my request, and found that the Korean form has also the striation as the Japanese type.

Salix hallaisanensis var. **orbicularis** NAKAI, comb. nov. (Tabula nostra XXVI).

Syn. *Salix Caprea* (non LINNÆUS) TRAUTVETTER in Mém. prés. Acad. Imp. Sci. Pétersb. div. sav. IX (Maximowicz, Prim. Fl. Amur.), p. 243, no. 661 (1859)—REGEL in Mém. Acad. Imp. Sci. St. Pétersb. VII, sér. IV, no. 4 (Tent. Fl. Ussur.), p. 131, no. 437 (1861)—FR. SCHMIDT in Mém. Acad. Imp. Sci. St. Pétersb. VII, sér. XII, no. 2 (Fl. Sachal.), p. 173, no. 384 (1868)—HERDER in Acta Hort. Petrop. XI, p. 462 (1890), pro parte—KORSCHINSKY in Acta Hort. Petrop. XII, p. 390 (1892)—KOMAROV in Acta Hort. Petrop. XXII, p. 21 (1903)—SIUZEV in Trav. Mus. Bot. Acad. Imp. Sci. St. Pétersb. IX, p. 88 (1912)—MIYABE & MIYAKE, Fl. Saghalin p. 425 (1915)—SCHNEIDER in SARGENT, Pl. Wils. III, p. 149 (1916), pro parte—NAKAI, Fl. Paiktusan p. 62, no. 82 (1918); in Bull. Soc. Dendrol. France, no. 66, p. 10 (1928)—REHDER in Journ. Arnold Arb. IV, p. 143 (1923).

Salix Caprea var. *orbicularis* ANDERSSON, Monogr. Salic. p. 77 (1863).

Salix Caprea β? orbicularis ANDERSSON in DC. Prodr. XII, sect. II, pt. 2, p. 223 (1868).

Salix Caprea (non LINNÆUS) FR. SCHMIDT in Mém. Acad. Imp. Sci. St. Pétersb. VII, sér. XII, no. 2 (Fl. Amg.-Burej.), p. 61, no. 330 (1868).

Salix aurigerana (non LAPEYROUS) NAKAI in Tokyo Bot. Mag. XXXII, p. 31 (1918).

Salix Hulteni FLODERUS in Archiv Bot. 20 A, no. 6, p. 51 (1926)— HULTEN, Fl Kamtsch. II, p. 14 (1928).

Folia juvenilia atque adulta subtus velutina.

Hab.

Prov. Kanhok : Hojōdō tractus Kyōjyō (T. NAKAI no. 6839) ; Hoksō tractus Kyōjyō (CHUNG no. 1305) ; oppido Shuhoku tractus Kyōjyō (T. SAWADA) ; Mt. Hichihōzan (C. KONDŌ no. 355) ; Yōshamen tractus Kisshū (S. FUKUBARA no. 1607, 1609, 1613) ; Mt. Mantōzan (S. FUKUBARA no. 1608, 1610) ; Mt. Sōzan (CHUNG no. 677, 680) ; Mt. Shayusan (CHUNG no. 919) ; Mt. Shōshinzan (CHUNG no. 395) ; Mt. Kyomtok (T. SAWADA) ; Shuotsu (T. SAWADA) ; Mt. Kapporei (T. NAKAI no. 1893) ; Nansendō (T. NAKAI no. 1922) ; inter Mohō & Nōjidō (T. NAKAI no. 1940) ; Tōchidō oppidi Shuotsuonmen (T. NAKAI no. 6839) ; Mt. Mozanrei (T. NAKAI no. 4184 fr.) ; pede montis Minami-Hôtaizan (M. FURUMI no. 284, 285) ; inter Kainei & Kōei (T. NAKAI no. 2298 fr).

Prov. Kannan : Mt. Kōjirei (T. ISHIDOYA no. 5175, 5190 ♀, 5204 ♀) ; oppido Kōzanmen tractus Teihei (T. ISHIDOYA no. 4362) ; Kōsuiin (T. ISHIDOYA ♀) ; Hoksei (T. ISHIDOYA no. 2729 ♂) ; Taichūri (T. ISHIDOYA no. 2788 ♀).

Prov. Heihok : Nansha tractus Kōshō (S. GOTŌ) ; Mt. Jyūseizan (T. NAKAI no. 1921).

Prov. Heinan : Mt. Shōhaksan (T. ISHIDOYA no. 4352, 4358, 4368) ; Mt. Kenzanrei (T. ISHIDOYA no. 4357, 4359, 4361) ; Inter Neien & Toksan (T. ISHIDOYA no. 4364 ♀) ; Inter Shasō & Onsō tractus Neien (T. ISHIDOYA no. 4363) ; Mt. Rōrinzan (K. OKAMOTO).

Prov. Kōkai : Haksen (legitor ?) ; Kōshū (legitor ?) ; Mt. Karanzan

(K. TAKAICHI) ; Inter Bunkwa & Shinsen (CHUNG).

Prov. Kōgen : Sempo (T. ISHIDOYA no. 2787) ; Rankok (T. ISHIDOYA no. 1915, 1916, 1917, 3093 ♀, 3108 ♂) ; Mt. Godaisan (T. ISHIDOYA no. 5646).

Prov. Keiki : Chōtan (T. NAKAI no. 2583) ; Jinsen (T. UCHIYAMA) ; circa Keijyō (S. KOBAYASHI) ; Mt. Kangaksan (T. ISHIDOYA no. 1919, 1921 ♀), Kōryō (T. ISHIDOYA) ; Mt. Kagaksan (T. SAWADA).

Prov. Chūhok : oppido Sōhyōmen tractus Chinsen (T. NAKAI no. 7829).

Prov. Chūnan : inter Ten-An et Chinsen (CHUNG & PAK ♀).

Prov. Keihok : Mt. Zitsugetsusan (T. SAWADA).

Prov. Keinan : Mt. Kachisan (T. SAWADA).

Distr. var. Sachalin, Ussuri, Manshuria, Amur, Regio Ochotensis & Kamtschatica.

Salix hallaisanensis var. *orbicularis* f. **elongata** NAKAI, nom. nov. (Tabula nostra XXVII).

Syn. *Salix aurigerana* f. *angustifolia* NAKAI in Tokyo Bot. Mag. XXXIII, p. 41 (1919), excl. syn.

Folia oblonga vel late lanceolata vel late oblanceolata utrinque attenuata. Hab.

Prov. Kanhok : Minmakdō oppidi Hojyōdō tractus Kyōjō (T. NAKAI no. 6840).

お ほ み ね や な ぎ 節

芽ノ鱗片ハ一個帽狀、發芽ニ際シ腹面ニ於テ縱ニ裂ク。 嫩葉ハ内卷、花穗ハ葉ト共ニ出デ短カキ若枝ノ先端ニ着ク。雄花ハ腹背二個ノ蜜腺ト二個ノ雄蕋トヲ有ス。雌花ハ腹面ニ唯一個ノ蜜腺ヲ有ス。子房ニ柄アリテ密毛生ズ。柱頭ハ四叉ス。

北米、北亞、歐洲ニ亙リ十餘種アリ。其中一種ハ朝鮮ニ産ス。

18. お ほ み ね や な ぎ
（第貳拾八圖）

高サ二十センチ乃至二米突ノ灌木。雌雄異株、分岐多ク枝ハ四方ニ擴

咸鏡北道雪嶺標高二千米突ノ邊。
　A. おほみれやなぎ、　B. えぞのだけかんば、　C. ばいけいさう、　D. てうせんからまつ。
The vegetation on Mt. Setsurei 2000 m. in height, in the Province of Kanhoku.
　A. *Salix sericeo-cinerea*.　B. *Betula Ermani*.　C. *Veratrum Lobelianum*.
　D. *Larix davurica* var. *coreana*.

ガル。雄本ハ皮ハ縱ニ裂ケ枝ハ帶紅色若枝ニ微毛アリ。葉柄ハ長サ一乃
至六ミリ。葉身ハ長橢圓形又ハ長橢圓倒卵形又ハ廣倒披針形兩端尖リ基
脚ハ丸ク表面ハ綠色嫩葉ニテハ絹毛アレドモ後無毛トナル裏面ハ始メ絹
毛ナク淡白シ。花穗ハ若キ短枝ノ先ニ出デ長サ十五乃至二十五ミリ、下
ニ小サキ全緣ノ葉三乃至五個アリ。短カキ花梗ヲ具フ。苞ハ卵形又ハ倒
卵形黑ク先ハ丸ク長キ絹毛アリ。蜜腺ハ皆細ク背部ニ一個ト腹部ニ一個
又ハ穗ノ基部ノ花（稀ニ凡テノ花）ニ二個アリ。雄蕋ハ二個、花糸ハ央
以下ニ長毛密生ス。

　雌本ハ皮ハ赤ク光澤アリ。葉ニハ屢々小鋸齒アリ。花穗ノ下ニ小サキ
葉三乃至五個アリ、花穗ノ長サハ約二センチ幅ハ七乃至八ミリ、短カキ
花梗アリ、花梗ト花軸トニ絹毛アリ。苞ハ倒卵長橢圓形長サ二ミリ乃至

二ミリ半先ハ丸ク長キ絹毛アリ。子房ハ帶卵長橢圓形密毛生ジ殆ンド無柄、花柱ハ長サ半ミリ短ク二叉シ無毛、花柱ノ枝ハ長サ半ミリ、柱頭ハ二叉ス。蜜腺ハ唯腹面ニ一個アルノミ殆ンド長橢圓形四角又ハ廣卵形先端ハ截形又ハ央迄二岐シ長サ一ミリ半。

咸北（雪嶺、冠帽峯）、平北（鷲峯）、平南（狼林山）ニ産シ朝鮮特産ナリ。

一種葉ハ後ニ至ルモ尚ホ絹毛ニテ被ハルルアリ。之ヲ**おほみねけやなぎ**ト謂フ。咸北雪嶺上ニ生ズ。

おほみねけやなぎ、咸鏡北道雪嶺上海拔二千二百米突邊ニテ寫ス。
Salix sericeo-cinerea var. *lanata* growing on Mt. Setsurei 2200 m., in the Province of Kanhoku. Photographed in July, 1918.

Salix sect. **Sericeæ** KŒHNE, Deutsche Dendrol. p.p. 86 & 93 (1893)—SCHNEIDER, Illus. Handb. Laubholzk. I, p. 41 (1904)—SEEMEN in ASCHERSON & GRÆBNER, Syn. Mitteleurop. Fl. IV, p. 57 (1908)—ROUY, Fl. Franc. XII, p. 21 (1910).

Syn. *Salix* cohors *Frigidæ* KOCH, Salic. Europ. Comm. p.p. 12 & 53 (1828), pro parte; Syn. Fl. Germ. & Helv. ed. 1, p. 657 (1837), pro parte—TRAUTVETTER in LEDEBOUR, Fl. Ross. III, pt. 2, p. 616 (1851)— GRENIER & GODRON, Fl. Franc. III, p. 139 (1853), pro parte.

Salix sect. *Glaucæ* FRIES, Syllog. Pl. Nov. II, p. 36 (1828), pro parte—SCHNEIDER in SARGENT, Pl. Wils. III, p. 147 (1916); in Bot. Gazette LXVII, p. 59 (1919).

Salix sect. *Glaucæ* BORRER in HOOKER, Brit. Fl. p. 422 (1830), pro parte—LOUDON, Arb. & Frutic. Brit. III, p. 1543 (1838), pro parte— BABINGTON, Manual Brit. Bot. p. 280 (1843)—DIPPEL, Handb, Laubholzk. II, p. 300 (1892).

Salix—Allolepideæ—Platyphylleæ TRAUTVETTER in Linnæa X, p. 574 (1836), pro parte.

Salix sect. *Capreæ* REICHENBACH, Icon. Fl. Germ. XI, p. 19 (1849), pro parte.

Salix sect. *Niveæ* s. *Glaucæ* c. *Sericeæ* ANDERSSON in DC. Prodr. XVI, sect. 2, p. 280 (1868).

Salix Diandræ 1. *Sericeæ* SEEMEN in ASCHERSON & GRÆBNER, Syn. IV, p. 84 (1908).

Squama gemmarum solitaria calyptriformis ventrali rupsa. Folia æstivatione convoluta. Amenta cætanea in apice ramorum hornotinorum foliosorum terminalia. Flores masculi cum glandulis binis dorsi-ventralibus staminibus binis filamentis basi barbatis. Flores fæminei cum glandula unica ventrale, ovario stipitato lanato, stigmato quadrifido.

Species supra 10 in boreali hemisphærica indigenæ, quarum unica in Korea endemica.

18. Salix sericeo-cinerea NAKAI.
(Tabula nostra XXVIII.)

Salix sericeo-cinerea NAKAI in Tokyo Bot. Mag. XXXIII, p. 43 (1919)—MORI, Enum. Corean Pl. p. 112 (1922), ex errore typographicæ ut *serico-cinerea*—NAKAI in Bull. Soc. Dendrol. France no. 66, p. 11 (1928).

Syn. ? *Salix glauca* var. *subglabra* REGEL & TILING, Fl. Ajan. p. 118 (1858).

Frutex dioicus 20–200 cm. altus ramosissimus, ramis divaricatis. Planta mascula cortice longitudine fisso fusco, ramis rubescentibus juventute pilosis, petiolis 1–6 mm. longis, laminis foliorum oblongis vel oblongo-obovatis vel late oblanceolatis utrinque acutis vel basi rotundatis supra primo sericeis mox glabrescentibus viridibus infra primo sericeis demum glabrescentibus et glaucis. Amenta cætanea in apice ramorum lateralium brevium terminalia foliis parvis 3–5 integris sericeis suffulta 15–25 mm. longa breve pedunculata, bracteis ovalibus vel obovatis nigrescentibus obtusis longe sericeis, glandulis omnibus augustis dorsale 1 ventrale 1 sed in floribus baseos amenti sæpe bifida vel (rarissime in floribus omnibus) binis; staminibus 2 filamentis infra mediun barbatis. Planta fæminea cortice rubescente lucido, foliis sæpe serrulatis. Amenta in apice rami hornotini lateralis terminalia cætanea basi foliis parvis 3–5 suffulta circ. 2 cm. longa 7–8 mm. lata brevipedunculata; axis et pedunculus sericeo-pilosi; bracteæ nigrescentes obovato-oblongæ 2–2,5 mm. longæ obtusæ longe sericeæ; ovaria ovato-oblonga floccosa vel lanata subsessilia; styli 0,5 mm. longi bifidi glabri, ramis 0,5 mm. longis; glandula tantum ventralis fere oblongo-quadrangularis vel late ovata apice truncata vel ad medium bifida 1,5 mm. longa.

Hab.

Prov. Kanhok : in monte Setsurei (T. NAKAI no. 6870 ♀ —typus pl. fæmineæ; 6868 ♂ typus pl. masculæ, 6866 ♀, 6869 ♀, 6867 ♂); ibidem (S. GOTŌ no. 515 ♀); in monte Kanbōhō 2400 m. et supra (T. NAKAI no. 6864 ♂, 6865 ♂).

Prov. Kannan : Mt. Rohō 2260 m. (T. NAKAI no. 1562).

Prov. Heinan : Mt. Rōrinsan 2200 m. (T. MORI no. 17).

Planta endemica !

Salix sericeo-cenerea var. **lanata** NAKAI in Tokyo Bot. Mag. XXXIII, p. 44 (1919)—MORI, l. c.

Folia adulta etiam sericeo-lanata.

Hab.

Prov. Kanhok : in monte Setsurei 2100–2200 m. (T. NAKAI no. 6853—
typus).

Planta endemica !

This species is closely related to *Salix glauca*, but is distinguished
from the latter by having the glabrous branchlets, more glabrous leaves
and the narrower and more elongated glands of the male flowers. The
North American *Salix glauca* var. *glabrescens* SCHNEIDER resembles to
this by having glabrescent branchlets and leaves, but the dorsal
gland of the male flowers is always wanted, and the ventral gland
is ovate-rectangular or oblong-conical. In Korea, this species grows
always in the alpine regions, and no hybrid with other species has
ever been found. *Salix* is a genus existing from geological age. In
Europe and North America many hybrids of *Salices* have been
produced from their ancestors which reoccupied the devastated
territories by glacier. In East Asia, the hybrids are not so frequently
seen as in Europe.

ほ や な ぎ 節

芽ノ鱗片ハ一個帽狀ニシテ腹面裂開ス。嫩葉ハ內卷、雄花ハ二個ノ雄
蕊ト一個ノ蜜腺トヲ有ス。 雌花ハ一個腹面ノ蜜腺（稀ニ背面ニモアリ）
ト有柄ノ子房ト長キ花柱トヲ有ス。

北半球ニ二十餘種アリ。其中三種ハ朝鮮ニ自生ス。其ノ區別法次ノ如
シ。

1 ⎰ 莖ハ橫臥ス。穗ハ長ク地ヨリ塔狀ニ直立ス。……………ほやなぎ
　 ⎱ 莖ハ直立シ又ハ傾上シ。穗ハ斜出ス。……………………………2

2 ⎰ 一苞ニ二個ノ蓊ヲ有ス。蓊ハ一心皮ヨリ成ル。 雄花ハ腹背ニ蜜
　 │ 腺アリ。…………………………………………………たかねやなぎ
　 │ 一苞ニ各一個ノ蓊ヲ有ス。蓊ハ二心皮ヨリ成ル。 雌花ハ腹面ニ
　 ⎱ ノミ蜜腺アリ。………………………………………ちゃぼやなぎ

19. たかねやなぎ

（第貳拾九圖）

雌雄異株ノ低キ灌木ニシテ分岐多シ。枝ハ帶紅色無毛短シ。芽ハ角ニ沿フテ毛アルノミ、葉ハ倒披針形又ハ廣倒披針形又ハ橢圓形又ハ丸キ倒卵形又ハ廣橢圓形長サ十四ミリ乃至四十九ミリ幅十ミリ乃至二十三ミリ全緣又ハ小鋸齒アリ。裏面ハ淡白ク先端ニ近ク絹毛アリ中肋ニ沿ヒテ微毛アルカ又ハ全ク無毛、表面ハ光澤アリ側脈ハ互ニ相平行シ內曲ス。先端ハ銳角又ハ丸シ。基脚ハ銳角、葉柄ハ長サ二乃至七ミリ、未ダ雄花ヲ見ズ。雌花穗ハ長サ四乃至五センチ、花梗ハ長サ一ミリ乃至一ミリ半白キ絨毛アリ。苞ハ黑色外ニ反リ長橢圓卵形又ハ橢圓形殆ンド同長ノ毛ヲ生ズ、長サ一ミリ半乃至二ミリ幅一ミリ乃至一ミリ半、蜜腺ハ腹面ニ一個舌狀長サ一ミリ、背面ニ一個ノ細キ蜜腺アリ長サ半ミリ許、往々之ヲ缺グ。心皮ハ二個ニ分レテ各一個ノ蒴ヲ作ルヲ以テ一苞每ニ二個ノ果實アリ。果實ハ左右ニ擴ガリ長サ〇、七ミリ、果實ノ長サ三ミリ狹披針形、各一個ノ種子ヲ藏ス。柱頭ハ不等形ニ二叉ス。

平安南道狼林山上ニ產シ。朝鮮ノ特產ナリ。

20. ちゃほやなぎ

（第參拾圖）

雌雄異株分岐多ク枝ハ傾上シ基ヨリ根ヲ出ス。枝ハ黃色、始メ絹毛アレドモ後無毛トナル。葉柄ハ長サ二乃至七ミリ始メ絹毛アレドモ後無毛トナル。葉身ハ倒披針形長サ二十二ミリ乃至四十九ミリ幅六ミリ乃至二十二ミリ、表面ハ無毛裏面ハ淡白ク始メ絹毛アリ。緣ハ全緣又ハ小鋸齒アリ中肋ハ葉ノ表面ニテハ凹ミ裏面ニテ高マル、未ダ雄本ヲ知ラズ。雌花穗ハ短枝ノ先ニ生ジ小サキ一個又ハ二個ノ葉ヲ有ス。花梗ハ長サ一乃至五ミリ。苞ハ倒卵形又ハ卵形、先端ハ丸ク黑色絹毛アリ長サ一ミリ乃至一ミリ半。子房ハ殆ンド無柄絹毛アリ。卵形ニシテ先端ニ向ヒ漸次尖ル。花柱ハ無毛長サ一ミリ、柱頭ハ二叉スルモノ多シ。長サ〇、二乃至〇、三ミリ。蜜腺ハ舌狀唯一個腹面ニアリ、長サ一ミリ。

白頭山、南胞胎山、無頭峯等ニ產シ。朝鮮ノ特產ナリ。

21. ほ や な ぎ
（第参拾壹圖）

雌雄異株ノ灌木ニシテ莖ハ地ヲ廣ク匐ヒ、至ル所ヨリ根ヲ出ス、若キ
時ハ絹毛アレドモ間モナク無毛トナル。枝ハ黄色、葉柄ハ長サ二乃至五
ミリ始メ絹毛アレドモ間モナク無毛トナリ少シク紅色ヲ帯ブ。葉ハ廣キ
倒披針形又ハ長橢圓倒卵形表面ハ無毛光澤アリ裏面ハ始メ絹毛アレドモ
間モナク無毛トナリ淡白シ先端ハトガリ基脚ハ鋭角又ハ楔形又ハヤヤ丸
シ長サ十五ミリ乃至三十九ミリ幅十二ミリ乃至二十ミリ、全緣又ハ不顯
著ノ鋸齒アリ。雌花穗ハ長サ二センチ乃至十一センチ地ニ直角ニ立ツ。
花梗ハ長サ五乃至十ミリ絹毛アリ基部ニ一個又ハ二個ノ小サキ葉ヲ附
ク。苞ハ倒卵形黑色長サ二ミリ長キ毛アリ。子房ハ殆ンド無柄基脚ハ丸
ク先ハ長ク尖ル短カキ微毛アリ。蕚ハ長サ七ミリ。花柱ハ無毛長サ一ミ
リ。柱頭ハ四又シ長サ〇、三ミリ。

咸北雪嶺、南胞胎山、冠帽峯ニ產ス。

Salix sect. **Phylicifoliæ** DUMORTIER, Fl. Belg. Prodr. p. 12 (1827)—
FRIES, Sylloge Pl. Nov. II, p. 36 (1828), pro parte—PETZOLD &
KIRCHNER, Arb. Musc. p. 587 (1864), pro parte—DIPPEL, Handb-
Laubholzk. II, p. 270 (1892)—SEEMEN, Salic. Jap. p. 18 (1903)—
SCHNEIDER, Illus. Handb. Laubholzk. I, p. 54 (1904)—ROUY, Fl. Franc.
XII, p. 209 (1910)—SCHNEIDER in SARGENT, Pl. Wils. III, p. 122
(1916).

Syn. *Salix* cohors VI *Capreæ* KOCH, Salic. Europ. Comm. p.p. 11
& 31 (1828), pro parte; Syn. Fl. Germ. & Helv. p. 650 (1837), pro
parte—TRAUTVETTER in LEDEBOUR, Fl. Ross. III, pt 2, p. 607 (1851),
pro parte—GRENIER & GODRON, Fl. Franc. III, pt. 1, p. 134 (1855),
pro parte.

Salix sect. *Nigricantes* BORRER in HOOKER, Brit. Fl. p. 426 (1830)—
LOUDON, Arb. & Frutic. Brit. III, p. 1563 (1838)—BABINGTON, Manual
Brit. Bot. p. 275 (1843).

Salix sect. *Bicolores* BORRER, l. c. p. 428—LOUDON, l. c. p. 1577—
BABINGTON, l. c. p. 277.

Salix sect. *Caprea* FRIES, Summa Veg. p. 56 (1846)—LANGE in WILLKOMM & LANGE, Prodr. Fl. Hisp. I, p. 225 & 228 (1870), pro parte.

Salix sect. *Virescentes* s. *Phylicifoliæ* ANDERSSON, Monogr. p. 125 (1867) ; in DC. Prodr. XVI, sect. 2, p. 240 (1868).

Salix sect. *Virescentes* ANDERSSON apud SEEMEN in ASCHERSON & GRÆBNER, Syn. Mitteleurop. Fl. IV, pp. 59 et 130 (1909).

Squama gemmæ unica calyptriformis ventrali fissa. Folia æstivatione convoluta. Flos masculus cum staminibus 2, glandula 1 ventrale. Flos fæmineus cum glandula unica ventrale vel rarius unica dorsale, ovario stipitato, stylo elongato apice 2–4 fido.

Species circ. 20 in boreali-hemisphærica indigenæ, quarum tres in Korea endemicæ.

1 ⎰ Rami rubescentes. Flores fæminei cum glandulis 2 dorsi-
⎱ ventralibus (rarius unica ventrale). Bracteæ 2–capsullata ie
capsula ab uno carpello composita ....*S. bicarpa.*
Rami flavidi. Flores fæminei cum glandula unica ventrale.
Capsula a carpellis duobus composita ita bractea uniovare...2

2 ⎰ Caulis ascendens, ramis basi radicantibus. Amenta obliqua,
pedunculis 1–5 mm. longis, bracteis 1–1,5 mm. longis. Ovarium
ovatum sensim angustatum. ....*S. meta-formosa.*
Caulis repens vel prostratus late expansus ubique radicans.
Amenta elongata, pedunculis 5–10 mm. longis, bracteis 2 mm.
longis. Ovarium oblongo-ovatum longe attenuatum. ....
.... *S. orthostemma.*

19. **Salix bicarpa** NAKAI.
(Tabula nostra XXIX.)

Salix bicarpa NAKAI in Tokyo Bot. Mag. XXXI, p. 111 (1917)—MORI, Enum. Corean Pl. p. 109 (1922)—NAKAI in Bull. Soc. Dendrol. France no. 66, p. 10 (1928).

Frutex dioicus nanus ramosissimus. Ramus rubescens glaberrimus brevis. Gemmæ præter angulas pilosas glabræ. Folia oblanceolata vel late oblanceolata vel elliptica vel rotundato-obovata vel late elliptica

14-49 mm. longa 10-23 mm. lata integra vel serrulata subtus glaucina et ad apicem sericea, secus costam pilosa vel glabra, supra lucida, venis lateralibus parallelis incurvatis elevatis, apice acuta vel obtusa, basi acuta, petiolis 2-7 mm. longis. Amenta ♂ nostris ignota. Amenta fæminea elongata 4-5 cm. longa densiflora, pedunculis 1-1,5 cm. longis albo-villosulis. Bracteæ nigræ reflexæ oblongo-ovatæ vel ellipticæ, pilis albis bracteis fere æquilongis villosæ 1,5-2 mm. longæ 1-1,5 mm. latæ. Glandula ventralis 1 ligulata 1 mm. longa, dorsalis 1 augusta apice capitulato-glandulosa 0,5 mm. longa rarius nulla. Carpella in binis aperta ita capsula in quaque bractea bina divaricato-reflexa fusco-ochracea, stipite 0,7 mm. longo piloso, 3 mm. longa lineari-lanceolata basi subito contracta apice sensim acuminata adpressissime ciliolata unilocularia, placento uniovulato. Styli 1 mm. longi. stigma breviter inæqualiterque bifidum.

Hab.

Prov. Heinan : in monte Rōrinsan 2100 m. (T. Mori—typus in Herb. Imp. Univ. Tokyo).

20. **Salix meta-formosa** Nakai.
(Tabula nostra XXX.)

Salix meta-formosa Nakai in Tokyo Bot. Mag. XXXIII, p. 42 (1919)—Mori, Enum. Corean Pl. p. 110 (1922)—Nakai in Bull. Soc. Dendrol. France no. 66, p. 10 (1928).

Syn. *Salix bicolor* (non Ehrhardt) Nakai in Tokyo Bot. Mag. XXXII, p. 27 (1918), pro parte.

Salix phylicifolia (non Linnæus) Nakai, Fl. Paik-tu-san p. 63, no. 87 (1918).

Dioica. Caulis ascendens crassus basi radicans ramosissimus. Ramus flavidus primo sericeus demum glabrescens. Petioli 2-7 mm. longi primo sericei demum glaberrimi. Folia oblanceolata 22-49 mm. longa 6-22 mm. lata supra glabra infra glaucina at primo sericea, serrulata vel integra, costis supra impressis infra elevatis. Amenta mascula nostris ignota. Amenta fæminea in apice rami lateralis brevis terminalia erecta recta foliis 1–2 parvis integris sericeis suffulta. Pedunculi 1–5 mm. longi sericei. Bracteæ obovatæ vel ovatæ apice rotundatæ nigrescentes sericeæ 1–1,5 mm. longæ. Ovarium subsessile sericeum ovatum in apice sensim angustatum 2 mm. longum. Styli glabri 1 mm. longi. Stigma bifidum ramis 0,2–0,3 mm. longis. Glandula ventralis ligulata 1 mm. longa apice obtusa vel truncata.

Hab.

Prov. Kanhoku : in summo montis Minami-Hōtaizan (M. FUMUMI, no. 279—typus in Herb. Imp. Univ. Tokyo) ; in monte Paik-tu-san 2400 m. (T. NAKAI, no. 1936) ; ibidem (T. MORI no 39) ; in monte Mutōhō (M. FURUMI no. 369.)

21. Salix orthostemma NAKAI.
(Tabula nostra XXXI.)

Salix orthostemma NAKAI in Tokyo Bot. Mag. XXXII, p. 43 (1919)— MORI, Enum. Corean Pl. p. 110 (1922)—NAKAI in Bull. Soc. Dendrol. France no. 66, p. 10 (1928).

Syn. *Salix bicolor* (non EHRHARDT) NAKAI in Tokyo Bot. Mag. XXXII, p. 27 (1918), pro parte.

Dioica. Caulis prostratus late expansus ubique radicans primo sericeus mox glabrescens. Ramus flavidus. Petioli 2–5 mm. longi primo sericei mox glabrescentes leviter rubescentes. Folia late oblanceolata vel oblongo-obovata supra glaberrima lucida infra primo sericea sed mox glabrescentia glaucina, apice cuspidata basi acuta cuneata vel obtusiuscula 15–39 mm. longa 12–20 mm. lata integerrima vel obscure serrulata. Spica fæminea 2–11 cm. longa erecta, pedunculis 5–10 mm. longis sericeis basi foliis parvis 1–2 suffultis. Bracteæ obovatæ nigrescentes 2 mm. longæ longissime sericeæ ciliis longitudine bractearum æquilongis. Ovarium subsessile basi obtusum apice longe attenuatum adpresse pilosum in fructu usque 7 mm. longum. Stylus glaberrimus 1 mm. longus. Stigma quadrifidum 0,3 mm. longum.

Hab.

ほやなぎ、咸鏡北道鏡城郡、雪嶺上二千三百米突邊ニテ寫ス。混生
スル地衣ト高サニ於テ大差ナキコトニ注意スベシ。
Salix orthostemma growing on Mt. Setsurei in the Province
of Kanhoku.　Note that it grows nearly in the same
height of *Cladonia*.　Photographed in July, 1918..

まめやなぎ節

匍匐又ハ横臥スル小灌木ナリ。芽ノ鱗片ハ腹面ニ開ク。嫩葉ハ內卷、花
穗ハ枝ノ先端ニ生ジ葉ニ遲レテ開キ極メテ短ク花少シ。雄花ハ腹背ニ各

一個ノ蜜腺ヲ有ス。雄蕋二個、雌花ハ腹面ニノミ一個ノ蜜腺ヲ有ス。子房ニ柄アリ。花柱ハ短ク、柱頭ハ四個。

北半球ノ周極地方又ハ高山ニ十餘種ヲ産ス。其中一種ハ朝鮮ニモアリ。

22. ま め や な ぎ
（第參拾貳圖）

雌雄異株ノ小灌木ニシテ莖ハ細ク殆ンド蔓狀ニ地ヲ匐ヒ老成ノ枝ハ帶汚紅色無毛、若枝ハ黄色微毛アルカ又ハ無毛分岐多シ諸所ヨリ根ヲ出ス。葉ハ有柄、葉柄ノ上面ニ溝アリ長サ一乃至六ミリ、葉身ハ殆ンド丸ク稀ニ長橢圓形又ハ橢圓形基脚ハ丸ク又ハ截形先端ハ丸ク又ハ凹入シ稀ニ鈍銳、表面ニ光澤アリ。裏面ニハ葉脈突起シ若キ時ハ微毛散生ス。老成スレバ無毛長サ六乃至二十二ミリ幅五ミリ半乃十六ミリ、花序ハ短キ側枝ノ先端ニ生ズ。雄花穗ハ長サ二乃至五ミリ花少ク苞ハ丸キカ又ハ廣卵形內凹長サ一ミリ、微毛アリ。腹面ノ腺ハ稍大形ニシテ長サ〇、四乃至〇、六ミリ、背面ノ腺ハ小サク長サ〇、二乃至〇、四ミリ、雄蕋ハ二個、長サ一ミリ半、雌花穗ハ長サ五乃至六ミリ苞ハ內卷內凹長サ一ミリ微毛アリ。蜜腺ハ腹面ニ一個、長サ一ミリ果實ノ柄ト同長ナリ。子房ハ無毛披針形ニシテ先端ハ長サ一ミリノ花柱ニ向ヒテトガル。柱頭ハ四叉ス。果實ハ長サ七乃至八ミリ光澤アリ。

咸北、白頭山ノ斜面ニちやうのすけさう、くもまつつじ、まうせんつつじ、みやまくろまめのき等ト混生ス。

（分布）沿海洲、アラスカ。

Salix sect. **Herbaceæ** BORRER in HOOKER, Brit. Fl. p. 432 (1830)—LOUDON, Arb. & Frutic. Brit. III, p. 1590 (1838), excl. *S. polaris*—RYDBERG in Bull. New York Bot. Gard. I, p. 277 (1899)—SEEMEN in ASCHERSON & GRÆBNER, Syn. Mitteleurop. Fl. IV, p. 64 (1908), pro parte—ROUY, Fl. Franc. XII, p. 218 (1910)—SCHNEIDER in SARGENT, Pl. Wils. III, p. 142 (1916); in Bot. Gazette LXVII, p. 48 (1919).

Syn. *Salix* sect. *Chamœtia* DUMORTIER, Verh. Wilg. p. 15 (1825), pro parte.

Salix sect. *Glaciales* KOCH, Salic. Europ. Comm. p. 11 & 61 (1828), pro parte—REICHENBACH, El. Germ. Excurs. II, p. 165 (1831), pro parte—KOCH, Syn. p. 660 (1837), pro parte—REICHENBACH, Icon. Fl. Germ. IX, p. 15 (1849), pro parte—TRAUTVETTER in LEDEBOUR, Fl. Ross. III, pt. 2, p. 623 (1851)—GRENIER & GODRON, Fl. Franc. III, pt. 1, p. 142 (1855)—LANGE in WILLKOMM & LANGE, Prodr. Fl. Hisp. I, p. 232 (1870).

Salix sect. *Prostratæ* BARRATT mst. ex HOOKER, Fl. Bor. Americ. II, p. 151 (1839), pro parte.

Salix sect. *Herbaceæ* B. *Herbaceæ* BORRER apud BABINGTON, Manual Brit. Bot. p. 281 (1843).

Salix sect. *Retusæ* KERNER in Verh. Zool.-Bot. Ges. Wien X, p. 195 (1860)—RYDBERG, l. c.—SEEMEN, l. c. 84—ROUY, l. c. p. 219.

Salix sect. *Nitidulæ* s. *Glaciales* b. *Retusæ* ANDERSSON in DC. Prodr. XVI sect. 2, pt. 2, p. 293 (1868).

Salix sect. *Nitidulæ* s. *Glaciales* c. *Herbaceæ* ANDERSSON l. c. p. 297.

Salix sect. *Repentes* ČELAKOVSKÝ, Prodr. Fl. Böhm. II, pt. 1, p. 136 (1871), pro parte.

Salix II. *Diandræ* 1. *Herbaceæ* SEEMEN in ASCHERSON & GRÆBNER, Syn. IV, p. 64 (1908).

Fruticulus repens vel prostratus. Squama gemmarum 1 ventre rupsa. Folia æstivatione convoluta. Amenta serotina in apice ramuli hornotini terminalia abbreviata pauciflora. Flores masculi cum glandulis 2 dorsiventralibus, staminibus 2. Flores fæminei cum glandula 1 ventrali, ovario stipitato, stylo breve, stigmatibus 4.

Species ultra 10, in regionibus circumpolaribus vel alpinis borealihemisphæricæ indigenæ; quarum unica in Korea sponte nascit.

22. **Salix rotundifolia** TRAUTVETTER.
(Tabula nostra XXXII.)

Salix rotundifolia TRAUTVETTER in Nouv. Mém. Soc. Nat. Mosc. VIII, p. 304 t. 11 (1832)—ANDERSSON in DC. Prodr. XVI sect. 2, pt. 2, p. 299 (1868)—LUNDSTRÖM in Nova Acta Reg. Soc. Sci. Upsal. 1877, t. 30 fig. 3 (1877)—RYDBERG in Bull. New York Bot. Gard. I, p. 276

(1899)—BEISSNER, SCHEEL & ZABEL, Handb. Laubholzbenn. p. 45
(1903)—SCHNEIDER in SARGENT, Pl. Wils. III, p. 143 (1916); in Bot.
Gazette LXVII, p. 53 (1919)—NAKAI in Tokyo Bot. Mag. XXXII,
p. 28 (1918); Fl. Paiktusan p. 63, no. 88 (1918)—MORI, Enum. Corean
Pl. p. 112 (1922).

Syn. *Salix polaris* var. *leiocarpa* CHAMISSO in Linnæa VI, p. 542 (1831).

Salix retusa var. *rotundifolia* TREVIRANUS ex TRAUTVETTER, l. c.
p. 305, pro parte—BUNGE, Enum. Alt. p. 85 (1836)—TRAUTVETTER in
LEDEBOUR, Fl. Ross. III, pt. 2, p. 624 (1851)—HERDER in Acta Hort.
Petrop XI, p. 446 (1891).

Salix retusa (non LINNÆUS) TURCZANINOW in Bull. Soc. Nat. Mosc.
(1838) p. 101, no. 1040.

? *Salix nummularia* ANDERSSON, l. c. p. 298.

Salix vulcani NAKAI in Tokyo Bot. Mag. XXX, p. 140 (1916).

Dioica. Frutex toto repens subherbaceus, ramis adultis sordide
rubescentibus glabris, junioribus flavescentibus pilosis vel glabris,
ramosissimus radicans. Folia petiolata, petiolis supra canaliculatis
1–6 mm. longis, lamina fere rotundata, apice obtusa vel leviter retusa
interdum acutiuscula, supra lucida, infra venosa, juniora sparse pilosula,
adulta glaberrima 6–22 mm. longa 5,5–16 mm. lata. Inflorescentia in
apice ramuli lateralis abbreviati terminalis. Amenta mascula brevis
2–5 mm. longa, bracteis rotundatis vel late ovatis convolutis 1 mm.
longis pilosis, glandulis anterioribus majoribus 0,4–0,6 mm. longis,
posterioribus 0,2–0,4 mm. longis, staminibus binis 1,5 mm. longis.
Amenta fæminea 5–6 mm. longa, bracteis convolutis 1 mm. longis
pilosis, glandulis ventralibus circ. 1 mm. longis sublanceolatis stipite
fructus æquilongis, ovario glabro lanceolato in stylum 1 mm. longum
attenuato, stigmatibus 4. Fructus 7–8 mm. longus lanceolatus basi
ovatus lucidus apice stigmate persistente coronatus.

Hab.

Prov. Kanhoku: in monte Hakutōzan vel Paik-tu-san 2200 m. et
supra (T. NAKAI).

Distr. Regio Ochotensis & Alaska.

めぎやなぎ節

　小灌木ニシテ密ニ分岐シ枝ヨリ根ヲ生ズ。芽ノ鱗片ハ一個、腹面縦ニ裂開ス。嫩葉ハ内巻、葉ハ二年生兩面ニ氣孔ヲ有シ枝ト關節セザルヲ以テ枯死スルモ落チズ。花ハ葉ヨリモ遲レテ生ズ。雄花ニハ腹背ニ各一個ノ蜜腺ト二個ノ雄蕋トヲ有ス。雌花ハ腹面ニ唯一個ノ蜜腺ヲ有ス（稀ニ背面ニ極小ノ蜜腺ヲ生ズルコトモアリ）。子房ハ有柄、花柱ハ短カク、二叉シ柱頭モ二叉ス。

　次ノ唯一種ヲ含ム。

23. め ぎ や な ぎ
（第參拾參圖）

　低キ小灌木ニシテ密ニ分岐シ毛氈狀ヲナス、根ヲ所々ヨリ出ス。葉ハ落葉セズ故ニ二年生乃至四年生ノ枝ニモ枯葉ヲ附ク、二年生ノ枝ハ淡黄色又ハ帶褐黄色無毛、葉柄ハ上面ニ溝アリテ葉身ニ向ヒ急ニ擴ガル。葉身ハ圓形又ハ廣倒卵形又ハ倒卵形又ハ橢圓形、表面ニハ光澤アリ綠色脈著シク緣ニハ銳鋸齒アリ先端ハ丸ク又ハ少シク凹ム、裏面ハ綠色ニシテ脈突出ス。長サ四乃至十六ミリ幅三乃至十二ミリ。雄花穗ハ朝鮮産ノモノニテハ不明、雌花穗ハ葉ヨリモ遲レテ出デ側枝ノ先端ニ附キ長サ五ミリ許、花軸ニ微毛アリ。苞ハ帶圓倒卵形黑色長サ二ミリ背面ニハ央以下ニ長毛アリ內面ニ絨毛アリ。蜜腺ハ一個腹面ニ生ジ梯形、子房ハ卵形無毛短柄アリ。花柱ハ短ク二叉ス。柱頭モ二叉ス。果穗ハ長サ一乃至一、二センチ、果實ハ長サ三乃至三ミリ半。

　咸北、冠帽峯、南胞胎山等ノ頂ニ近ク生ズ。

　（分布）　バイカル地方、ダフリア、カムチャツカ。

　一種葉ハ倒披針形又ハ廣倒披針形又ハ倒卵長橢圓形ニシテ長サ五乃至二十ミリ幅二乃至八ミリナルアリ。之ヲ

な が ば め ぎ や な ぎ
（第參拾四圖）

ト謂フ。咸北、冠帽峯、雪嶺等ニ生ジ。分布ハめぎやなぎニ同ジ。

Salix sect. **Berberifoliæ** SCHNEIDER in SARGENT, Pl. Wils. III, p. 141 (1916).

Fruticulus humilis dense ramosus ramis radicantibus. Squama gemmarum 1 ventrali rupsa. Folia æstivatione convoluta biennia utrinque stomatifera, petiolis cum ramis inarticulatis ita folia persistentia et emortua ramos biennes et triennes dense imbricatim vestita. Amenta serotina. Flos masculus cum glandulis binis dorsi-ventralibus et staminibus duobus. Flos fæmineus vulgo cum glandula ventrale (rarissime glandula dorsale minima), ovario breve stipitato, stylo breve bifido, stigmate bifido.

Species unica.

23. **Salix berberifolia** PALLAS.
var. **genuina** GLEHN.
(Tabula nostra XXXIII.)

Salix berberifolia PALLAS, Fl. Ross. I, pt. 2, p. 84 (1788)—GMELIN, Syst. Nat. II, pt. 1, p. 74, no. 39 (1791)—VITMAN, Summa Pl. V, p. 403 (1791)—GEORGE, Besch. Russ. Reich. III, p. 1339 (1800)— POIRET in LAMARCK, Encyclop, VI, p. 662 (1804)—WILLDENOW, Sp. Pl. IV, pt. 2, p. 683 (1805)—PERSOON, Syn. Pl. II, p. 601, no. 57 (1807)—DIETRIG, Vollst. Lexic. VIII, p. 378 (1808)—SPRENGEL, Syst. Veg. I, p. 101 (1825)—FORBES, Salic. Woburn. p. 276, fig. 140 (1829)— CHAMISSO in Linnæa VI, p. 542 (1831)—LEDEBOUR, Icon. V, p. 15 t. 449, fig. g–k (1834)—TURCZANINOW in Bull. Soc. Nat. Mosc. (1838), p. 101, no. 1041—TRAUTVETTER in LEDEBOUR, Fl. Ross. III, p. 621 (1850)—TURCZANINOW, Fl. Baic. Dah. II, pt. 2, p. 119 (1856)—K. KOCH, Dendrol. II, pt. 1, p. 591 (1872)—LAUCHE, Deutsch. Dendrol. p. 331 (1880)—SCHNEIDER in SARGENT, Pl. Wils. III, p. 141 (1916)—FLODERUS in Ark. Bot. 20 A no. 6, p. 28 (1926)—HULTEN, Fl. Kamtsch. II, p. 8 (1928).

var. *genuina* GLEHN in Acta Hort. Petrop. IV, p. 81 (1876)—NAKAI in Tokyo Bot. Mag. XXXIII, p. 41 (1919).

Syn. *Salix Brayi* γ. *berberifolia* ANDERSSON in DC. Prodr. XVI, Sect. 2, pt. 2, p. 293 (1868)—HERDER in Acta Hort. Petrop. XI, p. 445 (1891)—BEISSNER, SCHEEL & ZABEL, Handb. Laubholzbenn. p. 44 (1903).

Salix berberifolia var. *leiocarpa* TRAUTVETTER in Acta Hort. Petrop.
VI, p. 35 (1879).

Fruticulus humilis dense ramosissimus tegetem densam format radi-
cans.   Folia persistentia ita rami biennes et triennes rarius quadriennes
foliis emortuis imbricatis vestiti.   Rami biennes flavidi vel fusco-flavidi
glabri.   Petioli cum ramis inarticulati sulcati in laminam subito dilatata.
Lamina rotundata vel late obovata vel obovata vel elliptica supra lucida
viridissima reticulata margine argute serrata apice rotundata vel leviter
emarginata, subtus viridescens elevati-venosa 4–16 mm. longa 3–12 mm.
lata.   Amenta mascula in speciminibus Koreanis adhnc ignota.   Amenta
fæminea serotina in apice ramulorum brevium terminalia circ. 5 mm.
longa, axis pilosa, bracteæ rotundato-obovatæ atræ 2 mm. longæ dorso
infra basi hirtellæ intus villosæ, glandula solitaria ventralis trapeziformis,
ovarium ovatum glabrum brevistipitatum, stylus brevis bifidus, stigma
bifidum.   Amenta fructifera 1–1,2 cm. longa.   Carpella 3–3,5 mm.
longa.

Hab.

Prov. Kanhoku: in summo montis Minami-Hōtaizan 2400 m.   (M.
FURUMI no. 280); Mt. Kanbōhō (T. SAWADA no. 1622).

Distr.   Regio Baicalensis, Dahuria et Kamtschatica.

Salix berberifolia PALLAS.

var. **Brayi** TRAUTVETTER.

(Tabula nostra XXXIV.)

Salix berberifolia PALLAS var. *Brayi* TRAUTVETTER ex HERDER in
Acta Hort. Petrop. XI, p. 445 (1891), pro syn. *S. Brayi*—SCHNEIDER
in SARGENT, Pl. Wils. III, p. 141 (1916)—NAKAI in Tokyo Bot. Mag.
XXXIII, p. 41 (1919)—MORI, Enum. Corean Pl. p. 109 (1922)—NAKAI
in Bull. Soc. Dendrol. France no. 66, p. 10 (1928).

Syn. *Salix berberifolia* PALLAS, Fl. Ross. I pt. 2, t. 82 (1788)—
HULTEN, Fl. Kamtsch. II, p. 8 (1928), pro parte.

Salix Brayi LEDEBOUR, Fl. Alt. IV, p. 289 (1833); Icon. Pl. Fl. Ross,
V, p. 15, t. 449, fig. a–f (1834)—TRAUTVETTER in LEDEBOUR, Fl. Ross.

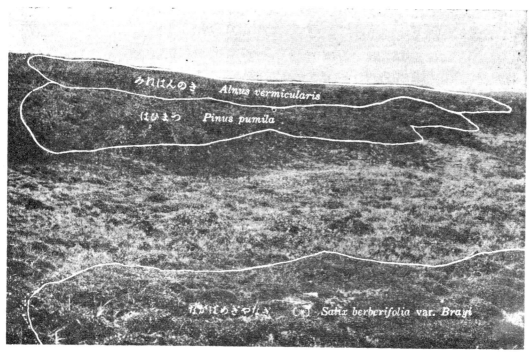

成北雪嶺上ノながばめぎやなぎ、中央ニ置ケル剪定鋏ト比較シテ其大サチ推定シ得ベシ。
Mass of *Salix berberifolia* var. *Brayi* on Mt. Setsurei in the Province of Kanhoku.
The size is compared with pruning scissors 〔*〕 put in the centre. Photographed
in July, 1918.

III, pt. 2, p. 621 (1851)—ANDERSSON in DC. Prodr. XVI, sect. 2,
p. 293 (1868), excl. var.—HERDER in Acta Horti Petrop. XI, p. 445
(1891)—BEISSNER, SCHEEL & ZABEL, Handb. Laubholzbenn. p. 44
(1903)—NAKAI in Tokyo Bot. Mag. XXXII, p. 28 (1918).

Folia oblanceolata vel late oblanceolata vel obovato-oblonga 5–20 mm.
longa 2–8 mm. lata.

Hab.

Prov. Kanhok: Mt. Setsurei 2250 m. (T. NAKAI no. 6858, 6859,
6860); ibidem (S. GOTŌ & ŌMURA); Mt. Kanbōhō (T. SAWADA
no. 1618).

Distr. ut var. *genuina*.

ぬまやなぎ 節

小灌木、匐枝ヲ以テ繁殖ス。 芽ノ鱗片ハ一個腹面裂開ス。 嫩葉ハ內卷、葉ハ互生又ハ對生、花穗ハ葉ト共ニ生ジ小枝ノ先ニ附ク。苞ハ永存性。雄花ハ一個ノ腹面ノ蜜腺ト二個ノ雄蕋トヲ有シ、花糸ハ基脚離生又ハ相癒着ス。雌花ハ一個腹面ノ蜜腺ト柄アル子房ト短キ二叉スル花柱ト四個ノ柱頭トヲ有ス。

北歐、北亞、北米ニ七種アリ。其中一種ハ朝鮮ニモ自生ス。

24. ぬまやなぎ
（第參拾五圖）

高サ半米突乃至一米突ノ小灌木、分岐多シ。古枝ハ灰褐色又ハ帶褐灰色、一年生ノ枝ハ始メ絹毛アレドモ後少シク絹色ノ毛ヲ殘スノミ、芽ハ長サ二乃至五ミリ、微毛アリ。葉ハ互生稀ニ對生、萌枝ノ葉ニハ托葉アリ。托葉ハ卵形又ハ長橢圓形長サ二乃至六ミリ幅一乃至二ミリ半、表面ハ綠色裏面ハ白ク腺狀點狀ノ鋸齒アリ。葉柄ハ長サ二ミリ乃至二ミリ半始メ絹毛アレドモ後無毛トナル。葉身ハ長橢圓形長サ二センチ半乃至四、六センチ 幅八ミリ乃至十八ミリ 緣ニ不顯著ノ鋸齒アリ故ニ全緣ニ近シ、表面ハ綠色裏面ハ白ク始メ白色又ハ帶褐色ノ絹毛アレドモ早ク落ツ。先端ハ銳角、基脚ハ丸ク又ハ鈍角、末梢ノ葉ハ托葉ナク小形ニシテ橢圓形又ハ長橢圓形長サ六乃至十七ミリ幅二ミリ半乃至九ミリ全緣、葉柄ハ長サ一乃至二ミリ。雄花穗ハ葉ト同時ニ出デ長サ七乃至十ミリ、花軸ニ微毛アリ。苞ハ長橢圓倒卵形、側方ヨリ內ニ卷キ絹毛アリ長サ一ミリ以內、雄花ハ一個ノ腹面ノ蜜腺アリ長梯形ニシテ〇、二ミリ乃至〇、三ミリノ長サアリ。雄蕋ハ二個水平ニ出デ長サ三ミリ、葯ハ極メテ小サク長サ〇、三ミリ、雌花穗ハ葉ト共ニ出デ長サ一乃至二センチ、花軸ニ極メテ短毛アリ。雌花ノ苞ハ長サ一ミリ倒卵形內卷殆ンド無毛、蜜腺ハ腹面ニノミ一個アリテ長サ〇、三乃至〇、五ミリ、子房ハ無毛披針形長サ一ミリノ柄アリ、先端ハ短カキ花柱ニ向ヒテ尖ル。柱頭ハ四叉ス。蒴ハ長サ四ミリ長サ一ミリ半乃至二ミリノ柄ヲ有ス。

咸北茂山郡、鏡城郡ノ高地ノ沼地ニ生ズ。

（分布） 北滿洲。

Salix sect. **Myrtilloides** BORRER ex LOUDON, Arb. & Frutic. Brit. III, p. 1587 (1838)—KŒHNE, Deutsch. Dendrol. p. 89 & 102 (1893)— SCHNEIDER in SARGENT, Pl. Wils. III, p. 152 (1916).

Syn. *Salix* sect. *Capreæ* KOCH, Salic. Comm. p.p. 11 & 31 (1828), pro parte; Syn. Fl. Germ. & Helv. ed. 1, p. 650 (1837), pro parte— TRAUTVETTER in LEDEBOUR, Fl. Ross. III, pt. 2, p. 609 (1851).

Salix c. *Capreæ* *a.* *Argenteæ* REICHENBACH, Fl. Germ. Excurs. II, p. 167 (1831), pro parte.

Salix—Allolepideæ—Glaucophyllæ TRAUTVETTER in Linnæa X, p. 574 (1836).

Salix sect. *Ambiguæ* BORRER ex LOUDON, l. c. p. 1540, pro parte.

Salix sect. *Arbusculæ* BARRATT mst. ex HOOKER, Fl. Bor. Americ. II, p. 150 (1839), pro parte.

Salix sect. *Repentes* REICHENBACH, Icon. IX, p. 23 (1849), pro parte— ČELAKOVSKÝ, Prodr. Fl. Böhm. II, pt. 1, p. 136 (1871), pro parte.

Salix sect. *Virentes* ANDERSSON in Öfv. Svensk. Vet. Akad. Förk. XV, p. 123 (1858), pro parte.

Salix sect. *Roseæ* sive *Myrtilloides* ANDERSSON, Monogr. p. 94 (1863); in DC. Prodr. XVI, sect. 2, p. 229 (1868).

Salix sect. *Livideæ* NYMAN, Consp. Fl. Europ. III, p. 668 (1881), pro parte.

Salix IX. *Arenariæ* II. *Myrtilloides* DIPPEL, Handb. Laubholzk. II, p. 256 (1892).

Salix sect. *Roseæ* ANDERSSON, l. c.—SEEMEN in ASCHERSON & GRÆB- NER, Syn. Mitteleurop. Fl. IV, p. 58, 120 (1908)—SCHNEIDER in Journ. Arnold. Arboret. II, p. 81 (1920).

Salix sect. *Myrtilloideæ* TŒPFFER, Salic. Bav. p. 53 (1915).

Frutices humiles cum rhizomatibus repentibus. Squama gemmæ unica ventrali-longitudine fissa. Folia æstivatione convoluta, alterna vel subopposita. Amenta cætanea, in apice ramuli terminalia. Bracteæ persistentes. Flos masculus cum glandulis ventralibus 1, staminibus binis, filamentis basi coalitis vel liberis. Flos fæmineus cum glandula unica ventrale, ovario stipitato, stylo breve bifido, stigmatibus 4.

Species 7 in Europa bor., Asia bor., et America bor. incola, quarum unica in Korea septentrionali etiam spontanea.

24. **Salix myrtilloides** Linnæus.
var. **manshurica** Nakai.
(Tabula nostra XXXV.)

Salix myrtilloides Linnæus, Sp. Pl. ed. 1, p. 1019, no. 16 (1753); Fl. Suec. ed. 2, p. 349, no. 889 (1755); Sp. Pl. ed. 2, II, p. 1446, no. 18 (1763); Sp. Pl. ed. 3, II, p. 1446, no. 18 (1764); Syst. Nat. ed. 13, III, p. 648 (1770)—Murray, Syst. Veg. ed. 13, p. 736 (1774); Syst. Veg. ed. 14, p. 880 (1784)—Pallas, Fl. Ross. I, pt. 2, p. 79 (1788)—Gmelin, Syst. Nat. II, pt. 1, p. 73 (1791)—Vitman, Summa Pl. V, p. 399 (1791)—Smith, Fl. Lapp. p. 295 (1792)—Mœnch, Method. I, p. 337 (1794)—Persoon, Syst. Veg. ed. 15, p. 922 (1797)—Poiret in Lamarck, Encyclop. VI, p. 650 (1804)—Willdenow, Sp. Pl. IV, pt. 2, p. 686, no. 64 (1805)—Persoon, Syn. Pl. II, p. 601 (1807)—Dietrig, Vollst. Lexic. VIII, p. 396 (1808)—Wade, Salic. p. 224 (1811)—Wahlenberg, Fl. Lapp. no. 479, t. XVIII, fig. 1 (1812)—Sprengel, Syst. Veg. I, p. 100 (1825)—Koch, Salic. Europ. Comm. p. 52 (1828)—Reichenbach, Fl. Germ. Excurs. II, p. 167 (1831)—Koch, Syn. Fl. Germ. & Helv. p. 654 (1837)—Reichenbach, Icon. IX, p. 24, tab. DXCIII (1846)—Trautvetter in Ledebour, Fl. Ross. III, pt. 2, p. 613 (1851)—Andersson, Salic. Lapp. p. 67 (1854)—Wimmer, Salic. Europ. p. 112 (1866)—Koch, Dendrol. II, p. 595 (1872), etc. etc.

This typical form or var. *typica* Trautvetter has not been found within the Korean boundary as yet.

Salix myrtilloides Linnæus var. *manshurica* Nakai, var. nov.

Syn. *Salix myrtilloides* var. *finnmarckica* Trautvetter & Meyer (non *Salix finnmarckica* Willdenow) in Middendorf, Reise p. 80 (1857)—Trautvetter in Mém. prés. Acad. Imp. Sci. St. Pétersb. div. Sav. IX (Maximowicz, Prim. Fl. Amur.), p. 244 (1859)—Fr. Schmidt in Mém. Acad. Imp. Sci. St. Pétersb. VII, sér. XII, no. 2, p. 61 (1868).

Salix myrtilloides (non LINNÆUS) NAKAI, Fl. Paiktusan p. 63, no. 84 (1918).

Fruticulus 0,5–1 metralis altus ramosus. Ramus adultus cinereo-fuscus vel fuscescenti-cinereus, hornotinus initio sericeus demum parce sericeo-pilosus. Gemmæ 2–5 mm. longæ dorsi-ventrali compressæ parce pilosæ. Folia alterna rarius subopposita. Folia turionum stipullata; stipulæ ovatæ vel oblongæ 2–6 mm. longæ 1–2,5 mm. latæ supra virides infra glaucæ glanduloso-punctato-serrulatæ; petioli 2–2,5 mm. longi primo sericeo-pilosi demum glabrescentes; lamina oblonga 2,5–4,6 cm. longa 8–18 mm. lata margine obscure serrata ita fere integerrima supra viridis infra glauca primo albo-vel fuscescenti-sericea mox glabrescens apice acuta basi obtusa vel obtusiuscula. Folia ramorum amentiferorum exstipullata parva elliptica vel oblonga 6–17 mm. longa 2,5–9 mm. lata integra, petiolo 1–2 mm. longo. Amenta mascula cætanea 7–10 mm. longa, axis pilosella, bracteæ oblongo-ovatæ laterali-convolutæ sericeo-pilosæ vix 1 mm. longæ. Flos masculus cum glandula unica ventrali elongato-subtrapeziforme 0,2–0,3 mm. longa, staminibus binis horizontali-patentibus 3 mm. longis, antheris minimis 0,3 mm. longis. Amenta fæminea cætanea 1–2 cm. longa, axis adpressissime ciliolata. Flos fæmineus, bracteis 1 mm. longis obovatis convolutis subglabris, glandula unica ventrale 0,3–0,5 mm. longa, ovario glabro lanceolato stipite 1 mm. longo apice in stylum brevem attenuato, stigmate quadrifido. Capsula 4 mm. longa stipite 1,5–2 mm. longo.

Hab.

Prov. Kanhok: in paludosis Kinkok tractus Kyōjyō (T. NAKAI no. 6841 ♂, 6842 ♀); in paludosis inter Mohō & Nōjidō (T. NAKAI no. 1938); ibidem (M. FURUMI no. 438 fr.); in paludosis districtus montis Paiktusan (T. MORI no. 88 fr.).

Distr. Manshuria.

This variety is chiefly distinguished from var. *typica* by having the young leaves whitish or brownish silky. *Salix finnmarckica* WILLDENOW or *Salix rugulosa* var. *finnmarckica* has rugose leaves. So, it is not reasonable to reduce it to *Salix myrtilloides* as TRAUTVETTER and MEYER did.

ぬまきぬやなぎ節

　灌木又ハ小灌木。芽ノ鱗片ハ一個ニシテ腹面ニ於テ裂開ス。嫩葉ハ內卷、葉ハ互生又ハ對生、花穗ハ葉ニ先チテ生ズルカ又ハ殆ンド同時ニ生ズ。雄花ハ一個ノ腹面ノ蜜腺ト二個ノ離生又ハ少シク癒合セル雄蕊トヲ有ス。雄花ハ一個ノ腹面ノ蜜腺ト絹毛アルカ又ハ殆ンド無毛ノ子房トヲ有ス。子房ハ柄ヲ有シ、花柱ハ短カシ。

　約十種ヲ含ム、其中二種ハ朝鮮ニモ自生ス。

25. ぬまきぬやなぎ
（第參拾六圖）

　寒地沼澤地生ノ小灌木ニシテ高サ一米以內、萠枝ハ絨毛密生ス。葉ハ對生又ハ互生又ハ三枚宛輪生シ托葉アリ托葉ハ卵形全緣長サ三乃至七ミリ幅二乃至三ミリ表面ハ綠色ニシテ微毛生ジ裏面ニハ絹毛アリ葉柄ハ長サ三乃至四ミリ絹毛アリ。葉身ハ狹長橢圓形又ハ披針形長サ三十乃至五十八ミリ幅十乃至十五ミリ全緣先端ハ銳角基脚ハ銳角又ハ稍鈍角又ハ鈍角表面ハ綠色少シク微毛アリ裏面ニハ絹毛アリ。花穗ヲ附クル枝ノ葉ハ狹長披針形又ハ披針形表面ハ綠色ニシテ微毛アリ裏面ニ絹毛アリ長サ七乃至四十ミリ幅三乃至十二ミリ全緣ニシテ少シク外反ス。先端ハ銳尖基脚ハ銳角又ハ鈍、葉柄ハ長サ一乃至三ミリ少シク絹毛アリ。花穗ハ葉ニ先チテ出ヅルモノト殆ンド同時ニ生ズルモノトアリ基ニ葉ヲ二個乃至五個宛附ク、雄花穗ハ長サ八乃至十九ミリ花軸ニ絹毛アリ。苞ハ廣倒卵形長サ一ミリ半絹毛アリ。雄花ハ一個ノ腹面ノ蜜腺ト無毛ノ雄蕊二個ト帶紅色ノ葯トヲ有ス。雌花ハ長サ八乃至十八ミリ花軸ニ毛アリ。苞ハ長橢圓形長キ絹毛アリ。雌花ハ一個ノ腹面ノ腺ト帶卵長橢圓形絨毛ト短柄トアル子房ト短カキ花柱ト四分スル柱頭トヲ有ス。

　咸北（茂山郡、鐘城郡）、咸南（甲山郡）等ノ寒地ノ沼地ニ生ズ。

　（分布）　滿洲、黑龍江流域、烏蘇利、沿海洲、カムチャツカ、ダフリア、バイカル地方。

26. の　や　な　ぎ
（第參拾七圖）

　乾燥地ニ生ズル小灌木ニシテ高サ十センチ乃至四十センチ許、匍枝ハ

地下ヲ匐ヒ分岐ス。莖ハ多少簇生ス、芽ニ絹毛アリ鱗片一個アリ。若枝ニハ絹毛アリ。葉ハ互生又ハ對生、葉柄ハ長サ半ミリ乃至一ミリ半短カキ絹毛生ズ。葉身ハ長橢圓形又ハ狹長橢圓形又ハ長橢圓倒卵形全緣表面ハ綠色殆ンド毛ナク又ハ先端ニ近ク短毛生ジ裏面ハ白ク短毛アリ長サ五乃至二十ミリ幅二乃至六ミリ、花穗ハ葉ニ先チテ生ズ。未ダ雄花ヲ見ズ。雌花穗ハ長サ半センチ乃至一センチ、苞ハ倒卵長橢圓形長サ一ミリ半絹毛アリ。蜜腺ハ腹面ニノミアリテ梯形、子房ニハ絹毛密生シ柄アリ。花柱ハ極メテ短カシ、柱頭ハ四叉ス。

濟州島ニ產ス。

（分布） 本島ノ西部、四國、九州。

本種ハシュナイデル氏ガぬまきぬやなぎノ變種ニ下セドモぬまきぬやなぎヨリハ Salix repens ニ近キ種ナリ。多クノ植物學者特ニ柳屬ノ專門家ハ Salix repens ガ東亞ニ產セザルコトヲ主張スレドモ一方ニハ類似ノモノヲ凡テ其中ニ加ヘ東亞ニモ Salix repens ガ生ズルコトヲ記スモノモアリ。兎モアレのやながハ稍暖地性乾地生ノ植物ニシテ寒地性濕地特ニ沼澤ニ生ズルぬまきぬやなぎトハ同一ト見做スヲ得ズ。

Salix sect. **Incubaceæ** DUMORTIER, Fl. Belg. Prodr. p. 12 (1927)—FRIES, Nov. Pl. Suec. Mant. I, p. 64 (1832), pro parte—NYMAN, Consp. Fl. Europ. VI, p. 668 (1881)—SCHNEIDER in SARGENT, Pl. Wils. IV, p. 153 (1916).

Syn. *Salix* Cohors VII *Argenteæ* KOCH, Salic. Europ. Comment. pp. 11 & 46 (1828), pro parte—SEEMEN in ASCHERSON & GRÆBNER, Mitteleurop. Fl. IV, p. 123 (1909), pro parte—ROUY, Fl. Franc. XII, p. 209 (1910), pro parte.

Salix sect. *Capreæ* KOCH, l. c. p.p. 11 & 31; Syn. Fl. Germ. & Helv. p. 650 (1837), pro parte—TRAUTVETTER in LEDEBOUR, Fl. Ross. III, pt. 2, p. 607 (1851), pro parte—GRENIER & GODRON, Fl. Franc. III, pt. 1, p. 134 (1855), pro parte.

Salix c. *Cappeæ* ᵃ *Argenteæ* REICHENBACH, Fl. Germ. Excurs. II, p. 167 (1831), pro parte.

Salix—Allolepideæ—Stenophylleæ TRAUTVETTER in Linnæa X, p. 579 (1836), pro parte.

Salix sect. *Fuscæ* BORRER ex LOUDON Arb. & Frutic. Brit. III, p. 1536 (1838)—BABINGTON, Manual Brit. Bot. p. 279 (1843).

Salix sect. *Repentes* WIMMER, Fl. Schles. ed. 2, p. 335 (1841), pro parte—ČELAKOVSKÝ, Prodr. Fl. Böhm. II, p. 136 (1871), pro parte—PAX in ENGLER & PRANTL, Nat. Pflanzenfam. III, Abt. 1, p. 37 (1889)—SEEMEN, Salic. Jap. p. 17 (1903).

Salix sect. *Frigidæ* TRAUTVETTER in LEDEBOUR, Fl. Ross. III, pt. 2, p. 616 (1851), pro parte.

Salix sect. *Argenteæ* s. *Repentes* ANDERSSON, Monogr. p. 106 (1863), pro parte; in DC. Prodr. XVI, sect. 2, p. 233 (1868), pro parte.

Salix sect. *Caprea* FRIES ††† *Argenteæ* KOCH apud LANGE in WILL-KOMM & LANGE, Prodr. Fl. Hisp. I, p. 230 (1870).

Salix IX *Arenariæ* II *Argenteæ* DIPPEL, Handb. II, p. 260 (1892), pro parte.

Salix sect. *Argenteæ* subsect. *Repentes* SCHNEIDER, Illus. Handb. I, p. 64 (1904).

Salix sect. *Cæsiæ* KERNER apud SCHNEIDER, l. c. p. 67 (1904), pro parte.

Frutex vel fruticulus. Squama gemmarum 1 ventre fissa. Folia æstivatione convoluta, alterna vel subopposita rarius opposita. Amenta præcocia vel subcætanea. Flos masculus cum glandula unica ventrale, staminibus duobus liberis vel basi coalitis. Flos fæmineus cum glandula unica ventrale, ovario sericeo vel subglabro pedicellato, stylo breve.

Species circ. 2, quarum 2 in Korea spontanea.

25. **Salix sibirica** PALLAS.
var. **brachypoda** NAKAI.
(Tabula nostra XXXVI.)

Salix sibirica PALLAS. Fl. Ross. I, pt. 2, p. 78, t. 81, fig. 3 (1788)—GEORGI, Beschr. Russ. Reich. III, pt. 5. p. 1337 (1800)—TRAUTVETTER in LEDEBOUR, Fl. Alt. IV, p. 287 (1833); Fl. Ross. III, pt. 2, p. 622 (1851), excl. *a. glabra*—BEISSNER, SCHEEL & ZABEL, Handb. Laub-holzbenn. p. 47 (1903)—SCHNEIDER, Illus. Handb. I, p. 67 (1904); in

SARGENT, Pl. Wils. III, p. 154 (1916), excl. var.—NAKAI in Tokyo Bot. Mag. XXXII, p. 29 (1918); Fl. Paiktusan p. 63, no. 89 (1918); in Bull. Soc. Dendrol. Franc. no. 66, p. 10 (1928).

var. *brachypoda* NAKAI, comb. nov.

Syn. *Salix repens* var. *brachypoda* TRAUTVETTER & MEYER in MIDDENDORF, Reise p. 79 (1857); in MAXIMOWICZ, Prim. Fl. Amur, p. 245 (1859).

Salix repens subsp. *rosmarinifolia* var. *flavicans* ANDERSSON, Monogr. I, p. 116 (1867).

Salix repens var. *flavicans* ANDERSSON in DC. Prodr. XVI, sect. 2, p. 238 (1868).

Salix repens (non LINNÆUS) KORSCHINSKY in Acta Hort. Petrop. XII, p. 391 (1892)—KOMAROV in Acta Hort. Petrop. XXII, p. 29 (1903)—NAKAI in Journ. Coll. Sci. Tokyo XXXI, p. 214 (1911).

Salix repens f. *flavicans* ANDERSSON apud SIUZEV in Trav. Mus. Bot. Acad. Imp. Sci. St. Pétersb. IX, p. 88 (1912).

Fruticulus paludicola vulgo quam 1 metralis humilior. Turio velutinus, foliis alternis vel oppositis vel verticillatim ternis stipullatis, stipulis ovatis integris 3–7 mm. longis 2–3 mm. latis supra viridibus parce pilosis infra sericeis, petiolis 3–4 mm. longis sericeis, laminis lineari-oblongis vel lanceolatis 30–58 mm. longis 10–15 mm. latis integerrimis apice acuminatis basi acutis vel obtusiusculis vel obtusis supra viridibus parce pilosis infra sericeis. Folia ramorum amentiferorum lineari-oblonga vel lanceolata supra viridia parce pilosa subtus argenteo-sericea 7–40 mm. longa 3–12 mm. lata, margine integerrima leviter recurva apice acuminata basi acuta vel obtusa, petiolis 1–3 mm. longis parce sericeis. Amenta præcocia vel subcætanea basi foliis 2–5 suffulta. Amenta mascula 8–19 mm. longa, axis sericea, bracteæ late obovatæ 1,5 mm. longæ sericeæ. Flos masculus cum glandula 1 (vel 2) ventrale, staminibus 2 glabris antheris rubescentibus. Amenta fæminea 8–18 mm. longa, axis sericea, bracteæ oblongæ longe sericeo-villosæ. Flos fæmineus cum glandula 1 ventrale oblonga vel ovata, ovario ovato-oblongo velutino brevi-stipitato, stylo brevissimo, stigmate quadrifido.

Hab.

Prov. Kanhok : in paludosis Nōjidō (T. ISHIDOYA no. 2746 ♀ , 2747 ♂) ;
in paludosis Jinmujyō (T. ISHIDOYA no. 2748 ♂) ; in paludosis inter
Mohō & Nōjidō (T. NAKAI no. 1939) ; Shōjyō Hoksō (CHUNG,
no. 1259) .

Prov. Kannan : Taichūri tractus Kōzan (T. ISHIDOYA) ; Mt. Kōjirei
(T. ISHIDOYA no. 5194 ♂).

Distr. Ussuri, Manshuria, Amur, Dahuria, Regio Transbaicalensis,
Regio Ochotensis & Kamtschatica.

26. **Salix subopposita** MIQUEL.
(Tabula nostra XXXVII.)

Salix subopposita MIQUEL in Ann. Mus. Bot. Lugd. Bat. III, p. 28
(1867) ; Prol. Fl. Jap. p. 216 (1867)—FRANCHET & SAVATIER, Enum.
Pl. Jap. I, p. 461 (1875)—NAKAI in Tokyo Bot. Mag. XXXII, p. 29
(1918)—MORI, Enum. Corean Pl. p. 112 (1922)—NAKAI in Bull. Soc.
Dendrol. France no. 66, p. 10 (1928).

Syn. *Salix repens* LINNÆUS var. *subopposita* SEEMEN, Salic. Jap.
p. 35, t. 5 A–E′ (1903) ; in ASCHERSON & GRÆBNER, Mitteleurop. Fl.
IV, p. 128 (1909)—MATSUMURA, Ind. Pl. Jap. II, pt. 2, p. 13 (1912).

Salix sibirica PALLAS var. *subopposita* SCHNEIDER in SARGENT, Pl.
Wils. III, p. 154 (1916).

Fruticulus 10–40 cm. altus ramosissimus in aridis vel in jugis mon-
tium siccatis graminosis incola (nunquam paludicola). Rhizoma sub-
terraneum ramosum. Caulis plus minus cæspitosus. Gemmæ cum
squama solitaria sericea. Folia alterna vel opposita, petiolis 0,5–1,5 mm.
longis adpresse sericeis, laminis oblongis vel lineari-oblongis vel oblongo-
obovatis integerrimis supra viridibus fere glabris vel circa apicem
parce pilosellis infra glaucis adpresse pilosis 5–20 mm. longis 2–6 mm.
latis. Amenta præcocia, mascula mihi ignota, fæminea 0,5–1 cm. longa.
Bracteæ obovato-oblongæ 1,5 mm. longæ sericeæ. Glandula unica ven-
tralis trapeziformis. Ovarium stipitatum sericeum. Stylus brevissimus.
Stigma quadrifidum.

Hab.

Quelpært: in herbidis Mok-tjyang (E. TAQUET no. 6006).

Distr.　Kiushu, Shikok, et Hondo occitentalis.

Salix subopposita is nearer to *Salix repens* than to *Salix sibirica*. Some of botanists think that *Salix repens* does not grow in East Asia, while some with more broad sense take all allied forms for one *Salix repens*.　Be that as it may, this *Salix subopposita* is a plant restricted in warmer region while *Salix sibirica* and *Salix repens* grow in more boreal colder regions.　*Salix subopposita* likes dry land, but *Salix sibirica* grows in the swamp only.

しだれやなぎ節

喬木。枝ハ折レ易ク屢々下垂ス。芽ノ鱗片ハ一個腹面ニ於テ裂開ス。嫩葉ハ内卷、花穗ハ葉ト同時ニ生ズルモノト葉ニ先チテ生ズルモノトアリ。苞ハ永存性、雄蕊ハ二個、花糸ニ毛アリ。蜜腺ハ雄花ニテハ腹背兩側ニ各一個宛アレドモ雌花ニテハ唯腹面ニ一個アルノミ（稀ニ背面ニモ極小ノモノ發生スルコトアリ）。子房ハ無柄、花柱ハ短カク又ハ多少伸長ス。柱頭ハ四叉ス。

東亞產ノ柳八種之ニ屬シ朝鮮ニハ三種アリ。

27.　かうらいやなぎ

（第參拾八圖）

高サ十乃至二十米突ノ喬木。幹ノ直徑ハ大ナルハ一米突乃至一米突半ニ達スルアリ。幹ノ皮ハ厚ク縱ニ深ク裂ル。枝ハ帶灰褐色又ハ帶褐綠色ニシテ折レ易ク殊ニ小枝ノ分岐點ヨリトレ易シ。一年生ノ枝ニハ短毛アルモノト毛ナキモノトアリ。　芽ハ卵形長サ二乃至五ミリ腹面ハ縱ニ裂ク。萠枝ノ葉ハ托葉ヲ有シ托葉ハ廣キ斜卵形長サ三乃至六ミリ幅二乃至三ミリ半、腺狀ノ鋸齒アルト殆ンド全緣ノモノトアリ。表面ハ綠色裏面ハ白ク葉柄ハ長サ六乃至十三ミリ表面ニ溝アリ短毛生ズ。葉身ハ狹披針形長サ九乃至十三センチ幅十六乃至二十八ミリ表面ハ綠色中肋ヲ除キ無毛裏面ハ白キ粉フキ中肋上ニノミ微毛アリ基脚ハ銳角又ハヤヽ尖リ、先端ハ尖銳、緣ニハ腺狀ノ鋸齒アリ。花穗ヲ附クル枝ノ葉ハ披針形又ハ狹

披針形又ハ披針長橢圓形又ハ長橢圓形無毛表面ハ綠色裏面ハ白ク兩面ニ氣孔ヲ具ヘ長サ一乃至十二センチ幅三乃至三十八ミリ、葉柄ハ無毛長サ一乃至五ミリ、花穗ハ葉ニ先チテ出ヅルト殆ンド同時ニ出ヅルトアリ。雄花穗ハ長サ一乃至三センチ幅六乃至七ミリ基脚ニ小サキ葉ヲ一個乃至五個宛附ク。花ハ密ニ生ジ花軸ニ絹毛アリ。苞ハ內卷帶卵長橢圓形長サ二ミリ兩面ニ長キ毛アリ殆ンド白色、蜜腺ハ小サク腹面ノモノハ○、七ミリ乃至○、八ミリ（圖 I, I, I）背面ノモノハ長サ○、五乃至○、七ミリ（圖 H, H）雄蕋ハ二個側方ニ對立シ花糸ハ央以下ニ毛アリ離生又ハ基部相癒合ス殆ンド白色、葯ハ煉瓦紅色又ハ紅色外ニ開キ二室アリ。雌花穗ハ葉ニ先チテ生ジ又ハ同時ニ生ジ基ニ小サキ葉ヲ一個乃至五個宛ツケ長サ○、七センチ乃至一センチ半、幅六乃至八ミリ、花密ナリ。花軸ニ絹毛アリ。苞ハ長橢圓形又ハ橢圓形帶白綠色微毛アリ內凹、蜜腺ハ圖 P, P ノ如キ形ヲナス背面ノモノハ極メテ小ニシテ圖 O, O ノ如キカ又ハ全ク之ヲ缺グ。子房ニ蜜毛生ジ卵形無柄、花柱ハ子房ヨリモ短ク、柱頭ハ四裂シ帶紅色ナリ。

全道ノ山野、濟州島、欝陵島ニ生ズ。

（分布）　滿洲、九州、本島ノ西部、隱岐。

28.　かうらいしだれやなぎ
（第參拾九圖）

雌雄異株ノ喬木稀ニ同株、高サ十乃至二十米突ニ達シ。幹ノ直徑ハ八十センチニ達ス。皮ハ縱ニ不規則ニ裂ケ汚暗黑灰色、枝ハオリーブ色又ハ帶黃色始メ微毛アルカ又ハ無毛、下垂ス。葉ハ中肋上ニノミ微毛アリ。披針形又ハ狹長披針形先端ハ殆ンド苞狀ニ尖ル。表面ハ綠色稍光澤アリ裏面ハ白ク緣ニ小鋸齒アリ長サ二乃至九センチ幅五乃至十七ミリ、葉柄ハ長サ一乃至四ミリ、花穗ハ短カキ側枝ノ先ニ出デ小サキ葉ヲ三乃至五枚宛附ク。　雄花穗ハ短カキ花梗ヲ有シ長サ一乃至二センチ花軸ニ毛アリ。苞ハ橢圓形先ハ丸ク背面ハ央以下ニ絹毛アリ腹面ハ無毛長サ一ミリ半、背面ノ蜜腺ハ細ク又ハ廣ク腹面ノモノハ幅廣ク雄蕋ハ二個苞ノ約二倍ノ長サアリ。花糸ハ基ニ毛アリ。葯ハ丸ク黃色、雌花穗ハ下垂スルモノト傾上スルモノトアリ長サ一乃至二センチ花軸ニ毛アリ。苞ハ綠色卵形先端ヤハ丸ク背面ハ基部ニ絹毛アリ先端ニハ長キ毛生ジ腹面ハ無毛、背面ノ腺ナシ。腹面ノ蜜腺ハ洋梨形又ハ卵形ニシテ兩側ニ縊目アリ。子

房ハ卵形、絹毛アレドモ先端又ハ央以上ハ無毛、花柱ハ短ク無毛、柱頭ハ二又シ裂片ハ先凹ム、果實ノ長サ三ミリ許絹毛アリ。

　咸北、咸南、平北、平南、江原、黄海、京畿、忠北、忠南、全北、全南ニ産シ主トシテ平地ニ多シ。

　朝鮮ノ特産種ナリ。

29. いぬしだれやなぎ
（第四十圖）

　喬木、枝ハ下垂シ無毛、オリーブ色。芽ノ鱗片ハ一個、葉ハ無毛狹披針形長サ一乃至六センチ幅四乃至十六センチ小鋸齒アルカ又ハ全緣先端ハ長ク漸尖、葉柄ハ長サ一乃至六ミリ、花穗ハ短カキ側枝ノ先端ニ生ジ葉ト共ニ出ヅ葉二個乃至五個ヲ有ス。雄花穗ハ屈曲シテ傾上シ長サ一センチ半乃至四センチ花軸ニ毛アリ。苞ハ披針形ヤ、尖リ、外面ハ基部ニノミ毛アリ內面ハ毛多シ。背面ノ蜜腺ハ細ク先端截形、腹面ノモノハ披針形、雄蕋ハ二個ニシテ苞ノ約二倍ノ長サアリ花糸ハ基部ニ毛アリ。葯ハ黄色球形、雌花穗ハ下垂スルカ又ハ傾上シ長サ一、八センチ乃至二、七センチ花軸ニ毛アリ。苞ハ長サ二乃至五ミリ帶卵長橢圓形基部ニノミ毛アリ。子房ハ長橢圓形無毛、花柱ハ短カク無毛、柱頭ハ二個先端凹入ス。蜜腺ハ腹面ニノミアリテ卵形又ハ橢圓形。

　平北、忠北ノ平野ニ生ズ。

　朝鮮ノ特産種ナリ。

　本節ニ屬スル左ノ三種ハ栽培品ニアリ。

Salix babylonica LINNÆUS　　　しだれやなぎ　　　支那原產。

Salix elegantissima KOCH　　　六角　　　　日本原產。

Salix Matsudana KOIDZUMI var. *tortuosa* VILMORIN

　　　　　　　　　　　雲龍柳　　　支那原產。

Salix sect. **Subfragiles** SEEMEN, Salic. Jap. 15 (1903).

　Syn.　*Salix* sect. *Micantes* s. *Viminales* ANDERSSON in DC. Prodr. XVI, sect. 2, p. 264 (1868), pro parte.

　Salix sect. *Albæ* (non BORRER) DIPPEL, Handb. Laubholzk. II, p. 220 (1892), pro parte—SEEMEN, Salic. Jap. p. 16 (1903)—SCHNEIDER, Illus.

Handb. Laubholzk. I, p. 35 (1904); in SARGENT, Pl. Wils. III, p. 109 (1916), pro parte.

Salix sect. *Fragiles* (non W. D. KOCH) SCHNEIDER in SARGENT Pl. Wils. III, p. 107 (1916), pro parte.

Arbores. Ramuli fragiles sæpe pendulini. Squama gemmarum unica ventrali rupsa. Folia æstivatione convoluta. Amenta cætanea vel præcocia. Bracteæ persistentes. Stamina 2. Filamenta basi pubescentia. Glandulæ in flore masculo dorsi-ventrales, in flore fæmineo unica ventralis (rarissime dorsalis minima etiam evoluta). Ovarium sessile vel subsessile. Styli breves vel elongati. Stigma quadrifidum.

Plantæ Asiæ orientales: *Salix babylonica* L., *S. dependens* NAKAI, *S. elegantissima* KOCH, *S. jesoensis* SEEMEN, *S. koreensis* ANDERSSON, *S. Matsudana* KOIDZUMI, *S. pseudo-lasiogyne* LÉVEILLÉ huc partinent.

Hæc sectio ex sectionibus *Fragiles* et *Albœ* bracteis non membranaceis persistentibus statim dignoscenda, etiamque ex sectione *Viminales* foliis æstivatione convolutis nec revolutis distat.

27. **Salix koreensis** ANDERSSON.
(Tabula nostra XXXVIII.)

Salix koreensis ANDERSSON in DC. Prodr. XVI, sect. 2, p. 271, no. 96 (1868)—HERDER in Acta Hort. Petrop. XI, p. 429 (1890)—BURKILL in Journ. Linn. Soc. XXVI, p. 530 (1899)—PALIBIN in Acta Hort. Petrop. XVIII, p. 52 (1900)—KOMAROV in Acta Hort. Petrop. XXII, p. 24 (1903)—NAKAI in Journ. Coll. Sci. Tokyo XXXI, p. 215 (1911)—KOIDZUMI in Tokyo Bot. Mag. XXVII, p. 89 (1913)—NAKAI, Veg. Isl. Quelpært p. 36, no. 476 (1914); Veg. Isl. Wangto, p. 5 (1914); Veg. Mt. Chirisan p. 28, no. 117 (1915)—SCHNEIDER in SARGENT, Pl. Wils. III, p. 111 (1916)—NAKAI, Veg. Diamond Mts. p. 169, no. 165 (1918); Veg. Dagelet Isl. p. 17, no. 102 (1919)—MORI, Enum. Corean Pl. p. 110 (1922)—REHDER in Journ. Arnold Arboret. X, p. 114 (1927)—NAKAI in Bull. Soc. Dendrol. France no. 66, p. 11 (1928).

Syn. *Salix Feddei* LÉVEILLÉ in FEDDE, Repert. X, p. 436 (1912).

Salix pogonandra LÉVEILLÉ, l. c. p. 437.

Salix pseudo-Gilgiana LÉVEILLÉ, l. c. p. 436.

Salix pseudo-jessoensis LÉVEILLÉ. l. c.

Arbor 10–20 metralis alta. Truncus diametro usque 1–1,5 metralis, cortice dura longitudine varie fissa. Ramuli cinereo-fuscescentes vel fusco-virides fragiles. Ramuli hornotini adpresse pilosi vel glabri. Gemmæ ovatæ 2–5 mm. longæ ventrali longitudine fissæ. Folia turionum stipullata. Stipulæ late oblique ovatæ 3–6 mm. longæ 2–3,5 mm. latæ glanduloso-serrulatæ vel subintegræ supra virides infra glaucæ. Petioli 6–13 mm. longi supra canaliculati adpresse pilosi. Lamina foliorum lineari-lanceolata 9–13 cm. longa 16–28 mm. lata supra viridis præter costam adpresse pilosam glabra, infra pruinosa supra costam pilosa basi acuta vel acutiuscula apice acuminatissima margine glanduloso-serrulata. Folia ramorum floriferorum lanceolata vel lineari-lanceolata vel lanceolato-oblonga vel oblonga glabra supra viridia infra glaucina utrinque stomatifera 1–12 cm. longa 3–38 mm. lata; petiolis 1–5 cm. longis glabris. Amenta præcocia vel subcætanea. Amenta mascula 1–3 cm. longa 6–7 mm. lata basi foliis parvis 1–5 suffulta densiflora, axis sericea; bracteæ convolutæ ovato-oblongæ 2 mm. longæ utrinque villosæ fere albidæ; glandula flava, ventralis 0,7–0,8 mm. longa forma ut in figura I, I, I, dorsalia ut in fig. H, H, 0,5–0,7 mm. longa; stamina 2 lateralia, filamenta fere albida infra medium hirsuta libera vel basi conniventia; antheræ laterico-rubræ vel rubræ extrorsæ biloculares. Amenta fæminea præcocia vel cætanea foliis parvis 1–5 suffulta 0,7–1,5 cm. longa 6–8 mm. lata densiflora compacta, axis sericea; bracteæ oblongæ vel ellipticæ albido-viridescentes pilosæ concavæ; glandula ventralis ut fig. P, P, dorsalis minima ut in fig. O, O, vel nulla; ovarium villosum ovoideum sessile; stylus ovario brevior; stigma 4-partitum rubescens.

Hab.

Prov. Kanhok : Ranan (T. ISHIDOYA no. 2746 ♀, 2743 ♀); Shiro-
machi (T. NAKAI).

Prov. Kannan : Shinshō (T. ISHIDOYA no. 2745 ♀); Inter Hoksei &
Chokdō (T. ISHIDOYA no. 2744 ♀); Kankō (T. ISHIDOYA no. 4516,

かうらいやなぎ、咸鏡北道鏡城郡朱乙溫面城町附近ニテ寫ス。
Salix koreensis growing on the bank of a river near Shiromachi in the village Shuotsuonmen, Kyojyō County, in the Province of Kanhoku. Photographed in July, 1918.

4517, 4519, 4523); Reijyōri tractus Teihei (T. ISHIDOYA no. 4511); Chinkō (T. NAKAI); Genzan (T. NAKAI, fr.)

Prov. Heihok: Shingishū (T. ISHIDOYA no. 3817 ♂); Mt. Hiraihō (T. NAKAI no. 1935); Kōkai (R. G. MILLS no. 324 ♂, 316 ♂); inter Kōkai & Jyūhochin (T. NAKAI no. 1929); Gishū Ikadō (T. NAKAI no. 1925, 1926, 1963, 2008); Gishū (T. ISHIDOYA no. 3288, 3821 ♂, 3831 ♀); Teishū (T. ISHIDOYA no. 3820 ♂, 3825 ♀); Shōjyō (T. ISHIDOYA no. 1929).

Prov. Heinan: oppido Taikyoku tractus Toksen (C. KONDŌ); in delta Ryoratō, Heijyō (T. ISHIDOYA no. 3283, 3285, 3289, 3294); pede montis Rōrinsan (K. OKAMOTO); ad ripas fluminis Daidōkō (T. ISHIDOYA no. 3813, 3830 ♀); inter Shasō & Onsō tractus Neien (T. ISHIDOYA no. 4521); Mt. Taiseizan (H. IMAI no. 54, fr.) ; Neien (T. Mori, fr.) ; Kōsetsurei (T. Mori) ; Heijyō (H. Imai).

Prov. Kōgen : Rankoku tractus Waiyō (T. Ishidoya no. 1955, 1956, 7099 ♂, 7096 ♀) ; Makkiri (T. Nakai no. 5295) ; Mt. Kongōsan (Chung) ; Uchikongō (T. Nakai no. 5295).

Prov. Keiki : Mt. Ryūmonzan (T. Sawada) ; Seiryōri (T. Kimura, ♀ ; Ishidoya no. 2433 ♂, 2455 ♂, 2459 ♂, 2460 ♂, 2461 ♂, 2463 ♂, 2470 ♂, 2504 ♀, 2505 ♀, 2506 ♀, 2507 ♀, 2511 ♂, 2512 ♂, 2513 ♂, 2514 ♂, 2515 ♂, 2516 ♂, 2517 ♂, 3464 ♀, 3165 ♀, 3166 ♂, 3168 ♂, 3169 ♂, 3177 ♂, 3824 ♀, 3828 ♀, M. Furumi, ♂) ; Keijyō (K. Takabashi, ♀) ; Mt. Kangaksan tractus Shikō (T. Ishidoya no. 1985, 3208 ♂, 3209 ♂) ; inter Roryōshin & Kangaksan (T. Ishidoya, no. 1973 ♀, 1974 ♀) ; Senkenmak circa Keijyō (S. Kobayashi) ; Giseifu (T. Nakai, ♀) ; Yōshū (T. Nakai) ; Namsan (T. Uchiyama) ; Suigen (H. Ueki no. 544) ; in plateis Seoul (U. Faurie no. 632).

Prov. Chūhok : Mt. Zokrisan (S. Fukuhara) ; Seishū (T. Ishidoya no. 3822 ♂, 3823 ♂, 3824 ♂, 3825 ♂, 3825 bis ♀, 3826 ♂) ; Eidō (T. Ishidoya no. 3812 ♀) ; Sōhyōmen tractus Kaizan (Chung & Pak).

Prov. Chūnan : Mt. Keiryuzan (C. Kondo).

Prov. Keihok : Mt. Hakkōzon (T. Sawada) ; Mt. Zitsugetsusan (T. Sawada) ; Taikyū (Kin-Shō-Kan).

Dagelet : Rarikol (T. Nakai no. 4198, 4199 fr.) ; inter Rarikol & Songosan (T. Nakai no. 24) ; Moshige (T. Ishidoya no. 22, 1972) ; Ōbokdong (T. Nakai ♀) ; Songosan (T. Nakai) ; in monte supra Dōdō 750 m. (T. Ishidoya no. 1970) ; sine loco speciali (T. Ishidoya no. 1971).

Prov. Keinan : Mt. Shūseizan (T. Sawada) ; Mt. Kayasan (T. Ishidoya no. 4574) ; ibidem (Chung, ♀) ; Chōsen (T. Uchiyama) ; Shōshinpo insulæ Kyosaitō (T. Nakai no. 10907, fr.) ; in monte circa templum Kabōji insulæ Nankaitō (T. Nakai no. 10908 fr.) ; secus rivulos Fusan (U. Faurie no. 176) ; Fusan (U. Faurie no. 181).

Prov. Zennan : Mt. Mutōhō (S. FUKUBARA) ; insula Daikokuzantō
(T. ISHIDOYA & CHUNG no. 3391) ; Mt. Chiisan (T. NAKAI no. 38) ;
insula Wangtō (T. NAKAI) ; Kainan (T. ISHIDOYA no. 1928) ; insula
Baikatō (T. MIWA) ; Chōjyō (T. NAKAI, ♀) ; Mt. Reishūzan tractus
Reisui (T. NAKAI no. 10906).

Quelpært : Mt. Hallasan (T. NAKAI no. 1051, fr.) ; in pago Polmongi
(E. TAQUET no. 4707 ♂) ; Seishū (T. ISHIDOYA no. 263) ; in decli-
vitate boreale montis Hallasan (T. NAKAI no. 4888) ; Chōten (T.
NAKAI), secus aquas (U. FAURIE no. 1504) ; in humidis sejken
(E. TAQUET no. 3241) ; Pientō 400 m. (E. TAQUET no. 4706—typus
Salicis pogonandræ) ; Hannon (E. TAQUET no. 4709) ; Hioton (E.
TAQUET no. 4708) ; in pago Polmonji (E. TAQUET no. 1441—typus
Salicis pseudo-jessoensis LÉVEILLÉ) ; sine loco speciali (E. TAQUET
no. 3242—*Salix Feddei*) ; in silvis Setchimeri 500 m. (E. TAQUET
no. 3240, *Salix Feddei*) ; sine loco speciali (E. TAQUET no. 3240—
Salix pseudo-Gilgiana).

Distr.   Manchuria austr., Kiusiu & Hondo occid., nec non insula Oki..

28. **Salix pseudo-lasiogyne** LÉVEILLÉ.
(Tabula nostra XXXIX.)

Salix pseudo-lasiogyne LÉVEILLÉ in FEDDE, Repert. X, p. 436 (1912)—
NAKAI in Bull. Soc. Dendrol. France no. 66, p. 11 (1928).

Syn. *Salix babylonica* (non LINNÆUS) NAKAI in Journ. Coll. Sci.
Tokyo XXXI, p. 213 (1911).

Salix Matsudana (non KOIDZUMI) SCHNEIDER in SARGENT, Pl. Wils.
III, pt. 1, p. 107 (1916), quoad plantam ex Korea.

Salix neo-lasiogyne NAKAI ex MORI, Enum. Corean Pl. p. 111 (1922),
nom. nud.—ISHIDOYA, Chōsen Shinrin Jyumok Kanyō p. 12 (1923), cum
descript. Jap.

Arbor dioica, rarissime monœica, 10–20 metralis alta ; truncus dia-
metro usque 80 cm.   Cortex longitudine irregulariter fissus sordide
atrofusco-griseus.   Ramuli penduli vel nutantes olivacei vel flavescentes
primo piloselli vel glabri.   Gemma glabra calyptriformis ventre sæpe

longitudine fissa. Folia præter costam adpresse pilosam glabra lanceolato-subulata vel lanceolata longissime aristato-attenuata, supra viridia luciduscula, infra glauca, margine serrulata, 2–9 cm. longa 5–17 mm. lata; petioli 1–4 mm. longi. Amenta in apice rami hornotini lateralis abbreviati terminalis foliis parvis 2–3 suffulta, cum ramulo ascendente-erecta vel ascendentia. Amenta mascula brevi-pedunculata 1–2 cm. longa; axis pubescens; bracteæ ellipticæ obtusæ dorso infra medium sericeæ ventre glabræ 1–5 mm. longæ; glandula dorsalis angusta vel dilatata, ventralis dilatata interdum laterali continua; stamina 2 bracteas plus puplo superantia; filamenta basi pilosa; antheræ rotundatæ flavæ. Amenta fæminea pendulina vel ascendentia 1–2 cm. longa; axis pubescens; bracteæ viridescentes ovatæ obtusiusculæ dorso basi sericeæ apice hirtellæ ventre glabræ; glandula dorsalis nulla, ventralis pyriformis vel ovata utrinque constricta; ovarium sericeum ovatum apice vel supra medium glabrum; stylus breves glaberrimus; stigmata bifida lobis apice emarginatis. Fructus 3 mm. longus sericeus.

Hab.

Prov. Kanhok: Yōshamen tractus Kisshū (S. FUKUBARA); Mt. Hichihōzan tractus Meisen (C. KONDŌ); Mt. Sōzan (CHUNG, no. 692); Yujyō (CHUNG, no. 1270, 1293); Nansendō (T. NAKAI no. 1900).

Prov. Kannan: Kankō (T. ISHIDOYA no. 4504–4508, 4516, 4478, 4498); inter Shinshō & Hokusei (T. ISHIDOYA, ♂); Teihei Reijyōri (T. ISHIDOYA no. 4500, 4502, 4503); Kōzanmen tractus Teihei (T. ISHIDOYA no. 4499, 4509, 4522, 4525); inter Teihei & Eikō (CHUNG).

Prov. Heihok: Gishū (T. ISHIDOYA no. 3811 ♂, 3823 ♀, 3810 ♂, 3800 ♂, 3795 ♂, 3796 ♂, 3821 ♀); Teisyū (T. ISHIDOYA no. 3816); Shōjyō (T. ISHIDOYA no. 1980); Shingishū (T. ISHIDOYA no. 3820 ♀, 3821 bis ⚥, 3789 ♀); Mt. Hakutōzan tractus Gishū (T. ISHIDOYA no. 1037); Yūmen tractus Shōjyō (T. SAWADA); Hokuchinmen tractus Unzan (S. FUKUBARA no. 1294); Ikado circa Gishū (T. ISHIDOYA no. 1927, 1960, 1961, 1962, 1996, 2000, 2001, 2004, 2005, 2008); Shingishū (M. FURUMI ♂ & ♀).

Prov. Heinan : Taikyokmen tractus Tokusen (C. KONDŌ) ; ad ripas fluminis Daidōkō (T. ISHIDOYA no. 3793 ♂, 3794 ♂) ; Neien (T. ISHIDOYA no. 4497).

Prov. Kōgen : Mt. Setsugakusan (T. ISHIDOYA no. 6230).

Prov. Kōkai : Mt. Shuyōzan (C. MURAMATSU) ; Mt. Metsuaksan (C. MURAMATSU) ; Kokuzan Katomen (K. TAKAICHI, ♀) ; Hakusan (legitor ?) ; Chōzankan (CHUNG, no. 147, 149, 150).

Prov. Keiki : Chemulpo (E. TAQUET no. 3243—typus) ; Mt. Ryumon-zan (T. SAWADA) ; Mt. Kagakusan (T. SAWADA) ; Seiryōri (T. ISHI-DOYA no. 2434 ♀, 2465 ♀, 2466 ♀, 2502 ♀, 2503 ♀, 3174 ♀, 3175 ♂, 3176 ♂) ; ibidem (T. KIMURA, ♂) ; Inei-en (T. ISHIDOYA no. 3167 ♀) ; Wajyōdai (T. ISHIDOYA no. 3806 ♂).

Prov. Chūhok : Mt. Zokrisan (S. FUKUBARA) ; Chūshū (T. ISHIDOYA no. 3827 ♂, 3828 ♂, 3829 ♂) ; Seisyū (T. ISHIDOYA no. 3788 ♀, 3790 ♀, 3791 ♀, 3792 ♀, 3803 ♂, 3805 ♂).

Prov. Chūnan : sine loco speciali (T. KIMURA, ♀).

Prov. Zennan : Mt. Tokuyūzan (S. FUKUBARA).

Prov. Zenhoku : Mt. Mutōzan (S. FUKUBARA).

Planta endemica !

29. **Salix dependens** NAKAI.
(Tabula nostra XL.)

Salix dependens NAKAI in Bull. Soc. Dendrol. France no. 66, p. 13 (1928).

Arbor ; ramuli dependentes glabri olivasei. Gemma 1–perulata calyptriformis. Folia glabra anguste lanceolata 1–6 cm. longa 4–16 mm. lata minute serrulata vel subintegra apice longissime attenuata ; petioli 1–6 mm. longi. Amenta in apice ramuli lateralis brevis terminalia foliis 2–5 suffulta. Amenta mascula curvato-ascendentia 1,5–4 cm. longa ; axis pubescens ; bracteæ lanceolatæ acutiusculæ extus basi tantum hirsutæ intus pubescentes ; glandula dorsalis subulata apice truncata, ventralis lanceolata ; stamina 2 bracteas duplo superantia ; filamenta basi pilosa; antheræ subrotundatæ flavæ. Amenta fæminea dependentia vel ascendentia 1,8–2,7 cm. longa, axis pubescens; ovarium oblongum glabrum; styli breves glabri; stigmata 2, lobis apice emarginatis; glandula unica ventralis obovata vel elliptica.

Hab.

Prov. Heihok: Gisiu (T. ISHIDOYA, no. 3787—typus florum masculorum).

Prov. Chūhok: Chūsiu (T. ISHIDOYA, no. 3807—typus florum fæmineorum).

Besides these, the following three species mentioned below are often cultivated.

Salix babylonica LINNÆUS (native of China).

Salix elegantissima KOCH (native of Japan).

Salix Matsudana KOIDZUMI var. *tortuosa* VILMORIN (native of China).

き ぬ や な ぎ 節

小喬木又ハ灌木、芽ノ鱗片ハ一個腹面ニ於テ裂開ス。葉ハ細ク少クモ上方ノモノハ始メ外卷ナリ。花ハ葉ニ先チテ生ズ。雄花ハ一個ノ腹面ノ蜜腺ト二個ノ雄蕊トヲ有ス。雌花ハ一個ノ腹面ノ蜜腺ト無柄又ハ有柄ノ子房ト長キ花柱ト二叉スル柱頭トヲ有ス。

約十種アリテ歐亞兩大陸ニ產ス、其中三種ハ朝鮮ニモ自生ス。

30. 大 陸 き ぬ や な ぎ
（第四拾壹圖）

小喬木トナリ枝ハ下ヨリ叢生ス。高サ五米突乃至六米突ニ達ス。幹ノ直徑ハ十乃至二十センチニ達ス。枝ハ寧ロ細シ。若枝ノ皮ハ綠色ナレドモ日ニ向フ側ハ帶紅色ナリ絨毛アリ。芽ノ鱗片ハ長サ三乃至五ミリ帶紅褐色腹面ハ縱ニ裂ケ背面ニハ微毛生ズ。葉ハ最初ノ五六枚ハ內卷ナレドモ其以上ノモノハ凡テ外卷ナリ。葉柄ハ長サ一乃至五ミリ絹毛アリ。葉身ハ帶披針線狀細ク漸尖基部ハ細キ楔形又ハ漸尖、表面ハ綠色始メハ微毛アレドモ早ク落ツ裏面ニハ白銀色ノ毛アリ長サ三乃至十八センチ幅三乃至十ミリ緣ハ多少外卷ナリ。花穗ハ葉ニ先チテ生ジ花軸ニ絹毛アリ。雄花穗ハ橢圓形又ハ長橢圓形長サ一センチ半乃至三センチ幅一センチ

半。苞ハ倒卵形又ハ倒披針形、舟形ニシテ始メ傾上シ中途ヨリ外ニ反ル、長サ三ミリ先端ハ尖リ上部三分ノ二ハ黒ク背面ハ央以上ニ長絨毛アリ内面ハ無毛又ハ微毛アリ、背面ノ央以下ニハ横ニ皺アリ。蜜腺ハ腹面ニ一個柱狀長サ一乃至一ミリ半。雄蕊ハ兩側ニ並ビ二個。花糸ハ白ク無毛長サ十一乃至十二ミリ離生又ハ基部癒合ス。葯ハ長橢圓形長サ一ミリ黄色又ハ帶紅色、外向。雌花穂ハ無柄長サ二センチ半乃至三センチ半、基部ニ苞狀葉ヲ二三個ツク其長サ三乃至五ミリニシテ披針形舟形、背面ニ絹毛アリ内面ハ無毛光澤アリ。苞ハ倒卵形先端稍尖リ又ハ鈍形又ハ丸ク央以上ハ黒ク毛ハ苞ヨリモ短シ。腹面ニ長サ一ミリ乃至一、二ミリノ蜜腺アリ此蜜腺ハ稀ニ花瓣ニ化ス。子房ニハ短カキ絹毛アリ長サ二ミリ乃至二ミリ半卵形先端ハ長サ二ミリ乃至二ミリ半ノ花柱ニ向ヒテ尖ル。花柱ハ央以下ニ短カキ微毛アリ。柱頭ハ二叉又ハ四叉シ長サ一ミリ。果實ハ卵形長サ四ミリ乃至五ミリ短カキ絹毛アリ。

　咸北、咸南、平北ノ河岸ニ生ズ。

　（分布）　歐亞兩大陸。

　一種葉ハ細ク長サ七乃至十六センチ幅ハ三乃至八ミリ（通常三乃至五ミリ）ナルアリ、之ヲ

ほそばきぬやなぎ
（第四十二圖）

ト謂フ。平北鴨綠江岸ニ生ズ。歐洲ニモアリ。亞細亞ニテハ初發見ナリ。

　又一種葉ハ狹披針形ニシテ長サ二センチ半乃至九センチ幅ハ三ミリ半乃至六ミリ、花序モ小サク長サ六乃至十二ミリ幅六ミリ許ナルアリ。之ヲ

こばのきぬやなぎ
（第四十三圖）

ト謂フ。新義州ノ河洲ニ生ジ、亞細亞ニテノ初發見ナリ。歐洲ニモ産ス。

31.　かうらいきぬやぎな
（第四十四圖）

　小喬木又ハ大形ノ灌木、枝ハモトヨリ簇出ス。枝ノ皮ハ綠色ナレドモ日ニ向フ側ハ帶紅色ナリ凡テ絹毛密生ス。芽ノ鱗片ハ長サ三乃至七ミリ

橢圓形、褐色又ハ帶紅褐色絹毛生ス。嫩葉ハ最初ノ二個乃至四個ハ內卷ナレドモ其以上ノモノハ皆外卷ナリ。葉ノ表面ニハ微毛アリテ綠色裏面ニハ銀色ノ絹毛アリ。葉ハ狹披針形長サ五乃至十四センチ幅ハ七乃至十四ミリ緣ハ全緣ナレドモ波狀ニシテ外卷ナリ。雄花穗ハ橢圓形長サ一センチ半乃至三センチ幅ハ一センチ半。苞ハ倒披針形 舟形 傾上シ內曲ス、央以上ハ黑ク約二ミリノ長サノ絨毛アリ。蜜腺ハ腹面ニノミアリテ長サ一ミリ半一個又ハ二叉シ又ハ殆ンド二分ス。雄蕋ハ二個側立。花糸ハ白ク長サ十一乃至十二ミリ。葯ハ黃色ナレドモ往々帶紅色外向。

咸南、平北ノ河岸ニ生ズ。

（分布） 歐亞兩大陸。

32. てうせんをのへやなぎ
（第四十五圖）

丈高キ灌木又ハ小喬木、二乃至五米突ニ達ス。樹膚ハ汚キ暗灰色。若枝ハ綠色ナレドモ後帶褐色トナリ遂ニ栗色ト化シ光澤アリ。芽ノ鱗片ハ長サ四乃至六ミリ始メ絹毛アレドモ後無毛トナル。葉ハ最初ノ六乃至七枚ハ內卷ナレドモ其以後ニ出ヅルモノハ皆外卷ナリ。萠枝ノ葉ハ長サ四乃至七ミリ無毛ノ葉柄アリ葉身ハ狹披針形長サ七乃至十四センチ幅十五乃至十九ミリ表面ハ綠色裏面ハ白ク兩面共無毛緣ハ波狀基脚ハ銳角又ハ楔形先端ハ漸尖。花枝ノ葉ハ長サ一乃至六ミリノ葉柄ヲ有シ葉身ハ倒披針形又ハ狹長倒披針形長サ一センチ乃至六センチ幅ハ五乃至十二ミリ基脚ハ細キ楔形 先端ハ極メテ著シク尖ル。 緣ハ不顯著ノ波狀ヲナシ外卷、花穗ハ葉ニ先チテ生ジ基ニ苞狀葉二三個アリ其長サ三乃至八ミリニシテ倒披針形 背面ニ絹毛アリ內面ハ無毛。 雄花穗ハ長サ十五乃至二十二ミリ。花軸ハ絹毛アリ。苞ハ倒卵長橢圓形長サ二ミリ先端ハ尖リ央以上ハ黑ク背面ハ長キ絹毛アリ內面ハ微毛アルノミ。 蜜腺ハ細長ク其形ハ圖F. F. ノ如シ。雄蕋ハ二個。花糸ハ無毛。葯ハ黃色橢圓形。雌花穗ハ殆ンド無柄長サ二乃至四センチ下ヨリ漸次ニ花開ク。花軸ハ微毛アリテ屢々帶紅色。苞ハ長サ二ミリ半倒卵長橢圓形基部ハ殆ンド直立シ帶紅色中部以上ハ外ニ反リ黑色密ニ絹毛アリ。蜜腺ハ腹面ニ一個アリテ圖 I. I. I ノ如ク長サ一ミリ、帶黃綠色先端ハ凹入スルカ又ハ丸ク帶紅色。子房ハ卵形絹毛アリ長サ一ミリ半。柄ハ短毛生ジ長サ一ミリ半。花柱ハ長サ一ミリ。柱頭ハ四叉シ長サ半ミリ。

咸北、咸南、平北、平南、江原、黄海ノ諸道ニ生ジ、河畔、平野ニア
リ。

（分布）　満洲、烏蘇利。

Salix sect. **Viminales** BLUFF & FINGERFUTH, Comp. Fl. Germ. II,
p. 562 (1825)—KOCH, Salic. Europ. Comment. p.p. 12 & 27 (1828)—
REICHENBACH, El. Germ. Excurs. II, p. 170 (1831)—KOCH, Syn. Fl.
Germ. & Helv. ed. 1, p. 147 (1837)—REICHENBACH, Icon. Fl. Germ. &
Helv. p. 25 (1849)—PETZOLD & KIRCHNER, Arb. Musc. p. 588 (1864)—
ČELAKOVSKÝ, Prodr. Fl. Böhm. II, p. 134 (1871)—DIPPEL, Handb.
Laubholzk. II, p. 293 (1892)—KŒHNE, Deutsch. Dendrol. p.p. 88 & 99
(1893)—SEEMEN, Salic. Jap. p. 19 (1903) ; in ASCHERSON & GRÆBNER,
Syn. Mitteleurop. Fl. IV, p.p. 60 et 173 (1908)—TŒPFFER, Salic. Bav.
p. 48 (1915)—SCHNEIDER in SARGENT, Pl. Wils. III, p. 157 (1916).

Syn. *Salix* sect. *Viminales* BORRER in HOOKER, Brit. Fl. p. 423
(1830)—LOUDON, Arb. & Frutic. Brit. III, p. 1547 (1838)—BABINGTON,
Man. Brit. Bot. ed. 1, p. 273 (1843).

Salix sect. *Allolepideæ—Macrophyllæ* TRAUTVETTER in Linnæa X,
p. 579 (1836), pro parte.

Salix sect. *Allolepideæ-Stenophyllæ* TRAUTVETTER, l. c., pro parte.

Salix sect. *Viminales* KOCH apud SPACH, Hist. Vég. X, p. 371
(1841)—DÖLL, Rhein. Fl. p. 264 (1843)—TRAUTVETTER in LEDEBOUR,
Fl. Ross. III, pt. 2, p. 605 (1851)—GRENIER & GODRON, Fl. Franc.
III, pt. 1, p. 130 (1855)—SCHNEIDER, Illus. Handb, Laubholzk. I, p. 45
(1904)—ROUY, Fl. Franc. XII, p. 199 (1910).

Salix sect. III. *Vetrix* FRIES, Summa Pl. p. 56 (1846)—LANGE in
WILLKOMM & LANGE, Prodr. Fl. Hisp. I, p. 227 (1870).

Salix sect. *Præcoces* DÖLL, Fl. Bad. II, p. 491 (1839), pro parte.

Salix sect. *Phylicifoliæ* WIMMER apud PETZOLD & KIRCHNER, l. c.
p. 587.

Salix sect. *Caprisalix* subsect. *Vimen* DUMORTIER apud BABINGTON
in SEEMANN, Journ. Bot. I, p. 171 (1863)—SYME in SOWERBY, Engl.
Bot. VII, p. 223 (1873).

Salix sect. *Micantes* seu *Viminales* ANDERSSON in DC. Prodr. XVI, sect. 2. p. 264 (1868), pro parte.

Arborescentes vel frutices. Gemmæ cum squama unica ventrali fissa. Folia angusta saltem superiora æstivatione revoluta. Amenta præcocia. Flores masculi cum glandula unica ventrali, staminibus duobus. Flores fæminei cum glandula unica ventrali, ovario sessile vel pedicellato, stylo elongato, stigmate bifido vel emarginato vel integro.

Species infra 10 in Europa et Asia indigenæ, quarum tres in Korea spontaneæ.

30. **Salix viminalis** LINNÆUS.
(Tabula nostra XLI.)

Salix viminalis [DODONEUS, Nieuv. Herb. p. 744 (1578)]—LINNÆUS, Sp. Pl. ed. 1, p. 1021, no. 27 (1753); Fl. Suec. ed. 2, p. 353, no. 901 (1755); Sp. Pl. ed. 2, II, p. 1448, no. 29 (1763); ed. 3, II, p. 1448, no. 29 (1764); Syst. Nat. ed. 13, III, p. 649, no. 29 (1770)—SCOPOLI, Fl, Carn. II, p. 257, no. 1211 (1772)—HOUTTUYN, Nat. Hist. III, p. 468 (1774)—MURRAY, Syst. Veg. ed. 13, p. 737, no. 29 (1774); ed. 14. p. 880, no. 31 (1784)—ALLIONI, Fl. Pedemont. II, p. 184, no. 1959 (1785)—HOFFMANN, Salic. I, p. 13 tab. II, & Tab. V fig. 2 (1785)— ROTH, Tent. Fl. Germ. I, p. 420, no. 19 (1788)—PALLAS, Fl. Ross. I, pt. 2, p. 76 (1788)—GMELIN, Syst. Nat. II, pt. 1, p. 74, no. 35 (1791)-- VITMAN, Summa Pl. V, p. 402, no. 31 (1791)—ROTH, l. c. II, pt. 2, p. 520 (1793)—MŒNCH, Method. I, p. 336 (1794)—PERSOON, Syst. Veg. ed. 15, p. 923, no. 31 (1797)-—POIRET in LAMARCK, Encycl. VI, p. 658 no. 35 (1804)—WILLDENOW, Sp. Pl. IV, pt. 2, p. 706, no. 109 (1805)— J. ST. HILAIRE, Exposit. Fam. Nat. II, p. 317 (1805)—LAMARCK & DC. Syn. Fl. Gall. p. 179 (1806)—PERSOON, Syn. Pl. II, pt. 2, p. 603, no. 109 (1807)—DIETRIG, Vollst. Lexic. VIII, p. 410 (1808)—WADE, Salic. p. 371 (1811)—WILLDENOW, Baumz. ed. 2, p. 436 (1811)—AITON, Hort. Kew. ed. 2, V, p. 364. no. 60 (1811)—LAPEYROUS, Hist. Pl. Pyrénees. p. 603 (1813)—LAMARCK & DC. Fl. Franc. ed. 3, III, p. 297, no. 2098 (1815)—SPRENGEL, Syst. Veg. I, p. 101 (1825)—KOCH, Salic. Europ. Comment. p. 29 (1828)—HOST, Salic. p. 16, t. 55-56 (1828)— HOPPE in STURM, Deutschl. Fl. IX. Pl. 1084—FORBES, Salic. Wobur. p. 265 (1829)—LINDLEY, Syn. Brit. Fl. ed. 1, p. 237, no. 61 (1829)— REICHENBACH, Fl. Germ. Excurs. II, p. 170 (1831)—MUTEL, Fl. Franc. III, p. 193 (1836)—HOOKER in SMITH, Comp. Engl. Fl. ed. 2, p. 203 (1836)—KOCH, Syn. Fl. Germ. & Helv. ed. 1, p. 648 (1837)—LOUDON, Arb. & Frutic. Brit. III, p. 1549 fig. 1329 (1838)—SPACH, Hist. Vég. X, p. 372 (1841)—BABINGTON, Man. Brit. Bot. p. 273 (1843)—DŒLL, Rhein. Fl. p. 264 (1843)—REICHENBACH, Icon. IX, p. 25 tab. DXCVII (1849)—ANDERSSON in Svensk. Vetensk. Acad. Honoa 1850. p. 475 (1851)—TRAUTVETTER in LEDEBOUR, Fl. Ross. III, pt. 2, p. 605 (1851)— GRENIER & GODRON, Fl. Franc. III, pt. 1, p. 131 (1855)—REGEL & TILING, Fl. Ajan. p. 117 (1858)—DŒLL, Fl. Bad. II, p. 494 (1859)— —TRAUTVETTER in MAXIMOWICZ, Prim. Fl. Amur. p. 243 (1859)— REGEL, Tent. Fl. Uss. p. 131 (1861)—PETZOLD & KIRCHNER, Arboret. Mus. p. 586 (1864)—WIMMER, Salic. p. 36 (1866)—ANDERSSON in DC. Prodr. XVI, sect. 2, p. 264 (1868), pro parte—FR. SCHMIDT. Reis. Amurl. p. 61, no. 329, p. 172. no. 381 (1868)—ČELAKOVSKÝ, Prodr. Fl. Böhm. II, p. 134 (1871)—KOCH, Dendrol. II, p. 544 (1872)—SYME in SOWERBY, Engl. Bot. p. 223, Pl. MCCCXXII (1873)—LAUCHE, Deutsch. Dendrol. p. 324 (1880)—NYMAN, Consp. Fl. Europ. III, p. 666 (1881)— BENTHAM & HOOKER, Brit. Fl. ed. 5, p. 410 (1887)—BURKILL in Journ. Linn. Soc. XXVI, p. 534 (1889)—HERDER in Acta Hort. Petrop. XI, p. 425 (1890)—KORSCHINSKY in Acta Hort. Petrop. XII, p. 390, no. 498 (1892)—DIPPEL, Handb, Laubholzk. II, p. 293 (1892)—KŒHNE, Deutsch. Fl. p. 99 (1893), excl. var.—BEISSNER, SCHEEL & ZABEL, Handb. Laubholzbenn. p. 40 (1903)—KOMAROV in Acta Hort. Petrop. XXII, p. 32 (1903), pro parte—CAMUS, Monogr. I, p. 214 (1904)—SCHNEIDER, Illus. Handb. Laubholzk. I, p. 45 (1904)—ROUY, Fl. Franc. XII, p. 200 (1910)— NAKAI in Journ. Coll. Sci. Tokyo XXXI, p. 214 (1911)—SIUZEV in Trav. Mus. Bot. Acad. Imp. Sci. St. Pétersb. IX, p. 89 (1912)—TŒPFFER, Salic. Bav. p. 89 (1915)— SCHNEIDER in SARGENT, Pl. Wils. III,

p. 157 (1916)—MORI, Enum. Corean Pl. p. 112 (1922)—REHDER in Journ. Arnold Arb. IV, p. 144 (1923); Man. Cultiv. Trees & Shrubs p. 118 (1927).

Syn. *Salix longifolia* LAMARCK, Fl. Franc. II, p. 232 (1778).

Salix viminalis var. *Linnœana* TRAUTVETTER in Linnæa X, p. 580 (1836).

Arborescens virgatus usque 5-6 metralis altus, trunco diametro 10-20 cm. Rami potius gracilis. Cortex ramulorum viridis apricus rubescens velutinus. Squama gemmæ 3-5 mm. longa rubro-fusca dorsi-ventrali-compressa et ventrali longitudine fissa dorso adpresse pilosa. Folia exteriora 4-5 convoluta, interiora omnia æstivatione revoluta; petioli 1-5 mm. longi sericei; lamina lanceolato-linearia acuminato-attenuata basi anguste cuneata vel attenuata supra viridis primo parce pilosella mox glabrescens subtus argenteo-sericea supra costam parce sericea 3-18 cm. longa 3-10 mm. lata margine plus minus revoluta. Amenta præcocia, axis sericea, mascula ellipsoidea vel oblonga 1,5-3 cm. longa 1,5 cm. lata. Flos masculus cum bractea 3 mm. longa obovata vel oblanceolata naviculare ascendenti-incurva acuta parte superiore 2/3 atrata dorso supra medium villis 2 mm. longis sericeo-villosa intus glabra vel pilosella dorso infra medium horizontali rugulosa; glandula unica ventralis columnaris elongata apice nectarifera 1-1,5 mm. longa; stamina 2 lateralia, filamenta alba glabra 11-12 mm. langa libera vel basi connata, antheræ oblongæ 1 mm. longæ flavæ sed interdum parce rubescentes extrorsæ. Amenta fæminea sessilia 2,5-3,5 cm. longa; cataphylla 2-3 suffulta 3-5 mm. longa lanceolata navicularia dorso sericea intus glabra lucida; bracteæ obovatæ apice acutiusculæ vel obtusiusculæ vel subrotundatæ obtusæ supra medium atræ villis bracteis brevioribus. Glandula ventralis 1-1,2 mm. longa ut in figuris LL, interdum in petala transformans. Ovarium adpresse sericeum 2-2,5 mm. longum ovoideum apice in stylum 2-2,5 mm. longum attenuatum. Stylus infra medium adpresse parce pilosellus. Stigma bifidum vel quadrifidum circ. 1 mm. longum. Fructus ovoideus 4-5 mm. longus adpresse sericeus.

Hab.

Prov. Kanhoku: Yujyō (T. NAKAI); Shinjinkok oppidi Shuotsu tractus Kyōjyō (T. NAKAI no. 6836).

Prov. Kannan: Taichūri (T. ISHIDOYA no. 2799, ♀ & ♂); inter Keizanchin & Futempō (T. NAKAI no. 1912).

Prov. Heihoku: Shingishū (T. NAKAI no. 1913); Sakshū (R. G. MILLS no. 577).

Distr. Europa et Asia.

Salix viminalis LINNÆUS var. **linearifolia** WIMMER & GRABOWSKI, Fl. Siles. II, p. 368 (1829)—SEEMEN in ASCHERSON & GRÆBNER, Syn. IV, p. 174 (1908).

Syn. *Salix viminalis* (non LINNÆUS) HOFFMANN, Hist. Salic. t. XXI, fig. 1 (1789).

Salix viminalis var. *angustifolia* TAUSCH ex OPIZ, Seznam p. 36 (1852), nom.

Salix viminalis var. *tenuifolia* KERNER in Nied.-Oest. Weid. p. 211 (1860).

Salix viminalis var. *angustissima* COSSON & GERMAINE, Fl. Envir. Paris ed. 2, p. 618 (1861)—ROUY, Fl. Franc. XII, p. 200 (1910).

Folia subulata 7–16 cm. longa 3–8 (vulgo 3–5) mm. lata.

Hab.

Prov. Heihok: inter Gyokkōchin & Seijyōchin (T. NAKAI no. 1910); in delta prope Shingishū (T. ISHIDOYA).

Distr. Europa.

Salix viminalis LINNÆUS var. **abbreviata** DŒLL, Fl. Bad. II, p. 495 (1859)—WIMMER, Salic. Europ. p. 37 (1866)—SEEMEN in ASCHERSON & GRÆBNER, Syn. IV. p. 174 (1908)—ROUY, Fl. Franc. XII, p. 200 (1910)—TŒPFFER, Salic. Bav. p. 90 (1915).

Syn. *Salix viminalis* (non LINNÆUS) HOFFMANN, Hist. Salic. t. XXI fig. 9. (1789).

Folia lineari-lanceolata 2,5–9 cm. longa 3,5–6 mm. lata. Amenta fæminea tantum mihi nota 6–12 mm. longa 6 mm. lata subsessilia.

Cataphylla 3–5 quarum 1–2 foliacea. Bracteæ ascendentes obovato-oblongæ apice 1/3 nigræ longe sericeo-villosæ 1,7 mm. longæ. Glandula subulata flava 1,5 mm. longa. Ovarium sericeum 1,7 mm. longum ovoideum. Styli glabri 1 mm. longi apice bifidi.

Hab.

Prov. Heihoku : in delta prope Shingishū (T. Ishidoya).

Distr. Europa.

The above three varieties of *Salix viminalis* are cultivated in the farm of the Forest Experiment Station at Seiryōri near Keijyo. All of them were taken formerly from the wild plants in Korea.

31. Salix stipularis Smith.
(Tabula nostra XLIV.)

Salix stipularis Smith, Engl. Bot. XVII, t. 1214 (1803)—Willdenow, Sp. Pl. IV, pt. 2, p. 708 (1805)—Persoon, Syn. Pl. II, p. 604, no. 111 (1807)—Dietrig, Vollst. Lexic. VIII, p. 407, no. 104 (1808)—Aiton, Hort. Kew. ad. 2, V, p. 365, no. 62 (1811)—Koch, Salic. Europ. Comm. p. 29 (1828)—Lindley, Syn. Brit. Fl. ed. 1, p. 238 (1829)—Reichenbach, Fl. Germ. Excurs. II, p. 170 (1831)—Mutel, Fl. Franc. III, p. 193 (1836)—Hooker in Smith, Comp. Engl. Fl. ed. 2, p. 203 (1836)—Koch, Syn. Fl. Germ. & Helv. ed. 1, p. 648 (1837)—Loudon, Arb. & Frutic. Brit. III, p. 1550 (1838)—Spach, Hist. Vég. X, p. 373 (1841)—Babington, Man. Brit. Bot. p. 273 (1843)—Reichenbach, Icon. IX, p. 25, t. DXCVIII (1849)—Trautvetter in Ledebour, Fl. Ross. III, pt. 2, p. 605 (1851) ; in Maximowicz, Prim. Fl. Amur. p. 243 (1859)—Petzold & Kirchner, Arb. Musc. p. 585 (1864)—Andersson in DC. Prodr. XVI, sect. 2, p. 266 (1868)—Koch, Dendrol. II, pt. 1, p. 547 (1872)—Syme in Sowerby, Engl. Bot. VIII, p. 225, Pl. MCCCXXIII (1873)—Lauche, Deutsch. Dendrol. p. 325 (1880)—Beissner, Scheel & Zabel, Handb. Laubholzbenn. p. 40 (1903)—Seemen in Ascherson & Græbner, Syn. IV, p. 181 (1908)—Schneider in Sargent, Pl. Wils. III, p. 159 (1916)—Rehder, Man. p. 119 in nota sub *S. viminalis* (1927).

Syn. *Salix glauca β. sericea* REGEL & TILING, Fl. Ajan. p. 118 (1858).

Salix opaca ANDERSSON[1] in herb. Petrop. ex HERDER in Acta Hort. Petrop. XI, p. 428 (1890).

Salix dasyclados subsp. *stipularis* SEEMEN in ASCHERSON & GRÆBNER, Syn. Mitteleurop. Fl. IV, p. 180 (1909)—SIUZEV in Trav. Mus. Bot. Acad. Imp. St. Pétersb. IX, p. 89 (1912).

Salix dasyclados (non WIMMER) SIUZEV, l. c.

Planta mascula tantum ex Korea nota. Arborescens vel frutex elatus virgatus. Cortex viridis apricis rubescens dense sericeo-velutinus. Squama gemmæ 3–7 mm. longa oblonga fusca vel rubro-fusca velutina dorsi-ventrali compressa ventrali longitudine fissa. Folia exteriora 2–4 æstivatione convoluta sed interiora revoluta omnia supra parce sericea viridia infra argenteo-sericea lineari-lanceolata 5–14 cm. longa 7–14 mm. lata margine integra subrepanda revoluta; petioli 3–8 mm. longi adpresse sericei. Amenta mascula oblonga 1,5–3 cm. longa 1,5 cm. lata. Bracteæ oblanceolatæ naviculares ascendentes incurvæ supra medium nigræ et villis circ. 2 mm. longis villosæ. Glandula ventralis unica elongata curvata apice integra vel emarginata vel subbifida nectarifera 1,5 mm. longa. Stamina 2 lateralia; filamenta alba 11–12 mm. longa. Antheræ flavæ sed interdum parce rubescentes extrorsæ.

Hab.

Prov. Kannan: inter Keizanchin & Futempō (T. NAKAI no. 2296).

Prov. Heihok: Shingishū (T. ISHIDOYA).

Distr. Europa et Asia bor.

32. Salix Siuzevii SEEMEN.

(Tabula nostra XLV.)

Salix Siuzevii SEEMEN in FEDDE, Repert. V, p. 17 (1908)—SIUZEV in Trav. Mus. Bot. Imp. Sci. St. Pétersb. IX, p. 90, fig. 1 (1912)—

---

1) *Salix opaca* SEEMEN, Salic. Jap. p. 51 is identical with *Salix Onoei* FRANCHET & SAVATIER.

NAKAI in Tokyo Bot. Mag. XXXIII, p. 5 (1919)—MORI, Enum. Corean Pl. p. 112 (1922)—NAKAI in Bull. Soc. Dendrol. Franc. no. 66, p. 8 (1928).

Syn. *Salic mixta* (non KORSCHINSKY) NAKAI in Tokyo Bot. Mag. XXII, p. 59 (1908).

Salix stipulasis (non SMITH) NAKAI in Tokyo Bot. Mag. XXVI, p. 168 (1912).

Salic Onoei (non FRANCHET & SAVATIER) NAKAI, Fl. Paiktusan p. 63, no. 85 (1918).

Frutex elatus vel arborescens, 2–5 metralis altus. Cortex sordide atro-cinereus. Ramuli primo virides, deinde fuscescentes, demum castanei lucidi. Squama gemmarum 4–6 mm. longa ventre valvatim verticale fissa, primo sericea demum glabrescentes. Folia exteriora 6–7 æstivatione convoluta, cetera ommia revoluta, turionum petiolis 4–7 mm. longis glabris, laminis lineari-lanceolatis 7–14 cm. longis 15–19 mm. latis supra viridibus infra glaucinis utrinque glabris margine grosse repandis, basi acutis vel cuneatis apice attenuatis; ramorum fructiferorum petiolis 1–6 mm. longis glabris, laminis oblanceolatis vel anguste oblanceolatis 1,6–6 cm. longis 5–12 mm. latis basi anguste cuneatis apice acuminatissimis margine obscure crenatis revolutis. Amenta præcocia lateralia cataphyllis 2–3 lanceolatis 3–8 mm. longis dorso sericeis intus glabris suffulta. Amenta mascula 15–22 mm. longa, axis sericea, bractea 2 mm. longa obovato-oblonga apice acuta supra medium atrata dorso sericeo-villosa ventre pilosa, glandula elongata ut in figuris F. F ; stamina 2 lateralia ; filamenta glabra ; antheræ ellipticæ flavæ. Amenta fæminea subsessilia 2–4 cm. longa centripedalia, axis pilosa sæpe rubescentia ; bracteæ 2,5 mm. longæ obovato-oblongæ basi suberectæ rubescentes, supra medium reflexo-ascendentes nigræ dense sericeæ ; glandula ventralis unica ut in figuris I, I, I, 1 mm. longa flavo-viridis apice emarginata vel rotundata sæpe rubescens. Ovarium sericeum ovoideum 1,5 mm. longum, stipite adpresse ciliolato 1,5 mm. longo. Styli 1 mm. longi. Stigmata 0,5 mm. longa quadrifida.

Hab.

Prov. Kanhok : pede montis Kanbōhō (T. SAWADA) ; in vallis montium

Hichihōzan (C. KONDO no. 342); oppido Yōshamen tractus Kisshū (S. FUKUBARA no. 1624); secus torrentes montis Kōsetsurei (T. NAKAI no. 6842, 6848, fr.); districtu montium Hakutōzan (T. MORI); Shuotsu (T. NARAI no. 6846); Mt. Sôzan (CHUNG no. 683, 684); Shōjyō (CHUNG no. 1247); Funei Fukyomen (CHUNG); Mt. Shōshinzan (CHUNG no. 388); Taitōsuihok oppidi Shunanmen (T. NAKAI no. 6846 bis); Engan tractus Mozan (M. FURUMI no. 441); Renkado oppidi Shuhokumen (T. NAKAI no. 6847, fr.).

Prov. Kannan: Chōshin (T. NAKAI no. 1905); Chinkō (T. NAKAI); Mt. Kōsōrei (T. MORI); Taichūri tractus Kōzan (T. ISHIDOYA no. 2791 ♀); Mt. Kōjirei (T. ISHIDOYA no. 5179 ♂, 5181 ♂, 5184 ♀, 5211 ♂); Mt. Shūaizan (S. FUKUBARA); Mt. Kōrōhō tractus Teihei (CHUNG); Mt. Mōtōhō tractus Keikō (CHUNG); Kankō (T. ISHIDOYA no. 4479); inter Kyokōrei & Zinmujyō (T. NAKAI no. 1941); inter Taikōri et Sanyō (T. NAKAI no. 1914).

Prov. Heihoku: Kōkai (R. G. MILLS no. 496); Mt. Hakuhekizan (T. ISHIDOYA); Shingishū (M. FURUMI ♂ & ♀); Mt. Gatokurei (T. NAKAI no. 1933); in delta Shingishū (T. ISHIDOYA).

Prov. Heinan: Heijyō (T. NAKAI no. 1899); Mt. Kenzanrei tractus Neien (T. ISHIDOYA no. 4480); inter Shasō & Onsō (T. ISHIDOYA no. 4481).

Prov. Kōgen: Rankoku (T. ISHIDOYA no. 3094 ♀, 3095 ♀, 3102 ♂, 3103 ♂, 3105 ♂, 3124 ♂, 1943, 1944); Mt. Taikisan (S. FUKUBARA); Mt. Taihakusan (T. ISHIDOYA no. 5676, 5678); in area templi Jyōyōji (T. ISHIDOYA no. 6232); Sempo (T. KIMURA).

Prov. Kōkai: Katomen tractus Kokzan (K. TAKAISHI).

Distr. Manshuria & Ussuri.

第三族 どろのき族

芽ハ數個ノ鱗片ヲ有ス。花穗ハ下垂ス。花ハ風媒。苞ハ早落性又ハ半永存性。花被ハ一列杯狀。花柱ハ一個短カク二叉又ハ三叉ス。次ノ一屬ヲ含ム。

第参属 どろのき属

雌雄異株ノ喬木。芽ハ無毛又ハ有毛又ハ粘質。葉ハ一年生互生有柄、嫩葉ハ内巻。托葉ハ早落性、花穂ハ葉ニ先チテ生ジ無柄又ハ有柄、穂状又ハ總状稀ニ複總状。苞ハ早落性又ハ半永存性細ク缺刻ス。花被ハ一列杯状。雄蕊ハ五個乃至二十五個（四個乃至六十個）。花糸ハ離生。葯ハ外向二室。子房ハ二室二個ノ心皮ヨリ成ル。胎坐ハ二個、卵子ハ二列倒生。蒴ハ二辨ヨリ成リ通例種子多シ、種子ハ長楕圓形白キ冠毛アリ。幼根ハ下向。

北半球ニ産シ約二十種アリ、其中五種ハ朝鮮ニ自生シ三種ハ廣ク栽植サル。分テ次ノ節ニ區分ス。

1 { 葉柄ノ上部ハ側扁ナリ。……………………………………………2
  { 葉柄ノ上部ハ丸シ。………………………………………………3

2 { 芽ニ毛アリ。花穂ハ穂状又ハ總状穂状。雄蕊ハ八個乃至十個…
  { ………………………………………………… やまならし節
  { 芽ハ無毛。雄花穂ハ總状又ハ複總状。雄蕊ハ十五個乃至三十個。
  { ………………………………………………… ポプラ節

3 { 芽ニ毛アリ。粘質ナラズ。雄蕊ハ四個乃至八個。………白楊節
  { 芽ハ無毛極メテ粘質ナリ。雄蕊ハ十個乃至六十個。…ごろのき節

Salicaceæ Tribus **Populeæ** NAKAI, nov. trib.

Syn. *Salicaceæ* subfam. *Saliceæ* NAKAI in Journ. Arnold Arboret. V, p. 73 (1924), pro parte ; in Bull. Soc. Dendrol. France no. 66, p. 5 (1928), pro parte.

Salicaceæ Subfam. *Populoideæ* KIMURA in Tokyo Bot. Mag. XLII, p. 290 (1928).

Gemmæ pleiolepides. Amenta pendula. Flores anemophili. Bracteæ deciduæ vel subpersistentes. Perigonium uniseriale cupulare. Stylus 1 brevis 2–3 furcatus. Genus unicum continet.

Populus [PLINIUS, Hist. nat. ed. 1, liber XV, fol. 135 sin. (1469)—DIOSCORIDES, libes I. capt. IV, interprete VIRGILIO (1518)—BRUNFELS, Nov. Herb. II, p.p. 8, 34, 148 (1530) ; Herb. III, p. 236 (1536)—MATTHIOLUS, Med. Senens. Comm. p. 88 cum. figs. (1554)—DODONÆUS, Niuv. Herb. p. 749, figs. (1578) ; Pempt. p. 823, cum figs. (1583)—

GERARDE, Hist. p. 1301 (1597)—BAUHINUS, Pinax p. 429 (1623)—RAIUS, Hist. II, p. 1417 (1688)—TOURNEFORT, Instit. Rei Herb. p. 592, t. 365 (1700)—BŒRHAAVE, Index Pl. II, p. 211 (1720)—LINNÆUS, Gen. Pl. p. 307, no. 755 (1737)]; Sp. Pl. ed. 1, p. 1034 (1753); Gen. Pl. ed. 5, p. 456, no. 996 (1754)—DUHAMEL, Traité Arb. II, p. 177 (1755)—HILL, Brit. Herb. p. 512 (1756)—SCOPOLI, Fl. Carn. p. 411 (1760)—ADANSON, Fam. Pl. p. 376 (1763)—SCHREBER, Gen. Pl. p. 693, no. 1531 (1789)—JUSSIEU, Gen. Pl. p. 409 (1789)—NECKER, Elem. Bot. III, p. 261 (1790)—GÆRTNER, Fruct. Sem. Pl. II, p. 56, t. 90, fig. 4 (1791)—MŒNCH, Method. I, p. 337 (1794)—DESFONTAINES, Fl. Atl. II, p. 369 (1798)—VENTENAT, Tab. Vég. III, p. 555 (1799)—J. ST. HILAIRE, Exposit. Fam. Pl. II, p. 317 (1805)—LAMARCK & DC. Fl. Franc. ed. 3, III, p. 298 (1815)—LINDLEY, Syn. Brit. Fl. p. 238 (1829)—ENDLICHER, Gen. Pl. p. 290, no. 1904 (1836)—MEISSNER, Pl. Vasc. Gen. I, p. 348 (1836)—SPACH, Hist. Vég. X, p. 378 (1841)—HARTIG, Forst. Cult. Deutsch. p. 427 (1851)—TRAUTVETTER in LEDEBOUR, Fl. Ross. III, pt. 2, p. 625 (1851)—PETZOLD et KIRCHNER, Arb. Musc. p. 589 (1864)—WESMÆL in DC. Prodr. XVI, pt. 2, p. 323 (1868)—KOCH, Dendrol. II, p. 482 (1872)—LAUCHE, Deutsch. Dendrol. p. 313 (1880)—BENTHAM & HOOKER, Gen. Pl. III, p. 412 (1880)—BENTHAM & HOOKER, Brit. Fl. ed. 5, p. 637 (1888)—PAX in ENGLAR & PRANTL, Nat. Pflanzenfam. III, Abt. 1, p. 35 (1887)—KŒHNE, Deutsch. Dendrol. p. 77 & 78 (1893)—SCHNEIDER, Illus. Handb. I, p. 23 (1904)—ASCHERSON & GRÆBNER, Syn. IV, p. 14 (1908).

Arbor dioica. Gemma glabra vel pubescens vel viscosa. Folia annua alterna petiolata æstivatione convoluta stipullata serrata vel dentata vel integra. Stipulæ caducæ. Amenta præcocia sessilia vel pedunculata spicata vel racemosa rarius paniculata. Bracteæ caducæ vel subpersistentes laciniatæ. Perigonium 1-seriale cupulare. Stamina 5-25 (4-60). Filamenta libera. Antheræ extrorsæ biloculares. Ovarium carpellis binis compositum 1-loculare. Placenta 2 basilari-parietalia. Ovula 2-serialia anatropa. Capsula 2-valvis oligo-polysperma. Semina oblonga. Radicula infera.

Species circ. 20 in boreali-hemisphærica incola, quarum 5 in Korea media et boreali spontaneæ, et tres exoticæ late plantatæ.

Conspectus sectionum.

1 {Petioli apice laterali compressi. 2
{Petioli apice teretes. 3

2 {Gemmæ pisosellæ. Amenta spicata vel racemoso-spicata. Sta-
    mina 8–10...*Trepidæ*
{Gemmæ glabræ. Amenta mascula racemosa vel paniculata.
    Stamina 15–30. .... *Aigeiros*

3 {Gemmæ pubescentes non viscosæ. Stamina 4–8. ....*Leuce*
{Gemmæ glabræ viscosæ. Stamina 10–60. ... . *Tacamahaca*

第 一 節　白　楊　節

芽ハ毛アリ粘質ナラズ。若枝ハ毛多シ。葉柄ハ丸シ。雄蕋ハ四個乃至八個。本節ニ屬スル朝鮮自生植物ナシ唯滿洲ヲ經テ支那ヨリ移セル

　　　白楊 *Populus alba* LIMRÆUS

ハ平南、平北ニ屢々栽植シアリ。

Populus sect. **Leuce** DUBY in DE CANDOLLE, Bot. Gallic. ed. 2, I, p. 427 (1828), pro parte—REICHENBACH, Fl. Germ. Excurs. II, p. 173 (1831), pro parte—KOCH, Syn. Fl. Germ. & Helv. ed. 1, p. 660 (1837), pro parte—SPACH, Hist. Vég. X, p. 379 (1841), pro parte; in Ann. Sci. Nat. 2 sér. XV, p. 28 (1841), pro parte—TRAUTVETTER in LEDE-BOUR, Fl. Ross. III, pt. 2, p. 626 (1851), pro parte—GRENIER & GODRON, Fl. Franc. III, pt. 1, p. 143 (1855), pro parte—WESMÆL in DC. Prodr. XVI, sect. 2, p. 324 (1868), excl. syn. *Leucoides*—LANGE in WILLKOMM & LANGE, Prodr. Fl. Hisp. I, p. 233 (1870), pro parte—KOCH, Dendrol. II, pt. 1, p. 483 (1872), pro parte—DIPPEL, Handb. Laubholzk. II, p. 190 (1892), pro parte—KŒHNE, Deutsch. Dendrol. p. 78 (1893), pro parte—SCHNEIDER, Illus. Handb. Laubholzk. I, p. 16 (1904).

Syn. *Populus* §1. *Populi albæ* LAMARCK & DC. Syn. Fl. Gall. p. 179 (1806), pro parte.

Balsamiflua GRIFFITH, Notul. Pl. Asiat. IV, p. 382 (1854).

Populus Subgn. *Leuce* DUBY apud LAUCHE, Deutsch. Dendrol. p. 313 (1880), pro parte.

Populus Subgn. *Leuce* sect. *Albidæ* DODE in Mém. Soc. Hist. nat. Autun XVIII, p.p. 18 & 19 (1905)—ASCHERSON & GRÆBNER, Syn. IV, p. 16 (1908).

Populus sect. *Leuce* Subsect. *Albidæ* SCHNEIDER in SARGENT, Pl. Wils. III, p. 29 (1916), pro parte.

Gemmæ pubescentes haud viscosæ. Rami juveniles pubescentes. Petioli teretes. Stamina 4–8.

There is no indigenous species belonging to this section in Korea. The white poplar *Populus alba* LINNÆUS, Sp. Pl. ed. 1, p. 1034, no. 1 (1753) often seen in the north-western part of Korea was early introduced from Manchuria.

第 貳 節　や ま な ら し 節

若芽ニハ微毛アレドモ後落チ粘質ナリ。鱗片ハ四乃至六個。若枝ニハ毛アルモノトナキモノトアリ。葉柄ハ側方ヨリ壓サレシ如シ。雄蕊ハ八個乃至十個。

歐、亞、北米三大陸ニ亙リ七種アリ、其中二種ハ朝鮮ニモ自生ス。

〔葉柄ハ長サ四乃至九センチ、葉身ハ長サ七乃至十四センチ幅六乃至
　十五センチ粗大ナル稍内曲セル鋸齒アリ。………えぞやまならし
　葉柄ハ長サ一乃至四センチ、葉身ハ長サ二センチ半乃至六センチ幅
　一センチ半乃至五センチ半波狀ノ齒アリ。…てうせんやまならし

33.　え ぞ や ま な ら し
（第四拾六圖）

高サ六乃至七米突ノ小喬木、概形ハ楕圓形ナリ。皮ハ灰色。枝ハ太ク幅三乃至四ミリ無毛、芽ハ卵形又ハ長楕圓形先ハ尖ル、粘質、長サ三乃至十ミリ褐色ノ鱗片相重ナル。葉柄ハ基部ニ溝アリ其ヨリ丸クナリ央以上ハ側扁トナル故ニ先端ハ縦ノ方向ニ一ミリ半乃至三ミリノ厚サアリ、葉身ノ基部ニハ屢々蜜腺アリ、長サハ三センチ半乃至九センチ。葉身ハ帶卵圓形基脚ハ丸ク又ハ廣キ楔形先端ハ鋭角緣ニハ大形ノ内曲セル鋸齒アリ、長サ四、八センチ乃至十、九センチ幅四乃至九センチ（萠枝ニアリ

テハ長サ十四センチ半幅十五センチ半ニ達スルアリ）、表面ハ綠色、裏面ハ白味アリ、始メヨリ毛ナシ。花穗ハ葉ニ先チテ出デ下垂ス。雌花穗ハ花時長サ二乃至五センチ。花軸ハ無毛。苞ハ早ク落チ基ハ爪狀先端ハ團扇狀緣ハ多數ニ切レ込ミ黑色、爪ト共ニ長サ六乃至七ミリ緣ニ絹狀ノ毛アリ。子房ニハ短カキ柄ヲ有シ央以下ハ杯狀ノ蕚ニ包マル。先端ニハ紅色雞冠狀ノ柱頭二乃至三個ヲ戴ク。

平南、平北ノ山ニ生ジ寧ロ稀ナリ。

（分布）北海道（天鹽、北見）。

34. てうせんやまならし
（第四拾七、四拾八圖）

雌雄異株ノ喬木ニシテ高サ十五米突乃至二十米突ニ達シ幹ノ直徑ハ最大ナルハ一米突ニ達スルアリ。皮ハ帶褐灰色縱ニ割目アリ。小枝ハ無毛綠色又ハ帶紅色。芽ハ褐色粘質長サ五乃至八センチ相重ナレル鱗片ニテ被ハル、無毛。花芽ハ廣卵形。葉芽ハ帶卵披針形。芽及ビ若芽ハ粘質ニシテ香氣アリ。托葉ハ披針形又ハ狹披針形長サ三乃至六ミリ無毛早落性帶紅色。葉柄ハ無毛基部ハ表面ニ溝アリ央以上ハ側扁ニシテ長サ六乃至四十五ミリ、綠色又ハ先端帶紅色。葉身ハ帶卵橢圓形又ハ短カキ圓形又ハ廣卵形長サ二乃至五、七センチ幅一、五乃至六センチ表面ハ綠色裏面ハ淡白シ基脚ハ截形又ハ鈍形又ハ弱心臟形、先端ハヤヽ丸キカ又ハ尖リ緣ハ波狀ノ齒アリ且ツ微毛アリ齒ハ兩緣ニ各七乃至十三個宛アリ。花穗ハ葉ニ先チテ生ジ無柄又ハ短柄アリ。芽ノ鱗片ハ丸ク內卷四個又ハ五個。花軸ニ微毛アリ、苞葉ナシ。雄花穗ハ長サ五乃至九センチ。苞ハ半永久性、爪ハ長サ二ミリ苞身ハ四乃至五ミリ丸キ團扇狀ニシテ多數ノ切込アリ黑色。花被ハ斜ノ倒圓錐形白色長サ二ミリ半乃至三ミリ。雄蕊ハ六乃至十一個腹背ノ方向ニ殆ンド二列ニ列ブ。葯ハ球形紫色永久性。雌花穗ハ長サ四乃至七センチ花軸ニ微毛アリ。苞ハ早落性長サ三ミリ先ハ團扇狀ニ擴リ切込アリ黑色緣ニ絹毛アリ、基部ハ急ニ細キ綠色ノ爪ニ縮マル花被ハ斜倒圓錐形長サ二ミリ白色。子房ハ卵形長サ二ミリ半綠色。柱頭ハ二乃至三個雞冠狀ナリ。

咸北、咸南、平北、平南、黃海、江原、京畿、慶北、忠北、忠南、欝陵島ニ產ス。

（分布）滿洲、北支那、黑龍江流域、烏蘇利、北海道。

一種葉ハ其脚廣キ楔形ヲナスアリ、之ヲ**ながてうせんやまならし**ト謂
フ。平北、黄海兩道ニ産ス。

又一種一年生ノ枝ト葉柄ト葉裏トニ微毛ノ生ズルアリ、之ヲ**けてうせ
んやまならし**ト謂フ。京畿道ニ産シ支那ニモアリ。

Populus sect. **Trepidæ** NAKAI, comb. nov.

Syn. *Populus* sect. *Leuce* DUBY, l. c. pro parte—REICHENBACH, l. c.
pro parte—KOCH, l. c. pro parte—SPACH, l. c. pro parte—TRAUTVETTER,
l. c. pro parte—GRENIER & GODRON, l. c. pro parte—WESMÆL, l. c.
pro parte—LANGE, l. c. pro parte—KOCH, l. c. pro parte—LAUCHE, l. c.
pro parte—DIPPEL, l. c. pro parte—KŒHNE, l. c. pro parte—ROUY, l. c.
pro parte—SCHNEIDER, l. c. pro parte.

Populus subgn. *Leuce* sect. *Trepidæ* DODE in Mém. Soc. Hist. Nat.
Autun XVIII, p. 19 (1905)—ASCHERSON & GRÆBNER, Syn. IV, p. 24
(1908).

Populus sect. *Leuce* subsect. *Trepidæ* SCHNEIDER, l. c. p. 29.

Gemmæ juveniles sæpe pilosellæ demum glabrescentes viscosæ
squamis 4–6. Rami juveniles pubescentes vel glabri. Petioli laterali
compressi. Stamina 8–10.

Species 7 in Europa, Asia et America bor. indigenæ, quarum duæ in
Korea spontaneæ.

Petioli 4–9 cm. longi. Lamina foliorum 7–14 cm. longa 6–15 cm.
lata grosse subincurvato-serrata. ....*P. jessoensis*
Petioli 1–4 cm. longi. Lamina foliorum 2,5–6 cm. longa 1,5–5,5 cm.
lata crenato-dentata. ....*P. Davidiana*

33. **Populus jesoensis** NAKAI.
(Tabula nostra XLVI.)

Populus jesoensis NAKAI in Tokyo Bot. Mag. XXXIII, p. 197 (1919)—
MIYABE & KUDO, Icon. Essent. Forest Fl. Hokkaido, facs. IV, p. 44
in nota sub *P. Sieboldii* (1921)—MAKINO & NEMOTO, Fl. Jap. p. 1119
(1925).

Arborea 6–7 metralis alta ambitu ellipsoidea. Cortex cinereus.

Ramulus robustus 3–4 mm. latus glaberrimus. Gemmæ ovatæ vel oblongæ acutæ vel acuminatæ viscosæ 3–10 mm. longæ, squamis fuscis imbricatis obtectæ. Petioli basi sulcati tum teretes et saltem supra medium laterali compressi apice dorsi-ventrali 1,5–3 mm. crassi 3,5–9 cm. longi, circa basin laminæ sæpe glandulosi. Lamina foliorum ovato-rotundata basi rotundata vel late cuneata apice acuta margine grosse imbricato-serrata 4,8–10,9 cm. longa 4–9 cm. lata (in turione usque 14,5 cm. longa 15,5 cm. lata tum basi leviter cordata) supra viridis infra glaucescens vel pallida chartacea ab initio glaberrima. Amenta præcocia, fæminea tantum mihi nota, pendula sub anthesin 3–5 cm. longa, axis glabra, bracteæ deciduæ basi unguiculatæ apice flabellatæ et margine laceratæ nigrescentes cum unguis 6–7 mm. longæ margine sericeo-villosæ. Ovarium brevi-stipitatum infra medium calyce cupulare clausum, apice stigmatibus rubris cristato-laciniatis 2–3 coronatum viride.

Hab.

Prov. Heinan : in silvis Yōtoku (T. NAKAI) ; ibidem (S. IKUBO, fl.).

Prov. Heihok : in monte Zyūseizan (T. NAKAI no. 1950).

Distr. Yeso (Prov. Kitami & Teshio).

34. **Populus Davidiana** DODE.
(Tabulæ nostræ XLVII & XLVIII.)

Populus Davidiana DODE in Mém. Soc. Nat. Hist. Autun XVIII, p. 31, t. 11, fig. 31 (1905)—NAKAI in Bull. Soc. Dendrol. France no. 66, p. 6 (1928).

Syn. *Populus tremula* (non LINNÆUS) RUPRECHT in Mél. Biol. II, p. 556 (1858)—TRAUTVETTER in Mém. prés. Acad. Imp. Sci. St. Pétersb. div. sav. IX, p. 245 (MAXIMOWICZ, Prim. Fl. Amur.) (1859)—REGEL in Mém. Acad. Sci. St. Pétersb. VII, sér. IV, no. 4 (Tent. Fl. Uss.), p. 131, no. 439 (1861)—FR. SCHMIDT in Mém. Acad. Sci. St. Pétersb. XII, no. 2 (Reisen Amurlande & Sachal.), p. 61, no. 336, p. 134, no. 387 (1868)— HERDER in Acta Hort. Petrop. XI (Pl. Radd. IV), p. 460 (1890)— KORSCHINSKY in Acta Hort. Petrop. XII, p. 390 (Fl. Amur.), p. 390,

no. 494 (1892)—BURKILL in Journ. Linn. Soc. XXVI (HEMSLEY, Ind.
Fl. Sin. II), p. 537 (1899), pro parte, excl. var.—KOMAROV in Acta Hort.
Petrop. XXII (Fl. Mansh. II), p. 15 (1903), pro parte—NAKAI in Journ.
Coll. Sci. Tokyo XXXI (Fl. Koreana II), p. 212 (1911).

Populus tremula var. *Davidiana* SCHNEIDER in SARGENT, Pl. Wils.
III, p. 24 (1916)—NAKAI, Veg. Diamond Mts. p. 168, no. 160 (1918);
in Tokyo Bot. Mag. XXXIII, p. 198 (1919)—MORI, Enum. Corean Pl.
p. 108 (1922)—REHDER in Journ. Arnold Arb. IV, p. 137 (1923); Man.
Cult. Trees p. 85 (1927).

Arbor dioica usque 15–20 metralis alta, trunco usque 1 metralis
lato, cortice fuscescenti-cinereo longitudine fisso. Rami diametro infra
10 cm. vulgo cortice cinereo-viride non fisso. Ramuli juveniles glabri
virides vel parce rubescentes. Gemmæ fuscæ viscosæ 5–8 cm. longæ
squamis imbricatis obtectæ glabræ, florum late ovoideæ, ramorum
ovato-lanceolatæ. Gemmæ et folia juvenilia viscidula suaveolentia.
Stipulæ lanceolatæ vel lineari-lanceolatæ 3–6 mm. longæ glabræ caducæ
rubescentes. Petioli glabri basi supra sulcati supra medium laterali
compressi 0,6–4,5 cm. longi virides vel apice rubescentes. Lamina
foliorum ovali-rotundata vel depresso-rotundata vel late ovata 2–5,7 cm.
longa 1,5–5 cm. lata supra viridis infra glaucescens, basi truncata vel
obtusa vel leviter cordata apice obtusiuscula vel infra margine crenato-
dentata parce hirtella dentibus utrinque 7–13. Amenta præcocia sessilia
vel brevi-pedunculata. Squamæ gemmarum 4–5 rotundatæ convolutæ.
Axis amentorum pilosella. Cataphylla nulla. Amenta mascula 5–9 cm.
longa. Bracteæ subpersistentes unguibus 2 mm. longis, limbis 4–5 mm.
longis rotundatis flabellato-laciniatis nigris. Perigonium oblique tur-
binatum albidum 2,5–3 mm. longum. Stamina 6–11 dorsi-ventrali
subserialia. Antheræ rotundatæ purpureæ persistentes. Amenta
fæminea 4–7 cm. longa. Axis pilosella. Bracteæ caducæ 3 mm. longæ
apice flabellatim expansæ et laciniatæ nigrescentes margine sericeo-
hirtellæ basi subito in ungues subulato-virides contractæ. Perigonium
turbinatum obliquum 2 mm. longum albidum. Ovarium ovoideum 2,5
mm. longum viride. Stigmata 2–3 cristato-laciniata.

Hab.

Prov. Kanhok : Tōchidō oppidi Shuotsu (T. NAKAI no. 6872) ; Mt. Hichihōzan (C. KONDO no. 360) ; Keigen (CHUNG no. 1242) ; Mt. Sōzan (CHUNG no. 667) ; Mt. Shayusan (CHUNG) ; Nōjidō (T. ISHIDOYA no. 2733).

Prov. Kannan : Kōsuiin tractus Hōzan (T. ISHIDOYA no. 2731 ♀, 2732 ♀, 5199, 5231, 5232) ; Kōzan tractus Kōzan (T. ISHIDOYA no. 2731 ♀, 4489) ; Gensenmen (T. ISHIDOYA no. 5233) ; Mt. Shūaisan (S. FUKUBARA) ; Teihei (CHUNG) ; Kankō (KIN-HEI-RAN).

Prov. Heihok : Mt. Hiraihō (T. NAKAI) ; Mt. Zyūseizan (T. NAKAI no. 1949) ; inter Kōkai & Jūhōchin (T. NAKAI no. 2295) ; Kōkai (R. G. MILLS no. 311) ; Mt. Kanrei (T. NAKAI no. 1948) ; Mt. Hakutōzan tractus Sozan (S. FUKUBARA no. 1049) ; Shōjyō (T. ISHIDOYA) ; Yūmen tractus Shōjyō (T. SAWADA).

Prov. Heinan : Heijyō (H. IMAI) ; Chōjyōdō (S. KOBAYASHI) ; Yōtoku (T. NAKAI) ; Mt. Rōrinsan (K. OKAMOTO).

Prov. Kōkai : Mt. Chōjusan (CHUNG no. 151) ; Kananmen (K. TAKAICHI) ; Mt. Shuyōzan (C. MURAMATSU) ; insula Shōtō (CHUNG).

Prov. Kōgen : Mokho (T. UCHIYAMA) ; Mt. Setsugakusan (T. ISHIDOYA no. 6240) ; Mt. Taihakusan (T. ISHIDOYA no. 5631) ; Mt. Taikisan (S. FUKUBARA) ; Mt. Kongōsan (T. NAKAI) ; Mt. Chigakusan (CHUNG) ; Mt. Godaisan (T. ISHIDOYA no. 6537).

Prov. Keiki : Mt. Kagakusan (T. SAWADA).

Prov. Keihok : Mt. Hakkōzan (T. SAWADA) ; Mt. Jitsugetsusan (T. SAWADA).

Prov. Chūnan : Mt. Keiryuzan (C. KONDO).

Dagelet : Ōbokudon (T. NAKAI no. 4200).

Distr. Manshuria, China bor., Ussuri, Amur, Yeso.

Populus tremula is readily distinguished from this species by having the leaves with fewer and larger dentations, and more oblong bracts.

Populus Davidiana f. **laticuneata** NAKAI.

Folia basi late cuneata.

Hab.

Prov. Heihok : Nanmen (C. Kondo).

Prov. Kōkai : Mt. Chōjyusan (Chung).

Populus Davidiana var. **tomentella** Nakai, comb. nov.

Syn. *Populus tremula* Linnæus var. *Davidiana* f. *tomentella*
Schneider in Sargent, Pl. Wils. III, p. 26 (1916).

Ramuli hornotini, petioli et inferior pagina foliorum pilosa.

Hab.

Prov. Keiki : Namsan (N. Okada).

Distr. China.

第三節 ポ フ ラ 節

芽ハ粘質無毛、葉柄ハ先端側扁、苞ハ早ク落ツ、雄花ニハ長キ小花梗
ヲ有ス。雄蕋ハ十五個乃至三十個、葯ハ永存性、柱頭ハ二個乃至四個鷄
冠狀。

朝鮮ニハ此節ニ屬スル自生植物ナケレドモ左ノ二種一變種ハ廣ク栽植
サル。

1. (a) *Populus nigra* Linnæus, Sp. Pl. ed. 1, p. 1034 (1753).
   洋種やまならし。　　　　　　　　歐洲、高加索、西比利亞原產。

   (b) *Populus nigra* Linnæus var. *italica* Du Roi, Harbk. Baumz. II,
   p. 141 (1772).

   Syn. *Populus nigra* var. *pyramidalis* Spach in Ann. Sci. Nat.
   sér. 2, XV, p. 31 (1841).

   イタリアやまならし、一名ピラミッドやまならし。

   　　　　　　　　　　　　　クリミア、ヒマラヤ原產。

2. *Populus monilifera* Aiton, Hort. Kew. ed. 1, III, p. 406 (1789).
   アメリカやまならし、一名モニリフェラやまならし。

   　　　　　　　　　　北米ノ東北部原產。

Populus sect. **Aigeiros** Duby in DC. Bot. Gall. ed. 2, I, p. 427
(1828)—Reichenbach, Fl. Germ. Excurs. II, p. 173 (1831)—Koch,
Syn, Fl, Germ. & Helv. ed. 1, p. 661 (1837)—Spach, Hist. Vég. X, p.

386 (1841); in Ann. Sci. Nat. 2 sér. XVI, p. 31 (1841)—LEDEBOUR,
Fl. Ross. III, pt. 2, p. 628 (1851)—GRENIER & GODRON, Fl. Franc.
III, pt. 1, p. 144 (1855)—WESMÆL in DC. Prodr. XVI, sect. 2, p. 327
(1868)—LANGE in WILLKOMM & LANGE, Prodr. Fl. Hisp. I, p. 233
(1870)—KOCH, Deutsch. Dendrol. II, pt. 1, p. 488 (1872)—DIPPEL,
Handb. Laubholzk. II, p. 198 (1892)—KŒHNE, Deutsch. Dendrol. p.
78 (1893)—SCHNEIDER, Illus. Handb. Laubholzk. I, p. 5 (1904).

Syn. *Populus* § *Populi nigræ* LAMARCK & DC. Syn. Fl. Gall. p. 180
(1806).

Populus sect. *Aegirus* ASCHERSON, Fl. Brandenb. p. 643 (1864).

Populus subgn. *Leuce* LAUCHE, Deutsch. Dendrol. p. 316 (1880), pro
parte.

Populus subgn. *Eupopulus* sect. *Aegiri* DODE in Mém. Soc. Hist. Nat.
Autun XVIII, p. 14 & 31 (1905).

Populus II. *Eupopulus* I. *Aegirus* ASCHERSON apud ASCHERSON &
GRÆBNER, Syn. IV, p. 31 (1908).

Gemmæ viscidæ glabræ. Petioli apice plus minus laterali compressi.
Bracteæ caducæ. Flores masculi longe pedicellati. Stamina 15–30.
Antheræ persistentes. Stigmata 2–4 cristata.

No Korean species belongs to this section. However, the following
exotic plants are used extensively for silviculture.
1. (a) *Populus nigra* LINNÆUS, Sp. Pl. ed. I, p. 1034 (1753).

　　　　　　　　　　　　　　Europa, Caucasus, Siberia.

　(b) *Populus nigra* LINNÆUS var. *italica* DU ROI, Harbk. Baumz. II,
　　　p. 141 (1772).　　　　　Tauria, Himalaya.

2. *Populus monilifera* AITON, Hort. Kew. ed. 1, III, p. 406 (1789).

　　　　　Regiones boreali-orientalis Americæ septentrionalis.

第四節　どろのき節

芽ハ粘質ノモノ多シ、無毛鱗片ハ四個乃至六個、葉柄ハ丸シ。葉身ハ
多クハ羽狀脈ヲ有ス。苞ハ落ツ。花ハ短カキ小花梗ヲ有スルカ又ハ無
柄。雄蕋ハ二十個乃至三十個（六個乃至六十個）。葯ハ少クモ一部ハ落
ツ。柱頭ハ無柄又ハ殆ンド無柄二個乃至四個。

欧、亞、北米ニ互リ約十種ヲ産ス。其中三種ハ朝鮮ニモ自生ス。

1 { 萠枝ニ稜角ナシ。葉ハ著シク皺アリ。芽及ビ嫩葉ハ香氣アリ頗ル粘質ナリ。……………………………ちりめんどろ
萠枝ニ稜角アリ。葉ニ皺ナシ。芽及ビ嫩葉ニ香氣ナシ。………2

2 { 葉柄及ビ中肋ニ短毛密生ス。……………………………ごろのき
葉柄及ビ中肋ニ毛ナシ。……………………………てりはごろ

35. ちりめんどろ
一名、にほひどろ
（第四十九圖）

小喬木又喬木高サ二十米突ニ達ス。幹ノ直徑ハ四十乃至八十センチニ達スルアリ。皮ハ帶褐灰色。芽ハ褐色著シク粘質ナリ。嫩枝モ亦極メテ粘質ニシテ香氣ニ富ム。萠枝ニ稜角ナシ、萠枝ノ葉ハ短柄ヲ有ス。葉柄ノ長サ四乃至十五ミリ無毛帶紅色。葉身ハ長橢圓形又ハ倒披針形長橢圓形又ハ橢圓形又ハ廣橢圓形又ハ帶卵橢圓形表面ハ綠色葉脈凹入スル爲メ皺ヲ生ズ裏面ハ白ク兩面共無毛、老成ノ枝ノ葉ハ常ニ短カキ側枝ノ先端ニ集合シテ出ヅ。葉柄ハ長サ一ミリ乃至三ミリ半帶紅色無毛又ハ微毛アリ、丸ケレドモ基部ハ廣シ。葉身ハ倒卵長橢圓形又ハ長橢圓形又ハ橢圓形又ハ殆ンド圓形長サ四乃至十二センチ幅二、四センチ乃至八、八センチ表面ハ葉脈ノ凹入ノ爲メ皺ヲ生ジ綠色裏面ハ白ク葉脈隆起シ網狀ナリ、基脚ハ或ハ丸ク或ハ弱心臟形先端ハ銳角又ハ急尖、緣ニハ不顯著ナル波狀ノ鋸齒アルカ全緣、中肋ハ央以下ハ屢々帶紅色ナリ。雄花穗ハ下垂シ葉ニ先チテ生ズ、長サ三乃至五センチ。苞ハ早落性概形圓形又ハ腎臟形切込アリ、長サ三乃至四ミリ基部ニ帶紅色ノ爪アリ。花被ハ杯狀白色。雄蕋ハ十個乃至三十個。花糸ハ細ク、葯ハ濃紅色長サ一ミリ以内。雌花穗ハ長サ三乃至五センチ無毛、葉ニ先チテ生ズルカ又ハ葉ト殆ンド同時ニ生ズ。花ハ無柄。苞ハ早ク落ツ。花被ハ杯狀。子房ハ綠色殆ンド球形。柱頭ハ二個乃至四個。

咸北、咸南、平北、平南ノ山野ニ生ズ。

（分布）北海道、本島、烏蘇利(?)

36. どろのき
（第五拾圖）

高サ二十米突乃至三十米突ノ喬木、幹ノ直徑ハ大ナルハ四米突乃至五

米突ニ達ス。皮ハ不規則ニ縱ニ割レ厚シ但シ若木ノ皮ハ灰色ニシテ割レズ。芽ハ褐色、粘質。萌枝ニハ稜角アリ往々翼ヲナス。萌枝ノ葉ハ葉柄ハ長サ七乃至十五ミリ綠色無毛又ハ短毛アリ。葉身ハ卵形ハ廣橢圓形又ハ廣卵形又ハ極メテ廣キ卵形長サ十二乃至二十センチ幅七乃至十六センチ表面ハ綠色裏面ハ白ク緣ニ波狀ノ小鋸齒アリ、老成ノ枝ノ葉ハ長キ葉柄ヲ具ヘ小枝ノ先ニ集合シテ生ズ。葉柄ハ長サ一乃至四センチ短カキ絨毛アリ。葉身ハ橢圓形又ハ廣橢圓形又ハ極メテ廣キ卵形又ハ長橢圓形表面ハ綠色稍光澤アリ主脈ト中肋トニ短カキ毛アリ、裏面ハ白ク主脈又ハ稀ニ全表面ニ毛アリ基脚ハ弱心臟形又ハ丸ク緣ニ小サキ波狀ノ鋸齒アリ先端ハ急ニ尖リ長サ二乃至八センチ幅一乃至七センチ。果穗ハ短カキ果梗ヲ有シ長サ八乃至十三センチ。蒴ハ無柄長サ四乃至六ミリ永存性ノ花被ニ包マル。

咸北、咸南、平北、平南、江原ノ諸道ノ山野ニ生ズ。

（分布）滿洲、烏蘇利、樺太、北海道、本島。

一種葉ハ長橢圓形又ハ帶卵長橢圓形始メ裏面ニ長キ毛生ジ後主脈上ニノミ長キ毛ヲ殘スモノアリ、之ヲ**けどろのき**ト謂ヒ、咸北、咸南、平北ニ產ス。

37. てりはどろのき
（第五拾壹、五拾貳圖）

高サ十五米突乃至二十米突ノ喬木。皮ハ灰色又ハ灰褐色。芽ハ披針形褐色粘質。萌枝ハ稜角アリ。小枝ハ無毛帶黃色又ハ帶紅色皮目點在ス。托葉ハ早落性。葉ハ無毛、嫩葉ニアリテハ內卷、若キ木ノ葉ハ通例小形ニシテ葉柄ハ帶紅色長サ二乃至七ミリ、葉身ハ倒卵形長サ十三ミリ乃至八十ミリ幅六ミリ乃至四十ミリ基脚ハ楔形又ハ丸ク先端ハ急ニ尖リ緣ハ基部ヲ除クノ外鋸齒アリ表面ハ光澤ニ富ミ裏面ハ白シ、老成ノ枝ハ葉柄ノ長サ六乃至二十ミリ無毛。葉身ハ倒卵形又ハ長橢圓倒卵形長サ四、五センチ乃至八センチ幅一、七乃至四、二センチ基脚ハ楔形又ハ銳角先端ハ漸尖又ハ急尖。花穗ハ葉ニ先チテ生ジ雄花穗ハ下垂シ長サ四乃至七センチ花軸ハ丸ク無毛。苞ハ長サ三ミリ早ク落チ暗褐色、緣ハ放射狀ニ切レ込アリ。花被ハ低キ杯狀淡黃色。雄蕋ハ九個乃至二十五個。花糸ハ長サ一ミリ毛狀。葯ハ外向長サ一、五ミリ帶煉瓦色紫色、早ク落チ帶卵球形先端ニ小突起アリ、未ダ雌花ヲ見ズ。

咸北、咸南、平北、平南、京畿諸道ニ生ジ韓國當時ヨリ廣ク道並木ニ
用キラレタリ。

（分布） 北支那、滿洲。

Populus sect. **Tacamahaca** SPACH, Hist. Vég. X, p. 392 (1841)；in
Ann. Sci. Nat. XV, p. 32 (1841)—LEDEBOUR, Fl. Ross. III, pt. 2,
p. 629 (1851)—WESMÆL in DC. Prodr. XVI, sect. 2, p. 329 (1868)—
KOCH, Dendrol. II, p. 494 (1872)—DIPPEL, Handb. Laubholzk. II, p. 203
(1892)—KŒHNE, Deutsch. Dendrol. p. 78 (1893)—SCHNEIDER, Illus.
Handb. Laubholzk. I, p. 12 (1904)；in SARGENT, Pl. Wils. III, p. 31
(1916).

Syn. *Populus* Subgn. *Tacamahaca* SPACH apud LAUCHE, Deutsch.
Dendrol. p. 317 (1880).

Populus Subgn. *Eupopulus* DODE sect. *Tacamahacæ* DODE in Mém.
Soc. Hist. Nat. Autun XVIII, p. 14 & 34 (1905).

Populus II. *Eupopulus* DODE 2. *Tacamahaca* SPACH apud ASCHER-
SON & GRÆBNEE, Syn. IV, p. 46 (1908).

Gemmæ haud vel eximie viscidæ glabræ squamis 4–6. Petioli teretes.
Lamina foliorum sæpe penninervis. Bracteæ deciduæ. Flores brevi-
pedicellati vel sessiles. Stamina 2–30 (6–60). Antheræ saltem pertem
deciduæ. Stigmata 2–4 sessilia vel subsessilia.

Species circ. 10 in Asia, Europa et America boreali incola, quarum
tres in Korea indigenæ.

$$1 \begin{cases} \text{Turiones teretes. Folia eximie rugosa. Gemmæ et folia juvenilia} \\ \quad \text{suaveolentia eximie viscosa.} \dots\dots\dots\dots\dots\dots\dots \textit{P. koreana} \\ \text{Turiones angulati. Folia plana. Gemmæ et folia juvenilia haud} \\ \quad \text{suaveolentia.} \dots\dots\dots\dots\dots\dots\dots\dots\dots\dots 2 \end{cases}$$

$$2 \begin{cases} \text{Petioli et costa adpresse pilosi.} \dots\dots\dots \textit{P. Maximowiczii} \\ \text{Petioli et costa glaberrimi.} \dots\dots\dots\dots \textit{P. Simonii} \end{cases}$$

35. **Populus koreana** REHDER.
(Tabula nostra XLIX.)

Populus koreana REHDER in Journ, Arnold Arboret. III, p. 226

(1922); Man. Cult. Trees. p. 89 (1927); in Mitt. Deutsch. Dendrol. Gesells. XXXVIII, p. 37 (1927).

Arborea vel arbor usque 20 metralis alta, trunco diametro 40–80 cm, cortice fuscescenti-cinerea. Gemmæ fuscæ eximie viscidæ. Ramuli juveniles etiam viscidi suaveolentes. Folia turionum brevi-petiolata, petiolis 4–15 mm. longis glabris rubescentibus, laminis oblongis vel oblanceolato-oblongis vel ellipticis vel late ellipticis vel ovato-ellipticis supra viridibus cum venis impressis rugulosis infra albescentibus utrinque glabris. Folia ramorum adultorum vulgo in apice ramulorum brevium congesta, petiolis 1–3,5 cm. longis rubescentibus glabris vel adpresse pilosis teretibus basi dilatatis, laminis obovato-oblongis vel oblongis vel ellipticis vel subrotundatis 4–12 cm. longis 2,4–8,8 cm. latis supra cum venis impressis rugulosis viridibus opacis apice acutis vel breve mucronatis margine obscure crenulatis vel subintegris vel crenulato-serrulatis, costis infra medium sæpe rubescentibus. Amenta mascula pendula præcocia 3–5 cm. longa, bracteis ambitu rotundatis vel reniformibus laceratis 3–4 mm. longis basi unguiculatis erubescentibus deciduis, perigonio cupulare albido, staminibus 10–30 filamentis capillaribus, antheris atro-rubescentibus vix 1 mm. longis. Amenta fæminea pendula præcocia vel subcætanea 3–5 cm. longa glabra, floribus sessilibus bracteis caducis, perigonio cupulare, ovario viride subgloboso stigmatibus 2–4 coronato.

Hab.

Prov. Kanhok: Nankazui tractus Kyōjyō (T. NAKAI no. 6875); Hokkazui tractus Kyōjyō (T. NAKAI no. 6879); Shuotsu Onpō (T. NAKAI no. 6874); Hojyōdō (T. NAKAI no. 6873, 6877); Mt. Shayurei (T. ISHIDOYA no. 2723, 2725, 2726, 2976); Mt. Shayuzan (CHUNG); Shuotsu (T. SAWADA).

Prov. Kannan: Shin-indō (T. NAKAI no. 1945, 1947); inter Sansui & Keizanchin (T. NAKAI no. 1942); Mt. Hakusuirei (T. NAKAI no. 1941); Kōsuiin (T. ISHIDOYA no. 5241); Taichuri (T. ISHIDOYA no. 2719, 2720, 2721, 2724); inter Hōzan & Zyōri (T. ISHIDOYA no. 2722); Mt. Shisuizan (CHUNG); Mt. Kinpairei (T. ISHIDOYA); Jyōri (T. ISHIDOYA).

ごろのき（向テ右）、ちりめんごろ（向テ左）、咸北、鏡城郡、朱乙
温面、甫上洞、南河瑞ニテ寫ス。
Populus koreana (left) and *Populus Maximowiczii* (right) growing at Nankazui, Kyōjyō County in the Province of Kanhoku. Specimens numbered 6875 and 6878 were taken from these trees.

Prov. Heihok : Nansha (S. GOTŌ) ; Mt. Zyūseizan (T. NAKAI no. 1946) ; Kōkai (R. G. MILLS no. 493) ; Mt. Kongōzan circa Gishū (T. ISHIDOYA no. 3242) ; oppido Hanmen tractus Sosan (S. FUKUBARA no. 1054) ; Mt. Hakutōzan tractus Sosan (S. FUKUBARA) ; Mt. Hinantokusan (S. FUKUBARA) ; Shōseimen (T. SAWADA) ; Mt. Takkakusan (T. SAWADA).

Prov. Heinan : Mt. Rôrinsan (K. OKAMOTO) ; Mt. Shōhakusan (T. ISHIDOYA no. 4344).

Distr. Hondo, Yeso, et ? Ussuri.

36. **Populus Maximowiczii** HENRY.
(Tabula nostra L.)

Populus Maximowiczii HENRY in Gard. Chron. sér. 3, LIII, p. 198, fig. 89 (1913) ; in ELWES & HENRY, Trees Great Brit. & Irel. VII, p. 1838, t. 410, flg. 24 (1913)—SCHNEIDER in SARGENT, Pl. Wils. III, p. 32 (1916)—NAKAI, Fl. Paiktusan p. 62, no. 80 (1918) ; Veg. Diamond Mts. p. 168, no. 159 (1918)—MIYABE & KUDO, Icon. Ess. Trees Hokkaido V, p. 39. t. 11, fig. 1–16 (1921)—MORI, Enum. Corean Pl. p. 108 (1922)—MAKINO & NEMOTO, Fl. Jap. p. 1119 (1925)—REHDER, Man. Cult. Trees. p. 89 (1927).

Syn. *Populus suaveolens* (non FISCHER) MAXIMOWICZ in Bull. Soc. Imp. Nat. Mosc. LIV, p. 52 (1879)—SARGENT in Garden & Forest VI, p. 404 (1893) ; Forest Fl. Jap. p. 71 (1894)—KOMAROV in Acta Hort. Petrop. XXII, p. 17 (1913), pro parte—NAKAI in Journ. Coll. Sci. Tokyo XXX, p. 211 (1911), pro parte.

Populus balsamifera var. *suaveolens* (non LOUDON) BURKILL in Journ. Linn. Soc. XXVI, p. 536 (1899), pro parte—SHIRASAWA, Icon. Ess. Forest Trees Jap. I, p. 37, t. 18, fig. 11–24 (1900).

Arbor 20–30 metralis alta, trunco diametro usque 4–5 metrale. Cortex trunci irregulariter longitudine fissa sed plantarum juvenilium cinereus planus. Gemmæ fuscæ glutinosæ. Turiones angulati vel subalati. Folia turionum petiolis 7–15 mm. longis viridibus glabris vel adpresse pilosis, laminis ovatis vel late ellipticis vel late ovatis vel latissime ovatis 12–20 cm. longis 7–16 cm. latis supra viridibus infra albeseentibus margine crenato-serrulatis. Folia ramorum adultorum longe petiolata in apice ramulorum congesta, petiolis 1–4 cm. longis adpresse velutinis, laminis

ellipticis vel late ellipticis vel latissima ovatis vel oblongis supra viridibus
lucidusculis præter costas et venas primarias glabris infra albescentibus

ごろのきノ大木、幹ノ周圍ハ高サ五尺ノ所ニテ五米突十アリ。　余ハ未
ダ此ヨリ大ナルごろのきヲ見ズ。　平安北道牙德嶺ニテ大正三年七月
寫ス。

Giant *Populus Maximowiczii*. The trunk measures 5,10 meters
in girth at 5 feet above the ground. This is the biggest
Populus Maximowiczii the author has seen so far. Photo-
graphed in the Mt. Gatokurei in the Province of Heihok.

venis primariis rarius fere tota pilosis basi subcordatis vel rotundatis margine minute crenulato-serrulatis apice mucronatis 2–8 cm. longis 1–7 cm. latis. Amenta fructifera lateralia brevi-pedunculata 8–13 cm. longa. Capsula subsessilia basi perigonio persistente instructa 4–6 mm. lata.

Hab.

Prov. Kanhok: Mt. Seikirei (T. NAKAI no. 6878 bis fr); Funei (T. NAKAI); ibidem (K. JŌ); Nankazui (T. NAKAI no. 6878); Mosan (T. NAKAI no. 1944); ibidem (T. MORI); Mt. Shayurei (T. ISHIDOYA no. 2723 fr.); ibidem (CHUNG no. 933, 934); Yōshamen tractus Kisshū (S. FUKUBARA no. 1586).

Prov. Kannan: Mt. Hakusuirei (T. NAKAI no. 1940); Hôgan (T. ISHIDOYA); Jōri (T. ISHIDOYA no. 2729); inter Kōzan et Jōri (T. ISHIDOYA no. 2766, 2767 ♂).

Prov. Heihok: Sakshu (R. G. MILLS no. 18, 578, 592); Nanshadōkō tructus Kōshō (S. GOTŌ); Mt. Jyūseizan (T. NAKAI no. 1946).

Prov. Heinan: Mt. Kōsetsurei (T. MORI).

Prov. Kōgen: Tsūsen (T. NAKAI no. 6033); Mt. Kongōsan (T. NAKAI no. 5300); Kōryō (CHUNG); Godaizan (T. ISHIDOYA no. 6536).

Distr. Manshuria, Amur, Ussuri, Sachalin, Yeso & Hondo.

Populus Maximowiczii var. **barbinervis** NAKAI, var. nov.

Folia oblonga vel ovato-oblonga primo subtus hirsuta demum præter venas primarias barbatas glabrescentia.

Hab.

Prov. Kanhok: Yōshamen tractus Kisshū (S. FUKUBARA no. 1586 bis); Minmakri (T. SAWADA).

Prov. Kannan: Hōzan (T. ISHIDOYA); Jyōri (T. ISHIDOYA no. 2803, 2806); Kōzanmen (T. ISHIDOYA no. 4487); Gensenmen (T. ISHIDOYA no. 5239).

Prov. Heihok: Nansha (S. GOTŌ).

37. **Populus Simonii** Carrière.

(Tabulæ nostræ LI & LII.)

Populus Simonii Carrière in Rev. Hort. XXXIX, p. 360 (1867)—
Beissnerr, Scheel & Zabel, Handb. Laubholzbenn. p. 18 (1903)—
Bonnard, Peuplier p. 75 (1904)—Schneider, Illus. Handb. Laubholzk.
I, p. 16, fig. 5 s–t (1904)—Henry in Elwes & Henry, Trees Great
Brit. & Irel. VII, p. 1839 (1913)—Schneider in Sargent, Pl. Wils.
III, pt. 1, p. 21 (1916)—Rehder in Journ. Arnold Arb. IV, p. 134
(1923) ; Man. Cult. Trees p. 88 (1927).

Syn. *Populus laurifolia* var. *Simonii* Regel, Russ. II, p. 152
(1883).

Populus balsamifera var. *Simonii* Wesmæl in Bull. Soc. Bot. Belg.
XXVI, p. 378 (1887)—Burkill in Journ. Linn. Soc. XXVI, p. 539
(1899).

Populus suaveoleus (non Fischer) Nanai in Journ. Coll. Sci. Tokyo
XXXI, p. 211 (1911), pro parte.

Arbor usque 15–20 mentralis alta. Cortex cinereus vel cinereo-
fuscescens. Gemmæ lanceolatæ fuscæ viscosæ. Turiones angulati.
Ramuli glabri flavescentes vel rubescentes lenticellis punctulati. Stipulæ
cataphylloides deciduæ. Folia glabra æstivatione involuta plantarum
juvenilium vulgo minora, petiolis erubescentibus 2–7 mm. longis, laminis
obovatis 13–80 mm. longis 6–40 mm. latis basi cuneatis vel subrotun-
datis apice mucronatis margine præter basin serrulatis supra lucidis
infra albidis. Folia ramorum adultorum petiolis 6–20 mm. longis glabris,
laminis obovatis vel oblongo-obovatis, 4,5–8 cm. longis 1,7–4,2 cm.
latis basi cuneatis vel acutis apice attenuatis vel cuspidatis vel
mucronato-acuminatis. Amenta præcocia, mascula pendula 4–7 cm.
longa ; axis teres glabra ; bracteæ caducæ 3 mm. longæ atro-fuscæ
margine subradiatim laciniatæ ; perigonium depresso-cupulare
ochroleucum ; stamina 9–25 ; filamenta gracillima 1 mm. longa ; antheræ
extrorsæ 1,5 mm. longæ laterico-purpureæ deciduæ ovato-rotundatæ
non apiculatæ. Amenta fæminea in Korea adhuc ignota.

Hab.

Prov. Kanhok: Yujyō (CHUNG, no, 1241, 1924); Yōshamen tractus Kisshū (S. FUKUBARA no. 1588).

Prov. Kannan: Gensenmen (T. ISHIDOYA no. 1596, 5200, 5477); inter Teihei & Eikō (CHUNG); Teikōmen (CHUNG); Kōzanmen (T. ISHIDOYA no. 4486, 4488); Chokudo (T. ISHIDOYA no. 2766); circa Kankō (K. Jō); Somui (T. NAKAI); Genzan (T. NAKAI).

Prov. Heihok: Sakushū (T. NAKAI no. 1943); Sosan (H. IMAI no. 69); Tōsōmen (S. FUKUBARA no. 1277); Hanmen (S. FUKUBARA no. 1055); Shinsōmen (T. ISHIDOYA); Yūmen (T. SAWADA).

Prov. Heinan: inter Shasō & Onsō (T. ISHIDOYA no. 4490).

Prov. Kōgen: Seizen (T. ISHIDOYA no. 5633); Ryutairi (T. ISHIDOYA no. 6237).

Prov. Keiki: Kōryō (T. NAKAI no. 1951); Minrakuri (T. NAKAI).

Distr. China bor. et Manshuria.

〔附　　錄〕

朝鮮産胡椒科、金粟蘭科、楊柳科植物ノ和名、朝鮮名、學名ノ對稱表

和　　　　名	朝　鮮　名	學　　　　名
ふうとうかづら		*Piper futo-kadzura* SIEBOLD
せんりやう		*Sarcandra glabra* NAKAI
けしようやなぎ、からふとくろやなぎ		*Chosenia bracteosa* NAKAI
てうせんやまならし	サシナム、ササナム	*Populus Davidiana* DODE
ながばてうせんやまならし		*Populus Davidiana* DODE f. *laticuneata* NAKAI
けてうせんやまならし		*Populus Davidiana* DODE var. *tomentella* NAKAI
ゑぞやまならし		*Populus jesoensis* NAKAI
ちりめんどろ、にほひどろ		*Populus koreana* REHDER

和　　　　　名	朝　鮮　名	學　　　　　名
ごろのき	タンボトル（平北）、ホアンチョルナム（平北）	*Populus Maximowiczii* HENRY
けごろのき		*Populus Maximowiczii* HENRY var. *barbinervis* NAKAI
てりはごろのき	ビャツヤン（京城）、ワイボドナム（京畿）、モイボトル（京畿、慶南）	*Populus Simonii* CARRÉIRE
めぎやなぎ		*Salix berberifolia* PALLAS var. *genuina* GLEHN
ながばめぎやなぎ		*Salix berberifolia* PALLAS var. *Brayii* TRAUTVETTER
たかねやなぎ		*Salix bicarpa* NAKAI
たんなみねやなぎ		*Salix Blinii* LÉVEILLÉ
いぬしだれやなぎ		*Salix dependens* NAKAI
てうせんきつねやなぎ		*Salix Floderusii* NAKAI
ながばてうせんきつねやなぎ		*Salix Floderusii* f. *manshurica* NAKAI
てうせんみねやなぎ		*Salix Floderusii* var. *glabra* NAKAI
茶色みねやなぎ		*Salix Floderusii* var. *fuscescens* NAKAI
かはやなぎ		*Salix Gilgiana* SEEMEN
あかめやなぎ		*Salix glandulosa* SEEMEN var. *glabra* NAKAI
けあかめやなぎ		*Salix glandulosa* SEEMEN var. *pilosa* NAKAI
てうせんねこやなぎ		*Salix graciliglans* NAKAI
ねこやなぎ		*Salix gracilistyla* MIQUEL
たんなやなぎ		*Salix hallaisanensis* LÉVEILLÉ
ながばたんなやなぎ		*Salix hallaisanensis* LÉVEILLÉ f. *longifolia* NAKAI
かうらいばっこやなぎ		*Salix hallaisanensis* LÉVEILLÉ var. *orbicularis* NAKAI
ほそばばっこやなぎ		*Salix hallaisanensis* var. *orbicularis* f. *elongata* NAKAI
いぬこりやなぎ		*Salix integra* THUNBERG
たけしまやなぎ		*Salix Ishidoyana* NAKAI
こうかいやなぎ		*Salix kangensis* NAKAI
かうらいやなぎ	スーヤンボートル（京畿）、ボートルナム	*Salix koreensis* ANDERSSON
ひろはのたちやなぎ		*Salix Maximowiczii* KOMAROV

和　　　　名	朝　鮮　名	學　　　　名
ちゃぼやなぎ		*Salix meta-formosa* NAKAI
ぬまやなぎ		*Salix myrtilloides* LINNÆUS var. *manshurica* NAKAI
ほやなぎ		*Salix orthostemma* NAKAI
てりはやなぎ		*Salix pentandra* LINNÆUS var. *intermedia* NAKAI
かうらいしだれやなぎ	ポートルナム	*Salix pseudo-lasiogyne* LÉVEILLÉ
こりやなぎ	コリポートル	*Salix purpurea* LINNÆUS var. *japonica* NAKAI
べにこりやなぎ		*Salix purpurea* LINNÆUS var. *japonica* NAKAI f. *rubra* NAKAI
からこりやなぎ		*Salix purpurea* LINNÆUS var. *Smithiana* TRAUTVETTER
ゑぞやなぎ	カイポートル	*Salix rorida* LACKSCHEWITZ
こゑぞやなぎ		*Salix roridæformis* NAKAI
まめやなぎ		*Salix rotundifolia* TRAUTVETTER
おほみねやなぎ		*Salix sericeo-cinerea* NAKAI
けおほみねやなぎ		*Salix sericeo-cinerea* NAKAI var. *lanata* NAKAI
ぬまきぬやなぎ		*Salix sibirica* PALLAS var. *brachypoda* NAKAI
てうせんおのへやなぎ		*Salix Siuzevii* SEEMEN
かうらいきぬやなぎ		*Salix stipularis* SMITH
のやなぎ		*Salix subopposita* MIQUEL
たちやなぎ		*Salix triandra* LINNÆUS var. *discolor* ANDERSSON
大陸きぬやなぎ		*Salix viminalis* LINNÆUS
こばのきぬやなぎ		*Salix viminalis* LINNÆUS var. *abbreviata* DŒLL
ほそばきぬやなぎ		*Salix viminalis* LINNÆUS var. *linearifolia* WIMMER & GRABOWSKI

朝鮮産、胡椒科植物、金粟蘭科植物、楊柳科植物ノ分布ニ就イテ

　胡椒科並ニ金粟蘭科ニハ朝鮮ニハ木本植物各一種宛アリテ皆濟州島ニノミアリ。而シテ其等ノ分布ニ就イテハ各種ノ下ニ記シアル故改メテ茲ニ論ゼズ。

　楊柳科ハ種類多ク爲メニ變化モ著シク分布モ種類ニ依リテ大ニ異ナル
然レドモ柳屬、白楊屬ハ共ニ中世紀ノ白亞期上部後綠砂時代ノ水成岩ニ
化石トシテ出ヅ。其レヨリ第三期、洪積期ヲ經テ沖積期ノ現世ニ至ル迄
ノ幾千萬年ノ間ニ生ジテハ滅ビ行キシ種ガ幾何アリシヤ推定ニ餘リア
リ。從テ今日殘存シアル種類ノ中ニハ比較的古型ノモノアリ又新シキモ
ノモアリ。又一方ニハ現時ニ於テ盛ニ雜種ノ形成ガ行ハレ居ル故今後モ
又益々繁殖シ行ク傾アリ。其中東亞特ニ東亞ノ暖地ニ限リ生ズルモノニ
ハ比較的古型ノモノアリテ必ズシモ分布廣キガ故ニ最モ古キ種ナリトハ
斷定シ難ク此點ニ於テ柳楊ノ類ハ他ノ樹木類ト其撰ニ異ニス。
　大凡朝鮮產ノ楊柳科植物ハ分布上ヨリ次ノ十分子ニ區別シ得。
　　1.　歐亞大陸ニ共通ノ分子。
　　2.　西比利亞、滿鮮、オコーツク分子。
　　3.　北支那滿鮮分子。
　　4.　周日本海分子。
　　5.　烏蘇利オコーツク分子。
　　6.　滿鮮分子。
　　7.　南西日本ト共通分子。
　　8.　南日本、南鮮、中支トノ共通分子。
　　9.　日本ノ中部ト共通分子。
　　10.　固有ノ分子。

1.　歐亞、大陸ニ共通ノ分子

　此ニ屬スルモノハからこりやなぎ *Salix purpurea* var. *Smithiana*,
かうらいきぬやなぎ *Salix stipularis*, たちやなぎ *Salix triandra* var.
discolor, 大陸きぬやなぎ *Salix viminalis* ノ四種ナリ。其分布ノ狀ハ地
圖 1. 2 ニ示スガ如シ。
　第一圖ニ示ス三種ハ大陸ニノミアリテ日本群島ニナキモノナリ。反之
たちやなぎハ第二圖ニ示スガ如ク大陸並ニ日本群島ニモアリ。而シテ此
等ノ各種ガ米大陸ニナキコトハ寧ロ了解ニ苦シム所ニシテ此點ニ於テモ
柳類ハ他ノ樹木類ト其軌ヲ一ニセズ。

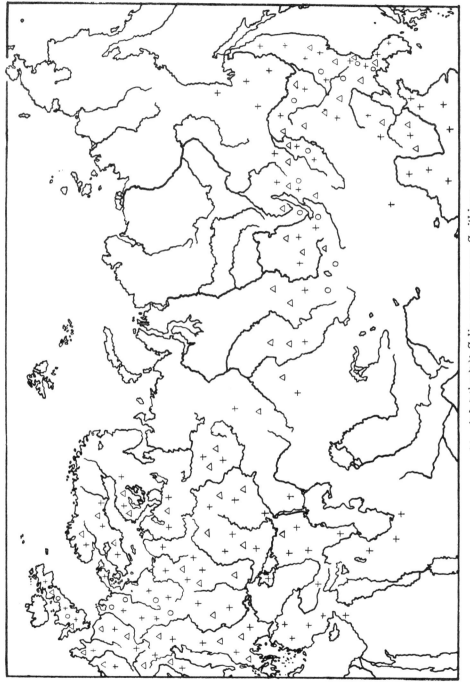

地圖 1.
$\left\{\begin{array}{l}\text{+ からこゝりやなぎ } Salix\ purpurea\ \text{var.}\ Smithiana.\\ \text{○ からうらいきのやなぎ } Salix\ stipularis.\\ \text{△ 大陸きのやなぎ } Salix\ viminalis.\end{array}\right.$

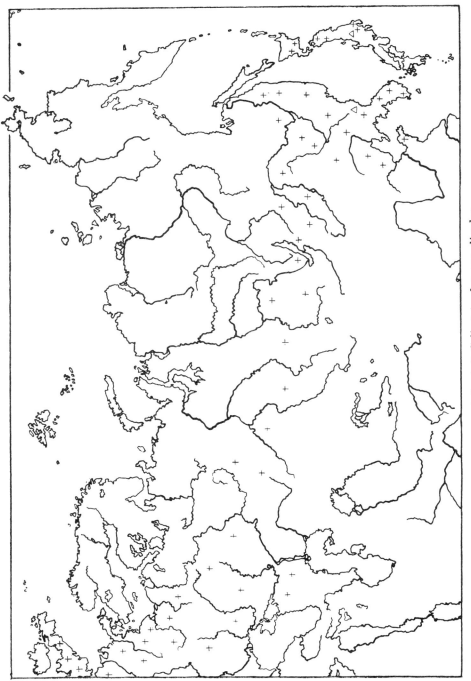

地圖 2. $\begin{cases} + & \text{た.ちやにき } Salix\ triandra\ \text{var. } discolor. \\ \triangle & \text{こだてやにき } Salix\ rorid\alpha formis. \end{cases}$

2. 西比利亞、滿鮮オコーツク分子

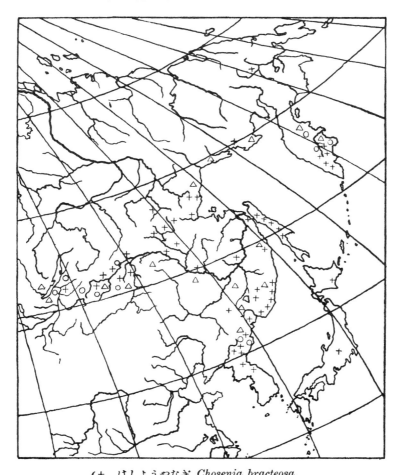

地圖 3.
{
+ けしようやなぎ Chosenia bracteosa.
○ めぎやなぎ類 Salix berberifolia et ejus varietas.
△ ぬまきぬやなぎ Salix sibirica var. brachypoda.
}

此部ニ屬スルモノハバイカル地方ヨリ 以東遠クハカムチャツカ迄ニ至ル地方ニ分布スル分子ナリ。けしようやなぎ、めぎやなぎ、ながばめぎやなぎ、てうせんきつねやなぎ、ばつこやなぎ等之ニ屬シ其分分ノ狀況

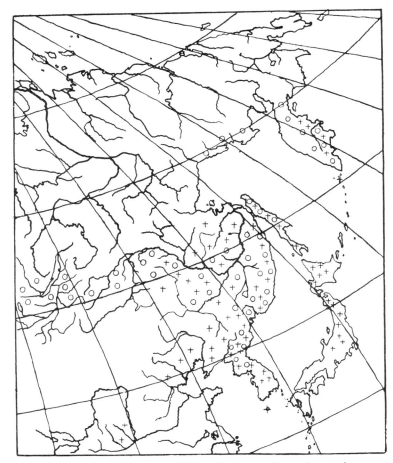

地圖 4. { + ばつこやなぎ *Salix hallaisanensis* et ejus varietates.
　　　　 ○ てうせんきつねやなぎ *Salix Floderusii.*

ハ地圖 3. 4 ニ示スガ如シ。

3. 北支那滿鮮分子

此部ニ屬スルモノハてうせんやまならし *Populus Davidiana* トてりはぐろのき *Populus Simonii* ノ二種ナリ。其中てうせんやまならしハ北海道ニモ産ス。

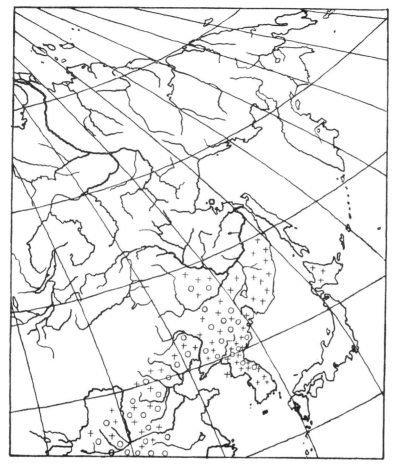

地圖 5. $\left\{\begin{array}{l}+ \quad \text{てうせんやまならし類 } Populus\ Davidiana\ \text{et ejus varietates.} \\ \bigcirc \quad \text{てりはごろ } Populus\ Simonii. \end{array}\right.$

4. 周 日 本 海 分 子

　周日本海分子トハ日本海四周ノ陸即チ日本群島中本島、北海道、樺太、大陸側ニテハ朝鮮、鳥蘇利ヲ含ム地ナリ。此レニ限ラレタル種ハごろのき *Populus Maximowiczii*, ちりめんごろ *Populus koreana*, かはやなぎ *Salix Gilgiana*, ねこやなぎ *Salix gracilistyla*, こりやなぎ *Salix purpurea japonica* ノ五種ナリ其中ごろのきノミハカムチャツカニ迄モ分布ス其狀況ハ地圖 6 及ビ 9 ニ示スガ如シ。

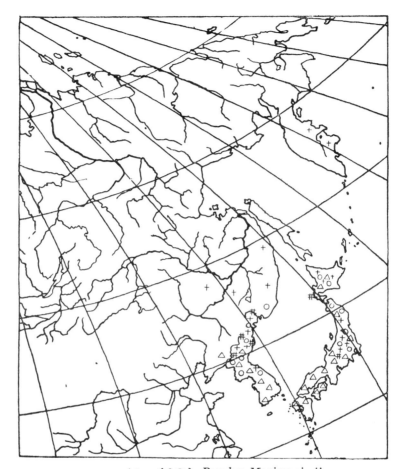

地圖 6.
<pre>
+   ごろのき Populus Maximowiczii.
○   かはやなぎ Salix Gilgiana.
△   れこやなぎ Salix gracilistyla.
ちりめんごろ Populus koreana.
</pre>

5. 烏蘇利、オコーツク分子

此部ニ屬スルモノハ朝鮮、烏蘇利、沿海洲、樺太、北海道ニ產シ本島四國九州ニナキモノナリ。えぞやまならし Populus jesoensis, えぞやなぎ Salix rorida, まめやなぎ Salix rotundifolia, てうせんをのへやなぎ Salix Siuzevii 之ニ屬シ其分布ノ狀ハ地圖 7 ニ示スガ如シ。但シまめやなぎノミハ遠ク白令海峽附近ニ迄モ及ブ。本種ハモト寒地ノ倭小灌木

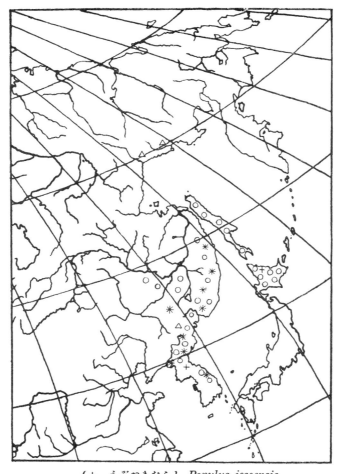

地圖 7. {
+ えぞやまならし *Populus jesoensis.*
○ えぞやなぎ *Salix rorida.*
△ まめやなぎ *Salix rotundifolia.*
＊ てうせんたのへやなぎ *Salix Siuzevii.*
}

ニテ人ノ目ニツキ難キモノ故今後精査ノ行ハルル曉ニハ尙ホ一層廣キ範圍ニ分布スルコトヲ知ルニ至ルコトヲ信ズ。

6. 滿 鮮 分 子

此部ニ屬スル柳ハ滿洲ト朝鮮トノミニ限ラレテ產スルモノニシテぬま
やなぎ *Salix myrtilloides* var. *manshurica* トてりやはなぎ *Salix pen-tandra* var. *intermedia* ノ二種之ニ屬ス、其分布ノ狀ハ地圖 8 ニ示ス
ガ如シ。

地圖 8. { + ぬまやなぎ *Salix myrtilloides* var. *manshurica*.
　　　　 ○ てりはやなぎ *Salix pentandra* var. *intermedia*.

7. 南 西 日 本 ト 共 有 分 子

此部ニ屬スルモノハ本島ノ中部以西、四國、九州トニ共通ノ分子ニシ
テのやなぎ *Salix subopposita,* いぬこりやなぎ *Salix integra,* かうらい
やなぎ *Salix koreensis* ノ三種之ニ屬ス。其分布ノ狀ハ地圖 9. 10 ニ示
スガ如シ但シかうらいやなぎハ朝鮮內ノ分布ノミヲ示ス。

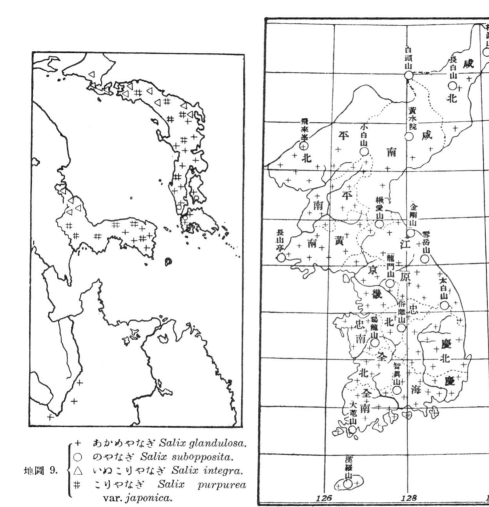

地圖 9.
{
+ あかめやなぎ *Salix glandulosa.*
○ のやなぎ *Salix subopposita.*
△ いぬこりやなぎ *Salix integra.*
こりやなぎ *Salix purpurea*
var. *japonica.*
}

地圖 10. かうらいやなぎ *Salix koreensis* ノ朝鮮内分布
圖.

8. 南西日本、南鮮、中支トノ共有分子

本部ニ屬スルモノハあかめやなぎ *Salix glandulosa* 一種ニシテ支那ノ中部陝西、河南ヨリ朝鮮半島ノ中部以南ヲ通リテ九州ノ北部、四國ノ北部ト本島ノ中部以西トニ東西ニ亘リ廣汎ナル地域ニ分布ス。其狀ハ地圖9 ニ示スガ如シ。

9. 日本中部ト共通ノ分子

本部ニ屬スルハ頗ル不可解ノ分布ヲナスモノニシテ朝鮮ノ北部ト本島ノ中部信州上高地トノミニ共有ノ分子ナリこえぞやなぎ是ナリ。尤モ本種ハ其形狀色彩えぞやなぎニ酷似スルヲ以テ採收家ノ目ヨリ逸シ居リ其實烏蘇利、北海道等ニモ産スルモノナルヤモ不計ズ其分布ハ地圖 2 ニ示スガ如シ。

10. 固 有 分 子

固有分子トハ朝鮮ニノミ産シ未ダ朝鮮以外ノ地ニ産スルヲ知ラザル種ナリ。分テ次ノ四種類トス。
A. 高山植物。
B. 北部平野山地植物。
C. 一般平野植物。
D. 島嶼植物。

A ニ屬スルモノハたかねやなぎ *Salix bicarpa,* ちやぼやなぎ *Salix meta-formosa,* ほやなぎ *Salix orthostemma,* おほみねやなぎ *Salix sericeo-cinerea* ノ四種ニシテ北部ノ六千尺以上ノ高山ニノミ生ズ。其狀ハ地圖 11 ニ示スガ如シ。 大凡朝鮮ノ高山ノ採究サレシモノハ頗ル少ク其爲メ此四種ノ正確ナル分布ヲ知リ得ザルヲ遺憾トス。

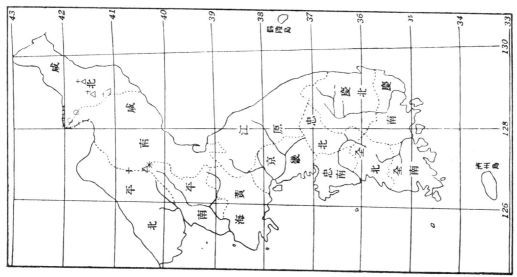

地圖 11. {
* たかねやなぎ *Salix bicarpa.*
○ ちやぼやなぎ *Salix meta-formosa.*
+ ほやなぎ *Salix orthostemma.*
△ おほみねやなぎ *Salix sericeo-cinerea.*
}

B ニ屬スルハかうかいやなぎ *Salix kangensis*, ひろはたちやなぎ *Salix Maximowiczii* ノ二種ナリ。其分布ノ狀ハ地圖 12 ニ示スガ如シ。

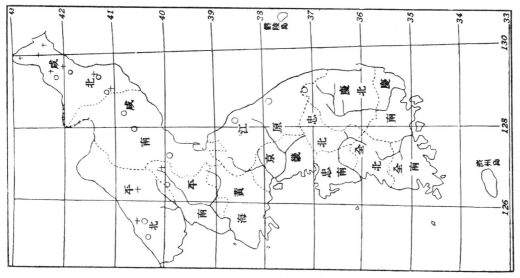

地圖 12. {
+ かうかいやなぎ *Salix kangensis.*
○ ひろはたちやなぎ *Salix Maximowiczii.*
}

C ニ屬スルハいぬしだれやなぎ Salix dependens, かうらいしだれや
なぎ Salix pseudo-lasiogyne, てうせんねこやなぎ Salix graciliglans ノ
三種ニシテ地圖 13 ニ示スガ如シ。

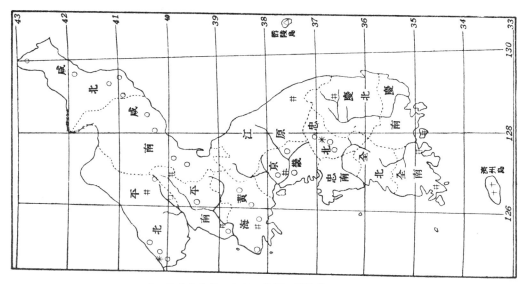

地圖 13. {
+ たんなみねやなぎ Salix Blinii.
△ たけしまやなぎ Salix Ishidoyana.
○ かうらいしだれやなぎ Salix pseudo-lasiogyne.
* いぬしだれやなぎ Salix dependens.
# てうせんねこやなぎ Salix graciliglans.
}

D ニ屬スルハ濟州島特産ノたんなみねやなぎ Salix Blinii, 欝陵島特産
ノたけしまやなぎ Salix Ishidoyana ノ二種ニシテ圖ノ 13 ニ示スガ如シ。
元來楊柳類ノ種子ハ所謂「絮花飛ブ」ト謂フガ如ク風ノ爲メニ飛散シ
易ク一日ニシテヨク數十里ノ遠キニ達シ得レドモ發芽力ノ早ク消滅スル
爲メニ（通例一日乃至三日）風ニ乘ジ得ヌ狀況ニアレバ遠ク散布スルコ
トハ難シ殊ニ楊柳類ノ種子ハ適當ノ地ニ達セザルトキハ假令遠ク飛ブモ
發生上ニ何ノ効ナキノミナラズ一般ニ如何ナル土地ニモ生ジ得ル種ハ少
ナク多クハ極メテ限ラレタル土地ヲ撰ビテ生ズ（假令バ沼地、清流ノ側、
岩角等）故ニ飛ビテ到レル土地ガ不適當ナレバ發生シ得ヌコト明ナリ。
此等ノ事情ノ爲メ或ハ分布廣ク或ハ分布狹ク種々複雜ナル分布ヲナスモ
ノノ如シ而シテ其土地ニ流行スル風假令バ貿易風、氣候風ノ如キハ分布
上ニ關係ナキモノノ如シ。

第 壹 圖 Tabula I.

ふうどうかづら

Piper futokadsura SIEBOLD.

A.	幹ノ一部。	A.	Pars trunci.
B.	雄花穂ヲ附クル枝。	B.	Ramus cum spicis masculis.
C.	果穂ヲ附クル枝。	C.	Ramus cum fructibus.
D.	三個ノ苞ノ間ニ介在スル雄花ヲ上ヨリ見ル。	D.	Flos masculus inter bracteas tres interstat, e supra visus.
E.	苞ヲ側方ヨリ見ル。	E.	Bractea laterali visa.
F.	雄蕋ヲ腹面ヨリ見ル。	F.	Stamen ventrali visum.

Tab. I.

第 壹 圖

A

B

C

D

E

F

Matsudaira N sculp.

Nakai T. Yamada T. & Adachi S. del.

第 貳 圖　Tabula II.

せんりやう

Sarcandra glabra NAKAI.

A.　果實ヲ附クル植物。　　A.　Planta fructifera.

B.　核（實物大）。　　　　B.　Putamen in mag. nat.

C.　核ノ縱斷面。　　　　　C.　Sectio putaminis longitudinalis.

Tab. II.

A

B

C

Nakai T. & Yamada T. del.

Matsudaira N. sculp.

第 参 圖 Tabula III.

けしようやなぎ

Chosenia bracteosa NAKAI.

A. 雄花穂ヲ附クル小枝。	A. Ramulus cum amentis masculis pendulis.
a. 雄蕋ト合セル苞。	a. Bractea cum staminibus.
B. 雌花穂ヲ附クル小枝、苞ノ一部ハ既ニ脱落セリ。	B. Ramulus cum amentis fæmineis; bracteæ partim jam deciduæ.
b. 花ノ咲キ終レル花ニテ正ニ苞ト花柱ガ離レ去ル所ナリ。	b. Flos fæmineus post anthesin, bractea et stigmata modo jejuncta.

Yamada T del.

Nakazawa K. sculp

第 四 圖　Tabula IV.

けしょうやなぎ

Chosenia bracteosa NAKAI.

A. 將ニ延ビ始メントスル芽ヲ
　　有スル小枝。

　a, a.　芽ノ鱗片。

B. 若キ雌花穂ヲ附ケル小枝。

C. 雌花ト苞トヲ腹面ヨリ見ル。

D. 苞ヲ背面ヨリ見ル。

E. 一個ノ苞ト一個ノ雌花トヲ
　　有スル花軸。

F. 花柱ヲ有スル子房ノ先端ヲ
　　側方ヨリ見ル。

F_1. 柱頭ノ既ニ離レタル花柱ヲ
　　示ス。

F_2. 花柱ヲ有スル子房ノ先ヲ腹
　　面ヨリ見ル。

F_3. 柱頭ノ枯死セル花柱ヲ有ス
　　ル子房ノ先端。

G. 子房ノ縱斷。

G_1. 子房ノ基ヲ腹面ヨリ切リ胎
　　坐ト卵子トヲ見ル。

G_2. 子房ノ基ヲ腹背ノ方向ヨリ
　　切リ胎坐ト卵子トヲ內側
　　ヨリ見ル。

H. 花式。

I. 種子（十一倍大）。

II. 胚（十二倍大）。

A. Ramulus cum gemmis modo
　　evolvere inciptis.

　a, a.　Squamæ gemmarum.

B. Ramulus cum amentis fæmineis
　　juvenilibus.

C. Flos fæmineus et bractea ventrali
　　visi.

D. Bractea dorsale visa.

E. Axis inflorescentiæ cum una
　　bractea et uno flore fæmineo.

F. Apex ovarii cum stylo, laterali
　　visa.

F_1. Eadem cum stigmate jam
　　sejuncto.

F_2. Eadem cum stylis, ventrali visa.

F_3. Eadem cum stylis stigmata
　　perditis.

G. Ovarium verticale sectum.

G_1. Basis ovarii laterali secta et
　　placenta et ovula exhibita.

G_2. Basis ovarii dorsi-ventrali secta,
　　ita placenta et ovula a latere
　　interiori visa.

H. Diagramma floris.

I. Semen (1×11).

II. Embryo (1×12).

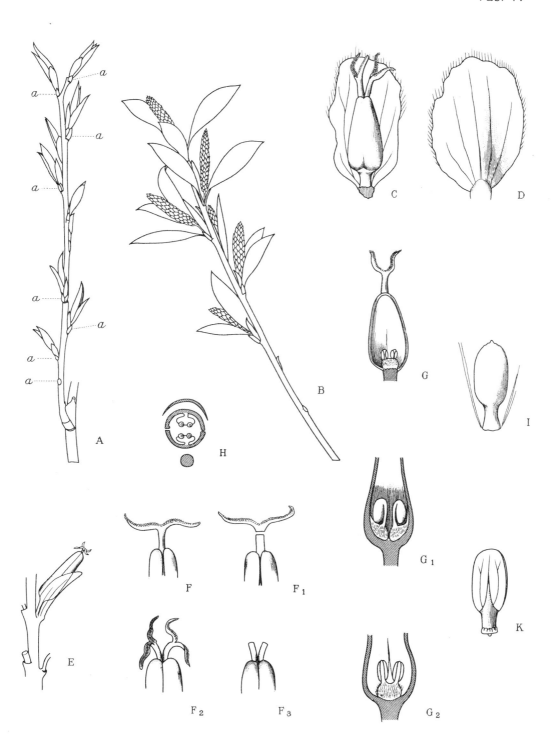

Nakai T del.　　　　　　　　　　　　　　　　　　　Nakazawa K. sculp.

第 五 圖　Tabula V.

けしようやなぎ

Chosenia bracteosa NAKAI.

A.	芽ヲ有スル小枝（二倍大）。	A.	Ramulus cum gemma (1 × 2).
B.	芽ノ鱗片ヲ背面ヨリ見ル。	B.	Squama gemmæ, dorsali visa.
C.	芽ノ鱗片ヲ腹面ヨリ見ル。	C.	Squama gemmæ, ventrali visa.
C_1.	芽ノ鱗片ヲ開キテ腹面ヨリ見ル。	C_1.	Eadem aperta.
C_2.	芽ノ鱗片ノ横斷面。	C_2.	Sectio squamæ transversalis.
D.	第一苞狀葉（二倍大）。	D.	Cataphyllum primum (1 × 2).
D_1.	第一苞狀葉ヲ腹面ヨリ見ル。	D_1.	Idem ventrali visum.
D_2.	第一苞狀葉ヲ開キテ見ル。	D_2.	Idem apertum.
E.	第二苞狀葉（二倍大）。	E.	Cataphyllum secundum (1 × 2).
E_1.	第二苞狀葉ヲ開キテ見ル。	E_1.	Idem apertum.
F.	第三苞狀葉（二倍大）。	F.	Cataphyllum tertium (1 × 2).
F_1.	第三苞狀葉ヲ開キテ見ル。	F_1.	Idem apertum.
G.	第四苞狀葉（二倍大）。	G.	Cataphyllum quartum (1 × 2).
G_1.	第四苞狀葉ヲ一層廓大ス。	G_1.	Idem multo auctum.
H.	雄花ヲ上ヨリ見ル。	H.	Flos masculus supra visus.
I.	花糸ヲ有スル苞ノ基部。	I.	Basis bractea cum filamentis.
I_1.	花糸ヲ有スル苞ヲ側面ヨリ見ル。	I_1.	Bractea cum filamentis, laterali visa.
K.	花粉ヲ上ヨリ見ル。	K.	Pollen supra visum.
K_1.	花粉ヲ下ヨリ見ル。	K_1.	Idem ab imo visum.
K_2.	花粉管ヲ延シ始メタル花粉。	K_2.	Pollen jam germinare inceptum.
L.	雄花ノ花式。	L.	Diagramma floris masculi.

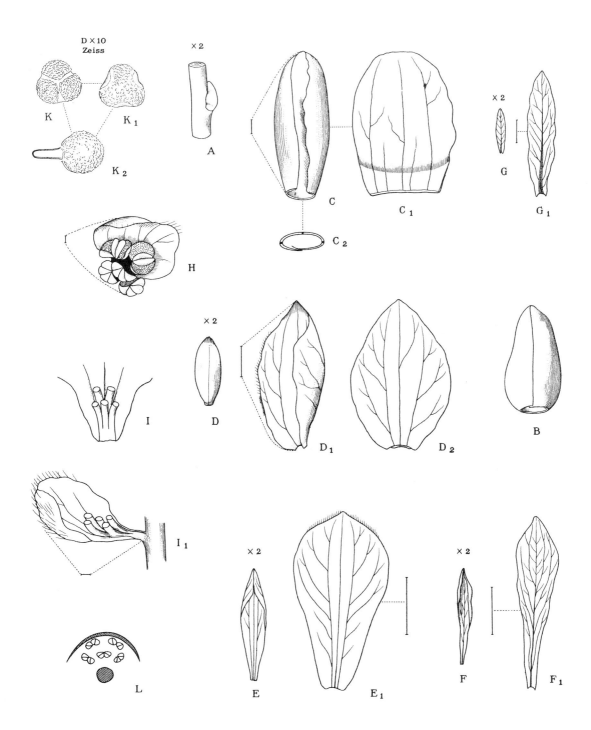

Nakai T. del.   Nakazawa K. sculp.

第 六 圖 Tabula VI.

ひ ろ は た ち や な ぎ

Salix Maximowiczii KOMAROV.

A. 雌花穂ヲ附クル小枝。

A. Ramulus cum amento fæmineo (mag. nat.).

B. 雄花穂ヲ附クル小枝。

B. Ramulus cum amento masculo (mag. nat.).

C. 果穂ヲ附クル小枝。

C. Ramulus cum amentis fructiferis (mag. nat.).

D. 成熟セル果穂ヲ附クル小枝。

D. Ramulus cum amentis fructiferis maturatis (mag. nat.).

E, E. 葉ヲ表面ヨリ見ル。

E, E. Folia supra visa.

F. 葉ヲ裏面ヨリ見ル。

F. Folium infra visum.

Tab. VI.

第 六 圖

Matsudaira N. sculp.

Adachi S. del.

第 七 圖 Tabula VII.

ひろはたちやなぎ

Salix Maximowiczii KOMAROV.

A. 雄花ヲ腹面ヨリ見ル
（自然大）。

A₁. 同上ヲ廓大ス。

A₂. 雄花ヲ側面ヨリ見ル（廓大）。

B. 雌花ヲ側面ヨリ見ル
（自然大）。

B₁. 同上ヲ廓大ス。

B₂. 雌花ヲ腹面ヨリ見ル（廓大）。

C, C, C, C. 雌花ノ蜜腺ヲ腹面ヨ
リ見ル（廓大）。

D. 苞ノ落チタル後ノ子房ノ柄
ノ基部（廓大）。

E. 胎坐ヲ內面ヨリ見ル（廓大）。

F. 胎坐ヲ側面ヨリ見ル（廓大）。

G. 花粉（10×D Zeiss）.

H. 冠毛ヲ附クル種子（自然大）。

H₁. 同上ノ廓大圖。

I. 芽（自然大）。

I₁. 芽（廓大）。

I₂. 芽ヲ腹面ヨリ見ル（廓大）。

K. 芽ノ鱗片ヲ擴ゲテ腹面ヨリ
見ル（廓大）。

L. 苞狀葉（廓大）。

A. Flos masculus ventrali visus
(mag. nat.).

A₁. Idem (auctus).

A₂. Idem laterali visus (auctus).

B. Flos fæmineus laterali visus
(mag. nat.).

B₁. Idem (auctus).

B₂. Idem ventrali visus (auctus).

C, C, C, C. Nectaria florum fæmi-
norum ventrali visa (aucta).

D. Basis stipitis ovarii post sejunc-
tam bracteæ (aucta).

E. Placentum ex interiore visum
(auctum).

F. Idem laterali visum (auctum).

G. Pollen (10×D Zeiss).

H. Semen cum coma (mag. nat.).

H₁. Idem (auctum).

I. Gemma (mag. nat.).

I₁. Eadem (auctum).

I₂. Eadem ventrali visa (aucta).

K. Squama gemmæ artificial ex-
tensa et ventrali visa (aucta).

L. Cataphylla nondum extensa
(aucta).

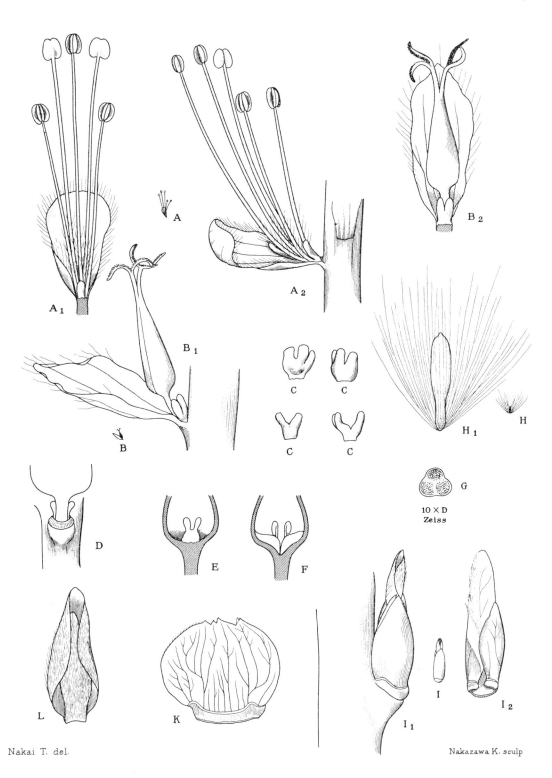

Nakai T. del.　　　　　　　　　　　　　　　　　　　　　　　Nakazawa K. sculp

第 八 圖　Tabula VIII.

あ か め や な ぎ

Salix glandulosa SEEMEN.

A.	秋期採收ノ枝。	A.　Rami in auctumno lecti (mag. nat.).
B.	雄花穗ヲ附クル枝。	B.　Ramuli cum amentis masculis (mag. nat.).
C.	雌花穗ヲ附クル枝。	C.　Ramuli cum amentis fæmineis (mag. nat.).

Tab VIII

A

B

C

Kanogawa I. del.

Nakazawa K. sculp

第 九 圖 Tabula IX.

あ か め や な ぎ

Salix glandulosa SEEMEN.

A. 雄花ヲ腹面ヨリ見ル（廓大）。 A. Flos masculus ventrali visus (auctus).

A₁. 同上ヲ側面ヨリ見ル（廓大）。 A₁. Idem laterali visus (auctus).

A₂. 同上ノ蜜腺ガ四個ニ癒合セ ルモノ（廓大）。 A₂. Idem cum glandulis in quattuor connatis (auctus).

A₃. 雄花ノ花式。 A₃. Diagramma floris masculi.

B. 雌花ヲ腹面ヨリ見ル（廓大）。 B. Flos fæmineus ventrali visus (auctus).

B₁. 同上ヲ側面ヨリ見ル（廓大）。 B₁. Idem laterali visus (auctus).

B₂, B₃. 雌花ノ花式。 B₂, B₃. Diagrammata florum fæminorum cum glandulis diversis.

C, C, C, C. 雌花ノ蜜腺ヲ腹面ヨ リ見ル（廓大）。 C, C, C, C. Nectaria florum fæminorum ventrali visa (aucta).

D. 腋芽（自然大）。 D. Gemma axillaris (mag. nat.).

E. 芽ノ第一鱗片ヲ側面ヨリ見 ル（廓大）。 E. Squama gemmæ prima laterali visa (aucta).

E₁. 同上ヲ腹面ヨリ見ル（廓大）。 E₁. Eadem ventrali visa (aucta).

F. 芽ノ第二鱗片ヲ側面ヨリ見 ル（廓大）。 F. Squama gemmæ secunda laterali visa (aucta).

F₁. 同上ヲ腹面ヨリ見ル（廓大）。 F₁. Eadem ventrali visa (aucta).

G. 芽ノ第三鱗片ヲ背面ヨリ見 ル（廓大）。 G. Squama gemmæ tertia dorsali visa (aucta).

G₁. 同上ヲ腹面ヨリ見ル（廓大）。 G₁. Eadem ventrali visa (aucta).

H. 第一苞狀葉ヲ背面ヨリ見ル （廓大）。 H. Cataphylla prima subsquamosa dorsali visa (aucta).

H₁. 同上ヲ腹面ヨリ見ル。 H₁. Eadem ventrali visa (aucta).

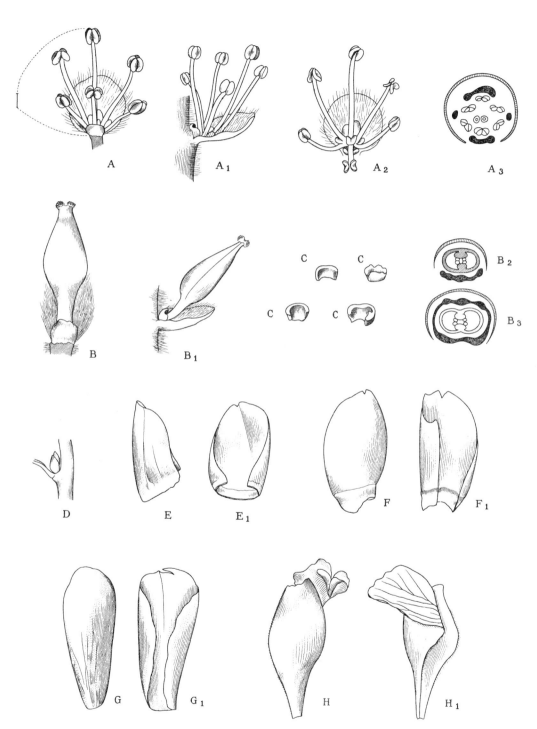

A　　　A₁　　　A₂　　　A₃

B　B₁　C　C　B₂

C　C　B₃

D　E　E₁　F　F₁

G　G₁　H　H₁

Nakai T. del.　　　　　　　　　　　　　　Nakazawa K. sculp.

第 拾 圖 Tabula X.

てりはやなぎ

Salix pentandra LINNÆUS.
var. intermedia NAKAI.

A.	雄花穂ヲ附クル枝。	A.	Ramulus cum amentis masculis.
B.	果穂ヲ附クル枝。	B.	Ramulus cum amentis fructiferis.
C.	雄花ヲ側面ヨリ見ル。	C.	Flos masculus laterali visus.
D.	雄花ノ腹面ノ蜜腺。	D.	Glandula ventralis floris masculi.
D₁.	雄花ノ背面ノ蜜腺。	D₁.	Glandula dorsalis floris masculi.
E, E, E.	雌花ノ種々ナル蜜腺。	E, E, E.	Glandulæ variæ florum fæminorum.

Nakai T. & Yamada T. del.　　　　　　　　　　Nakazawa K. sculp.

第 拾 壹 圖 Tabula XI.

た ち や な ぎ

Salix triandra LINNÆUS
var. discolor ANDERSSON.

A.	秋期採收ノ枝。	A.	Ramulus auctumnalis.
B.	長枝ノ葉。	B.	Folium trionis.
C.	雄花穂ヲ附クル枝。	C.	Ramus cum amentis masculis.
D.	雌花穂ヲ附クル枝。	D.	Ramus cum amentis fæmineis.
E.	果穂。	E.	Amenta fructifera.
F.	芽。	F.	Gemma.
F_1.	芽ノ鱗片ヲ腹面ヨリ見ル（三倍大）。	F_1.	Squama gemmæ ventrali visa ($\times 3$).
F_2.	同上ヲ背面ヨリ見ル（三倍大）。	F_2.	Ditto dorsali visa ($\times 3$).
G.	雄花。	G.	Flos masculus.
G_1.	雄花ノ廓大圖。	G_1.	Ditto auctus.
G_2.	同上ヲ腹面ヨリ見ル。	G_2.	Ditto ventrali visus.
G_3.	二叉セル雄蕋ヲ有スル雄花。	G_3.	Flos masculus cum stamino unico bifids.
H.	雌花。	H.	Flos fæmineus.
H_1.	同上ヲ廓大ス。	H_1.	Ditto auctus.
I_1-I_5.	雌花ノ蜜腺ヲ花穂ノ上方ノモノヨリ下方ノモノニ向ヒ順次ニ畫ク	I_1-I_5.	Glandulæ florum fæminorum ex apice amentæ ad basin seriatim illustratæ (omnes auctæ).

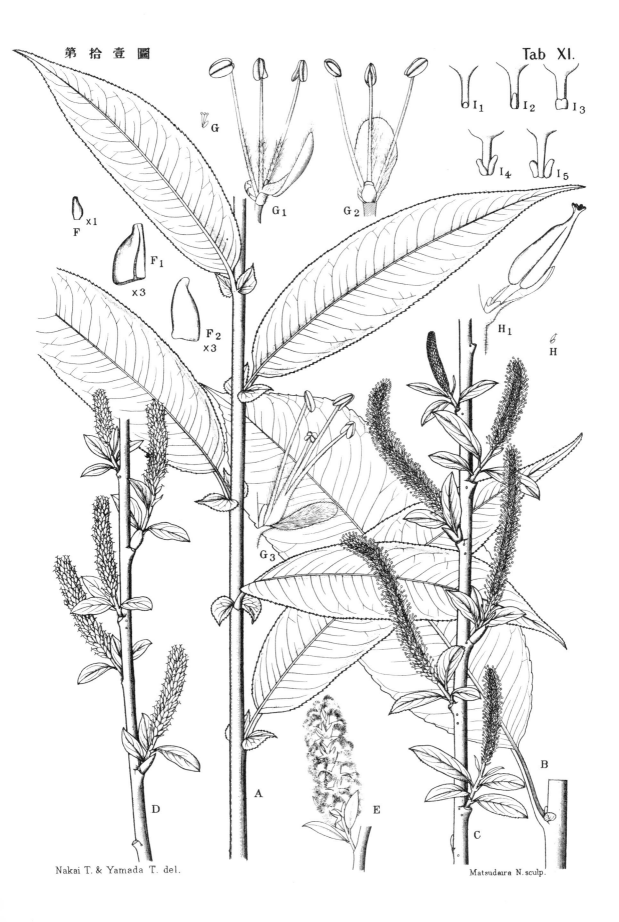

第拾壹圖 Tab XI.

Nakai T. & Yamada T. del.   Matsudaira N.sculp.

第 拾 貳 圖　Tabula XII.

えぞやなぎ

Salix rorida LACHSCHEWITZ.

A.	秋期採收ノ枝。	A.	Ramus auctumnalis.
B.	芽ヲ背面ヨリ見ル（二倍大）。	B.	Gemma dorsali visa.
B_1.	芽ヲ腹面ヨリ見ル（二倍大）。	B_1.	Gemma ventrali visa.
C.	雄花穗ヲ附クル枝。	C.	Ramus cum amentis masculis.
D.	雌花穗ヲ附クル枝。	D.	Ramus cum amentis fæmineis.
E.	雄花ヲ側面ヨリ見ル。	E.	Flos masculus ex latere visus.
E_1.	雄花ヲ腹面ヨリ見ル。	E_1.	Flos masculus ventrali visus.
F.	雌花ヲ側面ヨリ見ル。	F.	Flos fæmineus ex latere visus.
F_1.	雌花ヲ腹面ヨリ見ル。	F_1.	Flos fæmineus ventrali visus.
F_2, F_2, F_2.	種々ノ形ノ花柱。	F_2, F_2, F_2.	Formæ variæ stylorum.

第拾貳圖

Tab. XII

F

F₁

F₂

F₂

F₂

E

E₁

A

C

D

B

B₁

×2

Nakai T & Yamada T. del.

Nakazawa K. sculp.

第 拾 参 圖　Tabula XIII.

こ え ぞ や な ぎ

Salix roridæformis NAKAI.

A.	夏時採收ノ枝。	A.	Ramus æstivalis.
B.	雌花穂ヲ附クル枝。	B.	Ramus cum amentis fæmineis.
C.	未熟ノ果穂ヲ附クル枝。	C.	Ramus cum amentis fructiferis immaturatis.
D.	雌花ヲ腹面ヨリ見ル。	D.	Flos fæmineus ventrali visus.
E.	雌花ヲ側面ヨリ見ル。	E.	Flos fæmineus laterali visus.

Tab XIII

第 拾 參 圖

A

B

C

D

E

Nakai T. & Adachi S. del.

Nakazawa K. sculp.

第 拾 四 圖　Tabula XIV.

江　界　柳

Salix kangensis NAKAI.

A.　秋期採收ノ枝。

B.　若キ雌花穂ヲ附クル枝。

C.　花咲ク雌花穂ヲ附クル枝。

D.　雄花穂。

E.　雄花ヲ腹面ヨリ見ル。

E₁.　癒合セル雄蕋ヲ有スル雄花。

F.　雌花ヲ側面ヨリ見ル。

F₁.　雌花ヲ腹面ヨリ見ル。

G, G₁, G₂.　柱頭ノ展開ヲ順次ニ示ス。

A.　Ramus auctumnalis.

B.　Ramus cum amentis fæmineis juvenilibus.

C.　Ramus cum amentis fæmineis florentibus.

D.　Amenta mascula.

E.　Flos masculus ventrali visus.

E₁.　Flos masculus cum staminibus connatis.

F.　Flos fæmineus laterali visus.

F₁.　Flos fæmineus ventrali visus.

G, G₁, G₂.　Amplificationes stigmatum ordinatim exhibitæ.

Tab. XVI

Nakai T. & Kanogawa I. del.

Yamanaka S. sculp.

第 拾 七 圖　Tabula XVII.

ね こ や な ぎ

一 名　た に が は や な ぎ

Salix gracilistyla MIQUEL.

A.　夏時ノ枝。

B.　半熟ノ果穗ヲ附クル枝。

C.　雄花穗ヲ附クル枝。

D.　雄花ヲ腹面ヨリ見ル。

D_1.　雄花ヲ側面ヨリ見ル。

E.　雌花ヲ腹面ヨリ見ル。

E_1.　雌花ヲ側面ヨリ見ル。

A.　Ramus æstivalis.

B.　Ramus cum amentis fructiferis semimaturatis.

C.　Ramus cum amento masculo.

D.　Flos masculus ventrali visus.

D_1.　Flos masculus laterali visus.

E.　Flos fæmineus ventrali visus.

E_1.　Flos fæmineus laterali visus.

Tab. XVII

第 拾 八 圖　Tabula XVIII.

たんなみねやなぎ

（耽羅峯柳ノ意）

Salix Blinii Léveillé.

A.　夏時ノ枝。

A.　Ramus æstivalis.

B.　果穗ヲ附クル枝。

B.　Ramus cum amentis fructiferis.

C.　苞ヲ背面ヨリ見ル。

C.　Bractea dorsali visa.

D.　雌花ヲ側面ヨリ見ル。

D.　Flos fæmineus laterali visus.

E.　雌花ヲ腹面ヨリ見ル。

E.　Flos fæmineus ventrali visus.

第 拾 九 圖　Tabula XIX.

か は や な ぎ

Salix Gilgiana SEEMEN.

A.	夏期採收ノ枝。	A.	Ramus æstivalis.
B.	雄花穗ヲ附クル枝。	B.	Ramus cum amentis masculis.
C.	未熟ノ果穗ヲ附クル枝。	C.	Ramus cum amentis fructiferis immaturatis.
D.	成熟セル果穗。	D.	Amenta cum fructibus maturatis.
E.	雄花ヲ腹面ヨリ見ル。	E.	Flos masculus ventrali visus.
E_1.	雄花ヲ側面ヨリ見ル。	E_1.	Flos masculus laterali visus.
F.	雌花ノ苞。	F.	Bractea floris fæminei.
G.	雌花ヲ腹面ヨリ見ル。	G.	Flos fæmineus ventrali visus.
G_1.	雌花ノ側面ヨリ見ル。	G_1.	Ditto laterali visus.

Tab. XIX

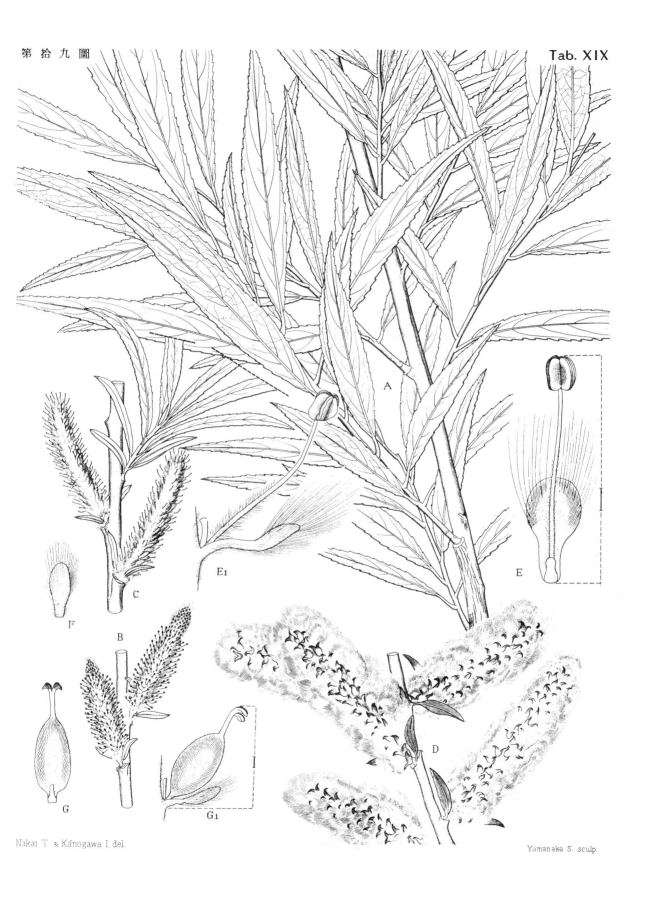

Nakai T & Kánogawa I. del.

Yamanaka S. sculp.

第 貳 拾 圖　Tabula XX.

いぬこりやなぎ

Salix integra THUNBERG.

A.	夏期採收ノ枝。	A.　Ramus æstivalis.
B.	裂開セル果實ヲ附クル枝。	B.　Ramus cum fructibus rupsis.
C.	雌花ノ苞。	C.　Bractea floris fæminei.
D.	雌花ヲ腹面ヨリ見ル。	D.　Flos fæmineus ventrali visus.
D_1.	雌花ヲ側面ヨリ見ル。	D_1.　Ditto laterali visus.
E, E_1.	柱頭。	E, E_1.　Stigmata.

Tab XX

D   C   D₁   B   A

E   E₁

第貳拾壹圖　Tabula XXI.

A—B.　からこりやなぎ
　　　Salix purpurea LINNÆUS var. Smithiana TRAUTVETTER.

C—D.　こりやなぎ
　　　Salix purpurea LINNÆUS var. japonica NAKAI.

A.　雄花蕾ヲ附クル枝、葉ハ
　　全緣ナリ。

A.　Ramus cum amentis masculis
　　　nondum maturantibus et foliis
　　　integris.

B.　雄花穗ト鋸齒アル葉ヲ有
　　スル枝。

B.　Ramus cum amentis masculis et
　　　foliis serrulatis.

C.　夏期採收ノ枝。

C.　Ramus æstivalis.

D.　果穗ヲ附クル枝。

D.　Ramulus cum amentis fructiferis.

Tab. XXI.

第 貳 拾 貳 圖　Tabula XXII.

A—D₁.　からこりやなぎ

    Salix purpurea Linnæus var. Smithiana Trautvetter.

E—H₁.　こ り や な ぎ

    Salix purpurea Linnæus var. japonica Nakai.

A.	夏期採收ノ枝。	A.　Ramus æstivalis.
A₁.	萠枝ノ葉。	A₁.　Folia turionum.
B.	雌花穗ヲ附クル枝。	B.　Ramus cum amentis fæmineis.
C.	雄花ヲ腹面ヨリ見ル。	C.　Flos masculus ventrali visus.
C₁.	雄花ヲ側面ヨリ見ル。	C₁.　Ditto laterali visus.
D.	雌花ヲ腹面ヨリ見ル。	D.　Flos fæmineus ventrali visus.
D₁.	雌花ヲ側面ヨリ見ル。	D₁.　Idem laterali visus.
E.	雄花穗ヲ附クル枝。	E.　Ramus cum amentis masculis.
F.	雄花ヲ腹面ヨリ見ル。	F.　Flos masculus ventrali visus.
G.	雄花ノ蜜腺。	G.　Glandula floris masculi.
H.	雌花ヲ腹面ヨリ見ル。	H.　Flos fæmineus ventrali visus.
H₁.	雌花ヲ側面ヨリ見ル。	H₁.　Idem laterali visus.

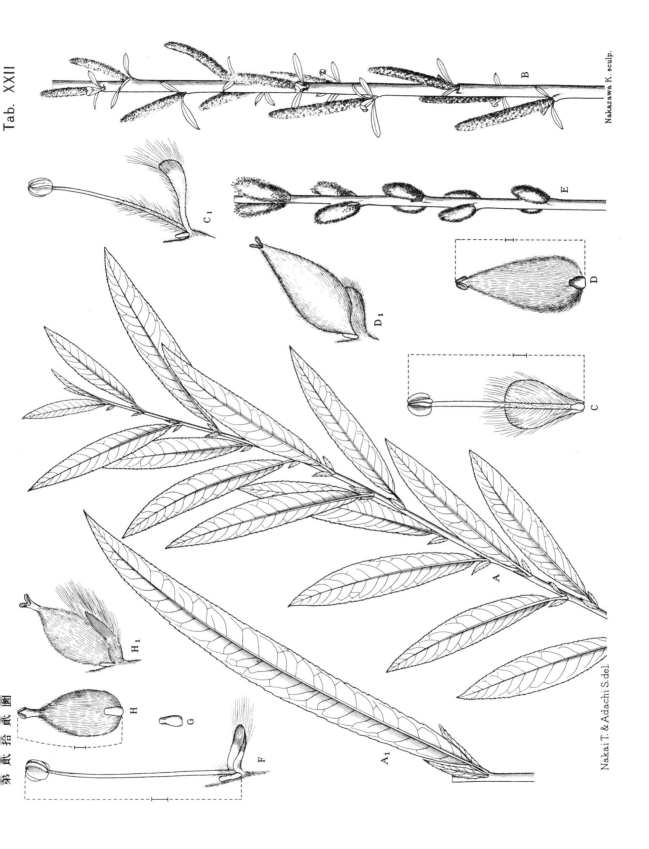

Tab. XXII

Nakazawa K. sculp.

第 貳 拾 貳 圖

Nakai T. & Adachi S.del.

第貳拾參圖　Tabula XXIII.

てうせんきつねやなぎ

Salix Floderusii NAKAI.

A.	雄花穂ヲ附クル枝。	A.	Ramus cum amentis masculis.
B.	雌花穂ヲ附クル枝。	B.	Ramus cum amentis fæmineis.
C.	夏期ノ枝。	C.	Ramus æstivalis.
D.	幹ノ一部。	D.	Pars trunci.
E.	雄花ヲ側面ヨリ見ル。	E.	Flos masculus laterali visus.
F.	雄花ノ苞ヲ背面ヨリ見ル。	F.	Bractea floris masculi dorsali visa.
G.	雄花ノ蜜腺。	G.	Glandula floris masculi.
H.	雌花ヲ側面ヨリ見ル。	H.	Flos fæmineus laterali visus.
I.	雌花ノ苞ヲ背面ヨリ見ル。	I.	Bractea floris fæminei dorsali visa.

Tab. XXIII.

A

B

C

D

E

F

G

H

I

Nakai T. & Yamada T. del.

Matsudaira N. sculp.

第貳拾四圖　Tabula XXIV.

た　け　し　ま　や　な　ぎ

Salix Ishidoyana Nakai.

A.　果實ヲ附クル枝。　　A.　Ramus fructifer.

B.　果實ノ廓大圖。　　　B.　Fructus (auctus).

第貳拾五圖　Tabula XXV.

たんなやなぎ

Salix hallaisanensis LÉVEILLÉ.

A.	葉ト果實ヲ附クル夏ノ枝。	A.	Ramus æstivalis cum foliis & fructibus.
B.	雄花穂ヲ附クル枝。	B.	Ramulus cum amentis masculis.
C.	果穂ヲ附クル枝。	C.	Ramulus cum amentis fructiferis.
D.	雄花ヲ側面ヨリ見ル。	D.	Flos masculus laterali visus.
E.	雌花ヲ側面ヨリ見ル。	E.	Flos fæmineus laterali visus.

Tab. XXV.

Nakai T. & Kanogawa I.del.

Matsudaira N.sculp.

第貳拾六圖　Tabula XXVI.

かうらいばっこやなぎ

Salix hallaisanensis Léveillé.
var. orbicularis Nakai.

A.	長枝ノ葉。	A. Folium turionis.
B.	雄花穗ヲ附クル枝。	B. Ramulus cum amentis masculis.
C.	果穗ヲ附クル夏期ノ枝。	C. Ramulus æstivalis cum amentis fructiferis.
D, D.	苞。	D, D. Bracteæ.
E.	苞ヲ蕚ヨリ離シタルモノ。	E. Bractea vera ex calyce sejuncta.
F.	雄花ヲ側面ヨリ見ル。	F. Flos masculus laterali visus.
G, G.	雄花ノ蜜腺。	G, G. Glandulæ florum masculorum.
H.	雌花ヲ側面ヨリ見ル。	H. Flos fæmineus laterali visus.
I, I.	雌花ノ蜜腺。	I, I. Glandulæ florum fæminorum.

Tab XXVI

I I
H
D D
E
B
C
A
G G
F

Nakai T. & Kanogawa I. del.

Nakazawa K. sculp.

第貳拾七圖　Tabula XXVII.

ほそばばっこやなぎ

Salix hallaisanensis LÉVEILLÉ.

var. orbicularis NAKAI.

f. elongata NAKAI.

夏期ノ枝。　　　　Ramus æstivalis tantum cum foliis.

PLATE XXVII

第貳拾八圖　Tabula XXVIII.

おほみねやなぎ ト おほみねけやなぎ

Salix sericeo-cinerea NAKAI et
ejus var. lanata NAKAI.

A.	おほみねけやなぎノ雌花穂ヲ附クルモノ。	A.	Ramus var. *lanatæ* cum amentis fæmineis.
B.	雄花穂ヲ附クルおほみねやなぎ。	B.	Ramus var. *typicæ* cum amentis masculis.
C.	雌花穂ヲ附クルおほみねやなぎ。	C.	Ramus var. *typicæ* cum amentis fæmineis.
D.	果穂ヲ附クルおほみねやなぎ。	D.	Ramulus var. *typicæ* cum amentis fructiferis.
E.	雄花ヲ腹面ヨリ見ル。	E.	Flos masculus ventrali visus.
F.	雄花ヲ側面ヨリ見ル。	F.	Flos masculus laterali visus.
G.	雌花ヲ側面ヨリ見ル。	G.	Flos fæmineus laterali visus.
H.	花柱ト柱頭。	H.	Styli et stigmata.
I, I, I.	雌花ノ蜜腺ノ異型。	I, I, I.	Glandulæ variæ florum fæminorum.

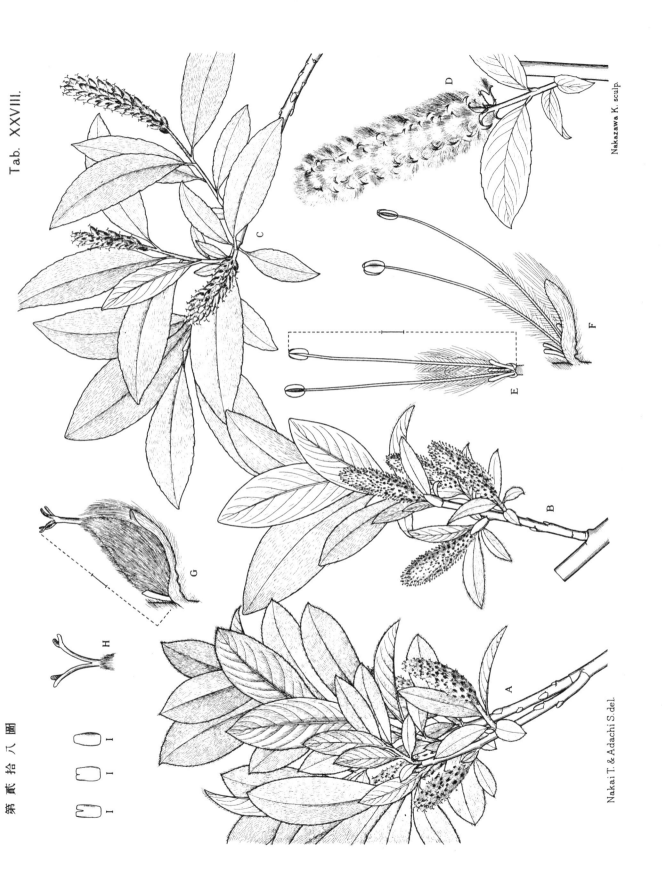

Tab. XXVIII.

第 貳 拾 八 圖

Nakai T. & Adachi S. del.

Nakazawa K. sculp.

第貳拾九圖　Tabula XXIX.

た か ね や な ぎ

Salix bicarpa Nakai.

A, A. 果穂ヲ附クル枝。

B. 雌花ノ苞。

C. 雌花ヲ腹面ヨリ見ル。

D. 蒴ヲ開キテ胎坐ヲ示ス。

A, A. Ramus amentis fructiferis.

B. Bracteæ floris fæminei.

C. Flos fæmineus ventrali visus.

D. Carpellum apertum et placentum exhibitum.

Tab XXIX

NakaiT & Kanogawa I.del.

Nakazawa K. sculp.

第参拾圖　Tabula XXX.

ちゃぼやなぎ

Salix meta-formosa NAKAI.

A.　夏期採收ノ植物。

B.　雌花穂ヲ附クル植物。

C.　雌花ノ苞ヲ背面ヨリ見ル。

D.　雌花ヲ側面ヨリ見ル。

E, E.　蜜腺。

A.　Planta in æstate lecta.

B.　Planta cum amentis fæmineis.

C.　Squama floris fæminei ex dorso visa.

D.　Flos fæmineus laterali visus.

E, E.　Glandulæ.

Tab XXX

Nakai T. & Kanogawa I. del.

Nakazawa K. sculp.

第参拾壱圖　Tabula XXXI.

ほ　や　な　ぎ

Salix orthostemma NAKAI.

A.　半熟ノ果穂ヲ附クル植物。

B.　果穂ヲ附クル植物。

C.　雌花。

A.　Planta cum amentis fæmineis semimaturatis.

B.　Planta cum amentis fructiferis.

C.　Flos fæmineus.

Tab XXXI

第 參 拾 壹 圖

Nakai T, & Kanogawa I. del.

Nakazawa K. sculp.

第參拾貳圖　Tabula XXXII.

まめやなぎ

Salix rotundifolia TRAUTVETTER.

A. 雄花穗ヲ附クル雄本。

B. 雌花穗ヲ附クル雌本ノ枝。

C. 果實ヲ附クル雌本。

D. 雄花ヲ稍側面ヨリ見ル。

E, E, E.　雄花ノ背面ノ蜜腺。

F, F, F.　雄花ノ腹面ノ蜜腺。

G. 雌花ヲ側面ヨリ見ル。

A. Planta mascula cum amentis masculis.

B. Ramus plantæ fæmineæ cum amento fæmineo.

C. Planta fructifera.

D. Flos masculus sublaterali visus.

E, E, E.　Glandulæ dorsales florum masculorum.

F, F, F.　Glandulæ ventrales florum masculorum.

G. Flos fæmineus laterali visus.

Tab XXXII

第參拾貳圖

Nakai T. & Yamada T. del.

Nakazawa K. sculp.

第参拾参圖　Tabula XXXIII.

め ぎ や な ぎ

Salix berberifolia PALLAS.
var. genuina GLEHN.

A.	果實ヲ附クル植物。	A.	Planta fructifera.
B.	雌花ヲ腹面ヨリ見ル。	B.	Flos fæmineus ventrali visus.
C.	雌花ヲ側面ヨリ見ル。	C.	Flos fæmineus laterali visus.

Tab. XXXIII.

弟 参 拾 参 圖

A

B   C

Nakai T. & Kanogawa I. del.

第参拾四圖　Tabula XXXIV.

なが ば め ぎ や な ぎ

Salix berberifolia PALLAS.

var. Brayi TRAUTVETTER.

A.　果穂ヲ附クル植物。

B.　雌花ヲ側方ヨリ見ル。

C.　腹面ノ蜜腺。

A.　Planta cum amentis fructiferis.

B.　Flos fæmineus laterali visus.

C.　Glandula ventralis.

Tab XXIV

第参拾四圖

NakaiT.& Adachi S.del.

Nakazawa K. sculp.

第參拾五圖　Tabula XXXV.

ぬ ま や な ぎ

Salix myrtilloides LINNÆUS.

var. manshurica NAKAI.

A.	雄花穂ヲ附クル枝。	A.	Ramulus cum amentis masculis.
A₁.	果穂ヲ附クル枝。	A₁.	Ramus cum amentis fructiferis.
B.	雌花穂ヲ附クル枝。	B.	Ramus cum amentis fæmineis.
C.	雌花ヲ側方ヨリ見ル。	C.	Flos fæmineus laterali visus.
D.	雌花ノ苞ヲ背面ヨリ見ル。	D.	Bractea floris fæminei dorsali visa.
E.	雄花ヲ側方ヨリ見ル。	E.	Flos masculus laterali visus.

第参拾五圖

Tab XXXV

第参拾六圖　Tabula XXXVI.

ぬ ま き ぬ や な ぎ

Salix sibirica PALLAS.

var. brachypoda NAKAI.

A.　萠枝。

B.　雄花蕾ヲ持ツ枝。

B₁.　雄花穂ヲ持ツ枝。

C.　未熟ノ花穂ヲ持ツ枝。

D.　雄花ノ苞ヲ背面ヨリ見ル。

E.　雄花ヲ側面ヨリ見ル。

F, F.　雄花ノ蜜腺。

G.　雌花ヲ腹面ヨリ見ル。

H.　雌花ヲ側面ヨリ見ル。

A.　Turio.

B.　Ramus cum alabastris masculis.

B₁.　Ramus cum amentis masculis.

C.　Ramus cum amentis fructiferis immaturatis.

D.　Bractea floris masculi dorsali visa.

E.　Flos masculus laterali visus.

F, F.　Glandulæ ventrales florum masculorum.

G.　Flos fæmineus ventrali visus.

H.　Flos fæmineus laterali visus.

Nakai T. & Yamada T. del.

Matsudaira N. sculp.

第参拾七圖　Tabula XXXVII.

のやなぎ

Salix subopposita MIQUEL.

A.　花モ實モナキ植物。
B.　未熟ノ果實ヲ附クル枝。
C.　熟シタル果實ヲ附クル枝。
D.　未熟ノ果實。

A.　Planta sterilis.
B.　Ramus cum fructibus immaturatis.
C.　Ramus cum fructibus maturatis.
D.　Fructus immaturatus.

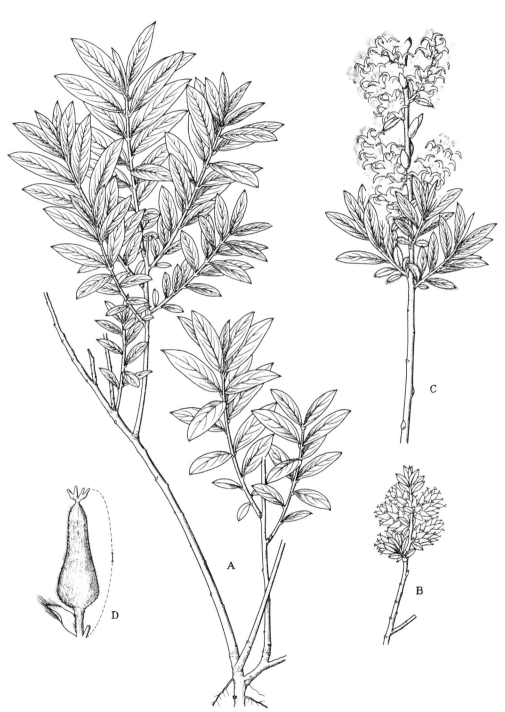

第**参拾八**圖　Tabula XXXVIII.

かうらいやなぎ

Salix koreensis ANDERSSON.

A.	葉ヲ附クル枝。	A.	Ramus foliiger.
B.	雄花穗ヲ附クル枝。	B.	Ramus cum amentis masculis.
C.	雌花穗ヲ附クル枝。	C.	Ramus cum amentis fæmineis.
D.	果實ヲ附クル枝。	D.	Ramus cum fructibus.
E.	雄花ノ苞ヲ腹面ヨリ見ル。	E.	Bractea floris masculi ventrali visa.
F.	雄花ヲ側面ヨリ見ル。	F.	Flos masculus laterali visus.
G.	雄花ヲ腹面ヨリ見ル。	G.	Flos masculus ventrali visus.
H, H.	雄花ノ背面ノ蜜腺。	H, H.	Glandulæ dorsales florum masculorum.
I, I, I.	雄花ノ腹面ノ蜜腺。	I, I, I.	Glandulæ ventrales florum masculorum.
K.	葯ヲ外方ヨリ見ル。	K.	Anthera extus visa.
L.	雄花ノ花式圖。	L.	Diagramma floris masculi.
M.	雌花ノ苞ヲ腹面ヨリ見ル。	M.	Bractea floris fæminei ventrali visa.
N.	雌花ヲ側面ヨリ見ル。	N.	Flos fæmineus laterali visus.
O, O.	雌花ノ背面ノ蜜腺。	O, O.	Glandulæ dorsales florum fæmineorum.
P, P.	雌花ノ腹面ノ蜜腺。	P, P.	Glandulæ ventrales florum fæmineorum.
Q.	雌花ノ花式圖。	Q.	Diagramma floris fæminei.

Tab XXXVIII

Nakazawa. K. sculp.

第參拾八圖

Nakai T. & Kanogawa I. del.

第参拾九圖　Tabula XXXIX.

かうらいしだれやなぎ

Salix pseudo-lasiogyne Léveillé.

A.	長枝ノ一部。	A.	Pars rami elongati.
B.	雄花穗ヲ附クル枝。	B.	Ramulus cum amentis masculis.
C.	雌花穗ヲ附クル枝。	C.	Ramulus cum amentis fæmineis.
D.	雄花。	D.	Flos masculus.
E.	雄花ノ基部ヲ腹面ヨリ見ル。	E.	Basis floris masculi ventrali visa.
F, F.	雄花ノ蜜腺。	F, F.	Glandulæ floris masculi.
G.	雌花ヲ側面ヨリ見ル。	G.	Flos fæmineus laterali visus.

Tab. XXXIX.

Nakai T. & Yamada T. del.

Matsudaira N. sculp.

第 四 拾 圖　Tabula XL.

いぬしだれやなぎ

Salix dependens NAKAI.

A.	雄花穂ヲ附クル枝。	A.	Ramus cum amentis masculis.
B.	雌花穂ヲ附クル枝。	B.	Ramus cum amentis fæmineis.
C.	雄花ヲ側面ヨリ見ル。	C.	Flos masculus laterali visus.
D.	雄花ヲ腹面ヨリ見ル。	D.	Bractea floris masculi ventrali visa.
E.	雄花ノ背面ノ蜜腺。	E.	Glandula dorsalis floris masculi.
F.	雄蕋。	F.	Stamina.
G.	雄花ノ腹面ノ蜜腺。	G.	Glandula ventralis floris masculi.
H.	雌花ヲ側面ヨリ見ル。	H.	Flos fæmineus laterali visus.
K.	雌花ノ蜜腺。	K.	Glandula floris fæminei.

第四拾圖

Tab XL

Nakai T. & Yamada T. del.

Nakazawa. K. sculp.

第四拾壹圖　Tabula XLI.

大 陸 き ぬ や な ぎ

Salix viminalis LINNÆUS.

A.	夏期採收ノ枝。		A.	Ramus æstivalis.
B.	雄花穗ヲ附クル枝。		B.	Ramulus cum amentis masculis.
C.	雌花穗ヲ附クル枝。		C.	Ramulus cum amentis fæmineis.
D.	未熟ノ果實ヲ附クル枝。		D.	Ramulus cum fructibus immaturatis.
E.	葉ノ裏面ノ一部。		E.	Pars paginæ inferioris folii.
F.	雄花ヲ腹面ヨリ見ル。		F.	Flos masculus ventrali visus.
G.	雄花ノ基部。		G.	Basis floris masculi.
H.	葯。		H.	Anthera.
I.	果實ヲ附クル枝。		I.	Ramus fructifer.
K.	雌花ヲ側方ヨリ見ル。		K.	Flos fæmineus laterali visus.
L, L, L.	種々ノ形ノ蜜腺、其中翼アルモノハ翼ハ紅色ナリ。		L, L, L.	Glandulæ variæ, quarum alatæ in alis erubescentes.

第四拾壹圖

Tab. XLI.

Nakai T. & Yamada T. del.

Nakazawa K. sculp.

第四拾貳圖　Tabula XLII.

ほそばきぬやなぎ

Salix viminalis LINNÆUS.

var. linearifolia WIMMER & GRABOWSKI.

A.	夏期採收ノ枝。	A. Ramulus æstivalis.
B.	雌花穗ヲ附クル枝。	B. Ramulus cum amentis fæmineis.
C.	葉ノ一部ヲ裏面ヨリ見ル。	C. Pars paginæ inferioris folii.
D.	苞ヲ側方ヨリ見ル。	D. Bractea laterali visa.
E.	雌花ヲ側方ヨリ見ル。	E. Flos fæmineus laterali visus.
F.	蜜腺。	F. Glandula.
G.	四叉セル柱頭。	G. Stigma quadrifidum.

Tab XLII.

第四拾参圖　Tabula XLIII.

こばのきぬやなぎ

Salix viminalis LINNÆUS.
var. abbreviata DŒLL.

A.　夏期採收ノ枝。

B.　雌花穗ヲ附クル枝。

C.　葉ノ一部ヲ裏面ヨリ見ル。

D.　雌花ヲ腹面ヨリ見ル。

E.　雌花ヲ側面ヨリ見ル。

A.　Ramus æstivalis.

B.　Ramulus cum amentis fæmineis.

C.　Pars folii infra visa.

D.　Flos fæmineus ventrali visus.

E.　Flos fæmineus laterali visus.

Tab XLIII.

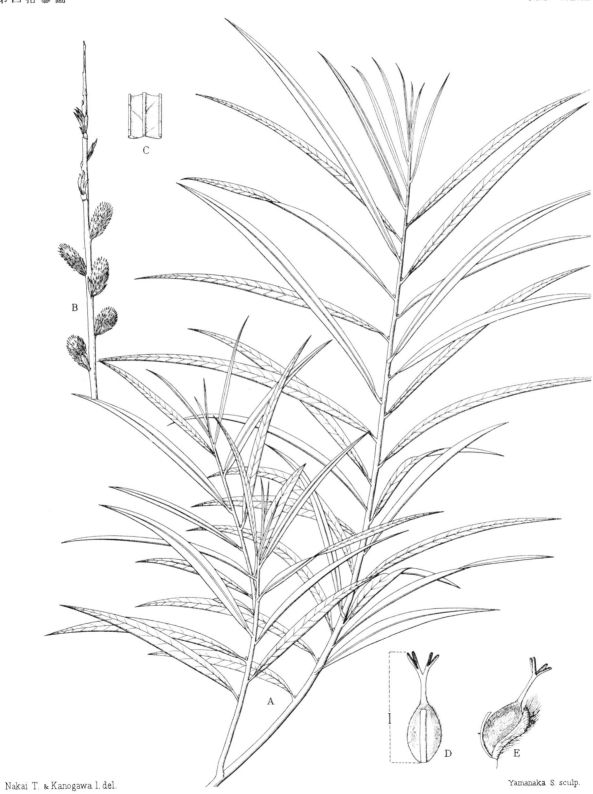

A

B

C

D

E

第四拾四圖　Tabula XLIV.

かうらいきぬやなぎ

Salix stipularis SMITH.

A.　葉ヲ附クル枝。	A.　Ramus foliifer.
B.　葉ノ一部ヲ裏面ヨリ見ル。	B.　Pars folii infra visa.
C.　雄花穂ヲ附クル枝。	C.　Ramulus cum amentis masculis.
D.　苞及ビ蜜腺ヲ側方ヨリ見ル。	D.　Bractea et glandula laterali visæ.
E.　苞ヲ背面ヨリ見ル。	E.　Bractea dorsali visa.
F.　葯。	F.　Anthera.
G, G, G, G.　種々ノ形ノ蜜腺。	G, G, G, G.　Glandulæ variæ.
H.　雄花ノ花式圖。	H.　Diagramma floris masculi.

Tab. XLV.

第四拾六圖　Tabula XLVI.

えぞやまならし

Populus jesoensis NAKAI.

A.　葉ヲ附クル枝。

B.　平均大サノ葉。

C.　雌花穗ヲ附クル枝。

D.　雌花。

A.　Ramus adultus cum foliis.

B.　Folium magnitudine mediocre.

C.　Ramus cum amentis fæmineis.

D.　Flos fæmineus.

Tab. XLVI.

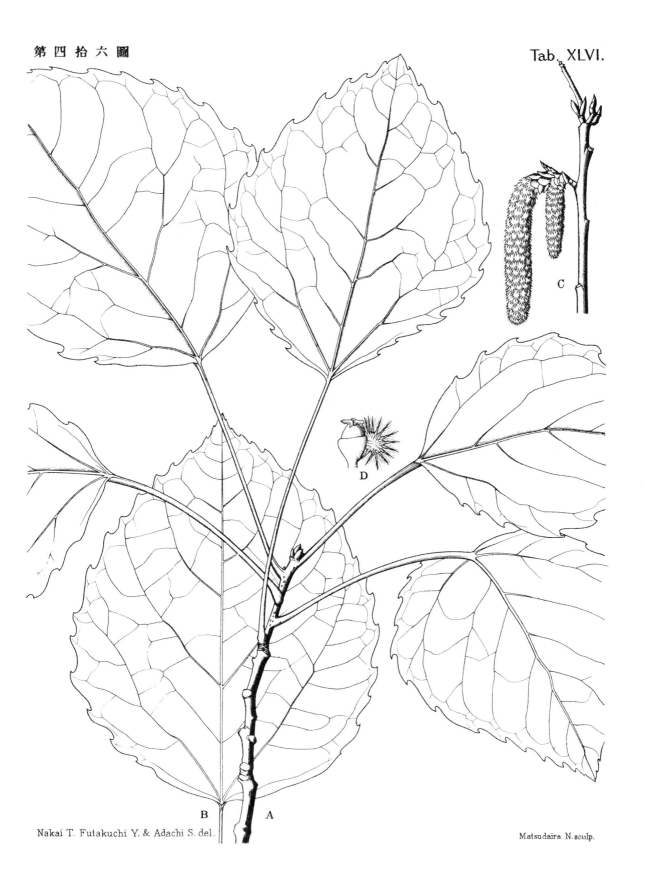

Nakai T. Futakuchi Y. & Adachi S. del.

Matsudaira N.sculp.

第四拾七圖　Tabula XLVII.

てうせんやまならし

Populus Davidiana DODE.

A.　葉ヲ附クル枝。

B.　雄花穂ヲ附クル枝。

C.　半熟ノ果穂ヲ附クル枝。

D.　枝ノ一部。

E.　雄花ヲ側方ヨリ見ル。

F.　雄花ノ花被ヨリ雄蕋ヲ
　　取去リ上ヨリ見ル。

A.　Ramus cum foliis.

B.　Ramulus cum amentis masculis.

C.　Ramulus cum amentis fructibus immaturatis.

D.　Pars rami.

E.　Flos masculus laterali visus.

F.　Perigonium floris masculi exquo stamina sejuncta et supra visum.

Tab XLVII

Nakai T. & Yamada T. del.

Nakazawa K. sculp.

第四拾八圖　Tabula XLVIII.

てうせんやまならし

Populus Davidiana DODE.

果實ヲ附クル枝。　　　Ramus fructifer.

Tab XLVIII

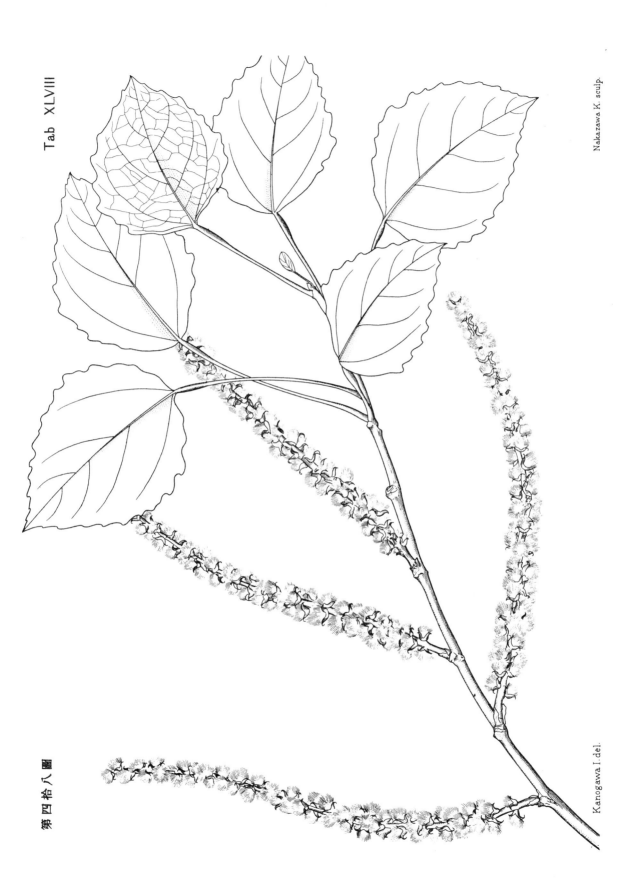

Nakazawa K. sculp.

Kanogawa I. del.

第四拾八圖

第四拾九圖　Tabula XLIX.

ちりめんどろ

一名　にほひどろ

Populus koreana REHDER.

A.	葉ヲ附クル枝。	A.	Ramus cum foliis.
B.	雄花穗ヲ附クル枝。	B.	Ramulus cum amentis masculis.
C.	未熟ノ果穗ヲ附クル枝。	C.	Ramulus cum amentis fructiferis. immaturatis.
D.	成熟セル果穗ト葉トヲ附クル枝。	D.	Ramulus cum fructibus rupsis et foliis.
E.	苞。	E.	Bractea.
F.	雄花。	F.	Flos masculus.

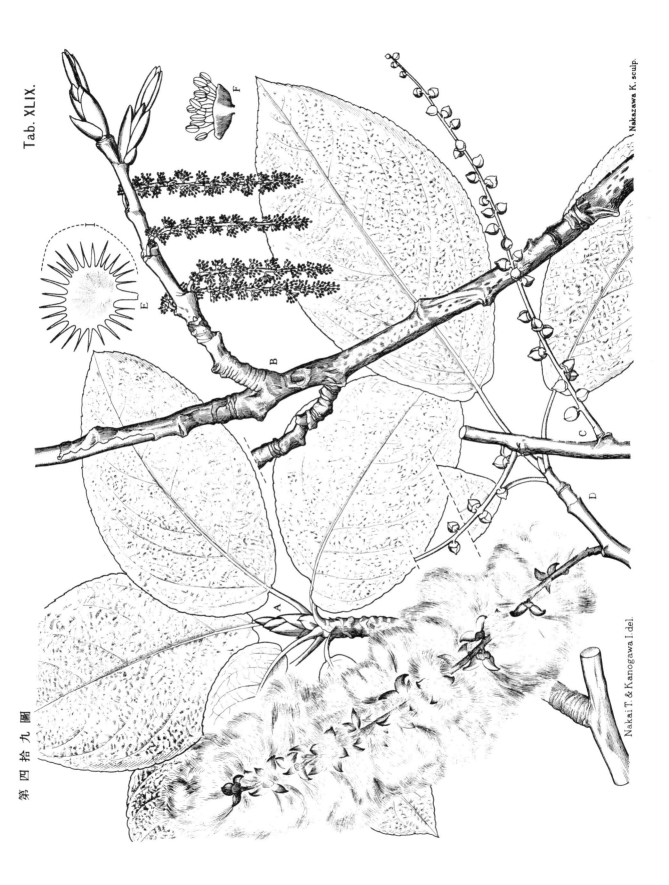

Tab. XLIX.

第 四 拾 九 圖

Nakai T. & Kanogawa I. del.

Nakazawa K. sculp.

第五拾圖　Tabula L.

ご　ろ　の　き

Populus Maximowiczii HENRY.

A.	萠枝ノ大型ノ葉。	A.	Folium magnum turionis.
B.	果穂ヲ附クル枝。	B.	Ramulus cum amento fructifero.
C.	裂開セル果實ヲ附クル枝。	C.	Ramulus cum fructibus rupsis.
D.	雄花。	D.	Flos masculus.
E, E.	雄蕊。	E, E.	Stamina.
F.	苞。	F.	Bractea.
G.	嫩葉ノ排列ノ模型。	G.	Diagramma æstivationem foliorum signatum.

Tab LI

D D₁ D₂ E E₁ B C A

第五拾貳圖　Tabula LII.

てりはごろのき

Populus Simonii CARRIÈRE.

小型ノ葉ヲ附クル若木ノ枝。　　Ramus plantæ juvenilis cum foliis parvis.

Tab LII.

索　引

INDEX

第 7 巻

INDEX TO LATIN NAMES

Latin names for the plants described in the text are shown in Roman type. Italic type letter is used to indicate synonyms. Roman type number shows the pages of the text and italic type number shows the numbers of figure plates.

In general, names are written as in the text, in some cases however, names are rewritten in accordance with the International Code of Plant Nomenclature (i.e., Pasania cuspidata β. Sieboldii → P. cuspidata var. sieboldii). Specific epithets are all written in small letters.

As for family names (which appear in CAPITALS), standard or customary names are added for some families, for example, Vitaceae for Sarmentaceae, Theaceae for Ternstroemiaceae, Scrophulariaceae for Rhinanthaceae etc.

和名索引　凡例

　本文中の「各科の分類」の項に記載・解説されている植物の種名（亜種・変種を含む），属名，科名を，別名を含めて収録した。また図版の番号はイタリック数字で示してある。

　原文では植物名は旧かなであるが，この索引では原文によるほかに新かな表示の名を加えて利用者の便をはかった。また科名については各巻でその科の記述の最初を示すとともに，「分類」の項で各科の一般的解説をしているページも併せて示している。原文では科名はほとんどが漢名で書かれているが，この索引では標準科名の新かな表示とし，若干の科については慣用の別名でも引けるようにしてある。

朝鮮名索引　凡例

　本文中の「各科の分類」の項で和名に併記されている朝鮮語名を，その図版の番号（イタリック数字）とともに収録した。若干の巻では朝鮮語名が解説中に併記されず，別表で和名，学名と対照されている。これらについてはその対照表のページを示すとともに，それぞれに該当する植物の記述ページを（　）内に示して便をはかった。朝鮮名の表示は巻によって片かな書きとローマ字書きがあるが，この索引では新カナ書きに統一した。

조선삼림식물편

지은이: 편집부

발행인: 윤영수

발행처: 한국학자료원

서울시 구로구 개봉본동 170-30

전화: 02-3159-8050 팩스: 02-3159-8051

문의: 010-4799-9729

등록번호: 제312-1999-074호

ISBN: 979-11-6887-146-5